Julia Kröhn

DIE GEDANKEN SIND FREI
Eine unerhörte Liebe

JULIA KRÖHN

Die Gedanken sind frei

Eine unerhörte Liebe

Roman

blanvalet

Die im Buch verwendeten Zitate folgen diesen Ausgaben:

Friedrich Schiller, Don Karlos, Infant von Spanien, Ein dramatisches Gedicht, Herausgegeben von Martin C. Wald, Philipp Reclam jun. GmbH & Co. KG, Ditzingen 2019

Reinhold Schneider, Die Heimkehr des deutschen Geistes: Das Bild Christi in der deutschen Philosophie des 19. Jahrhunderts, F. H. Kerle Verlag, Heidelberg, 2. Auflage, 1946

Astrid Lindgren, Pippi Langstrumpf: Alle Abenteuer in einem Band. Verlag Friedrich Oetinger, Hamburg 2020, Seite 4

Sollte diese Publikation Links auf Webseiten Dritter enthalten, so übernehmen wir für deren Inhalte keine Haftung, da wir uns diese nicht zu eigen machen, sondern lediglich auf deren Stand zum Zeitpunkt der Erstveröffentlichung verweisen.

Penguin Random House Verlagsgruppe FSC® N001967

2. Auflage 2022
Copyright © 2022 by Julia Kröhn
Dieses Werk wurde vermittelt
durch die Literarische Agentur Thomas Schlück GmbH,
30161 Hannover.
© 2022 by Blanvalet
in der Penguin Random House Verlagsgruppe GmbH,
Neumarkter Straße 28, 81673 München
Umschlaggestaltung: © Johannes Wiebel | punchdesign,
unter Verwendung von Motiven von
Everett Collection/Shutterstock.com
BL · Herstellung: sam
Satz: Uhl + Massopust, Aalen
Druck und Bindung: GGP Media GmbH, Pößneck
Printed in Germany
ISBN 978-3-7341-1098-6

www.blanvalet.de

*Für alle, die Bücher so sehr lieben,
dass sie es sich zur Lebensaufgabe gemacht haben,
diese herzustellen und unter die Leute zu bringen.*

»Bücher lesen
heißt wandern gehen in ferne Welten,
aus den Stuben, über die Sterne.«

Jean Paul

1945

1. KAPITEL

»Meine liebe Klara hielt sich gerne unter Menschen auf und war immer freundlich zu ihnen. Sie ließ sich nie aus der Ruhe bringen, reagierte stets geduldig, schenkte nicht nur unserer Kundschaft ihr feines Lächeln, sondern auch dem Postboten und den Lastenträgern. Doch insgeheim war sie am glücklichsten, wenn sie sich zurückziehen und es sich mit einem Buch gemütlich machen konnte. Natürlich gehörte dazu auch eine große Tasse mit heißer Schokolade, die unter einer cremigen Sahnewolke dampfte.«

Ella entging nicht, dass die Stimme ihres Vaters zitterte. Als er vor das offene Grab am Höchster Friedhof getreten war, hatte er kurz gezögert, die Verstorbene zu würdigen. Doch sobald er seine Rede begonnen hatte, wollte er nicht wieder aufhören. »Klaras Liebe zu Büchern war beständig und tief. Bücher waren ihr kostbar. Wenn sie nach einem griff, das gerade frisch von der Buchbinderei kam, streichelte sie zärtlich den Leineneinband, und wenn sie es aufschlug, meinte man, dass sie nicht bloß mit wachem Geist die Zeilen las, nein, mit allen Sinnen schien sie das Buch in dieser Welt willkommen zu heißen. Sie labte sich am süßlichen Duft der Seiten und jenem leisen Knistern beim Umblättern, das in ihren Ohren wie ein himmlischer Chor klang.« Julius Reichenbach hielt inne, ahnte wohl selbst, dass der Grat zwischen Würdigung und Übertreibung schmal war. Etwas weniger schwärmerisch, jedoch entschlossen fuhr er fort: »Ich mag vor der Welt als Besitzer unserer Verlagsbuchhandlung gelten, aber die Herrin über unser *Bücherreich* war stets Klara. Unvergessen bleibt, wie sie, in edlen Brokat gekleidet, unsere Autoren empfing, um sie sodann ins rote Eckzimmer unseres Hauses zu führen, zur Einleitung ein Stück auf dem Klavier zu spielen und schließlich ein anregendes Gespräch über Literatur und Philosophie anzustoßen. Sie beteiligte sich daran stets mit Eifer, bewies immer Feingefühl und Bildung, spielte sich jedoch nie in den Vordergrund.«

Seine Stimme klang nun gepresst. Die Worte mussten ihm schwerfallen, ja selbst das Atemholen war inzwischen eine Anstrengung.

Ella hatte kein Mitleid mit ihm. Warum machst du dich wichtig, obwohl es dir nicht zusteht, am offenen Grab zu stehen und auch nur ein Wort über Mutter zu verlieren?

Der Drang, ihn von dort zu verjagen, wurde beinahe übermächtig. Nur weil sie Luise, ihre zweijährige Schwester, auf dem Arm hatte, unterdrückte sie ihn. Zum Glück hielt die Kleine endlich still und wollte nicht länger dem Eichhörnchen, das dort drüben am Gebüsch eine Eichel verspeiste, hinterherjagen. Stattdessen beobachtete sie den Vater und die anderen Trauergäste aus großen, dunklen Augen. Ihr erschien das alles wohl wie ein interessantes Spiel, Ellas Trauer um die Mutter teilte sie nicht. Als die beiden Reichenbach-Mädchen damals nach einer der ersten schlimmen Bombennächte die Frankfurter Innenstadt verlassen hatten, um für eine Weile bei den Großeltern in Höchst zu leben, war Luise noch kein Jahr alt gewesen. Die Erinnerung an die Mutter, die sie nur unregelmäßig besucht hatte, war rasch verblasst, und als sie im Sommer nach Kriegsende zurück zu den Eltern kamen, war Klara Reichenbach schon so geschwächt gewesen, dass sie Luise kaum mehr über den Kopf streicheln konnte.

»Ich will außerdem betonen, dass es unsere Verlagsbuchhandlung ohne Klara nie gegeben hätte«, fuhr der Vater unterdessen fort. »Gewiss, als wir heirateten, war aus dem Großhandelsgeschäft für Indigo- und Farbwaren, das mein Urgroßvater einst in Bockenheim gegründet hat, längst ein Buchgeschäft hervorgegangen. Doch nur weil sie selbiges mit so viel Umsicht, Geschick und Energie leitete und formte, konnte der Reichenbachverlag mit angeschlossener Sortimentsbuchhandlung gegen die Konkurrenz bestehen. Nie fehlte es ihr an weiser Voraussicht, welches Druckwerk höchsten Gewinn oder literarischen Ruhm verspräche, nie an nüchterner Berechnung, die in unserem Gewerbe Hand in Hand mit der Leidenschaft geht.«

Ella presste die Lippen zusammen. Wie war es möglich, dass er an seinen Worten nicht erstickte? Dass alle anderen nun ergriffen nickten?

Vor dem Krieg hätten sich wohl an die hundert Trauergäste eingefunden, um Klara Reichenbach das letzte Geleit zu geben. Ein halbes Jahr nach Kriegsende waren es kaum mehr als ein Dutzend. Früher hätte man elegante Trauerkleidung getragen, aber diese war nun Mangelware. Herr Kaffenberger, der einst für den Vertrieb des Reichenbachverlags zuständig gewesen war, trug keinen schwarzen Frack, sondern einen Militärmantel, von dem die Epauletten entfernt worden waren. Zeit ihres Lebens hatte er eine Schwäche für Klara Reichenbach gehabt, wenngleich er diese nie deutlicher bewiesen hatte als mit einem formvollendeten Handkuss. Seine steife Haltung und die übertriebenen Manieren ließen an einen Bürger des Kaiserreichs denken, und so fehl am Platz er bereits in Hitlers Deutschland gewirkt hatte – in der Trümmerlandschaft, die davon übrig geblieben war, machte er erst recht einen verlorenen Eindruck.

Aus der Kaiserzeit schien auch das Kleid zu stammen, das eine alte Dame trug, während das Gebilde, das eine andere um ihren Kopf gebunden hatte – es war Hertha Brinkmann, eine ihrer treuesten Kundinnen –, wohl aus Teilen eines Regenschirms gefertigt worden war.

Ella selbst hatte nichts Schwarzes zum Anziehen gefunden und trug darum einen grauen Kittel, dessen trostloser Anblick von ihrem verstrubbelten Haar verstärkt wurde. Erst gestern Abend hatte sie sich ihre zwei dicken dunkelblonden Zöpfe abgeschnitten. Ihre Mutter hatte ihr Haar geliebt, aber da sie nun nie wieder darüber streichen würde, weckte es nur schmerzhafte Erinnerungen. Störend war allerdings, dass sich die nun knapp schulterlangen Haare lockten und ihr immer wieder ins Gesicht fielen, sodass sie sie ständig aufs Neue hinter die Ohren schieben musste.

Ellas Großeltern hatten auch keine schwarze Kleidung, ihre braunen Schuhe hatten sie heute Morgen mit dem Ruß vom Küchenherd geschwärzt. Sie waren die Einzigen, die während der Trauerrede ihres Schwiegersohns nicht ergriffen nickten, wenngleich Ella nicht sicher war, ob die Lügen des Vaters auch ihnen zuwider waren. Schon zu deren Lebzeiten waren sie von der Liebe ihrer Tochter zu Büchern befremdet gewesen.

Gewiss, genau genommen log der Vater nicht. Er ließ nur das Entscheidende weg, als würde er auch Klaras Leben umfärben wollen, nicht mit Ruß, jedoch mit den hellsten, freundlichsten Farben. Als er von Klaras Gesprächen mit den Autoren berichtete, die entweder im roten Eckzimmer oder gar im Boudoir der

Verlegergattin stattgefunden hatten, hätte er hinzufügen müssen, dass es beide Räume nicht mehr gab, waren sie doch wie viele Frankfurter ausgebombt worden. Ebenso verschwieg Julius Reichenbach, dass Klaras Weg, so kraftgeladen und entschlossen sie ihn auch beschritten hatte, von unzähligen Niederlagen und Rückschlägen gepflastert gewesen war. Hochwertige Bücher, schöngeistige Literatur, auch kunstgeschichtliche Tafelwerke hatte sie verlegen wollen, aber nach der Wirtschaftskrise im Jahr 1929 war dieser Traum ausgeträumt. Anstelle opulent ausgestatteter Kataloge gab es nur mehr einfache Verzeichnisse, und um besagte schöngeistige Literatur zu finanzieren, mussten sie mit anderen Titeln Kundschaft anlocken.

Fort mit Grippefurcht und Bazillenangst.
Warum fiel ihr ausgerechnet dieses Buch ein?

Lange Jahre konnte sich der Reichenbachverlag jedenfalls nur über Wasser halten, weil gesundheitliche Themen in Mode kamen und sie auf populärwissenschaftliche und medizinische Fachbücher setzten – über Tropen- und Seuchenmedizin, Dermatologie und Geschlechtskrankheiten, die zunehmend gründlich erforscht wurden.

»Wir müssen Studenten als Leserschaft gewinnen«, hatte Klara zu ihrem Vater gesagt, als dieser sich angesichts des Themas sträubte. Und Ella, die damals erst zwölf Jahre alt gewesen war, hatte sie kurzerhand erklärt, was Geschlechtskrankheiten waren. Worte waren für sie ein Schatz, den man verschwendete, nicht hortete und schon gar nicht versteckte. Und deswegen verkaufte sie die Bücher über Geschlechtskrankheiten mit gleicher Selbstverständlichkeit wie jene seichten Romane, die ihre treue Kundin Hertha Brinkmann so gerne las.

»Und wie sie allen in den vielen Nächten im Luftschutzkeller stets Beistand leistete!«, fuhr der Vater fort und versetzte damit selbst Hildegard in Rührung. Die treue Buchhändlerin arbeitete seit Jahrzehnten für die Reichenbachs und hatte sich Tränen selbst dann verkniffen, als ihr einziger Sohn als vermisst gemeldet wurde. Nun gut, auch jetzt liefen ihr keine Tränen über die Wangen, aber die Mittfünfzigerin nickte energisch. »Stets hatten sich jede Menge Bücher in ihrem Luftschutzgepäck befunden. Ob Dr. Karl Ploetz' *Auszug aus der Geschichte*, die einbändige Dünndruckausgabe von Hölderlins Werken, darin enthalten *Wo aber Gefahr ist, wächst das Rettende auch*, oder Boethius' *Der Trost der Philosophie*. Wenn die Angst übermächtig wurde, die Luft zu brennen schien, wenn die Wände bebten und die Bombeneinschläge immer näher kamen – sie hörte nicht auf, mit fester Stimme vorzulesen. Und nicht nur im Bunker trotzte sie der Angst. In manchen Nächten weigerte sie sich, sich zu verkriechen, schlief lieber auf einer dünnen Matratze in den Geschäftsräumen, um einen Brand notfalls rechtzeitig löschen zu können. Als einmal die Fensterscheiben platzten, ging ein Scherbenregen auf sie nieder, doch sie verband stoisch ihre Wunden und fegte für den nächsten Tag Büro und Verkaufsraum.«

Jemand schluchzte laut, aber Ella brachte keinen Ton hervor.

Auch der Vater schwieg endlich. Als sie sah, wie ihn ein Zittern überlief, er gar bedrohlich wankte und das nur einen Schritt vom offenen Grab entfernt, hätte sie ihm am liebsten einen Stoß versetzt.

Du solltest dort unten liegen, nicht Mutter. Denn bei all den Dingen, die du gesagt hast, hast du das Wichtigste vergessen: Dass du sie letztlich umgebracht hat. Dass ihr Blut an deinen Händen klebt. Dass ...

»Gib sie mir.«

Ella merkte verspätet, dass Luise sich wieder unruhig in ihren Armen wand und ein Greinen ausstieß. Vielleicht hatte sie noch mehr Eichhörnchen erspäht oder spürte die finsteren Gefühle, die in der großen Schwester tobten. Kurz umklammerte Ella den weichen Körper der Kleinen noch fester, versenkte ihr Gesicht in ihren hellen Locken. Aber die Kleine strampelte immer heftiger, und irgendwann stieß ihre Großmutter ein beschwörendes »Elsbeth!« aus.

Neben ihrer Mutter war Gertrude Hagedorn die Einzige, die sie Elsbeth nannte, und kurz war ihr das ein Trost. Dann schnitt die Trauer umso tiefer. Die Großmutter war schon lange vor dem Krieg eine verhärmte Frau gewesen, jetzt war sie gänzlich verbittert. Dass Luise trotzdem die Arme ausbreitete und zu ihr strebte, verriet nur allzu deutlich, wie unwohl sie sich auf dem Arm der verkrampften großen Schwester fühlte.

Widerwillig reichte Ella die Kleine weiter, und augenblicklich fühlte sie sich leer und klamm.

Der Vater sagte weiterhin nichts, stand nur schlotternd am Grab, doch als sich ihre Blicke trafen und er unmerklich zusammenzuckte, wusste sie, dass er ihre Gedanken erahnte. Mörder, du Mörder.

Was zählte es noch, dass er sich in den letzten Wochen von Klaras Leben jeden Bissen vom Mund abgespart hatte? Klara wollte... konnte nichts mehr essen. Zuletzt hatte sie sogar Wasser erbrochen.

Mit tränenüberströmtem Gesicht hatte der Vater vor ihrer Pritsche gekniet, hatte sich noch Stunden nach ihrem letzten Atemzug an ihren schmächtigen Körper geklammert. Der Anblick hätte in Ella wohl Mitleid beschworen, wäre da nicht diese unbändige Wut gewesen.

Immerhin war diese Wut eine brauchbare Krücke, auf die man sich stützen konnte. Keinerlei Halt boten dagegen Ohnmacht, Hilflosigkeit und Trauer, die jetzt übermächtig wurden. Ella wandte sich ab, machte ein paar Schritte, jene stolpernden, wackeligen unsicheren, wie sie im Moment alle Frankfurter machten, weil sie nicht nur regelmäßig Trümmer schleppten, sondern an der Last der bedingungslosen Kapitulation zu tragen hatten. Zu ihrem Erstaunen gaben ihre Beine nicht nach, und bald hatte sie eine Grabreihe mit verwitterten Steinen erreicht. Schwer stützte sie sich auf einen Grabstein, schaffte es, einige Atemzüge lang dem Kummer zu trotzen, der Empörung.

Stark sein, beschwor sie sich, sie musste stark sein... für Luise, die ihre Mutter immer Wunderkind genannt hatte, weil sie knapp zwanzig Jahre nach der Geburt der ersten Tochter die Hoffnung auf weiteren Nachwuchs längst begraben hatte.

Stark sein... stark sein... echote es in ihr.

Sie blickte auf das vertrocknete Moos auf dem Stein, dann auf einen kleinen Vogel, der zwischen den Gräbern hüpfte, sein Federkleid war von einem durchdringenden Gelb, das an diesem von den Farben des Verfalls bestimmten Ort fehl am Platze wirkte.

Sein Zwitschern klang fröhlich, unbekümmert. Machst du es wie Vater und lügst uns vor, dass das Leben schön und leicht ist? Oder ist die größte Wahrheit von allen, dass das Leben trotz aller Dunkelheit und Bitternis weitergeht?

Das Vögelchen hielt sein Köpfchen schief, sie auch.

Und dann kam zum Zwitschern eine Stimme. »Das ist ein *Parus major*.«

Ella fuhr herum. Kurz konnte sie nicht einschätzen, woher die Stimme gekommen war, denn da waren nur ein paar Birken, deren silbrige Blätter im Oktoberwind rauschten. Doch dann flatterte das Vögelchen zu einem alten Ahornbaum mit weitaus dickerem Stamm, und hinter dem trat ein junger Mann hervor. Er zog die Schultern hoch, und der Eindruck, dass sie einen scheuen Menschen vor sich hatte, verstärkte sich angesichts seiner Kleidung. Hemd und Hosen schienen einem vierzehnjährigen Jungen zu gehören, diesen Mann schätzte sie auf mindestens zwanzig. Hastig löste sie ihren Blick von den unzähligen Flicken auf seiner jämmerlichen Jacke, wollte sie ihn doch nicht bloßstellen, und musterte stattdessen sein Gesicht, hohlwangig und gezeichnet von den Jahren des Darbens. Nur seine Haare waren kräftig, von einem hellen Braun, mit leicht rötlichem Schimmer und beinahe schulterlang. Wieder fuhr sie unwillkürlich an ihre eigenen Haare und zupfte daran, ehe sie sie hinters Ohr schob. Ob sie sich je an die neue Länge gewöhnen würde? Hatte wirklich Trauer um die Mutter sie veranlasst, sich die Haare abzuschneiden, oder wollte sie den Vater brüskieren, der ihre Zöpfe immer geliebt und manchmal neckisch daran gezogen hatte?

Schmerz und Wut wurden erneut so übermächtig, dass ihr nun doch Tränen in die Augen schossen und über die Wangen liefen. Nun war sie diejenige, die den Kopf einzog, doch ausgerechnet das bewog den jungen Mann näherzukommen.

»*Parus major* – das klingt wie ein militärischer Rang«, fuhr er leise fort, »dabei ist damit die Kohlmeise gemeint. Eine der häufigsten Vogelarten überhaupt, nicht nur in Europa verbreitet, auch in Asien. Die Populationen in Asien haben eigene Unterarten hervorgebracht, den *Parus minor* oder den *Parus cinereus*. Erstaunlich, dass diese Kohlmeise hier ganz allein herumflattert. Nach dem Flüggewerden schließen sich die jungen Vögel oft zu einem Schwarm zusammen.« Kurz klang seine Stimme sehnsüchtig, doch dann fügte er trocken hinzu: »Sie machen sich gegenseitig das Leben schwer, weil sie ständig Rangstreitigkeiten austragen.«

Als er verstummte, hatte er sie fast erreicht, nur der verwitterte Grabstein stand zwischen ihnen. Obwohl sie wegen der Tränen nur verschwommen sah, fiel ihr auf, wie intensiv der Blick seiner grauen Augen war, nicht einfach nur neugierig, sondern gierig, als wollte er sie bis ins Innerste erforschen.

Rasch senkte sie den Kopf, weil sie nicht wollte, dass er ihre Gefühle ergründete.

»Soll ich lieber aufhören?«, fragte er.

»Nein, bitte sprechen Sie weiter!«

»Ich fürchte, ich weiß nicht viel mehr über die Kohlmeise. Was könnte ich sonst erzählen?«

Vielleicht was Sie über den Tod wissen?, dachte sie plötzlich.

Allerdings könnte ihr der junge Mann nichts darüber erzählen, was sie nicht längst schmerzhaft gelernt hatte – dass der Tod gierig war, rücksichtslos, unbarmherzig. Über das Leben wusste sie viel weniger – weder, wie es nun weiterging, noch wie sie jemals wieder glücklich werden sollte.

Zögernd suchte sie wieder seinen Blick, stellte fest, dass auch er nicht sonderlich glücklich zu sein schien. Obwohl fast alles an ihm hell war, die Haut, die Augen, selbst die rauen Lippen, lag irgendein Schatten auf ihm. Ob auch er auch einen lieben Menschen verloren hatte?

»Erzählen Sie mir von sich.«

Die Worte kamen einfach über ihre Lippen, und ihr entging nicht der kurze Schrecken, der über sein Gesicht huschte. Doch dann verbogen sich die Mundwinkel nach oben. Ob es wirklich ein Lächeln war oder bloß Ausdruck von Verlegenheit, konnte sie nicht sagen, aber seine Stimme klang unbekümmert wie vorhin, als er erwiderte: »Und wenn ich über mich weniger weiß als über diesen Vogel? Kohlmeisen fressen am liebsten Larven und Eier von Insekten, und ihr bevorzugter Lebensraum sind Laub- und Mischwälder. Was dagegen mich anbelangt...«

Er hob hilflos die Hände. Für einen Frankfurter war es nach dem Krieg schier unmöglich, sein liebstes Essen zu bekommen. Und von einem Lebensraum konnte man nicht sprechen, war die Stadt doch lange Zeit eher ein Todesraum gewesen.

»Ein Name würde genügen«, sagte sie.

»Ich bin Ari«, erwiderte er, um schnell hinzuzufügen: »Eigentlich Arnold, aber das klingt mir zu noldig.«

Das Lachen, das aus ihr hervorbrach, klang metallisch, aber immerhin war es ein Lachen. »Noldig? Was ist denn das für ein Wort?«

»Eine berechtigte Frage. Wussten Sie, dass die Buchstabenkombination NOLD abgesehen von den Namen Arnold und Nolde nur in einem einzigen deutschen Wort vorkommt, nämlich im Linoldruck?«

Wieder musste sie lachen, ehe vage Erinnerungen in ihr hochstiegen. Die Mutter hatte ihr einmal erklärt, dass der Linoldruck zwar nicht bei der Herstellung von Büchern eine Rolle spielte, man damit aber Postkarten, Wandbilder und Kunstdrucke anfertigen konnte. In eine Linoleumplatte wurde hierfür ein Muster eingeritzt, und mit dieser dann – gleich einem Stempel – die Farbe aufgebracht.

Ihr Lachen verstummte, als ihr einfiel, dass die Mutter ihr nicht nur das Prinzip des Linoldrucks erklärt hatte, sondern diese Gelegenheit genutzt hatte, um ihr eine ihrer Lebensweisheiten zu vermitteln. Auf einer glatten Fläche entstünde kein Bild, hatte sie gesagt, es bräuchte Risse und Rillen. Mit dem Leben verhielte es sich ebenfalls so. Leid wäre ein Werkzeug, das der glatten Oberfläche des Lebens ein Muster gab. Und obwohl das schmerzhaft war, der Mensch das Glatte bevorzuge und die Rillen Kummerfalten nannte, entstünde nur durch sie ein einzigartiges Bild.

Der junge Mann verschwamm vor ihren Augen, schon wieder musste sie weinen.

»Habe ich etwas Falsches gesagt?«, fragte er besorgt.

Sie schüttelte den Kopf. Eigentlich war es genau das Richtige, um Erinnerungen an die Mutter heraufzubeschwören, nicht an die schwerkranke, sondern an die liebevolle Frau, auf deren Schoß Ella als kleines Mädchen gesessen hatte, wenn sie in einem Buch blätterte. Ihre Mutter ließ sie nicht nur von ihrer geliebten heißen Schokolade kosten, sie nahm Ella auch mit, wenn sie die Räume des Verlags wie eine Königin durchschritt, später in der Buchhandlung nach dem Rechten sah, ihrem Zauberreich, dessen Grenzen zur grauen irdischen Welt verlässlich schützende waren. Leider hatte sie zu wenig bedacht, dass auch in einem Zauberreich dunkle Wesen hausten, gefährlich und listig, die Tod und Verderben brachten ...

Ihre Gedanken versiegten, als Ari sich bückte und von dem Streifen zwischen den Gräbern eine Blume pflückte. So fahl das Gras um diese Jahreszeit auch war – die Blume war von einem leuchtenden Rosa. »Eine *Anemone hupehensis*«, murmelte er, »genauer gesagt, eine Herbst-Anemone aus der Familie der Windrosen.«

»Wie kann man sich bloß all diese lateinischen Namen merken?«

»Ihren Namen würde ich mir auch merken, wenn es kein lateinischer wäre.«

»In meiner Geburtsurkunde steht Elisabeth. Meine Mutter hat mich immer Elsbeth gerufen. Ich selber konnte das nicht aussprechen und nannte mich als kleines Kind Ella, was mir alle anderen nachmachten und…«

»Und wie soll ich Sie nennen?«

Sie zuckte ratlos mit den Schultern. Wollte sie noch eine Elsbeth sein?

Ihr Zögern bewog den jungen Mann, einen großen Schritt auf sie zuzumachen. Und dann stand er vor ihr und hielt ihr die Blume hin, sodass sie gar nicht anders konnte, als das Gesicht darüber zu beugen und den vagen Geruch einzusaugen. Danach nahm sie sie entgegen, und kurz berührten ihre Fingerkuppen seine. Ihrer beider Hände waren kalt, dennoch durchfuhr sie ein sachtes Kribbeln, und es fiel ihr plötzlich ganz leicht zu lächeln.

»Wo bleibst du denn?«

Ella fuhr herum. Ihre erste Regung war, das Blümchen hinter ihrem Rücken zu verbergen, schien es doch verboten, sich an einem Tag wie diesem an etwas Schönem zu erfreuen. Sie widerstand dem Drang aber, zumal Hildegard ohnehin keinen Blick für die Herbst-Anemone hatte. Sie erklärte eben, dass nun der Moment gekommen war, endgültig Abschied zu nehmen und eine Schaufel Erde auf den Sarg fallen zu lassen, doch als sie Ari erblickte, hielt sie mitten im Satz inne.

Dessen Lächeln war augenblicklich geschwunden, seine Miene wirkte nahezu schuldbewusst. Nicht nur, dass er wieder die Schultern hochzog, schon hastete er ohne Abschiedsworte über das raschelnde Herbstlaub zum Friedhofstor.

Noch erstaunlicher als seine Reaktion war die von Hildegard. Die Augen der treuen Buchhändlerin weiteten sich, und was darin stand, war nicht einfach nur Befremden, weil Ella sich mit einem fremden jungen Mann unterhielt, anstatt im Kreise der Familie auszuharren, sondern ... Verachtung.

»Kennst du diesen jungen Mann etwa?«, fragte Ella.

Aus Hildegards Lippen wurde ein schmaler Strich.

»Kannte er vielleicht meine Mutter?«, bohrte Ella nach. »Ist er hier, um Abschied von ihr zu nehmen?«

Anstatt etwas zu sagen, machte Hildegard kehrt und ging entschlossen zurück zum offenen Grab. Als Ella ihr folgte, glaubte sie zu hören, wie Hildegard eine Verwünschung nuschelte, aber vielleicht irrte sie sich.

Sie sann nicht lange darüber nach, denn schon kam der Moment, vor dem sie sich am meisten gefürchtet hatte. Ihre Beine waren steif, als sie vors Grab trat, sie drohte zu wanken wie vorhin ihr Vater. Zwar wurde sie des Zitterns Herr, doch ihre Hände wollten nicht tun, was sie ihnen befahl. Anstatt mit dem Schäufelchen Erde auf das Grab zu schütten, ließ sie lediglich das Blümchen fallen, einem Tropfen Farbe gleichend, der sich, wenn auch nur kurz, gegen das dunkle Totenreich behauptete.

Als sie vom Grab zurücktrat, versuchte der Vater, sie an sich zu ziehen und zu umarmen. »Ella«, stammelte er, »Ella ... Jetzt haben wir nur noch uns.«

Wie gerne sie ihm Erde ins Gesicht geschleudert hätte! Am Ende begnügte sie sich mit Worten. »Ich werde dir nie verzeihen, was du Mutter angetan hast«, raunte sie. »Nie!«

Ihre Großeltern waren mit Luise schon vorausgegangen, und sie beeilte sich, ihnen zu folgen. Wie aus weiter Ferne hörte sie das Schluchzen von Hertha Brinkmann, der treuen Kundin. Etwas leiser, auch tröstlicher, war das Zwitschern der Kohlmeise, die plötzlich wieder herbeigeflattert kam und auf dem schmalen Weg vor ihr etwas aufpickte.

Schweigend gingen sie durch Höchst, jenes Viertel im Westen Frankfurts, das einst ein eigenständiges Städtchen gewesen war. Die Großeltern waren noch nie gut im Reden gewesen. Insbesondere ihr Großvater Gustav Hagedorn, der als gelernter Tischler seine ganze Zärtlichkeit dem Holz angedeihen ließ, nicht den Menschen, schien den Worten zu misstrauen – den gesprochenen ebenso wie den geschriebenen. Er hatte Klaras Hunger nach Büchern nie verstanden und dass dieser Hunger sie aus Höchst fortgetrieben hatte, erst recht nicht. Menschen waren für ihn Mobiliar: An dem Platz, an dem man es abstellte, hatte es gefälligst zu bleiben. Ein Herd hatte nichts im Schlafzimmer verloren, eine Badewanne nichts in der Küche und die Tochter eines Tischlers nichts in einer Verlagsbuchhandlung.

Klara hatte ihre Eltern dennoch regelmäßig besucht, schon um sie nicht von den Enkelkindern zu entfremden, doch Ella konnte sich nicht erinnern, dass der Großvater sich jemals herzlich über ein Wiedersehen gefreut hatte. Auch jetzt witterte sie unter seiner Trauer ein tiefes Unverständnis gegenüber seiner Tochter – und keinen Trost für sie.

Die Großmutter wiederum, hinter deren Verdrossenheit immer auch Güte zu erahnen war, hielt Luise an der Hand und hatte es schwer genug, sie zum Gehen zu bewegen, sodass Ella nicht auch noch ihren Kummer auf ihr abladen wollte.

Obwohl sie den Friedhof von Höchst längst verlassen hatten, vermeinte sie immer noch, auf einem zu sein. Sicher, Höchst hatte bei Weitem nicht so viele Bomben abbekommen wie das Zentrum von Frankfurt, aber einige Häuser waren komplett zerstört, darunter auch die Gaststätte zum Goldenen Anker oder das Eckhaus an der Dalbergstraße, in dessen Erdgeschoss sich eine Kaufhalle befunden hatte. Sie konnte sich zwar nicht erinnern, diese je betreten zu haben, aber andere Erinnerungen an ihre Besuche im Viertel wurden übermächtig.

Wie der Vater und sie einen Kahn ausgeliehen hatten, er sie über den Stadtparkweiher gerudert hatte, und hinterher gab es frisch geröstete Kastanien und Erdnüsse. Wie sie sich – lange bevor man hier Verdunkelungsmaterial für Bombennächte verkaufte – am Schaufenster des Kaufhauses Conradi die Nase platt gedrückt hatte, wo, dekoriert mit schwarzen Scherenschnitten von leicht bekleideten Damen, die sie für die Feen aus *Dornröschen* gehalten hatte, feinste Damenstrümpfe ausgestellt waren.

Auf dem Höchster Markplatz hatte der Vater oft ein Eis spendiert, in der Café-Conditorei Kowald ein Stück Torte, und im Café Gärtner hatte er sich regelmäßig den Kopf angeschlagen, vergaß er doch jedes Mal, dass man das Haus im Volksmund ob seiner niedrigen Eingangstür »Kaffee Bück-dich« nannte.

Die Mutter hatte immer laut gelacht, ehe sie die schmerzende Stelle küsste. »Ich will auch einen Kuss«, hatte Ella gerufen, obwohl ihr rein gar nichts wehtat und sie glücklich und geborgen gewesen war. Selbst die düstere Stimmung im Haus der wortkargen Großeltern hatte ihr nichts anhaben können.

Als sie sich jetzt der Arbeitersiedlung, dem kleinen Backsteinhäuschen mit ausgebautem Dachgeschoss, näherten, empfing sie zu ihrem Erstaunen nicht die übliche Stille. Schon von weither waren Stimmen zu hören, auch das Plärren eines Kindes, das so alt wie Luise sein musste, und das Zetern der Mutter, das eher hilflos als streng klang.

Ella blieb unwillkürlich vor dem Tor stehen, hinter dem ein winziger Garten lag, gerade mal groß genug, um einem einzigen Salatbeet, einem Kirschbaum und einem Schuppen Platz zu bieten. In Letzterem sägte und hämmerte der Großvater manchmal, seitdem er seine Werkstatt aus Altersgründen hatte schließen müssen.

Ella legte den Kopf schief. Tatsächlich! Die Stimmen kamen eindeutig aus dem Haus der Großeltern.

»Wer ... wer ist denn da bei euch zu Gast?«, entfuhr es ihr.

Die Großmutter war beherzt durchs Gartentor getreten, blieb dahinter aber stehen. Während Luise ihre Hand losließ und zu den Schnecken im Salatbeet eilte, stampfte der Großvater auf.

»Gäste, von wegen!«, schimpfte er. »Flüchtlingspack ist es.«

Anstatt das Haus zu betreten, ging er zum Holzblock vor dem Schuppen und begann Scheite zu spalten. Heute hatte er nicht einmal fürs Holz Zärtlichkeit über.

»Sie wurden uns einfach zugeteilt«, berichtete die Großmutter mit gepresster Stimme.

Ella hörte die Worte zwar, aber verstand sie nicht. Während die Großeltern im Garten blieben, betrat sie das Haus.

Wie immer empfing sie graues Schummerlicht. Die Fenster waren winzig, und die zwei Petroleumlampen erhellten den Raum ebenso wenig wie die Funken vom Kohlenofen, die wild zu tanzen begannen, als der Luftzug sie traf. Grau war denn auch das Gesicht der Frau, die davor kniete und gerade ein Scheit nachlegte. Eine andere stand beim Herd in der Küche, Großmutters ganzem Stolz, und schälte verschrumpelte Möhren. Gleich daneben versuchte eine weitere Frau, ein greinendes Kind zu wickeln. Dem strampelnden Kind war nicht beizukommen, der Leere in den Gesichtern auch nicht. Wenn Trostlosigkeit und Erschöpfung einen Geruch hatten, dann diesen nach alter, muffiger Kleidung und saurem Atem.

Ella wich zurück, merkte erst jetzt, dass die Großmutter ihr gefolgt war und ihr leise zuraunte: »Sie kommen zu Tausenden aus dem Osten, manche mit dem Zug, manche zu Fuß mit dem Leiterwagen. Ganze sieben haben wir aufnehmen müssen und können noch von Glück reden, dass wir selber hier haben wohnen bleiben dürfen. In Sindlingen und Zeilsheim haben die Amis etliche Wohnungen beschlagnahmt. Dein Großvater wollte einfach absperren, so tun, als wäre niemand zu Hause, aber als der Nachbar das versuchte, ist die Polizei angerückt und hat die Wohnungstür mit der Axt eingeschlagen.«

Ob das der Grund war, dass der Großvater so wütend Scheite spaltete? Das dumpfe Geräusch der Schläge drang zu ihr, sonst war jeder Laut verstummt, selbst das Kind hatte aufgehört zu greinen. Die Großmutter fügte nichts hinzu, doch Ella glaubte, ihre Gedanken zu hören: Du kannst hier nicht bleiben, für dich haben wir nicht auch noch Platz.

Wie betäubt ließ sie sich von der Großmutter nach draußen ziehen. Erst als sie im Freien standen, presste Ella heraus: »Ich... ich kann doch nicht mit Vater unter einem Dach leben. Ich will bei euch wohnen.«

Der Großvater hatte eben die Axt erhoben, doch nun ließ er sie auf den Boden fallen und sank schwer auf den Hackklotz. »Wie stellst du dir das vor?«

Trauer klang aus seiner Stimme, Unsicherheit, aber auch jene Verdrossenheit, mit der er den Lebensweg seiner Tochter bezeugt hatte. Warum hatte sie sich bloß ehrlicher und harter Arbeit verweigert und sich stattdessen den Büchern verschrieben? Wer seinen Platz nicht kannte und zu hoch hinaus strebte, landete nun mal früher unter der Erde als einer, der unauffällig und demütig durchs Leben ging.

Nein, von Gustav Hagedorn war kein Mitleid zu holen, nicht für die tote Mutter, nicht für sie.

»Ich ... ich ...«

Zumindest im Blick der Großmutter las Ella Verständnis und ehrliches Mitgefühl. Sie deutete auf die kleine Schwester, die munter um den Baum herumsprang. »Um Luischen können wir uns natürlich kümmern – wie damals in den Bombennächten.« Allein bei der Vorstellung, sie hier zurückzulassen, verkrampfte sich Ellas Innerstes.

»Ich ... Ich ...«, begann sie wieder.

»Komm mal her, Kleine«, brummte der Großvater, ergriff ein faustgroßes Stück Holz, zog ein Messer aus der Hosentasche und begann, eine kleine Figur zu schnitzen. Neugierig stapfte Luise auf ihren Beinchen näher und stieß ein umso lauteres Juchzen aus, je genauer die Umrisse einer Figur zu erkennen waren. Gustav Hagedorns Züge wurden weich und liebevoll wie nur selten.

»Es ist das Beste so«, murmelte die Großmutter.

»Letztes Jahr ... im Krieg ... da habe ich euch doch geholfen, dass ihr durchkommt.« Ella hob die Hände, mit denen sie unermüdlich auf den Feldern gewühlt hatte, um noch die letzte Knolle ans Tageslicht zu befördern, sie hatte eigenhändig Wurzelstöcke gefällter Bäume ausgegraben, die die Bauern ihnen großmütig überließen. Die Wurzeln waren hart, der Großvater bekam sie kaum klein, und wenn sie im Ofen brannten, spuckten sie beißenden Rauch. Noch mehr Rauch verursachten feuchte Tannenzapfen, aber die hatte sie ebenso rastlos gesammelt wie Bucheckern.

»Wenn Luise bei uns lebt, kriegen wir etwas mehr Essen zugeteilt.«

War es Berechnung, was die Großmutter antrieb? War der Hunger größer als die Sorge um die beiden Enkeltöchter?

Nun, als der Großvater Luise den kleinen Hasen überreichte

und das Kind noch lauter lachte, lag auch auf Gertrudes Gesicht ein Lächeln.

Ella war nicht nach Lachen zumute.

»Komm!«, sagte die Großmutter da und zog sie mit sich.

Kurz schien es, als wollte sie sie zum Abort führen, der sich außerhalb des Hauses befand, aber stattdessen war Gertrudes Ziel der Schuppen gleich daneben. In Ella regte sich die Hoffnung, dass sie vielleicht hier unterschlüpfen konnte, doch als die Großmutter sie über die Schwelle zog, zu einer Truhe führte und diese öffnete, sah sie, dass sie ihr keine alte Pferdedecke zeigen wollte, auf der sie schlafen könnte, sondern etwas anderes... Kostbareres.

Wie war es möglich, dass sich ein solcher Schatz im Besitz der Großeltern befand?

Was Trauer und Erschöpfung und Hoffnungslosigkeit nicht gelungen war, schaffte nun das Erstaunen. Ella sank auf die Knie. Erst nach einer Weile hob sie die Hand, um über den Schatz zu streichen, wagte es am Ende doch nicht. Ihre Hand war so dreckig, das Papier so weiß.

Es war viel Papier, in verschiedenen Arten. Griffiges, offenes Werkdruckpapier, mehr oder weniger holzhaltig, das gut für den Buchdruck geeignet war, geglättetes, satiniertes Papier für Bilder, gussgestrichenes Papier mit fast spiegelglatter Oberfläche für den Kunstdruck.

»Woher hast du das?«, fragte Ella.

Die Großmutter war wieder zurückgetreten, zuckte nun mit den Schultern. Mit der Tochter hatte sie nie viel anfangen können. Dass ihre Lehrer sie als außergewöhnlich begabt bezeichnet, erst das Gymnasium, später eine Buchhandelslehre empfohlen hatten, hatte sie zwar hingenommen, zugleich aber wie ihr Mann als Kriegserklärung an die eigene Lebensweise empfunden. Und dass die Tochter schließlich nicht nur einen Verleger geheiratet hatte, sondern mit ihm sein Unternehmen führte, war ihr als Anmaßung erschienen.

Allerdings musste selbst ihr bewusst sein, dass Papier während des Kriegs zur Mangelware geworden war. Nicht nur, dass immer mehr Zeitungen eingestellt worden waren – auch den Reichenbachverlag hatte die strenge Kontingentierung empfindlich getroffen. Die sogenannte totale Mobilmachung des Buchhandels am 31. August 1944 hatte sich schließlich als Todesstoß erwiesen: Sämtliche Papierbestände, Materialien für den Buchdruck und Maschinen waren eingezogen worden. Einzig Schulbücher und Fachwerke über Waffen und Kriegstaktik waren auf dem Markt geblieben, die Produktion von schöngeistigem Schrifttum, auch Kinder- und Jugendliteratur dagegen komplett eingestellt worden.

»Wie ... wie hat Mutter es geschafft, all das Papier zu horten?«, rief Ella.

Wieder zuckte die Großmutter mit den Schultern. »Ich weiß nur, dass sie einmal spätabends mit einem Wagen kam und ein Mann ihr half, es hier hereinzubringen.«

»Ich habe gehört, dass vielerorts auch alte Buchbestände versteckt wurden und nun auf den Markt kommen«, murmelte Ella. »Tausende Exemplare von Remarques *Im Westen nichts Neues*, die man während des Kriegs in einem geheimen Außenlager eingemauert hat, waren binnen weniger Tage verkauft.«

Das Stirnrunzeln verriet, dass der Titel der Großmutter nichts sagte.

»Mit dem Papier könnte man Bücher drucken!«, sagte Ella überschwänglich. »Den Reichenbachverlag wieder zum Leben erwecken … ihn in Mutters Sinne weiterführen … unsere verlagseigene Buchhandlung bestücken und …«

Die Großmutter trat näher. Langsam hob sie die Hand und strich ihrer Enkelin liebevoll über die Schulter. Wärme erfüllte Ella, das tröstliche Gefühl, nicht ganz allein auf der Welt zu sein. Leider hielt es nicht an.

»Luise würde dich nur stören dabei. Hier bei uns hat sie's besser. Das Haus mag voll sein, aber es steht noch, und bei den Bauern in der Nähe gibt's mehr zu essen als drinnen in der Stadt.«

»Ich habe Mutter versprochen, ihr jeden Tag vorzulesen.«

»Du kannst sie dann und wann besuchen.«

»Das ist mir zu wenig. Zumindest am Wochenende will ich sie zu mir holen.«

Die Großmutter starrte sie kurz zweifelnd an, ehe sie widerwillig nickte. Ella war insgeheim nicht sicher, ob die Wochenenden genügten, Klara… Luise… ihr selbst. Aber dieses Papier genügte für einen Neuanfang. Als sie es betrachtete, hatte sie das Gefühl, dass auch die eben noch nebelgraue Zukunft plötzlich weiß und glatt vor ihr lag, sie nur die richtigen Worte finden musste, um ihre Geschichte zu erzählen. Wovon die Geschichte handeln würde, wusste sie noch nicht. Im Mittelpunkt stand jedenfalls eine junge Frau, auf die mehr wartete als nur die Trauer um die Mutter und die Wut auf den Vater.

2. KAPITEL

Sich in der Ruinenlandschaft der Frankfurter Innenstadt zu orientieren war nahezu unmöglich. Anstelle von Wegen und Straßen empfingen Ari Schuttberge, über die man wie eine Ziege klettern musste. Manchmal zeigten die Fußspuren von anderen, wo man auftreten konnte, ohne im Geröll einzubrechen, manchmal konnte man sich an einem Abflussrohr, das in den blauen Himmel ragte, festhalten. Immer wieder rumorte es bedrohlich im Schutt, löste sich ein Holzbrett oder ein Ziegel und krachte auf den Boden.

An manche Mauern hatten amerikanische Soldaten »Death is so permanent« geschrieben, und Ari war nicht sicher, ob das eine Lebensweisheit sein sollte oder eine Drohung, an jene gerichtet, die sich gegen die Besatzung auflehnten. Das Gras, die Disteln und das Moos scherten sich jedenfalls nicht darum. Unbeirrt wuchsen sie auf den Trümmern und taten so, als könnte die Steinwüste zu einer bunten Wiese werden, wenn man nur beharrlich daran glaubte.

Vielleicht sollte er ein bisschen frohgemuter und selbstbewusster einen Fuß vor den anderen setzen, als hätte er nicht nur ein Ziel, sondern wüsste auch, wie er dorthin fand.

Immerhin, vorhin war er einem Postboten begegnet, der wusste, wer in welchem Kellerloch lebte. Und obwohl lange Zeit sämtlicher Verkehr zum Erliegen gekommen war, weil die Bahnhöfe getroffen, der Schiffsverkehr lahmgelegt, alle Brücken über den Main gesprengt worden waren, gab es immerhin zwei funktionierende Straßenbahnlinien.

Dennoch verstörte ihn dieses Gerippe einer Stadt. Von so vielen Orten, die er aus seiner Kindheit kannte, waren nur Grundmauern oder ausgeglühte Kuppeln geblieben. Die gotischen Fachwerkbauten des Altstadtkerns gab es nicht länger, ebenso wenig wie die Nikolaikirche, den Römer und die Alte Börse gegenüber der Paulskirche. An das prächtige Goethehaus aus großen Blöcken roten Mainsandsteins erinnerte nur eine armselige Tafel, an das Café an der Hauptwache ein Berg Trümmer.

Auf dem Schoß seines Vaters hatte er hier zum ersten Mal an einer Tasse Kaffee genippt – was die Mutter noch hinnahm –, auch an einem Glas Cognac, wofür die Mutter den Vater heftig gerügt hatte. In seiner Kehle hatte es wie Feuer gebrannt, doch das war ein geradezu köstlicher Schmerz gewesen.

Nicht nur die Orte seiner Vergangenheit fand er verwüstet vor, sondern auch jene, in der seine Zukunft hätte stattfinden sollen, so das Schumanntheater gegenüber vom Hauptbahnhof. Es war für seine im Jugendstil gestaltete Fassade berühmt gewesen, die beiden markanten Türme und die moderne Technik im Inneren. Doch von der Bühne und dem Zuschauerraum war nichts geblieben, und die Außenwände waren zwar heil, aber mit Stacheldraht umzäunt, ein Zeichen, dass die Amerikaner das Gebäude zu nutzen gedachten, jedoch nicht als Theater. Derzeit war nichts ein Spiel, alles bitterer Ernst. Nur er war fest entschlossen, auf jenem schmalen Grat zwischen Zerstörung und Neubeginn zu wandeln, sich nicht in die Tiefe ziehen zu lassen und aus diesem Drahtseilakt ein Kunststück zu machen.

Akrobat hatte er zwar niemals werden wollen, Schauspieler aber schon. Und deswegen würde er immer weitergehen ... notfalls kriechen ... krabbeln ... robben ... Deswegen würde er sich nicht von der Verzweiflung und Leere, die in den Gesichtern der Menschen hier standen, anstecken lassen.

Und irgendwann erreichte er tatsächlich sein Ziel: Die Kabine 15a im vormaligen Tiefbunker am Schauspielhaus, ein kahler Raum mit weißen Wänden, sechs blanken Holztischen und harten Bänken. Von der Decke baumelte inmitten eines Gewirrs von Leitungsrohren eine nackte Glühbirne, in der Ecke dort hinten machte eine Dampfheizung tuckernde Geräusche.

Worte waren keine zu hören. Schweigend löffelten ein paar Männer einen dünnflüssigen, farblosen Eintopf aus einer Schüssel, der – wie ein Schild beim Eingang bekundete – zum Preis von 2,60 Mark zu erhalten war. Er war wohl ohne jegliche Gewürze zubereitet worden, denn keinerlei Essensduft lag in der feuchten, kellerkalten Luft.

»Hier gibt's nichts mehr zu holen«, grummelte ein Mann, dessen Kopf tief über der Schüssel hing. »Heute wurde schon alles verteilt.«

»Ich ... ich bin nicht hier, um mich satt zu essen«, sagte Ari, »ich will vorsprechen.«

Nun hob der Mann doch ein wenig den Kopf. »Vorsprechen?«

»Fürs Theater.«

»Was denn für ein Theater?«

»Ja, doch ...«, Ari zögerte kurz. »Es öffnen jetzt immer mehr Schauspielhäuser, auch hier in Frankfurt. Das Vorsprechen für eine neue Inszenierung soll im Kellerraum stattfinden.«

Als der andere einmal mehr den Löffel zu den Lippen führte, stieß das Metall laut gegen seine Zähne, sonst kam kein Ton mehr von ihm. Ari entdeckte indes ganz hinten in dem Raum eine schmale Tür.

Dahinter erwartete ihn nicht nur modrige Luft, auch Dunkelheit, doch dann machte er Konturen einer Treppe aus, und nachdem er vorsichtig die ersten Stufen genommen hatte – ein Geländer fehlte –, traf ihn die Ahnung eines Lichtscheins. Er folgte ihm, der Streifen wurde breiter. Nein, da war kein Scheinwerfer, der die Bühne erleuchtete, aber immerhin eine funktionierende Lampe. Eine Bühne war es eigentlich nicht, jedoch hatte man etliche leere Apfelsinenkisten nebeneinander gestapelt und Bretter darübergelegt. Und es gab sogar einen Vorhang – oder zumindest die zerfetzten, verschlissenen Reste eines solchen, die kläglich von einer schiefen Stange hingen.

Stühle fehlten, da waren nur ein paar Fässer. Ari konnte sich nicht vorstellen, dass Zuschauer darauf freiwillig Platz nehmen würden, aber wahrscheinlich wurde hier nur geprobt, während die Aufführung später anderswo stattfinden würde.

Noch bevor er mit einem Räuspern auf sich aufmerksam machen konnte, trat eine junge Frau auf ihn zu. Sie sah aus wie alle Frauen im Ruinenfrankfurt – aus dem hageren Gesicht standen spitz die Wangenknochen hervor, die Kleidung war zusammengestückelt und ausgeblichen, die ganze Gestalt wirkte wie von einer dünnen Staubschicht bedeckt. Allerdings war sie stark geschminkt. Sie hatte die Augen schwarz umrandet wie ein Stummfilmstar in den Zwanzigern, und ihre Lippen waren leuchtend rot.

Er vermied es, aufdringlich darauf zu starren, doch sie wusste wohl, was ihr Anblick bei anderen auslöste. »Rote-Rüben-Saft wirkt Wunder. Man kann ihn auch als künstliches Blut nutzen, wenn auf der Bühne jemand ermordet wird.«

Etwas in ihrem kalten Blick und ihrer rigorosen Gestik ließ vermuten, dass sie lieber Mord- als Liebesszenen spielte.

Ari erkannte in dem diffusen Licht einen weiteren Menschen – auf einem der Fässer hockte der Mann, wegen dem er gekommen war. Max Guthmann, so hatte er erst vor wenigen Tagen erfahren, war einer der Regisseure, die nach dem Krieg das Theater wiederbeleben wollten.

»Bin ich der Einzige, der zum Vorsprechen kommt?«, fragte Ari.

Die junge Frau musterte ihn von oben bis unten, wie um nach Wunden zu schauen oder Narben, die er vom Krieg zurückbehalten hatte. Ihr Ausdruck wurde nahezu verächtlich, weil sie nichts fand. »Den meisten Menschen geht es zu schlecht, um ans Theaterspielen auch nur zu denken.«

»Dabei lässt sich das Leid doch nutzen«, entfuhr es ihm. »Alles, was man erlebt hat, auch die schlimmen Dinge, ist das Eisen, aus dem man seine Rolle schmieden kann.«

Das Lachen der jungen Frau klang ein wenig, als befände sich ein Hohlraum in ihrer Brust und bestünden dessen Wände ebenfalls aus Eisen. »Wo hast du denn dieses Sprüchlein gelernt?«

Die Worte stammten tatsächlich nicht von ihm. Er hatte sie in jenem Buch gelesen, das für ihn die Heilige Schrift war, und das seiner Meinung nach jeder Schauspieler kennen sollte. »So ungefähr heißt es im *Deutschen Stanislawski-Buch*«, setzte er an und wollte gerade von Konstantin Sergejewitsch Stanislawski schwärmen, dem großen Reformer des Theaters.

Doch die junge Frau winkte ab. »Ich hoffe, du kannst nicht nur dieses Buch auswendig, sondern auch diverse Dramen.«

»Selbstverständlich. Schiller oder Goethe, Tucholsky oder Brecht, ich trage vor, was ihr hören wollt, gerne auch Gedichte.

Wobei Stanislawski ja meinte, Schauspielkunst begänne vor dem Wort. Nennt mir gerne eine Szenerie, und ich stelle sie glaubhaft dar: Ich kann den Verdurstenden in der Wüste mimen, der endlich auf ein Wasserloch stößt und der, kaum dass er sich darüber beugt, erfährt, dass es vergiftet ist. Man kann mir auch einen Satz sagen – und sei es ein so schlichter wie ›Ist Herr Schmidt hier?‹ – und ich spreche ihn einmal als kleiner, geduckter Mensch aus, der in einer glänzenden Versammlung seinen Gönner sucht, ein anderes Mal als Hochgestellter, der im Vorzimmer seine Bittsteller mustert. Und…«

Er redete zu viel, wenn er aufgeregt war. Eigentlich redete er immer zu viel, wenn er mit Menschen zusammen war. Als müsste er beweisen, dass er es trotz der letzten Jahre noch konnte. Und wenn das erst einmal bewiesen war, war er so erleichtert, dass er nicht wieder aufhören konnte.

Das neuerliche Auflachen der jungen Frau klang wieder metallisch. »Du bist also ein Stanislawski-Jünger durch und durch.«

Das war sicher nicht als Kompliment gemeint, und die rot geschminkten Lippen zuckten spöttisch, nicht freundlich. Womit immer sie den Rübensaft gemischt hatte – er war so dünnflüssig geblieben, dass die Farbe über die Lippenränder trat und ihren Mund aussehen ließ wie eine klaffende Wunde. So viele Worte Ari eben noch gemacht hatte – jetzt konnte er gar kein einziges mehr hervorbringen. Nur das Knirschen von Holz verriet, dass der Mann sich von seinem Fass erhob. Erst als Max Guthmann vor ihn trat, sah Ari, dass an einer Seite ein leerer Ärmel baumelte. In der Hand hielt er etwas, was wie eine Zigarette aussah, jedoch nicht wie eine solche roch. Woraus immer der Tabak gemacht war – der unerträglich scharfe Rauch, den er in seine Richtung blies, ließ nicht nur Aris Augen tränen, sondern rief starken Hustenreiz hervor. Verzweifelt schluckte er dagegen an.

»So, so«, sagte der Regisseur. »Was gefällt dir denn noch an Stanislawski außer dessen Vorliebe für Improvisation und authentisches Gefühl?«

Das Husten brach sich Bahn, als er wieder Luft bekam, sagte Ari: »Am meisten gefällt mir Stanislawskis Meinung, laut der jeder jede Rolle spielen kann. Ein Riese vermag folglich einen Zwerg zu spielen, ein Zwerg einen Riesen, vorausgesetzt, er begnügt sich nicht mit leeren Posen. Nein, ganz und gar in die Rolle schlüpfen muss man, mit ihr verschmelzen, sodass man am Ende nicht spielt, sondern ... *ist*. Auf diese Weise *versteht* das Publikum nicht nur, was man darstellt, das Publikum *fühlt* es.«

Die junge Frau stieß ein trockenes Lachen aus. Vielleicht war es auch ein Husten, denn eben nahm sie dem Regisseur die Zigarette weg und zog selbst gierig daran.

Max betrachtete Ari versonnen, nicht ohne Wohlwollen, und zugleich, wie Ari instinktiv spürte, mit einem gewissen Neid. Ob wegen seiner zwei Arme oder seines Enthusiasmus, vermochte Ari nicht zu sagen.

»Nicht alles, was ein Schauspieler spielt, muss er selbst erlebt haben«, sagte der Regisseur leise, »aber alle Gefühle, die er darstellt, muss er selbst kennen. Wenn er sich auf der Bühne freut, so hat er an ein Ereignis zu denken, bei dem ihm das Herz schier platzte vor Glück. Stellt er Leid dar, gilt es, sich des eigenen Leids zu besinnen.«

Traute er Ari zu, das eigene Leid heraufzubeschwören, und auch, was dieser Tage noch schwieriger schien, die Freude?

Trotz der Worte, die doch eigentlich wohlmeinend waren, fühlte sich Ari plötzlich eigentümlich verzagt. Den nagenden

Zweifel, ob es eine Anmaßung war, zu einem Vorsprechen zu gehen, hatte er nie ganz abstreifen können, jetzt verstärkte sich die vage Ahnung, ein Hochstapler zu sein.

»Hm«, machte Max, beugte sich vor und tätschelte mit seiner heilen Hand seine Schultern. »Ich war selber nie ganz von Stanislawski überzeugt. Er will nur ehrliche Regungen darstellen, aber müssen wir nicht alle Lügner sein, um zu spielen, um zu überleben… um glücklich zu sein?« Sein Lächeln wurde breiter. »Trotzdem gefällst du mir.«

Die junge Frau ließ die Zigarette auf den Boden fallen und zerdrückte sie mit ihrer Schuhsohle. Erst jetzt sah Ari, dass sie zwei verschiedene Schuhe trug und die Absätze unterschiedlich hoch waren. »Nimm kein Urteil vorweg, ehe du ihn nicht hast vorspielen lassen.«

»Sei doch nicht so uncharmant, meine liebe Kathi«, Max trat wieder zurück zum Fass, ließ sich mit einem Ächzen darauf sinken. Mit dem Kinn deutete er auf die provisorische Bühne. »Ich bin sicher, unser junger Kollege wird uns nun zeigen, was er kann.«

Und Ari kletterte auf die Apfelsinenkisten und zeigte es.

Nach seinem letzten Wort folgte Stille. Ari war so in seinem Spiel aufgegangen, dass er kurz vergessen hatte, wo er sich befand. Es machte keinen Unterschied, ob er vor zwei Menschen spielte, vor hundert oder vor keinem. Auch ob das diffuse Glimmen einer Glühbirne auf ihn fiel, Kerzenschein oder Scheinwerferlicht, war egal. Erst jetzt kehrte er in die Wirklichkeit zurück und blickte sich um. Kathi hatte die Hände über der Brust verschränkt. Sie machte keine Anstalten, sie zu lösen und zu applaudieren, und obwohl er das auch nicht erwartet hatte, vermisste er schmerzlich eine Regung an ihr, die ein wenig Zustimmung verriet.

Über Max Guthmanns Lippen aber trat ein Keuchen, von dem Ari nicht sagen konnte, ob es Ausdruck von Begeisterung oder Abfälligkeit war. Er begann erst zu sprechen, nachdem er in seiner Jackentasche nach einer weiteren Zigarette gekramt und ein Päckchen hervorgezogen hatte. Sein Blick richtete sich beharrlich darauf, nicht auf Ari.

»Du verfügst über ein breites Repertoire«, stellte er fest, »das muss man können – so nahtlos vom Mephisto zum Dauphin in Shaws *Heiliger Johanna* zu wechseln oder von Tasso zum *Heiratsantrag* von Tschechow. Und es scheint keine Rolle zu geben, die dir nicht liegt. Ich könnte mir dich in einem expressionistischen Stück, das am Neuen Theater inszeniert wird, ebenso vorstellen wie in einem klassischen Drama auf dem Römerberg.«

»Das Neue Theater wurde längst geschlossen«, warf Kathi mit kalter Stimme ein, »und der Römerberg ist zerstört.«

»Na und, demnächst werden wir Stücke im Frankfurter Börsensaal aufführen oder im Sendesaal des Rundfunks. Erst gestern habe ich eine Turnhalle in Sachsenhausen besichtigt, die ebenfalls als Theater dienen könnte.« Er ließ seinen Blick über Ari gleiten. »Es ist alles nur provisorisch, die Akustik eine Katastrophe, aber wenn wir genug von dem zusammenscharren, was zur Hälfte taugt – eine halbe Bühne, ein halbes Publikum«, er schaute an sich herab, »und halbe Regisseure, wird vielleicht etwas Ganzes draus.«

Sein Blick ging von Ari zu Kathis ungleichen Schuhen, und plötzlich grinste er spöttisch.

»Wir wissen nicht, ob uns die Amis im letzten Augenblick nicht doch noch die Aufführungen verbieten«, sagte sie, löste ihre

Arme vom Körper und machte einen Schritt auf die provisorische Bühne zu. Der Mund wirkte nicht mehr rot, sondern fast schwarz, als sie Ari anfuhr: »Wer bist du eigentlich?«

Ari ahnte, was sie wissen wollte, und Unbehagen kroch in ihm hoch. »Wer ich bin? Oh, ich kann alles sein. Ich spiele euch den...«

»Wo hast du deine Schauspielausbildung absolviert? Hast du sie überhaupt abgeschlossen? Fechten gelernt, parieren und konterparieren? Eine gründliche Sprecherziehung durchlaufen, auch Tanz und Gesang studiert? In Berlin lernen Schauspieler sogar reiten.«

»Die größte Kunst ist dieser Tage nicht, reiten zu können, sondern ein Pferd zu finden, das nicht geschlachtet wurde«, warf Max ein.

»Du weißt genau, worauf ich hinauswill«, rief Kathi schrill.

»Ich weiß, dass eine Ausbildung allein nichts darüber aussagt, was man kann«, hielt Max dagegen. »In einem bin ich mit Stanislawski nämlich einer Meinung: Dass man nicht zum Schauspieler gemacht wird, sondern dass man einer ist. Und dass man am meisten lernt, wenn man auf der Bühne steht. Nicht Theorie gibt dem Talent Tiefe, sondern die eigene Persönlichkeit und...«

»Wer bist du?«, unterbrach Kathi ihn rüde, und ihr stechender Blick bohrte sich in Ari. »Du bist offenbar nicht verwundet worden, du wirkst nicht abgemagert wie wir alle. Wie hast du das geschafft? Wann hast du die vielen Texte einstudiert? Wenn du nicht an der Front gewesen bist, hättest du wenigstens bei der Flak dienen müssen. Und in den vielen Bombennächten lernt man ein wenig über das Leben und ganz viel über den Tod, aber was ein Goethe einst in die Welt posaunt hat, spielt keine Rolle mehr.«

»Kathi...«, ermahnte Max sie.

Sie fuhr zu ihm herum. »Was denn? Ich stelle doch eine äußerst berechtigte Frage. Du hast dich im Krieg kaputt schießen lassen. Ich wiederum hätte gerade die Berta von Bruneck in Schillers *Tell* spielen sollen, als ich zum Arbeitsdienst eingezogen wurde und fortan in einer Fabrik Granatzünder einsetzen musste. Ich will wissen, was der da in den letzten Jahren gemacht hat.«

Ari wich unwillkürlich zurück, hatte den Rand der Apfelsinenkistenbühne erreicht und lief Gefahr abzustürzen.

»Wer kann dieser Tage schon ein Zeugnis vorweisen?«, fragte Max.

»Sei doch nicht so leichtgläubig! Du weißt genau, dass die Amis sie suchen – die, die man früher Helden nannte und die jetzt als Kriegsverbrecher bezeichnet werden.«

Sie spuckte das Wort geradezu aus.

Max war es mit Mühe gelungen, eine Zigarette aus dem Päckchen zu ziehen, dann rutschte es ihm aus der Hand und fiel auf den Boden. Er machte keine Anstalten, sich danach zu bücken, klemmte sich nur die Zigarette zwischen die Lippen, holte Streichhölzer hervor und richtete erst danach seinen Blick wieder auf Ari. »Nun ja, verkehrt ist es nicht, wenn du uns ein bisschen von dir erzählst. Uns einen Ausweis zu zeigen schadet ebenfalls nicht.«

Ari verknotete seine Hände hinter dem Rücken, spürte, wie sie schweißnass wurden. Er könne alles spielen, was man von ihm verlangte, hatte er vorhin noch behauptet, und doch gab es eine Rolle, an der er scheiterte – sich unbekümmert zu geben.

Kathi stieg auf die Bühne, und nun war sie es, die spielte – mit ihm. »Offenheit, Ehrlichkeit, Wahrheit fordert Stanislawski von den Schauspielern, und das fordere auch ich. Steigt der Schauspieler nicht in die Abgründe der menschlichen Seele? Welche Abgründe klaffen denn in deiner Seele?«

Als Ari die Zeilen, die sie frei zitierte, im Stanislawski-Buch gelesen hatte, hatte er überzeugt genickt. Jetzt konnte er nicht nicken, auch nicht den Kopf schütteln, er brachte keine Lügen über die Lippen, aber die Wahrheit erst recht nicht. Nur von der Bühne stürmen, die Treppe hochstolpern, durch den Raum hasten, wo immer noch Eintopf gelöffelt wurde – das konnte er.

Ari zog den Kopf ein, machte sich doch der beißende Wind einen Spaß daraus, Staub und Steinchen aufzuwühlen und den Leuten ins Gesicht zu schleudern, die hier unterwegs waren. Fast lief Ari gegen ein Haus, weil er die Augen zugekniffen hatte. Nein, es war kein Haus, nur eine heile Fassade, hinter der ein Loch klaffte.

Was, wenn das ein Sinnbild für ihn selbst war? Wenn die Maske, die er trug, ein nacktes Nichts verbarg?

Kraftlos sank er auf einen Berg Geröll und blickte selbst dann nicht hoch, als er Schritte vernahm. Auf eines konnte man sich hier verlassen: Wer zu Boden ging, fiel nicht weiter auf. Doch die Schritte hielten inne, jemand war dicht vor ihm stehen geblieben, und schon spürte er eine Hand, die sich auf seine Schulter legte.

»Nicht so schnell, nicht so schnell...«

Max Guthmann hatte die Zigarette zwischen seinen Lippen immer noch nicht angezündet. Er nuschelte seine Worte nur, Ari verstand sie trotzdem, als er fortfuhr: »Du hast deine Sache wirklich gut gemacht. Dass jemand heutzutage noch eine Seele hat, ist schon viel. Was soll es mich kümmern, welche Schuld womöglich auf dieser Seele lastet? Ich selbst schlüpfe schließlich auch in den alten Militärmantel, wenn ich's warm haben will, ganz gleich, ob Blut daran klebt. Und wenn man kein sauberes

Wasser hat, um den Boden aufzuwischen, muss dreckig braunes genügen.«

Ari starrte ihn verständnislos an. Er hatte sich schon nach einem Fluchtweg umgesehen, doch als Max sich nun neben ihn hockte, begriff er, dass der Regisseur auf etwas anderes hinauswollte.

»Wir haben uns alle nicht mit Ruhm bekleckert, wir Schauspieler schon gar nicht. Jungspunde wie du müssen sich dafür aber nicht schämen. Die Reichstheaterkammer hat ja dafür gesorgt, dass der Nachwuchs eine weltanschauliche Schulung bekommt. Mit mir selber gehe ich weitaus kritischer ins Gericht. Ich war 1933 kein Kind mehr, sondern schon erwachsen. Am Anfang dachten wir, wir müssten nur lange genug den Atem anhalten, dann hätte sich die Pestilenz verzogen. Aber am Ende gewöhnten wir uns an den Gestank, und was verschwand, war nicht der braune Dunst, es waren unsere Kollegen, unzählige Intendanten, auch Regisseure. Wusstest du, dass ein Drittel sofort entlassen wurde? Ich stand damals noch am Anfang, ergatterte so meine erste große Rolle. Bis dahin war ich kaum mehr als ein Statist gewesen, ich kann nicht behaupten, auch nur annähernd so viel Talent gehabt zu haben wie du. Aber das konnte ich wettmachen, indem ich laut genug grölte, Hitler wäre der beste aller Führer fürs deutsche Volk. Stolz bin ich nicht darauf, dass ich eines der ersten Mitglieder der Reichstheaterkammer wurde. Dass ich am vehementesten forderte, volksfremdes Kulturgut müsste von den Bühnen verbannt werden und selbige müssten mit Hakenkreuzfahnen geschmückt werden, ob's zum Inhalt des Stückes passte oder nicht.«

Ari fühlte, wie ihm ein Stein ins Gesäß stach. Auch an Max' Worten vermeinte er, sich aufzuschürfen. Er rückte von ihm ab.

»Was immer du in den letzten Jahren gemacht hast«, fuhr Max gutmütig fort, »vor mir musst du dich nicht rechtfertigen. Ich rechtfertige mich ja nicht einmal vor mir selber. Sind wir doch ehrlich: Bevor die Nazis an die Macht kamen, standen die meisten Bühnen Deutschlands vor dem Bankrott. Die Spielzeiten waren nach der Wirtschaftskrise verkürzt worden, die Zuschüsse eingefroren. Doch nun floss plötzlich Geld, und wir durften spielen, was das Zeug hielt. Nun ja, nicht alles, aber was war daran schon schlimm?« Er lachte spöttisch, hatte nun endlich die Streichholzschachtel gefunden. Er klemmte sie neben der Zigarette zwischen die Lippen, zog ein Streichholz heraus, und es gelang ihm sogar, es anzumachen. Aber das Feuer erlosch, ehe er die Zigarette daran anzünden konnte.

Ari ignorierte seinen hilfesuchenden Blick.

»Ganz ehrlich«, rief Max davon ungerührt. »Wir haben damals heimlich gelästert, dass in den jüdischen Theatern, die es noch eine Weile gab, nicht nur Schiller und deutsche Romantiker verboten waren, nein, dass man aus allen Stücken die Worte ›deutsch‹ und ›blond‹ tilgen musste. Blond! Ich bitte dich! Das ist doch ein harmloses Wörtchen! Warum hätte es der Jude nicht sagen dürfen? Ich verstehe überhaupt nicht, warum man Worte wie Gold wiegt und dieses im Notfall schluckt, damit niemand es einem rauben kann. Ich spucke lieber aus, was andere hören wollen – bis vor Kurzem vor den Braunen, jetzt vor den Amis. Ist mir etwa die Zunge davon abgefallen?«

Er verschwendete das zweite Streichholz, das wieder erlosch, stieß Ari an. »Wenn du nicht willst, musst du nichts sagen. Auf der Bühne zwar schon, aber dort ist der Text vorgegeben. Was du sonst treibst… getrieben hast, ist mir egal. Lass uns darüber gern schweigen. Auch Kathi werde ich sagen, sie soll dich in Ruhe lassen. Dass man etwas, was eben noch als Heldentat galt, nun plötzlich Unrecht nennt, ist so lächerlich, als wollte man einen blonden Menschen als Rotschopf bezeichnen, obwohl ihm immer noch die gleichen Haare auf dem Kopf wachsen. Wobei man Haare färben kann, wie man will. Aus Blond kann man mit Schuhcreme ein Schwarz machen, und aus Braun Rot – du hast ja an Kathis Lippen gesehen, was man mit Rübensaft alles anstellen kann.«

Je länger der Mann auf ihn einredete, desto verwirrter wurde Ari. »Sie ... Sie nehmen mich in Ihr Ensemble auf?«, fragte er, als der andere endlich geendet hatte.

Max hielt ihm die Streichholzschachtel vor das Gesicht. »Man kann fast alles mit einem Arm tun, sich selber Feuer geben aber nicht.« Ari machte weiterhin keine Anstalten, ihm zu helfen. »Was nun unser Ensemble anbelangt«, fuhr Max schulterzuckend fort, »so kannst du gern ein Teil davon werden, unter einer Bedingung. Ganz Unrecht hat Kathi nämlich nicht – wir müssen einander vertrauen. Und darum musst du uns beweisen, dass du nicht nur ein guter Schauspieler bist, sondern dass wir uns auf dich verlassen können.«

Die Zigarette war ihm aus dem Mundwinkel gerutscht, fiel nun auf seinen Schoß, rollte von dort auf den Boden und verschwand im Geröll.

»Verdammt!«, fluchte Max.

Ari erhob sich: »Wie soll ich das beweisen?«

Max bückte sich und tastete nach der Zigarette. Er blickte nicht hoch, als er sein Anliegen nannte.

Die Aufgabe, die er Ari stellte, klang auf den ersten Blick harmlos. Aber wer nur ein wenig vom Leben im Ruinenfrankfurt wusste, kam rasch zu dem Schluss, dass sie sich nicht ohne Erfindungsreichtum, gar Tricksen und Betrügen, erfüllen ließ.

»Denkst du, du schaffst das?«, fragte Max.

Ari machte keine Anstalten, ihm bei der Suche nach der Zigarette zu helfen und sie ihm anzuzünden. Aber er erklärte: »Ich werde es versuchen.«

Grußlos wandte er sich ab und stolperte durch den Schutt davon. Er fühlte sich wieder wie auf der Flucht, obwohl er wusste: Wenn es ihm gelang, Max' Bitte zu erfüllen, wäre er endlich an sein Ziel gekommen.

3. KAPITEL

Ella liebte den süßlichen Geruch in der Reichenbach-Buchhandlung, die für die Menschen im Viertel immer das *Bücherreich* gewesen war. Doch als sie sie eine Woche nach der Beerdigung der Mutter betrat – da war keine Tür, nur ein Holzbrett, das man zur Seite schieben musste, darüber immerhin aber noch ein intaktes Schild, auf dem der Name ihrer Buchhandlung stand –, stieg ihr ein scheußlicher Gestank in die Nase. Wegen der Kälte hatte sie das Brett rasch wieder hinter sich zugezogen, und anderswo konnte er nicht entweichen. Die Scheiben des Schaufensters waren bei einer der ersten Bombardierungen zu Bruch gegangen und seitdem nicht ersetzt worden, weil Glas immer noch Mangelware war, die Luken waren lediglich mit Teilen jener Pappkartons verklebt worden, mit denen man früher die Bücher des Verlags ausgeliefert hatte.

»Was stinkt denn hier so grässlich?«, entfuhr es ihr.

Ein Gutes hatte dieser strenge Geruch. Wäre sie nicht beschäftigt gewesen, sich die Nase zuzuhalten und seine Quelle auszumachen, wäre sie wohl von Wehmut und Trauer übermannt worden. Seit Tagen hatte sie es hinausgezögert, die Buchhandlung zu betreten und sich den Erinnerungen zu stellen – Erinnerungen an jene schönen Tage, da im Verkaufsraum noch prall gefüllte, deckenhohe Regale standen. Vor allem auch Erinnerungen an die Mutter, die es sich nicht hatte nehmen lassen, dann und wann persönlich hinter dem Verkaufstresen zu stehen, stets ein aufgeschlagenes Buch vor sich, weil sie jede freie Sekunde zum Lesen nutzte. Nun war der Verkaufstresen fortgeräumt, die Regale sämtlich zu Brennholz geschlagen worden, ihr Inhalt lange zuvor verschwunden.

»Was...«, setzte sie wieder an.

Hildegard, die treue Buchhändlerin, die für die Reichenbachs arbeitete, seit Ella denken konnte, kniete in einer Ecke, richtete sich nun aber auf. Verspätet sah Ella, dass sie ein Kehrblech in der Hand hielt, und auch, was sich darauf befand.

»Hat hier denn etwa jemand seinen Hund...«

»Das war ein Mensch. Hunde werden dieser Tage ja geschlachtet und wie Spanferkel über dem Feuer gebraten!«

Vermutlich übertrieb Hildegard. Sie übertrieb gerne, vor allem, wenn es um die Schrecknisse des Lebens ging, aber das, was sie da auf dem Kehrblech nach draußen trug, hatte sie sich wohl nicht einmal in ihren pessimistischsten Stunden ausgemalt. Als Hildegard mit dem leeren Kehrblech zurückkam, bebten ihre Lippen vor Empörung. »Ich fürchte, wir sind nicht die einzige Buchhandlung, die man dieser Tage als Toilette missbraucht. Die Menschen steigen einfach durch die zerstörten Fenster und Türen, hinterlassen ihre stinkenden Haufen und...«

»Aber warum erleichtern sie sich ausgerechnet in einer Buchhandlung?«

»Nun, weil sie hoffen, dass hier noch Papier vorhanden ist, mit dem sie sich den Allerwertesten abwischen können. Eigentlich sollten wir froh sein, dass wir so gut wie keine Bücher mehr haben.«

Obwohl die Ursache des Übels beseitigt war – der Gestank

ließ sich nicht so leicht verjagen und erst recht nicht die schwarzen Schmeißfliegen, die durch den leeren Verkaufsraum surrten. Hildegard wedelte mit den Händen, bewegte dabei aber nicht den Kopf, sodass die am Vorabend mit Korken ondulierten Locken weiterhin perfekt saßen.

»Warum bist du eigentlich hier?«, fragte sie.

Statt zu antworten, blickte Ella sich um, entdeckte schließlich einen Besen und begann, den Verkaufsraum zu kehren.

Der Boden war nicht mehr von Scherben und Papierfetzen bedeckt wie einst nach den Bombennächten, aber durch die Ritzen wurden ständig kleine Steinchen, Staub und Sand hereingeweht.

Hildegard sah ihr eine Weile zu, ehe sie sich bückte und Ella das Kehrblech hielt. »Du hältst es zu Hause nicht aus«, stellte sie fest.

Ella nickte knapp. Gerade erst hatte sie Luise nach dem ersten Wochenende, das die Kleine bei ihr in Bockenheim verbracht hatte, wieder bei den Großeltern abgeliefert. Sie hatte das Zusammensein mit der Schwester unendlich genossen, zumal sie sie in den ersten Tagen nach der Beerdigung vor allem in den Nächten schmerzlich vermisst hatte. Doch so schön das Zusammensein gewesen war – zugleich hatte sie das schlechte Gewissen geplagt, Luise auch nur tageweise ihre schreckliche Wohnsituation zuzumuten.

Ihr einstiges Haus in Bockenheim war schon früh zerstört worden, danach hatten sie die Wohnung ihres ehemaligen Prokuristen, der aufs Land geflüchtet war, übernommen. Sie lag nur knapp hundert Meter von der Verlagsbuchhandlung entfernt und befand sich im vierten Stock jenes Miethauses, dessen Grundmauern als einzige in der Straße den Krieg überdauert hatten, und das darum als »Amis Webfehler« bezeichnet wurde. Doch der Dachstock war komplett ausgebrannt, und durch das Gerippe der Deckenbalken tropfte der Regen. Ella und ihr Vater hatten versucht, die Löcher mit Stroh zu stopfen, aber der Wind riss es wieder heraus. Später hatten sie in einem alten Waschkessel Asphalt geschmolzen und auf ein paar provisorisch ausgelegten Balken verteilt – zum Preis, dass das Brennmaterial einer ganzen Woche aufgebracht war und immer noch viele Lücken klafften, durch die es hereinregnete.

Nun gut, die heilen Außenwände waren ein Glücksfall, andere mussten hinter Wellblech schlafen, aber bewohnbar war nur ein einziger Raum, und sie verfügten über so gut wie kein Mobiliar. Da war zwar ein Paravent, um das Zimmer zu teilen, aber der Vater musste auf einer angekokelten Luftschutzpritsche schlafen und sie auf den Resten eines Plüschsessels. Er war halbwegs weich, jedoch so kurz, dass ihre Beine über den Rand ragten. Für Luise hatte sie nur eine dünne Matratze, und obwohl Ella ihren grauen Mantel, eines ihrer wenigen heilen Kleidungsstücke, darüber gebreitet hatte, damit die Kleine so weich wie möglich lag – vor der Kälte konnte sie sie nicht bewahren. Schon im Morgengrauen hatte sie das durchfrorene Kind zu sich auf den Plüschsessel geholt, der prompt bedrohlich geknarrt hatte. Schlafen konnte sie dann nicht mehr, und auch Luise begann bald, unruhig zu werden. Während sie sich eng zusammenkuschelten, um sich aneinander zu wärmen, hätte Ella gerne ihr Vorhaben wahr gemacht, der Kleinen so viel wie möglich vorzulesen. Doch nicht nur, dass das Licht knapp war – ihre sämtlichen Kinderbücher waren im Krieg zerstört worden. So verlegte sie sich aufs Erzählen vor allem von Märchen, und obwohl sie nicht sicher war, ob die zweijährige Luise den Inhalt vom *Teufel mit den drei goldenen*

Haaren schon verstand – als sie endete, klatschte die Kleine in die Händchen. Ella lächelte, und das Lächeln erstarb ausnahmsweise auch nicht, als der Vater mit gerührter Miene hinter dem Paravent hervorlugte.

»Soll ich ihr auch eins erzählen?«, fragte er.

Als er am Abend zuvor angeboten hatte, die Bettstatt mit ihr zu tauschen, wäre ihr schon ein Nicken als zu großes Entgegenkommen erschienen. Jetzt konnte sie nicht anders, als zuzustimmen, und kurz ließ sie sich selbst von seiner sanften Stimme ins Reich der Fantasie entführen, kurz konnte sie sich sogar dem Trug hingeben, sie wären eine glückliche Familie. Doch die gute Stimmung hielt nur bis zum Mittag. Dann bestand der Vater darauf, ihnen Bratkartoffeln zuzubereiten, aber noch ehe sie auch nur ansatzweise kross waren, brannten die Sicherungen ihres kleinen Elektroofens durch.

Die Kartoffeln waren so hart, dass sie vermeinte, an Steinen zu lutschen. Sie hatte alle Mühe, sie für Luise klein zu stampfen, und die Kleine aß den geschmacklosen Brei nur, weil sie ihr ein weiteres Märchen erzählte, um sie abzulenken.

Am nächsten Morgen war es so kalt, dass das Wasser, das sie täglich von einem weit entfernten Hydranten herbeischleppen mussten, in der Waschschüssel gefroren und nur langsam zu grauem Matsch getaut war. Luise fand die winzigen Eisschollen, die auf der trüben Flüssigkeit trieben, faszinierend und versuchte immer wieder, sie unterzutauchen. Ella fragte sich dagegen, ob es sich mit ihrem eisigen Schweigen gegenüber dem Vater ähnlich verhielt: Es war nicht länger hart und schützend, sondern nur noch Matsch, nicht fähig, schmerzliche Gefühle fernzuhalten. Sie sickerten immer tiefer in sie, färbten ihr Innerstes grau. Und es wurde noch eine Nuance dunkler in ihr, als sie ohne Luise aus Höchst zurückkehrte. Die schmerzlichen Erinnerungen, die in der Verlagsbuchhandlung warten mochten, schienen ihr erträglicher, als dem Vater gegenüberzutreten, und so hatte sie entschieden, das Familienunternehmen nicht länger zu meiden und endlich das Vorhaben umzusetzen, zu dem der heimliche Papiervorrat sie bewogen hatte.

Während sie über die letzten Tage nachsann, hatte sie kurz mit dem Kehren aufgehört, und Hildegard streckte prompt die Hand nach dem Besen aus. »Ich mach das schon.«

Doch Ella hielt den Besen fest und stützte sich darauf. »Ich bin nicht nur hier, um von zu Hause zu fliehen. Es geht mir auch nicht bloß ums Reinemachen. Ich ... ich will unsere Verlagsbuchhandlung wieder eröffnen.«

Hildegard hätte ihr wohl keinen ungläubigeren Blick zugeworfen, wenn sie sich auf den Besen geschwungen und in die Lüfte erhoben hätte. »Du?«

»Wer sonst?«, fragte Ella und begann wieder zu kehren. Auch die Zweifel, die Hildegards schlichte Frage ausgelöst hatte, wollte sie wie Staub und Scherben zu einem Häufchen zusammenschieben und es ein für alle Mal beseitigen. »Ich bin die einzige Reichenbach, die Aussicht auf eine Lizenz hat. Du weißt doch, das amerikanische Volk will dem deutschen Volk helfen, unter den freien und friedliebenden Völkern der Welt seinen Platz in Ehren wieder einzunehmen.«

»Hm«, kommentierte Hildegard nur.

»Die Besatzungsmacht hat auch verkündet, dass das Buch ein zentrales Mittel für die Umerziehung der Deutschen darstellt«, fuhr Ella ungerührt fort. »Dass sie deswegen alles Notwendige beitragen will zur Wiedergeburt des deutschen Verlagswesens.«

»Du willst einfach so eine Lizenz beantragen?«

»Natürlich nicht einfach so, das will gründlich vorbereitet sein, und darum bin ich hier.«

Sie hatte sich bereits kundig gemacht und erfahren, dass das Gesetz Nr. 191 der Militärregierung genau regelte, welche Voraussetzungen man für das Veröffentlichen von Zeitungen, Magazinen, Büchern, Broschüren und auch für das Vertreiben und Verkaufen von selbigen mitbringen musste: Die Aufnahme der bezeichneten Tätigkeiten musste bei der Dienststelle der Militärregierung registriert werden, sodann galt es auf die schriftliche Erlaubnis – besagte Lizenz – zu warten und auch danach alle Bestimmungen zu befolgen.

»Eine Voraussetzung ist, dass man eine entsprechende Ausbildung absolviert hat und über Berufserfahrung verfügt«, erklärte sie. »Wie gut, dass ich gleich nach dem Abitur vor vier Jahren hier bei Mutter eine Buchhandelslehre begonnen habe.« Dass sie ihre Ausbildung nie offiziell abgeschlossen hatte, musste ja keiner wissen, Hauptsache, der Vater stellte ihr ein Zeugnis aus.

»Eine weitere Bedingung, um die Lizenz zu erhalten, ist eine einwandfreie demokratische Gesinnung. Wer vor dem Mai 1937 der NSDAP beigetreten ist, hat keine Chance.«

»Hm«, machte Hildegard wieder. »Ich finde es ja nicht in Ordnung, dass diejenigen, die unsere Städte zerstört haben, sich nun anmaßen, über die Deutschen Gericht zu halten!«

Ella wollte sich nicht in die Untiefen von Hildegards Weltanschauung begeben. »Es ist nun mal so«, erklärte sie. »Im Juni wurden sämtliche ehemaligen Nationalsozialisten aus der Stadtverwaltung und dem Wirtschaftsbereich entlassen.«

Sie leistete keine Gegenwehr, als Hildegard ihr nun doch den Besen abnahm und selbst zu kehren begann. Es wirkte, als wolle sie den Boden nicht reinigen, sondern darauf einprügeln.

»Ob du eine Chance hast, eine Lizenz von den Amis zu ergattern, kann ich nicht beurteilen. Aber die Chance, Regale mit Büchern zu füllen, gibt es nicht. Weil es erstens keine Regale mehr gibt und zweitens keine Bücher.«

»Eben deswegen will ich nicht nur die Buchhandlung wiedereröffnen, sondern auch unseren Verlag, um selbst Bücher herzustellen.«

Durch die Ritzen wehte ein kalter Wind, wirbelte Sand und Staub wieder hoch. Mit den Zweifeln in ihrem Inneren war es genauso. Immer kamen neue hinzu. Und Hildegards Blick spiegelte nicht nur diese Zweifel. Eine ungewohnte Verzagtheit stand darin, die an der Gewissheit rüttelte, dass das Leben in Ordnung war, solange die Frisur saß.

Auch das Gespräch mit ihrem Vertriebler Herrn Kaffenberger, der früher die Neuerscheinungen des Reichenbach-Verlags an die Buchhandlungen ausgeliefert hatte, war wenig ermutigend gewesen.

Letzte Woche hatte er ihr über einer Tasse Kaffee, der Spülwasser glich, von ihrem Vorhaben abgeraten.

»Ein Medium wie das Radio lässt sich schnell wiederbeleben, dafür bedarf es nicht mehr als eines Mikrofons«, hatte er gesagt. »Aber mit Büchern sieht es anders aus. So viele Verlage sind ausgebrannt, so viele Lagerräume mit den gesamten Beständen vernichtet worden. Gleiches gilt für Archive und Geschäftsbibliotheken, Herstellungs- und Kalkulationsbücher, Manuskripte und Korrespondenz...«

»Unser Gebäude ist noch heil«, hatte Ella dagegengehalten. »Und ich weiß, dass auch andere Verlage weitermachen wollen. Sonst wäre vor zwei Monaten nicht die erste westliche Ausgabe des *Börsenblatts für den deutschen Buchhandel* erschienen. Sonst wäre der Börsenverein der Deutschen Buchhändler gar nicht erst neu gegründet worden.«

»Weißt du, wie lange es dauert, bis ein Buch Gewinn einbringt? Mit ganz viel Glück schreibst du nach einem Jahr schwarze Zahlen, in vielen Fällen musst du drei oder vier Jahre warten. Wie willst du in Zeiten wie diesen so lange durchhalten?«

»Das gilt für aufwendige Tafelwerke, auch wissenschaftliche Werke im Oktavformat. Aber schon in den Kriegsjahren wurden Bücher mit schlechterem Papier und schlechterem Einband hergestellt, die weniger kosteten und früher Gewinn brachten. Zeitungen gibt es doch auch wieder. Seit August ist die *Frankfurter Rundschau* täglich zu erhalten.«

»Die Zeitungen sind wegen des Papiermangels nicht ansatzweise so dick wie früher. Wenn sie vier, fünf Seiten umfassen, ist das schon viel. Die einzigen Bücher, für die die Amis ein Papierkontingent bereitstellen, sind Schulbücher, aber eine Schulbuchlizenz hatten die Reichenbachs nie. Und es ist nicht absehbar, wann neues Papier geliefert werden kann. Die Papierproduktion ist abhängig von der Holzwirtschaft, auch der Kohle- und Energiewirtschaft – und die sind am Boden.«

»Das notwendige Papier beschaffe ich schon, das lassen Sie nur meine Sorge sein«, hatte Ella erklärt.

Herr Kaffenberger war in seinen Gedanken ohnehin längst woanders. »Die Amerikaner zensieren sämtliche Bücher. Stell dir vor, dass du unendlich viel Arbeit in ein Buch steckst, nur unter Mühen das notwendige Material für seine Herstellung auftreibst – und dann entscheiden die Amis mit einem Federstrich, dass es doch nicht erscheinen darf.«

Ella hatte nichts mehr zu sagen gewusst, und Herr Kaffenberger hatte schweigend die dünne Brühe ausgetrunken.

Hildegard hörte unterdessen auf zu kehren. »Es wäre schon für einen erfahrenen Verleger und Buchhändler schwierig, eine Verlagsbuchhandlung wieder in Schwung zu bringen. Aber du ... du bist eine junge Frau.«

Ella zog unruhige Kreise durch den Verkaufsraum, hörte das Klappern der eigenen Schuhe auf dem Boden, hörte auch Klara Reichenbachs Stimme in ihrem Inneren. Sie hatten etwa hier, in der Nähe des Verkaufstresens, gestanden, als die Mutter der damals achtjährigen Ella eindringlich gesagt hatte: »Lass dir niemals einreden, die Liebe zu Büchern wäre geringer, wenn eine Frau sie empfindet. Gewiss, vor nicht langer Zeit galt der Buchhandel als männliche Domäne. Frauen würden, wenn man sie ließe, Bücher auf die gleiche mechanische, geistlose Art wie Wurst oder Käse verkaufen, unkte man. Namhafte Verlegerinnen und Buchhändlerinnen sollte es nach Meinung dieser Herren vom Börsenverein niemals geben. Aber nach dem ersten großen Krieg konnte man im Buchhandel nicht länger auf Frauen verzichten. Gewiss, es gab noch immer viele, die sich darüber mokierten, die überdies der Meinung waren, es würde sich aus Gründen der Moral und der Ästhetik verbieten, ein junges achtbares Mädchen auf solchen Posten zu setzen. Schließlich sei es dort oft der peinlichen Verlegenheit ausgesetzt, einem Studierenden ein medizinisches Buch aus dem Regal zu holen oder einem jungen Lebemann die neuesten Pikanterien vorzulegen. Aber man brauchte jemanden, der Bindfaden knüpfte, gebrauchtes Packpapier glättete, Pakete verpackte. Und man brauchte jemanden, der in die Schreibmaschine tippen konnte. Für männliche Buchhändler galt diese Tätigkeit als zu minder, für Frauen wie mich oder wie Hildegard war sie das nie. Und alsbald wurden wir unersetzlich.«

Ellas Lippen verbogen sich zu einem zaghaften Lächeln, als sie die Szene heraufbeschwor.

Du bist immer noch unersetzlich, Mutter, dachte sie, wie soll ich es ohne dich schaffen?

Sie holte tief Atem.

»Das hier«, sagte sie und deutete in den Raum. »Das hier ist nicht einfach nur ein Geschäft – das ist das Erbe meiner Mutter. Und ich werde ... ich muss ... es am Leben erhalten. Für sie waren Bücher einfach alles, ich selber erwarte mir noch nicht mal ein Alles, ein bisschen würde mir schon genügen. Gewiss, dir könnte ich fürs Erste keinen Lohn bieten, weswegen ich verstünde, wenn ich nicht auf deine Hilfe zählen könnte und ...«

»Hör mit diesem Unsinn auf«, fiel Hildegard ihr schroff ins Wort. »Warum glaubst du, bin ich hier und kehre? Ich habe deiner Mutter ihr Leben lang die Treue gehalten, ich werde auch dich mit allem, was ich habe, bin und kann, unterstützen. Gehen wir mal davon aus, dass du so viel Talent zur Verlegerin und Buchhändlerin hast wie deine Mutter, die mühelos mit einer Katharina Kippenberg oder Irmgard Kiepenheuer mithalten konnte. Gehen wir ferner davon aus, dass du irgendwie an das notwendige Material herankommst, um Bücher herzustellen. An wen willst du sie denn verkaufen? Die Kundenkartei ist verloren gegangen. Und die Leute stellen sich für einen Sack Mehl an oder einen Krug Milch, aber doch nicht für Bücher.«

»Ich bin sicher, unsere Stammkundin Hertha Brinkmann liest immer noch so gerne Liebesromane wie früher, ob von Hedwig Courths-Mahler, Eugenie Marlitt oder Vicki Baum. Du hast sie doch auf dem Begräbnis meiner Mutter gesehen – wenn ich Nachschub liefern könnte, würde sie sofort zugreifen. Ich glaube nämlich nicht, dass sich die Menschen nur danach sehnen, satt zu sein und es warm zu haben. Sie wollen in heile Welten eintauchen, wollen sich von ihren Nöten ablenken lassen. Sei doch ehrlich, dir geht es genauso! Du würdest dich lieber in ein Buch vertiefen und dich für ein paar gestohlene Augenblicke in ein anderes Leben entführen lassen, anstatt Stunde um Stunde darauf zu warten, ob vielleicht doch noch eine Nachricht von deinem Sohn eintrifft und...«

Sie fühlte sofort, dass sie zu weit gegangen war. Kurz schien die drahtige Frau zu wanken, war doch die Ungewissheit, was ihrem Reinhold zugestoßen war, eine stete Qual.

Doch dann sagte sie lediglich knapp: »Wir wollen jetzt nicht rührselig werden. Hast du etwas bemerkt?«

Ella blickte sie verständnislos an und schüttelte den Kopf.

»Nun, es stinkt nicht mehr so grässlich. Diesen Raum zu säubern war der Anfang. Als Nächstes müssen wir uns um die Verlagsräume kümmern, dann sehen wir weiter.«

Ella schnupperte prüfend. Ehe sie Hildegard über die hintere Tür in den kleinen Innenhof folgte, diesen überquerte und das Verlagsgebäude betrat, stellte sie fest, dass auch hier kein angenehmer Duft in der Luft hing. Aber mit dem üblichen Geruch nach Staub und Abwasser, das aus geborstenen Rohen sickerte, hatte sie zu leben gelernt.

Der erste Raum, den sie betrat, war der Ausstellungsraum, wo einst Verlagsbesuchern die Schätze des Unternehmens in Vitrinen präsentiert worden waren – kostbare Bücher in Kalbslederbänden mit ihren schimmernden *reliures dorées*. Nichts davon war geblieben, an den Wänden hingen auch nicht mehr die alten Landkarten, die ihr Vater gesammelt hatte.

Die Büroräume dahinter waren immer schon nüchtern eingerichtet gewesen und wirkten jetzt regelrecht trostlos. Die Drehstühle waren gestohlen worden, die schräg abfallenden Holzpulte wahrscheinlich zu Brennholz gehackt, auch die Laderampe, auf der drei bis vier Helfer die Bücher versandfertig gemacht hatten, war verschwunden.

Im Raum für die Buchhaltung, wo ihr Vater die Bilanzen persönlich zum Abschluss gebracht hatte, stand immerhin noch ein Schreibtisch.

Ella glaubte, die Bilanzen darauf vor sich zu sehen, hörte die Erklärungen des Vaters.

»In diese Spalte muss man das Anlagevermögen eintragen. Dazu zählen zum Beispiel das Geschäftsgrundstück, die Einrichtung, das Nachschlagematerial. Und hier wird das Umlaufvermögen festgehalten, wozu das Papierkonto ebenso zählt wie alte und neue Ware. Eine eigene Spalte gibt es ferner für die Barbestände und schließlich für Vorauszahlungen, ob diese nun für Material zu leisten sind oder für Autorenhonorare.«

Unwillkürlich ballte sie die Faust, hieb auf den Tisch. Warum nur hatte sie die Erinnerungen nicht sofort unterdrückt.

Die Hand tat ihr weh, das Herz tat ihr weh, und der Schmerz ließ nicht nach, als sie den Raum nebenan betrat – das Büro ihrer Mutter. Es war kleiner als das des Vaters, aber keineswegs unwichtiger. Während die Mutter auf ihrer Erika-Schreibmaschine geschrieben hatte, mit dem leisen Klingeln, wenn sie das Ende einer Zeile erreichte, hatte Ella oft auf dem flauschigen Teppich gesessen und mit ihrer Puppe gespielt.

Die Schreibmaschine war verschwunden, auch sämtliche Korrespondenz mit den Autoren, in der es nicht nur um Honorare oder Korrekturen gegangen war, sondern auch darum, Mut zuzusprechen und das neueste Werk loben.

Doch anders als in den anderen Räumen waren die Wände hier nicht kahl. Gleich mehrere Urkunden hatte die Mutter gerahmt und aufgehängt. Die meisten hingen schief, in einer der Glasscheiben war ein Sprung, aber auf den Boden gefallen war keine.

Da war das Zeugnis, das die Buchhändler-Lehranstalt zu Leipzig im Jahr 1913 für ihren Vater ausgestellt hatte und das ihm außergewöhnliche Leistungen in Enzyklopädischer Wissenschaftskunde, Buchhaltung und Kalligrafie bescheinigte. Gleich daneben hing die Börsenblattanzeige, in der er erklärte, aus dem Unternehmen des Urgroßvaters eine Verlagsbuchhandlung machen zu wollen, und darüber eine kleine Annonce aus dem Jahr 1927, als die Firma in eine Kommanditgesellschaft umgewandelt worden war.

Auf den Urkunden, so hatte Ella den Vater einst selbst sagen hören, würde zwar nur sein Name stehen, doch ohne sein Klärchen hätte er niemals Erfolg gehabt. Die Mutter hatte diese Behauptung mit sanftem Lächeln zurückgewiesen, und doch hatte Ella gesehen, wie stolz sie war und wie beglückt, ihre größte Leidenschaft mit ihrem Ehemann zu teilen. Nie hatte sie auch nur geahnt, was er ihr später antun würde!

Ella nahm die Urkunden nicht behutsam von der Wand, sondern zerrte so ungestüm daran, dass ein Rahmen brach, das Glas noch weiter splitterte, eine Scherbe in ihren Daumenballen drang. Ein Fluch entfuhr ihr, doch als sie sah, wie sich ein dünner Blutstropfen den Weg über das Handgelenk bahnte, war sie fast dankbar für dieses sichtbare Zeichen, dass ihr Leben zerbrochen war.

Mit deutlich mehr Vorsicht schob sie die Glasscherben auf ein Häuflein zusammen und überlegte, wo sie die Urkunden verschwinden lassen sollte. Als sie sich umblickte, entdeckte sie in der Ecke eine alte, verschlissene Pferdedecke, die über einen Gegenstand gebreitet war. Die Plünderer, die die Verlagsräumlichkeiten in den letzten Monaten heimgesucht hatten, hatten an ihren Diebesgütern wohl schon zu schwer zu schleppen gehabt und aus diesem Raum nicht alles mitgehen lassen. Den blutenden Daumenballen an den Mund gepresst, trat sie darauf zu, hob die Decke an und erblickte die hölzerne Truhe mit den Eisenbeschlägen. Richtig, die Mutter hatte ihre private Hausbibliothek auf mehrere solcher Truhen aufgeteilt und diese an verschiedenen Orten abgestellt, damit im Fall eines Bombentreffers nicht alle ihre Schätze gleichzeitig vernichtet wären.

Fiebrige Erregtheit ergriff Ella, als sie die Truhe öffnete und darin auf den ersten Buchkatalog des Reichenbach-Verlags stieß, noch mit dem alten Signet ausgestattet, bei dem das J für Julius und das R für Reichenbach so kunstvoll ineinander verschlungen waren, dass man die Buchstaben kaum auseinanderhalten konnte. Später hatte der Vater ein schlichteres Signet entwerfen lassen. Ella legte den Verlagskatalog zur Seite, betrachtete all die Bücher darunter. Da waren nicht nur altbekannte, die schon seit jeher ihre Bibliothek gefüllt hatten, sondern auch einige, die Klara offenbar vor der Stilllegung des Buchhandels in den letzten Kriegsjahren gerettet hatte. Und da waren auch Bücher, die bereits lange vor dem Krieg nicht mehr erhältlich gewesen waren. Verbotene Bücher.

Franz Werfel. Stefan Zweig. Schalom Asch. Lion Feuchtwanger. Und eines, das sie besonders gut kannte – die große *Tausendundeine-Nacht*-Ausgabe aus dem Jahr 1921, aus der die Mutter ihr so oft vorgelesen hatte, ehe die Nazis sie auf den Index setzten. Wie großartig! Sie würde Luise daraus vorlesen können.

Nicht nur die kleine Schwester stand ihr deutlich vor Augen, auch, wie sie sich einst an die Mutter kuschelte und sich von ihr in die Welt von Aladdin, Ali Baba und Scheherazade entführen ließ. Doch plötzlich wurde auch die Erinnerung an einen Streit ihrer Eltern nur wenige Jahre später lebendig. Sie hatte nie zuvor erlebt, dass Julius so streng mit der Mutter umsprang und dass Klara so eisig reagierte.

»Versteh doch!«, hatte er gerufen. »Die Olympischen Spiele sind vorbei. Und somit auch die Chance, Bücher aus dem Ausland zu beziehen oder gar verbotene Bücher ins Schaufenster zu stellen. Nicht nur die *Tausendundeine-Nacht*-Ausgabe muss sofort verschwinden, wir müssen auch endlich ein Schild aufstellen, wonach Juden in unserem Laden unerwünscht sind. Man munkelt, dass sie immer noch zuvorkommend von dir behandelt werden, sogar, dass sich hier noch heimlich die Werke jüdischer Autoren beziehen lassen.«

»Es gibt für mich keine jüdischen und nichtjüdischen Autoren«, hatte Klara erwidert, »nur gute und schlechte, geniale und mittelmäßige, herausragende und durchschnittliche. Allein danach treffe ich meine Wahl.«

»Das sehen die Herren der Reichsschrifttumskammer aber anders. Irgendwann werden sie hier auftauchen. Wie willst du ihnen erklären, dass du lesensunwerte Bücher weiterhin magazinierst?«

»Hör dich doch selber reden! ›Lesensunwert‹! Was ist das für ein schreckliches Wort!«

»Ich habe es mir nicht ausgedacht.«

»Aber du nimmst es in den Mund.«

»Ich will doch nur, dass du vorsichtig bist!«

Die Mutter war vorsichtig gewesen, zumindest ein bisschen.

Die Bücher waren aus den Regalen der Buchhandlung verschwunden, hatten in dieser Truhe den Krieg überdauert ... hatten am Ende trotzdem zu Klaras Tod geführt ...

So neugierig sie gerade noch in der Kiste gewühlt hatte – Ella legte die Bücher wieder hinein, führte die Hand zu ihrem Mund. Der Daumenballen blutete nicht länger, auch der Schmerz hatte nachgelassen, doch gerade deswegen stieß sie ihre Zähne ins Fleisch.

Leider half es nicht. So tief konnten die Zähne gar nicht dringen, dass das Weh, das in ihrer Brust tobte, nicht gewaltiger blieb, zerstörerischer. Nur allumfassend war es nicht. Wie aus weiter Ferne vernahm sie plötzlich Stimmen. Sie ließ die Hand sinken, lauschte mit schief gelegtem Kopf. Jemand hatte die Buchhandlung betreten – und Hildegard stritt heftig mit ihm.

Ob etwa einmal mehr jemand versucht hatte, hier einzudringen und seine Notdurft zu verrichten?

Oh, demjenigen wollte sie auch selbst was erzählen. Sie stürmte über den Innenhof in den Laden, zornige Worte auf den Lippen, doch sie brachte keines hervor, als sie sah, wer da stand.

»Für dich haben wir keine Bücher«, erklärte Hildegard schroff. Der junge Mann vom Friedhof. Arnold, nein, Ari. Sein Name war ihm ja zu noldig.

Ein freudiges Flattern regte sich in ihr, lenkte von dem Schmerz in ihrer Brust ab, und da war auch Erstaunen über Hildegard. Warum musterte sie ihn so abfällig? Und warum duzte sie ihn, wo sie doch jeden Kunden stets freundlich behandelt hatte?

Als sie zu Ella herumfuhr, glättete sich ihre verzerrte Miene augenblicklich. »Ich habe dem jungen Herrn gerade erklärt, dass wir noch nicht geöffnet haben«, sagte sie knapp.

Als Ella sah, dass Ari Anstalten machte, den Laden zu verlassen, schob sie sämtliche Gedanken an Hildegards merkwürdiges Benehmen beiseite.

»Wie schön, dich wiederzusehen!«, rief sie und ging ebenfalls unwillkürlich zum Du über.

Auch heute trug er viel zu kurze Hosen, und die dunkle Jacke war ihm ebenfalls zu klein, die Glieder, die herausragten, waren dünn, sein Gesicht wirkte noch schmaler, und das braune Haar, das in der Oktobersonne rötlich geglänzt hatte, mutete im fahlen Licht grau an. Doch das Grau seiner Augen ließ weniger an Stahl denken, eher an die Weite des Himmels, und er erwiderte ihr Lächeln.

»Bist du auf der Suche nach einem Fachbuch über Ornithologie oder über den Linoldruck?«, fragte sie.

Sein Lächeln wurde breiter. »Ich brauche ein Drama – irgendeines … Hauptsache, es stammt aus der Feder eines deutschen Autors. Es kann ein Klassiker sein, auch ein modernes Stück. Ich bin mir natürlich bewusst, dass es beinahe unmöglich ist, so etwas im zerstörten Frankfurt zu bekommen …«

Hildegard hatte den Besen genommen und fegte den Boden, obwohl der mittlerweile längst sauber war. Sie kam Aris Füßen gefährlich nah, als betrachtete sie auch ihn als Unrat, den es zu beseitigen galt. Schon um ihn vor ihr zu schützen, winkte Ella ihn mit sich.

»Vielleicht habe ich ja etwas für dich.«

Wenig später stand sie wieder im kleinen Büro der Mutter. Falls Ari sich über den kaputten Rahmen und die vielen Scherben wunderte, ließ er sich das nicht anmerken. Das Befremden blieb auch aus, als sie ihm die Truhe mit jenen Büchern zeigte, die in Deutschland so lange verboten gewesen waren. Sie glaubte, in seiner Miene tiefe Ehrfurcht zu lesen, auch Ergriffenheit, als sie nun Buch für Buch herausnahm und am Ende auf ein recht dünnes, ziemlich zerfleddertes Exemplar stieß.

»Hilft dir das hier vielleicht weiter?«

Es war eine Ausgabe von Schillers *Don Carlos*, von den Nazis mit Spielverbot belegt, weil darin in einer Szene Gedankenfreiheit gefordert wurde.

»Das ... das wäre großartig!«, stieß er heiser aus, machte allerdings keine Anstalten, das schmale Bändchen entgegenzunehmen. Er war zwei Schritte vor ihr stehen geblieben und wirkte mit einem Mal steif und starr. »Ich habe allerdings kein Geld dabei, um dafür zu bezahlen«, fügte er bekümmert hinzu.

»Oh«, rief sie aus. »Verkaufen darf ich das Buch ohnehin nicht, solange ich keine Lizenz der Amerikaner vorweisen kann. Die will ich zwar unbedingt haben, aber noch ist es nicht so weit. Später will ich nicht nur Bücher verkaufen, sondern auch herstellen, und ...«

Kurz war es ihr peinlich, dass die Worte einfach aus ihrem Mund purzelten, obwohl sie doch so gut wie nichts über jenen jungen Mann wusste. Verlegen zupfte sie an ihrem kurzen Haar herum, ehe sie die Strähnen hinters Ohr strich. Aber als sie die Hand wieder sinken ließ, konnte sie gar nicht mehr damit aufhören, von ihren Plänen zu erzählen, und sei es nur, weil er der Erste war, der nicht mit gerunzelter Stirn oder zweifelndem Blick lauschte. In seiner Miene stand vielmehr die gleiche Ehrfurcht wie vorhin beim Anblick der Bücher.

»Ich bin sicher, du wirst die Lizenz bekommen.«

Kurz konnte sie auch selbst daran glauben, und dann hatte sie die letzte Distanz überwunden, drückte ihm die *Don-Carlos-*Ausgabe in seine rechte Hand, und ehe sie recht begriff, was sie da tat, nahm sie unwillkürlich seine Linke. Es verwunderte sie, wie begierig sie seine körperliche Nähe suchte, zugleich genoss sie sie zu sehr, um seine Hand wieder loszulassen. Einmal mehr regte sich in ihrem Bauch ein Flattern, und Wärme breitete sich über ihren ganzen Körper aus.

»Ich weiß nicht, ob ich das annehmen kann«, murmelte er.

»Und ich weiß nicht, ob es überhaupt erlaubt ist, ohne Lizenz Bücher zu verschenken«, gab sie zurück. »Wahrscheinlich muss man bei den Amerikanern erst eine Lizenz beantragen, um überhaupt frei atmen zu dürfen.«

Nun, sie konnte frei atmen, solange sie seine Hand hielt, sie konnte sogar frei lachen, auch wenn es holprig und unsicher klang.

Als er ihr die Hand entzog, fühlte sie sich kurz klamm und verloren. Aber dann stellte sie freudig fest, dass er ihr Geschenk annahm und das Drama einsteckte. Und als sie ihn nach draußen begleitete, spürte sie, dass man eine Sache ganz sicher verschenken durfte und diese nicht streng rationiert war: Lebensmut.

Wieder schritt Ari durch die zerstörten Straßen, aber diesmal hatte er nicht das Gefühl, gleich einer Staubflocke oder einem Sandkorn von einem zunehmend beißenden Wind verweht zu werden. Nein, er war ein Mensch, der selbst über seine Schritte bestimmte, der deutlich das Büchlein in der Brusttasche seines Hemds spürte. Es befand sich auf der Höhe seines Herzens, und hätte jemand behauptet, auch das Büchlein wäre ein lebendiges Wesen, in dessen Brust ein solches pochte, er hätte es geglaubt.

In den letzten dunklen Jahren waren Bücher seine einzigen Freunde gewesen, hatten ihn getröstet, ihn von seinem Kummer abgelenkt, ihn zum Lachen und zum Weinen gebracht. Und sie waren eine Sprosse jener Leiter gewesen, die ihn geradewegs auf jene Bretter führen würde, die für ihn die Welt bedeuteten. Gewiss, heute war es zu spät, zog die einbrechende Nacht doch dunkle Schlieren am Himmel, aber sobald morgen die Ahnung eines rostroten Morgenlichts durch den Staubmantel dringen würde, wollte er sofort zum Theater aufbrechen ... oder dem Ort, der zu einem Theater werden würde. Er würde Max Guthmann die *Don-Carlos*-Ausgabe überreichen und so den Beweis erbringen, dass man auf ihn zählen konnte und ihm auch das schier Unmögliche gelang.

Ari bog in den Sandweg 7 ein, wo sich sein Zuhause befand. Nein, nicht sein Zuhause, es war eine Art Wartesaal, wo er sich vorübergehend verkrochen hatte. Seit Ende des Krieges wohnte er ständig woanders. Einige Wochen hatte er im Hotel Nürnberg in der Moselstraße zugebracht, danach war er erst im Hotel Heilbronn untergekommen, später im Hotel Hamburger Hof.

»Wenn es so weitergeht«, hatte sein Vetter Viktor gespottet, »haben wir irgendwann alle Städte Deutschlands durch.«

Viktor war erst im Hamburger Hof zu ihm gestoßen, aber seinem Vater war Ari schon vorher wiederbegegnet, im Durchgangslager Röderbergweg – der ersten Station nach dem Krieg. So wenig, wie dieses Lager einer annehmbaren Behausung glich, glich sein Vater dem Mann, der er einst gewesen war. Zwar stand dessen Name in dem Ausweis, den die Amerikaner ausgestellt hatten, aber er sah nicht so aus wie sein Vater, bewegte sich nicht und redete nicht so wie er. Im Grunde redete er gar nicht.

Ganz anders war das bei Viktor. Aris Vetter war immer ein attraktiver Mann gewesen, groß, muskulös, mit ebenmäßigen, wenngleich etwas harten Zügen, die an die Büste einer antiken Gottheit denken ließen. Jetzt war er schmal wie nie, das einst gebräunte Gesicht wirkte fahl – aber sein Blick war nicht erloschen, sondern gierig, er strahlte Vitalität aus, und anders als Aris Vater redete Viktor pausenlos.

»Weißt du, dass wir in den gleichen Betten schlafen, wie eben noch die politischen Häftlinge?«

Eigentlich schlief Viktor so gut wie gar nicht, sondern lief ganze Nächte im Kreis herum. Und es waren keine Betten, bestenfalls Pritschen. Ari machte das zwar nichts aus, während des Krieges hatte er weniger gehabt als eine solche Pritsche, aber auch er konnte oft nicht schlafen, lauschte dann den Atemzügen seines Vaters. Früher hatte der geschnarcht, jetzt stieß er oft ein Schluchzen aus. Um sich davon abzulenken, ging Ari im Kopf Dramen durch, auch *Don Carlos*.

Sagen Sie ihm, dass er die Träume seiner Jugend nicht vergessen soll, wenn er ein Mann geworden.

Mit den Versen auf den Lippen betrat er das Gebäude im Sandweg über den Hintereingang. Wie immer wollte er so wenig Aufmerksamkeit wie möglich auf sich ziehen, herrschte hier unten im Erdgeschoss doch meist reges Treiben. In jenem Raum, der während des Kriegs von der Hitlerjugend genutzt worden war, befand sich mittlerweile ein Suchdienst für Überlebende, und gleich daneben wurden Lebensmittelrationen verteilt. Ari knurrte der Magen, als ihm Gerüche in die Nase stiegen, doch Worte machten auch satt.

Die Liebe ist der Liebe Preis.

Ich aber soll zum Meißel mich erniedern, wo ich der Künstler könnte sein?

Es ist wenig, was man zur Seligkeit bedarf.

Bald erreichte er das Zimmer im ersten Stock, dessen Türe man zwar schließen konnte, jedoch nicht richtig öffnen, weil sie dann gegen die Pritsche gleich dahinter stieß. Vier Pritschen befanden sich in dem Raum, erst kürzlich war ein Mann zu ihnen gezogen, der bislang im Krankenhaus in der Gagernstraße untergebracht gewesen war und immer noch Blut hustete. Jener quälende Husten war neben dem Schluchzen des Vaters und den unruhigen Schritten von Viktor auch etwas, was Ari nachts wachhielt, doch als er nun das Zimmer betrat, war nichts davon zu hören, die Pritsche des Mannes war leer.

Hatte sich sein Zustand etwa verschlimmert?

Allerdings war auch nichts von Viktor oder seinem Vater zu sehen, obwohl der tagsüber meist reglos im Bett lag, den Hut auf dem Kopf, die dunklen, traurigen Augen glanzlos an die Decke gerichtet.

»Vater?«

Unwillkürlich hatte er sein Büchlein hervorgezogen. Er hatte es seinem Vater hinhalten wollen, in der vagen Hoffnung, der Anblick der Buchstaben würde ihn aus der Lethargie reißen. Nun ließ er es wieder sinken.

»Vater?«

Nicht nur dieser Raum war leer, auch der nebenan, wo sich drei doppelstöckige Schlafkojen befanden. Sämtliche Bewohner waren verschwunden, auch ihre wenigen Habseligkeiten fehlten.

Er wollte gerade einen weiteren Schlafraum aufzusuchen, als er Schritte hörte. Viktor kam auf ihn zugehastet.

»Wo bleibst du denn so lange?«, fragte er ungehalten. »Und wo bist du überhaupt gewesen?«

Viktor verstand nicht, dass es Ari immer wieder hinauszog. Wenn überhaupt, ging er selbst nur zur Wiesenhüttenstraße, wo sie verköstigt wurden, falls die Rationen hier nicht reichten. Als Ari ihm einmal von seinen Theaterträumen erzählt hatte, hatte er ihn verächtlich gemustert.

Wie konnte er nun ans Spielen denken, solange sie kein Leben hatten, hatte er anklagend gerufen. Ari hatte ihm nicht begreiflich machen können, dass das Spielen die einzige Möglichkeit für ihn war, sich lebendig zu fühlen. Viktor dagegen fühlte sich nur lebendig, wenn er hasste, und um diesen Hass nicht auf sich zu ziehen, verschwieg Ari lieber, wo er gewesen war, versteckte auch rasch sein Büchlein und fragte: »Wo ist mein Vater?«

»Schon unten im Hof... auf dem Lastwagen.«

Ari hatte das Fahrzeug vorhin gesehen, aber gedacht, dass neue Essensrationen angeliefert wurden.

»Ich habe dir doch erzählt, dass die Amis seit Langem planen, uns in eine neue Unterkunft zu bringen«, fuhr Viktor fort.

»Schon wieder?«, stöhnte Ari.

»Diesmal befindet sie sich außerhalb der Stadt.«

»Wir müssen Frankfurt verlassen?«

»Überrascht dich das? Die Militärregierung holt unsereins seit Juli aus der Stadt raus. Wir waren die Letzten, die sich noch hier aufhielten, aber für uns geht's heute los, und wie es heißt, warten richtige Häuser auf uns. Stell dir vor – endlich mal wieder in einem weichen Bett schlafen!«

Du schläfst doch gar nicht, ging es Ari durch den Kopf.

Er selbst wähnte sich wie in einem bösen Traum gefangen, als er nun den Motor vom Lastwagen hörte. Seine Brust schmerzte, sein Herz schien stehen zu bleiben.

Ich kann doch nicht... ich will doch nicht... Max... Ella...

»Ich gehe nicht von hier weg«, hörte er sich plötzlich sagen. »Einige von uns haben sich aus eigenen Kräften eine Bleibe in der Stadt gesucht. Wer sagt denn, dass wir alle zusammenbleiben müssen?«

Er hatte Viktor nicht oft widersprochen. Schon als sie Kinder gewesen waren, hatte er oft geschwiegen und Abstand gehalten. Sein Vetter war nur dann glücklich gewesen, wenn er einen Ball hatte, und wenn er den echten aus Leder wieder mal auf ein fremdes Grundstück geschossen hatte, hatte er sich mit einem Bündel alter, zusammengeknoteter Stoffe begnügt. Er konnte auch einen falschen Ball mit den Beinen in der Luft halten oder mit dem Kopf. Wenn er ihn dagegen Ari zukickte, streckte der die Hände aus und fing ihn meist trotzdem nicht.

»Die Hände sind beim Fußballspiel verboten«, hatte Viktor dann stets geschimpft. Nun, er wollte ohnehin lieber ein Buch als einen Ball halten, versuchte so gut wie nie, diesen in das Tor zu schießen, das Viktor aus zwei alten Stühlen gebaut hatte.

Viktor dagegen konnte nichts mit Büchern anfangen und eigentlich auch nichts mit Ari. Als Viktors Vater mit ihm Frankfurt verlassen hatte und feststand, dass sie sich so bald nicht wiedersehen würden, hatte keiner von ihnen das groß bedauert.

Gewiss, über das unverhoffte Wiedersehen nach dem Krieg hatten sie sich ehrlich gefreut – aber zwischen ihnen klaffte ein Abgrund.

Ari sah, wie Viktors Mundwinkel zuckten, wie die Lippen ein leises, schmatzendes Geräusch von sich gaben, als würde er an etwas Ungenießbarem kauen. »Dass du auf meine Gesellschaft keinen Wert legst, kann ich noch verstehen. Aber willst du wirklich deinen Vater im Stich lassen?« Beim Fußballspielen hatte der Ball mehr als nur einmal schmerzhaft Aris Brust getroffen. Nun bekam er Viktors Faust ab. »Das kannst du ihm doch nicht antun!«

Ari wich zurück. »Wohin genau wollen sie uns überhaupt bringen?«

»In einen kleinen Ort westlich von Frankfurt. Zeilsheim heißt er. Im Krieg standen dort Baracken für Zwangsarbeiter, nach dem Krieg hat man deutsche Kriegsgefangene dort eingepfercht.«
»Hast du nicht eben von richtigen Betten gesprochen?«
»Oh, ich spreche auch von richtigen Wänden. Man hat mittlerweile die Wohnhäuser rund um die Barackensiedlung geräumt, erst neunzig, inzwischen ganze zweihundert, sodass wir jede Menge Platz haben werden.«

Ari stellte sich ein Zimmer ohne Viktor vor, der unruhig auf- und abschritt, und Erleichterung erfüllte ihn. Er stellte sich auch ein Zimmer ohne den Vater vor, der im Schlaf schluchzte, und aus der Erleichterung wurde Scham.

Dann dachte er an jene Menschen in den geräumten Häusern, die in wenigen Stunden ihre Habseligkeiten hatten packen und ihr Heim verlassen müssen, und fühlte Unbehagen.

»Die Bewohner dieser Häuser wurden einfach rausgeworfen… für uns?«

»Immerhin konnten sie einen Koffer voll Hausrat mitnehmen und auch Kleidung.«

»Du sagst das so, als wäre es viel.«

»Um unseren Besitz unterzubringen, brauchen wir keinen Koffer, es genügt bereits eine winzige Tasche. Jedenfalls musst du dir keine Sorgen um diese Menschen machen, die kommen schon bei Bekannten unter. Es heißt, sie haben während einer Nacht- und Nebelaktion Möbel und Bettzeug weggebracht. Gut möglich also, dass uns doch keine Betten erwarten.«

Er lachte kalt und trat wieder an Ari heran, diesmal allerdings nicht, um ihn zu schlagen. Stattdessen schlang er seinen sehnigen Arm um Aris Schultern und zeigte so, dass es ihm nicht nur an Besitz mangelte, auch an Gefährten, und er darum mit dem ungeliebten Vetter vorliebzunehmen gedachte – so wie früher mit dem Stoffbündel, wenn der Ball fehlte.

»Na komm schon.«

Ari verpasste den richtigen Zeitpunkt, um sich zu verweigern. Er packte schnell seine wenigen Habseligkeiten zusammen, folgte Viktor danach den Gang entlang und die Treppe hinunter, sagte sich beharrlich, dass er nicht endgültig ging. Dieses Gebäude mochte er verlassen, nicht Frankfurt. Viktor hatte schließlich gesagt, dass Zeilsheim gleich westlich der Stadt lag, vielleicht konnte er tagsüber hierherkommen und Theater spielen ...

Er stand schon im Hof, als er sah, dass nicht nur ein offener Lastwagen bereitstand, sondern etliche Menschen auf zwei Pferdegespannen Platz gefunden hatten. Im fahlen Licht konnte er nicht feststellen, welche der dunklen Gestalten sein Vater war. Viktor schob ihn entschlossen Richtung Lastwagen, doch nun fand er die Kraft, sich loszureißen.

Ella. Würde er Ella wiedersehen? So deutlich spürte er plötzlich, wie sie seine Hand ergriffen hatte, so deutlich sah er jenes schüchterne Lächeln vor sich, das die Macht hatte, das blasse, schmale Gesicht zu erhellen, und wie sie nervös an ihrem dunkelblonden ungebärdigen Haar zupfte.

Er wusste nicht, ob er sie wiedersehen würde. Er wusste erst recht nicht, ob er das durfte.

Doch ihre Worte echoten in ihm. Wie eifrig sie von ihren Plänen gesprochen hatte!

Ungeduldig rief Viktor ihn.

»Gleich, ich komme gleich.«

Einige amerikanische Soldaten standen im Hof, und einen von ihnen kannte Ari noch von den Wochen, die er im Hotel in der Moselstraße zugebracht hatte. Mehrmals hatte er mit ihm

Karten gespielt, obwohl er dafür so unbegabt war wie fürs Fußballspielen, doch anders als Viktor früher war der Soldat nicht wütend gewesen deshalb, eher amüsiert. Er hatte ihm etliche Brocken Englisch beigebracht, und obwohl Ari weit davon entfernt war, die Sprache fließend zu beherrschen – die wichtigsten Vokabeln kannte er.

Bevor er auf den Lastwagen kletterte, richtete er eine Bitte an den Soldaten, schrieb ihm etwas auf einen Zettel, und der Soldat gab ihm mit einem knappen Nicken das Versprechen, sich darum zu kümmern.

4. KAPITEL

Die letzten Schritte waren immer die härtesten. Dann quälte nicht nur der Hunger, der im leeren Magen schmerzhafte Krämpfe verursachte. Nicht nur der Druck auf der Brust, weil mit jedem Atemzug so viel Staub in die Lunge drang. Vielmehr lähmte sie die Hoffnungslosigkeit, und aus den wenigen Hundert Metern, die sie von ihrem Ziel trennten, wurde eine schier unüberwindbare Distanz.

Ermattet ließ sich Ella auf einen Stein sinken. Seit sie den Entschluss gefasst hatte, sich eine Lizenz zu beschaffen, waren zwei Wochen vergangen, und in dieser Zeit war sie keinen Schritt weitergekommen.

Herr Kaffenberger hatte sich immerhin als hilfsbereit erwiesen. Er hatte ihr nicht nur erklärt, dass sie die Chance auf eine Lizenz vergrößerte, wenn sie der Militärbehörde ein überzeugendes Verlagsprogramm vorlegte, sondern er hatte sich auch mit ihr im einstigen Büro der Mutter zusammengesetzt, um gemeinsam zu überlegen, wie ein solches Programm aussehen könnte.

Dass die Mutter am liebsten nur das herausgeben hatte wollen, was als *schöne Literatur* bezeichnet wurde, wusste Ella, jedoch auch, dass Klara Reichenbach pragmatisch genug gewesen war, um nicht nur auf dieses Standbein zu setzen. Medizinische Themen hatten dem Verlag viel Geld eingebracht.

»In den Dreißigerjahren war ein Buch, in dem über Vitamine

aufgeklärt wurde, ein großer Kassenschlager«, hatte Herr Kaffenberger erklärt. »So weit ist das gar nicht von einem Kochbuch entfernt, zu dem ich jetzt raten würde.«

»Ich soll Kochbücher veröffentlichen?«, hatte Ella entsetzt gerufen.

»Du willst den Besatzern ein Programm vorweisen, das einen wertvollen Beitrag für den Wiederaufbau von Deutschland leistet. Und zu den Büchern, die einen praktischen Nutzen haben, zählen nun mal Kochbücher.«

»Ich finde, es gibt nichts Nutzloseres als ein Kochbuch zu Zeiten, da es kaum Zutaten fürs Kochen gibt.«

»Das ist genau die Marktlücke, die du besetzen kannst! Du kannst Tipps geben, wie man aus dem Wenigen, das vorhanden ist, etwas Schmackhaftes zubereitet.«

Skeptisch hatte sie vor sich hingestarrt. Sie hatte von ihrer Mutter vieles geerbt – die Liebe zu Büchern und die stille Beharrlichkeit, aber nicht unbedingt ein Talent zum Kochen. Klara Reichenbach hatte ihren Erfindungsgeist in den Verlagsräumen bewiesen, nicht in der Küche. Etwas anders sah es mit Hildegard aus. Deren größte Leidenschaft war nach dem Lesen das Kochen. Obwohl es in der Buchhandlung eigentlich streng verboten gewesen war zu essen, hatte sie in den letzten Wochen stets etwas zur Stärkung dabei gehabt und Ella großzügig davon abgegeben. Doch zaubern konnte auch sie nicht: Die Gerichte waren undefinierbar, so gut wie gar nicht gewürzt und reichten nie, um wohlig satt zu machen.

Während sie noch überlegt hatte, ob sie sie zu Rate ziehen sollte, war Herr Kaffenberger schon beim nächsten Ratschlag: »Im Grunde ist es ganz gleich, wie du die Lizenz ergatterst – jedenfalls muss es dir so schnell wie möglich gelingen. Ich habe gehört, dass in Bayern fast achthundert ehemalige Verleger um eine Lizenz angesucht haben, aber nur achtzig eine bekommen haben. Hier in Frankfurt ist es wohl etwas besser, Peter Suhrkamp gehört zu den wenigen Glücklichen, und dennoch ...«

Sie vermutete, dass Suhrkamp keine Kochbücher – oder vielmehr Mangelbücher – herausgeben würde. »Am besten«, war Herr Kaffenberger fortgefahren, »wirst du persönlich bei der Militärbehörde vorstellig. Wenn man dort eine willensstarke junge Frau sieht, ist man vielleicht gnädiger gestimmt.«

Sie wusste, dass sich das Hauptquartier der Amerikaner im ehemaligen Verwaltungsgebäude der I.G. Farben befand, dass sie in der direkten Umgebung sämtliche Häuser beschlagnahmt hatten, dass es eine eigene Straßenbahnlinie für sie gab, die Linie 39, die nicht nur durchs Zentrum, sondern zu einem weiteren Quartier in der Römerstadt fuhr. Was sie nicht gewusst hatte, war, dass nur die Amerikaner berechtigt waren, über den freien Vorplatz zu gehen, der das Verwaltungsgebäude von den Privathäusern trennte, während die Bewohner Frankfurts schon weiter vorn auf Stacheldraht und ein Warnschild stießen. »*Off limits*« stand darauf in schwarzen Lettern.

Sie hatte keine Ahnung, was das genau hieß, Hildegard auch nicht, sie behauptete jedenfalls, dass, wer immer dieses Schild missachtete, mit einer Kugel im Rücken endete. In all den Tagen, da Ella immer wieder ihr Glück versuchte, geriet sie zwar nie in einen Kugelhagel, jedoch an finster blickende Wachposten.

Es war nicht so, dass sich die Schranken vor den Sperrgebieten niemals öffneten. Deutsche Geschäftsmänner könnten problemlos ins Gebäude gelangen, wurde ihr erklärt, vorausgesetzt, dass sie den Nachweis erbrachten, ein wichtiges Amt innezuhaben oder einem unerlässlichen Beruf nachzugehen. Als Ella aber einwandte, dass sie genau diesen Nachweis hier beantragen wollte, war ein Schulterzucken noch die beste Antwort.

Nach einer Woche vergeblicher Mühe stattete Herr Kaffenberger ihr erneut einen Besuch ab, diesmal nicht, um gute Ratschläge zu geben, sondern um sie zu warnen. Er hätte von mehreren Verlagsbuchhandlungen gehört, die von den Alliierten beschlagnahmt worden wären, weil der jeweilige Verleger als »belastet« galt. Anschließend habe man sie an unbedenkliche Lizenzträger verpachtet. »Wenn du nicht schnell genug bist, stellen sie dich vor vollendete Tatsachen.«

Alles konnte man in dieser zerstörten Stadt sein, nur nicht schnell. Die Tage waren mit Warten ausgefüllt – und warten konnte man weder schnell noch langsam, nur geduldig.

Ella wartete nicht nur vor dem Sperrgebiet, auch im Informationsbüro der Stadtverwaltung in der Bockenheimer Landstraße, das im Volksmund das »Amt der tausend Fragen« hieß, doch einen Rat, wie sie bei der Militärbehörde vorstellig werden könnte, bekam sie dort nicht. Als sie nach vielen Stunden endlich an der Reihe war, wurde ihr lediglich vorgeschlagen, bei der provisorischen Landesregierung vorzusprechen.

Diese hatte sich nach den Wahlen Anfang Dezember neu konstituiert, jedoch nur beschränkte Machtbefugnisse – und kein Papier. So beschied es ihr zumindest ein junger, näselnder Herr, nachdem er sie von oben bis unten gemustert hatte. »Wir können kaum Flugblätter herausbringen, geschweige denn eine Parteizeitung, das Letzte, was wir brauchen, sind Verleger, die Gedichte drucken.«

Sie wollte einwenden, dass sie keine Gedichte drucken wollte, sondern Rezepte, aber wahrscheinlich hätte sich der junge Mann verhöhnt gefühlt.

Wovor sie ebenfalls stundenlang warteten, waren Läden, in denen sie ihre Lebensmittelkarten gegen karge Ware tauschte. Meist machte sie den Fehler, nicht gleich frühmorgens dorthin aufzubrechen, weil sie dann nicht an den leeren Magen, sondern an die leere Buchhandlung dachte – und wenn sie sich am Nachmittag in die endlose Schlange einreihte, war meist alles weg.

Auch heute war ihr Korb leer geblieben, und beim Gedanken, hungrig ins Bett zu gehen, verkrampfte sich ihr schon jetzt der Magen. Der Seele ging es nicht besser.

Sie sehnte sich nicht nur danach, sich satt zu essen, auch sich satt zu knuddeln und zu scherzen – mit der kleinen Schwester, die sie immer nur viel zu kurz bei sich hatte. Unter der Woche war die Sehnsucht nach Luise, ihrem duftenden, weichen Haar, den kleinen Ärmchen und den glucksenden Lauten oft fast unerträglicher als der Hunger. Doch während der Hunger sie ermatten ließ, spornte die Sehnsucht sie an. Sie sollte nicht vergeblich hier hocken, lieber heimgehen, Kräfte sammeln, sich morgen erneut für den Kampf gegen die Windmühlen rüsten, um nicht nur sich, sondern auch für Luise das Erbe der Eltern zu bewahren und eine Zukunft aufzubauen.

Sie beschleunigte ihren Schritt, als sie von Weitem Hildegard vor dem Wohnhaus stehen sah.

»Kind, wo bleibst du bloß so lange?«, rief die Buchhändlerin ihr entgegen.

Dass Hildegard sie heute hier erwartete, war erstaunlich genug. Wenn Ella Luise bei sich hatte, kam Hildegard zwar oft vorbei, um etwas Essen zu bringen, und obwohl Ella und ihr Vater stets einwendeten, sie dürfe um der Kleinen willen auf keine ihrer knappen Rationen verzichten – am Ende überwog die Dankbarkeit, weil Hildegards Gaben die düstere, kalte Wohnung ein wenig heimeliger und freundlicher zu machen schienen. Heute aber war Mittwoch, und es würden noch zwei Tage vergehen, bis Ella Luise aus Höchst holte. Und noch ungewöhnlicher als der Zeitpunkt ihres Erscheinens war Hildegards zerzaustes Haar. Es verriet nicht nur, wie heftig der Dezemberwind wehte, sondern auch, dass sie schnell gelaufen war. Und ihre Wangen, sonst bleich wie die Seiten eines Buchs, waren gerötet.

»Ist etwas passiert?«, rief Ella erschrocken, um im nächsten Augenblick trocken aufzulachen. Was an Schlimmem konnte schon passiert sein. Es gab nichts Schlimmeres als eine leere Buchhandlung. Der Vater war ihr gleich, einzig Luise lag ihr noch am Herzen, aber wenn Luise etwas zugestoßen wäre, stünde ihre Großmutter vor ihr.

»Sieh doch nur! Er wurde an die Buchhandlung adressiert, deswegen habe ich mir erlaubt, ihn zu öffnen. Ich konnte nicht bis morgen warten, um ihn dir zu zeigen.«

Im nächsten Augenblick hielt Ella einen Brief in der Hand. Zumindest vermutete sie, dass es ein Brief war, denn da war der Abdruck eines Stempels zu sehen.

Welche Form dieser hatte, konnte sie schon nicht mehr erkennen, weil plötzlich Tränen in den Augen brannten, die nicht allein vom kalten Wind und der Müdigkeit verursacht wurden. »Mein Gott!«, entfuhr es ihr. »Wird die Buchhandlung etwa zwangsverpachtet?«

»Jetzt lies doch selbst.«

Die Wörter schienen wie Ameisen über das Blatt zu laufen. Und als sie sie irgendwie doch zu einzelnen Sätzen verband, half ihr das nicht weiter, weil das Schreiben auf Englisch verfasst war.

»Was heißt das?«, fragte Ella, obwohl Hildegard die fremde Sprache kaum besser beherrschte als sie.

Die andere sagte nichts, forderte sie nur mit entschiedenem Nicken auf, sich noch einmal ins Schreiben zu vertiefen.

...Information Services Division...

...License US-W-1635...

...publish books and periodicals...

Endlich begriff Ella. »Das ist ja eine Lizenz!«

»Ist es nicht unglaublich?« Hildegard reckte die Hände triumphierend gen Himmel.

Kurz konnte Ella die Erschöpfung vergessen, die Kälte, den Hunger. Nur ein Gedanke schmälerte die Begeisterung ein wenig. »Aber... aber wie ist denn das möglich? Ich habe mich doch vergeblich darum bemüht, bei der Militärbehörde vorstellig zu werden, habe bislang kein schriftliches Ansuchen gestellt. Warum wissen die Amerikaner überhaupt, dass ich eine Lizenz haben will? Warum hat niemand überprüft, ob ich wirklich Berufserfahrung habe, ob ich vollständig entlastet bin, die NSDAP nie auch nur nominell unterstützt habe?«

Hildegard ließ ihre Hand wieder sinken. »Jemand muss sich für dich eingesetzt haben«, sagte sie.

»Aber wer denn nur?«, fragte Ella ratlos.

Hildegard zuckte mit den Schultern: »Das ist doch nicht so wichtig, heute kannst du dich von Herzen freuen, und morgen musst du dir überlegen, wie es nun weitergeht.«

Ella konnte den Gedanken nicht so schnell beiseiteschieben. »Es wusste doch so gut wie niemand von meinen Plänen... Mit Vater spreche ich nur das Allernötigste... Herr Kaffenberger hätte mir Bescheid gesagt, wenn er irgendwie Einfluss nehmen könnte. Hertha Brinkmann hätte mir niemals helfen können und sonst...«

Ari. Ari wusste auch davon. An dem Tag, als er die Buchhandlung aufgesucht und sie ihm die *Don-Carlos*-Ausgabe geschenkt hatte, hatten sie darüber gesprochen. Allerdings: Wie hätte er ihr zu dieser Lizenz verhelfen können?

»Nun«, sagte Hildegard, »es bringt nichts, dass wir uns darüber den Kopf zerbrechen. Was du nun schaffen wirst und wie, darauf kommt es an. Du hast jetzt die Lizenz. Du hast auch diesen Papiervorrat und ein paar alte Bücher. Aber ansonsten hast du nichts, rein gar nichts.«

Ella gab ihr insgeheim recht. Jetzt war nicht der Zeitpunkt, an Ari zu denken, dem sachten Weh nachzuspüren, weil er seit damals nicht wieder in die Buchhandlung gekommen war. Und erst recht war nicht der Zeitpunkt, hier draußen im Freien zu verharren, wo der Wind einem immer beißender um ihre Ohren pfiff. Sie bedankte sich für die Nachricht, ging mit der Lizenz in der Hand nach oben.

Sie war einen Schritt weitergekommen, zwar nur einen winzigen, aber es war ein Schritt.

In den Wochen bis Weihnachten ging es wieder zwei riesige Schritte zurück. Sie hatte gehofft, einen Teil ihres Papierschatzes gegen anderes Material eintauschen zu können, doch selbst wenn sie Goldbarren hätte vorweisen können oder – die noch kostbarere Währung – eine Packung Zigaretten, duftenden Bohnenkaffee, köstlichen Schinken mit dicker Fettschicht – es gab dieses Material nun mal nicht.

Bei welcher Druckerei und Buchbinderei sie auch vorstellig wurde, überall traf sie auf das Gleiche: Verwüstete Betriebsräume und zerstörte Maschinen, Klagen über Kohlemangel, fehlende Transportmittel, die nicht funktionierende Post.

Selbst wenn die Druckstöcke in den Setzereien nicht zerstört wären – Stromsperren und der Mangel an fachkundigem Personal erschwerten die Arbeit. Offenbar waren unter den Kriegsheimkehrern nahezu alle Berufsgruppen zu finden – nur keine erfahrenen Schriftsetzer oder Buchdrucker.

»Ein Gutes hat das«, meinte Hildegard trocken, »wenn wir mit unserem Vorhaben Erfolg hätten, müssten wir eine Schreibhilfe einstellen, die uns bei der Buchhaltung, der Katalogisierung und den Werbemaßnahmen hilft. So können wir uns das sparen.«

Das war für Ella kein Trost. Es richtete sie jedoch ein wenig auf, dass Hildegard zum ersten Mal »wir« gesagt hatte, nicht wie bislang »du«.

Tatsächlich verbrachte sie den ganzen Tag in der Buchhandlung, wenn auch nicht – wie Ella insgeheim vermutete –, weil sie an ihren Traum glaubte, sondern weil sie es nicht ertrug, in der leeren Wohnung vergeblich auf ein Lebenszeichen ihres Sohnes zu hoffen.

Viel zu tun gab es natürlich nicht, außer dann und wann mit Hertha Brinkmann zu schwatzen, die regelmäßig nach neuen Büchern fragte. »Obbse denn jetz endlisch ebbes fär sie zu lese hädd«, wollte sie im breitesten Hessisch wissen, »ebbes färs Herz.«

Ellas eigenes Herz erschien ihr wie ein kalter Klumpen. Ich brauche nicht unbedingt etwas fürs Herz, dachte sie, etwas, was ich in den Händen halten und als fertiges Produkt bezeichnen kann, würde schon genügen, und sei es wirklich nur ein Kochbuch.

Wahrscheinlich würde ein Rezept für Speckkuchen oder Frankfurter Rippchen sogar noch mehr Tränen in Hertha Brinkmanns Augen treiben als eine schmalzige Liebesgeschichte.

»Wenigstens diese Bücher könnten wir verkaufen«, meinte Hildegard trocken, als sie Ella eines Tages dabei erwischte, wie sie neben der Truhe der Mutter hockte und die Bücher, die sich darin befanden, eins nach dem anderen herausnahm und streichelte. »Dann würde man uns nicht länger als öffentliche Toilette, sondern als Buchhandlung betrachten.«

Ella verweigerte sich dem Anliegen strikt und verwies darauf, dass alle Bücherrestbestände erst von der Besatzungsmacht kontrolliert werden mussten, ehe sie verkauft werden durften. Ihr wahres Motiv war ein anderes – solange sie im Besitz dieser Bücher war, war die Mutter gegenwärtig.

Sie räumte die Bücher gerade wieder in die Truhe, als Herr Kaffenberger zu ihnen in Klaras Büro trat. Er wirkte halb erfroren wie sie alle, und als er den Kopf zum üblichen Handkuss neigte, schien es Ella, als hätte sie es knacken hören. Was er zu berichten hatte, war allerdings unerwartet hoffnungsvoll.

»Gerade habe ich bei einer Sitzung einer noch inoffiziellen Buchhändlervereinigung erfahren, dass in der Westzone pünktlich zu Weihnachten die ersten Verlagserzeugnisse auf den Markt kommen werden. Insgesamt vierundfünfzig Bücher oder vielmehr Broschüren. Jedenfalls befinden sich rechtefreie Titel der Weltliteratur darunter, auch amerikanische Bestseller, die in Windeseile übersetzt wurden und…«

»Das heißt, es muss doch ein paar funktionstüchtige Druckereien geben, ich habe nur noch nicht die richtige gefunden.«

Er nickte, nannte sogar eine – Ballwanz – auch die Adresse im Nordend wusste er. Die Werkstätten dort waren zwar ausgebrannt, aber man habe etliche Maschinen retten können, darunter eine Druckerpresse. Und was das noch größere Wunder war: Die Druckerei verfügte sogar über einen Anlegeapparat, der noch schwerer zu finden war als eine Presse, weil Anlegeapparate bislang ausschließlich in Leipzig produziert worden waren und es keinerlei

Handel mit der Sowjetzone gab.«Nun hat man offenbar eine Fabrikation bei der Schnellpressenfabrik Johannisberg in Geisenheim eingerichtet, und die Firma Ballwanz konnte einen ergattern.«
Ellas Kopf war kurz so leer wie ihr Magen. Sie musste eine Weile grübeln, bis ihr wieder einfiel, was ein Anlegeapparat war – eine Vorrichtung nämlich, die dafür sorgte, dass der Druckbogen bei der Schnellpresse automatisch angelegt wurde.

In der Zwischenzeit war Herr Kaffenberger von den guten Neuigkeiten zu den schlechten übergegangen.

»Eine Druckerei zu finden ist eine ähnliche Herausforderung, wie Brennholz zu beschaffen: Es fällt einem zwar nicht in den Schoß, aber wenn man gründlich sucht, findet sich in den Parks das ein oder andere Zweiglein. Eine Buchbinderei zu entdecken ist dagegen so unwahrscheinlich, wie eine kräftige Rinderbrühe mit Fettaugen aufzutischen, in der ganze Stücke weichen, saftigen Fleisches und bissfeste Karotten schwimmen.«

Ellas Magen verkrampfte sich. »Können Sie darüber sprechen, ohne uns ans Essen denken zu lassen?«, warf Hildegard mahnend ein.

»Es fehlt nun mal an allem«, erklärte Herr Kaffenberger seufzend. »Die Buchbindemaschinen sind bislang ebenfalls sämtlich in Leipzig hergestellt worden, und von dort ist kein Nachschub zu erwarten.«

»Genug!«, rief Hildegard. »Da waren mir ja die Fettaugen auf der Rinderbrühe lieber.«

»Ein Schritt nach dem anderen«, erklärte Ella. »Am Anfang müssen wir nicht unbedingt gebundene Bücher verlegen. Es reichen auch einzelne gefaltete Blätter.«

Herr Kaffenberger stöhnte gequält auf, aber schließlich nickte er und erklärte, dass auch das erste Druckwerk eines anderen

Frankfurter Verlags bloß eine einseitige Broschüre mit dem Titel *Wie füttere ich mein Kaninchen?* gewesen wäre.

»Das kommt einem Kochbuch, wie Sie es vorgeschlagen haben, schon ziemlich nahe«, sagte Ella.

Herr Kaffenberger seufzte wieder. »Was sehne ich mich nach einem Kaninchenbraten, der nach Wacholderbeeren und Lorbeer duftet und zu dem saftige Kartoffelklöße gereicht werden!«, rief er und zog damit wieder einen mahnenden Blick von Hildegard auf sich.

Ob ihn das wirklich vom Schwärmen abhielt, wusste Ella nicht, denn sie entschied, sofort zur Druckerei Ballwanz aufzubrechen.

Während des Fußmarschs ins Nordend erinnerte sie sich an einen Besuch der Graphischen Betriebe in Gräfenhainichen. Sie musste damals noch ein Kind gewesen sein, sechs, vielleicht sieben Jahre alt, hatte aber schon voller Neugierde zugesehen, wie die Druckbögen bearbeitet wurden: Sie mussten beschnitten und gefaltet, dann am Rücken durchstochen und mit Fäden zum Buchblock zusammengenäht werden. In der Buchbinderei wurde dieser später verleimt, mit Gaze und einer versteifenden Hülse hinterklebt. Zeitgleich wurde die Buchdecke vorbereitet, indem man die Pappen, die Rückeneinlage und das Überzugmaterial maßgerecht zuschnitt und schließlich mit dem Buchblock verband.

»Und nun ist das Buch fertig?«, hatte Ella ihre Mutter gefragt. Nein, nicht die Mutter – es war der Vater gewesen, der ihr die einzelnen Arbeitsschritte erklärt hatte und jetzt hinzufügte, dass das Buch während der vielen Arbeitsgänge viel Feuchtigkeit aufgenommen habe, man es nun in Ruhe ausatmen lassen müsse.

Sie hatte nicht gelacht. Natürlich konnte ein Buch atmen, es war ja ein lebendiges Wesen.

Als sie jetzt ihr Ziel erreichte, erwartete sie Stille anstatt Betriebsamkeit. Die Werkstatt hatte nur drei Wände und kein Dach. Über sämtliche Maschinen war Segeltuch gespannt, und ihre Formen ließen sich nur erahnen. Hätte jemand behauptet, dies wäre keine Druckerei, sondern eine Metzgerei, sie hätte es nicht abstreiten können. Das, was hier entstand, atmete nicht. Sie selbst schaffte es ja kaum.

Hinter einer der Maschinen hörte sie ein Hämmern, und als sie näher trat, sah sie, wie ein Mann versuchte, Latten aneinander zu nageln, um eine Ersatzwand zu schaffen.

Sie holte tief Luft, um danach mit krächzender Stimme das vorbereitete Sprüchlein aufzusagen. »Mein Name ist Elisabeth Reichenbach, ich bin auf der Suche nach einer Druckerei. Ich ... ich verfüge über einen Vorrat an Papier.«

Vor dem letzten Satz hatte sie eigentlich eine Pause machen wollen, weil dies das Kostbarste war, was sie in die Waagschale werfen konnte. Aber der Mann hatte sie nur kurz gemustert, den Hammer wieder erhoben und nun hämmerte er weiter.

»Haben Sie mich nicht verstanden? Ich würde gerne Bücher drucken ... zumindest Broschüren und ...«

Der Hammer hielt kurz still. »Tut mir leid, meine Dame, aber mit Frauen machen wir grundsätzlich keine Geschäfte.«

Als sie an diesem Abend ihr Zuhause betrat, hatte sie nichts bei sich. Keine Lebensmittel, keine Hoffnung, auch keinen Stolz.

Es ist vorbei, dachte sie, jetzt ist es endgültig vorbei. Mit dem Traum der Mutter, dass die Verlagsbuchhandlung den Krieg überdauern würde. Mit ihrem Traum, zumindest einen Teil von Klara Reichenbach am Leben zu erhalten.

Am nächsten Tag, das ahnte sie, würde sie auch das Gute

daran sehen können. Nun hatte sie immerhin viel mehr Zeit, um sich Luise zu widmen, und auch in der kleinen Schwester lebte die Mutter weiter. Doch in diesem Augenblick pochte nur dumpfe Enttäuschung in ihr, die sie nicht vor ihrem Vater verbergen konnte.

Für gewöhnlich ging sie ihm aus dem Weg. Als er ihr am Vorabend die Strohsterne gezeigt hatte, die er für Weihnachten gebastelt hatte – bräunliche Gebilde mit schiefen Zacken –, hatte sie ihm kühl beschieden: »Weihnachten werde ich in Höchst feiern, ich weiß nicht, ob du bei meinen Großeltern willkommen bist.«

Er hatte diese Kränkung ebenso geschluckt wie jeden ihrer verächtlichen Blicke, doch gerade darum war sie so schnell wie möglich hinter den Paravent geflohen.

Als sie ihn aber heute mit rußschwarzem Gesicht vor dem Herd stehen sah, den er vor Kurzem aus einer Ruine freigebuddelt und an den er eigenhändig ein Regenrohr gelötet hatte, verzog sie sich nicht so schnell wie möglich in den hinteren Teil des Raums, sondern ließ sich auf den schiefen Stuhl vor dem zerkratzten Tisch gleich neben dem Herd sinken.

»Hier«, hörte sie ihn leise sagen.

Sie hatte nicht die Kraft, den Kopf zu heben, drehte ihn nur leicht zur Seite. Auf dem Tisch stand etwas zu essen. Und obwohl sie sich nur ungern von ihm bekochen ließ, der Hunger erwies sich als Verräter. Sie fiel über die Frikadellen aus alten Brotkrusten ebenso her wie über die dicke Suppe aus Resten von Graupen, Grünkern, Grieß und Kartoffeln. Schlammnixe nannte man sie, und sobald sie ausgekühlt war, war sie so dick, dass man den Löffel kaum herausbekam. Zuletzt kaute sie an einem Stück Käse, der sich – wie all der andere Käse, den sie in den letzten

Monaten ergattert hatte –, ob seiner diversen Mitbewohner beinahe selbstständig fortbewegte.

Da saß sie nun und aß und konnte nicht an ihrem Entschluss festhalten, es aus eigener Kraft und ganz ohne seinen Rat zu schaffen. Wer, wenn nicht er, konnte in dieser Lage weiterhelfen, doch noch verhindern, dass sie nicht endgültig kapitulieren musste?

Als sie den Kopf wieder sinken ließ, rutschten ihr die Worte einfach aus dem Mund, und sie erzählte dem Vater alles. Vom Glück, die begehrte Lizenz ergattert zu haben, vom Pech, das dem gefolgt war. Und dass sie gegen vieles anrennen, nein anhumpeln, ankriechen konnte, nicht dagegen, eine Frau zu sein. Das war mehr als eine Hürde. Das war das Ende.

Sie musterte ihn von der Seite, bereute prompt die offenen Worte. So oft hatte der Vater ihr seine Hilfe angeboten, so oft hatte sie eisig abgelehnt. Falls er vorschlug, selbst mit der Druckerei Ballwanz in Verhandlungen zu treten, würde sie das nicht zurückweisen können.

Doch er ließ ihr ihren Stolz.

Anstatt etwas zu sagen, trat er zu einem der wenigen Möbelstücke, die sie noch hatten – eine Lade, die irgendwann Teil eines schweren Nussholzschranks gewesen war.

Er holte etwas daraus hervor, legte es vor sie hin. Kurz dachte sie, es wäre noch etwas zu essen, denn der Form und Größe nach glich es ein paar Stücken Kandiszucker.

Matern waren es – jene Negativformen, die zum Guss von Einzelbuchstaben genutzt wurden.

»Matrizen habe ich auch noch«, sagte er.

»Die Formen aus Metall, mit denen man einzelne Lettern erzeugen kann?«, fragte sie erstaunt.

Er nickte »Sie stammen aus jenen Zeiten, als beim Buchdruck die Frakturschrift benutzt worden ist. Die Nazis haben sie verboten. Ich weiß nicht, warum, aber sie haben die Frakturschrift als Judenlettern bezeichnet und als Normschrift verpflichtend die Antiqua eingeführt. Jedenfalls brachte ich es nicht über mich, die Matrizen zu vernichten, und deswegen habe ich sie noch.«

Vage konnte sie sich erinnern, dass früher mit dem Handsatz gearbeitet worden war: Der Setzer hatte Buchstabe für Buchstabe einen Platz zuweisen müssen.

»Papier ist etwas, was in einer Druckerei kommt und geht«, fuhr der Vater fort. »Aber das hier gehört zur Grundausstattung, und soweit ich weiß, fehlen den Druckereien nicht nur Maschinen, sondern auch Matrizen und Matern. Für den Schriftsatz Linotype hat die Frankfurter Schriftgießerei Stempel zwar die Fertigung von Matrizen aufgenommen, doch Linotype ist nur für den Zeitungssatz geeignet.«

Etwas plumpste aus Ellas Mund – ein Lachen, das ihr allein von den Gesetzen der Schwerkraft geraubt zu werden schien, weil sie immer noch mit vorgeneigtem Kopf dasaß. Jetzt hob sie ihn leicht. »Die Firma, die Matrizen herstellt, heißt ausgerechnet Stempel?«

Sie wollte dem Vater nicht ins Gesicht schauen, aber sie starrte zumindest auf seine Hände, nahm wahr, dass sie von unzähligen Kratzern und blauen Flecken übersät waren.

»Nomen est omen. Ich finde, der Name passt perfekt. Für eine Verlagsbuchhandlung wiederum erschien mir kein Name besser als Reichenbach, weil sogleich jeder an ein Bücherreich denkt. Und ... und ...« Seine Hände klopften ganz leise auf den Küchentisch. »Ich bin so froh, dass du unser *Bücherreich* wieder zum Leben erwecken willst, Elsbeth, ich weiß, wenn es jemand in diesen Zeiten schaffen kann, dann du. Du bist wie deine Mutter. Nach außen hin eher still, fast schüchtern, aber zugleich so zäh und entschlossen. Wenn du ihnen die Matern und Matrizen anbietest, wird man in der Druckerei deine Aufträge nur allzu gerne annehmen und...« Er brach ab.

Ella stützte sich auf, schob sich langsam vom Stuhl hoch, Schwindel überkam sie, das Atmen fiel ihr schwer.

Elsbeth.

Er hatte sie Elsbeth genannt.

Aber er durfte sie doch nicht so nennen, wie ihre Mutter sie genannt hatte!

»Unser Verlag... die Buchhandlung...«, presste sie hervor, »sie soll nicht mehr Reichenbach heißen, sondern... Hagedorn.«

Klara hatte ihren Mädchennamen einst bereitwillig abgelegt, als sie das alte Leben in Höchst hinter sich gelassen hatte. Für sie war dieser Name wohl gewesen wie das muffige Häuschen ihrer Eltern, in dem es keine Bücher gab – ein trostloses Gefängnis. Für Ella war er kostbar, weil nicht von dem befleckt, was Julius Klara angetan hatte.

Immer noch stützte sie sich schwer auf den Tisch, immer noch fielen die Worte förmlich aus ihrem Mund. Sie hatte nie darüber reden wollen, alle Erklärungsversuche seinerseits zurückgewiesen, hatte gedacht, dass es weniger wehtat, wenn sie es nie erwähnte. Aber sie würde es nie vergessen, sie würde ihm nie verzeihen, und jetzt konnte sie nicht länger schweigen.

»Du hast die Gestapo auf Mutter gehetzt.«

»Das stimmt nicht!«

»Wer immer sie denunziert hat – als sie gekommen sind, hast du dich nicht schützend vor sie gestellt. Du hast gar nicht erst versucht, ihr zu helfen und zu vertuschen, was sie getan hatte.

Eine einzige Frage bloß, keiner hat auch nur die Faust erhoben, und du hast schon vor ihnen gebuckelt und deine Frau verraten. Du hast zugegeben, dass sie verbotene Bücher verkauft hat, zugleich geschworen, dass du nichts damit zu tun hättest.«

Die Erinnerungen flackerten unruhig in ihrer Brust. Wie ihr Vater damals den Männern der Gestapo ganz nüchtern berichtet hatte, was die Mutter getan hatte. Wie diese mit donnernden Schritten durch die Buchhandlung und die Verlagsräume gestampft waren, Bücher aus den Regalen gezerrt hatten und irgendwann fündig geworden waren. Die Mutter hatte keinen Ton hervorgebracht, war nur ganz bleich geworden, als man sie abgeführt hatte, und Ella hatte ihr hilflos und stumm nachgeblickt. Aber Luise, gerade mal ein halbes Jahr alt, hatte sich die Seele aus dem Leib geschrien. Erst viel später hatte Ella sie mit einem Fläschchen Milch beruhigen können und sie so lange herumgetragen, bis sie eingeschlafen war.

Ein paar Tage später war Klara wieder nach Hause gekommen, mit leerem Blick und geschundenem Körper. Sie hatte nie erzählt, was ihr widerfahren war, nur erklärt, dass ihr Vergehen nicht schwer genug wog, als dass es zur Anklage kommen würde. Jetzt im Krieg wäre keine Zeit für einen Prozess.

Dafür, Menschen zu quälen, zu foltern, sie zu verängstigen war genug Zeit gewesen.

Das Gesicht der Mutter blieb bleich, kündete nicht nur von Schrecken, die sie erfahren hatte, sondern von Schmerzen. Die Schmerzen blieben in den nächsten anderthalb Jahren, wuchsen, fraßen ihr Innerstes auf. Ella hatte nie erfahren, ob sie im Bauch oder Rücken tobten – auf beides hatte man eingedroschen –, aber etwas schien kaputtgegangen zu sein, was niemals wieder heil wurde, und die Entbehrungen in den letzten Kriegsmonaten und der Zeit danach hatten ihr den Rest gegeben. Irgendwann war nur mehr eine leere Hülle übrig geblieben.

Der Vater hatte am Bett gesessen, hatte geweint, gerufen: »Verlass mich nicht!«

Warum hatte er erst da geschrien? Warum hatte er nichts gesagt, als die Gestapo seine Frau verhaftet hatte, warum nicht gemeinsam mit ihr für das, was seiner Frau vorgeworfen wurde, geradegestanden?

Nichts war an ihrem Vater gerade, auch jetzt nicht, da er gekrümmt vor ihr stand, zwischen ihnen die Matern und sein Wunsch nach Versöhnung.

Auf die Matern konnte sie nicht verzichten, aber den Wunsch wies sie von sich.

»Ihr wurde zwar nicht der Prozess gemacht, aber du... du hast gleichsam das Todesurteil über sie gefällt. Du warst ein überzeugter Nazi. Bist der Reichsschrifttumskammer noch in der Sekunde beigetreten, als sie gegründet wurde. Hast dich bereitwillig am Kampf gegen ›Schmutz und Schund‹ beteiligt, gegen vermeintlich staats- und volksschädliche Literatur, hast eifrig Bücherbestände durchkämmt, dich an Verbotslisten gehalten, noch nicht mal nur an die Liste für Bücherverbrennungen – nein, sämtliche Bücher, auf die auch nur der geringste Verdacht des intellektuellen Nihilismus fiel, hast du aussortiert. Ins Schaufenster hast du stattdessen Hitlers *Mein Kampf* und Rosenbergs *Mythos des 20. Jahrhunderts* gestellt und...«

Er hob hilflos die Hände. »Ich musste das doch tun... Ich konnte doch nicht anders...«

»Du *wolltest* nicht anders. Und deswegen gibt es den Reichenbach-Verlag nun nicht mehr. Deswegen wird das *Bücherreich* gemeinsam mit dem Tausendjährigen Reich untergehen und das

Unternehmen künftig Hagedorn heißen. Auch ich werde mich nur noch so nennen.«

Sie musste um keines ihrer Worte mühsam ringen. Als hätte eine fremde Macht sie in eine bestimmte Reihenfolge gebracht wie der Setzer die Buchstaben, musste sie sie einfach nur abspulen.

»Mir ist egal, wie unsere Verlagsbuchhandlung künftig heißt«, sagte der Vater, »aber dass du das Erbe deiner Mutter am Leben erhältst, macht mich unendlich stolz.«

Ganz tief drinnen rührten seine Worte sie ein wenig. »Darauf hast du kein Recht!«, zischte sie umso ungehaltener.

Wie er sie da mit einem Ausdruck von Wehmut ansah, fiel es ihr noch schwerer, die schützende Distanz aufrechtzuerhalten. Zu stark war die Sehnsucht nach einer Umarmung. Der Wunsch, jemand möge bedingungslos ihren Kampf unterstützen. Die Hoffnung, dass sie sich irgendwann sicher, geborgen, geliebt fühlen würde.

Aber sie konnte dem nicht nachgeben. Und es genügte auch nicht, all das, was sie zu schwächen drohte, mit Worten fernzuhalten.

»Ich kann nicht länger mit dir unter einem Dach wohnen«, hörte sie sich sagen, ehe dieser Gedanke überhaupt ihren Kopf erreicht hatte. »Ich werde in den Verlag ziehen, dort ist mehr Platz, auch für Luise. Keine Angst, ich nehme nicht viel mit, mein Bettzeug, einen Stuhl, vielleicht etwas Geschirr. Der Rest wird sich finden.«

So hart ihre Stimme auch klang, als sie den Blick hob, bekam sie prompt Angst vor der eigenen Courage. Vielleicht war es gar nicht Courage, eher das Gegenteil – Feigheit, sich seiner Gesellschaft auszusetzen, in die Versuchung zu geraten, ihm irgendwann doch noch zu verzeihen.

Dass er nicht heftig protestierte, sondern resigniert wirkte und somit jene Schwäche zeigte, die sie sich selbst nicht erlauben wollte, machte es ihr allerdings leicht, bei ihrem Entschluss zu bleiben.

»Ich gehe noch heute Abend.«

»Nimm alles mit, was du brauchst«, sagte er leise. »Und es stimmt ja – im Verlag ist es geräumiger als hier.«

Dort war nicht nur mehr Platz, auch mehr Leere und mehr Einsamkeit, ging ihr durch den Kopf.

Sie senkte ihren Blick wieder, und er humpelte nach draußen in die Nacht, obwohl es kalt war und Ausgangssperre herrschte. Er konnte es offenbar nicht ertragen, sie gehen zu sehen.

Sie war fest entschlossen, den Umzug so rasch wie möglich hinter sich zu bringen, doch als seine Schritte verklungen waren, blieb sie steif sitzen, den Oberkörper leicht nach vorne gebeugt.

Sie schluckte die Tränen herunter, während sie die Matern so zusammenfügte, dass die einzelnen Buchstaben einen Namen ergaben. Da es jeden nur einmal gab, brachte sie keine Ella Hagedorn zusammen, immerhin aber eine Ela Hgdorn.

Man weiß dennoch, was gemeint ist, dachte sie. Trotz der Lücken kann man den Namen lesen. Trotz aller Hindernisse wird die Verlagsbuchhandlung wieder auferstehen.

Erst später kam ihr in den Sinn, dass A und E nicht nur sowohl in ihrem Vornamen als auch in dem neuen Nachnamen vorkamen, sondern auch die Initialen von ihrem und Aris Namen waren. Obwohl sie nicht wusste, ob sie ihn jemals wiedersehen würde, erschien ihr das als gutes Omen.

1946

5. KAPITEL

»*Du sprichst von Zeiten, die vergangen sind. Auch mir hat einst von einem Carl geträumt. Dem's feurig durch die Wangen lief, wenn man von Freiheit sprach – doch der ist lang begraben.*«

Aris Stimme hallte nicht kraftvoll von den Wänden, sie schien von ihnen verschluckt zu werden, genauso wie sämtliche Lebendigkeit und Leidenschaft am grauen Stein verpufften. Er hatte kurz die Hoffnung, dass er das nur selbst fühlte, aber schon kam es von Max, der rauchend auf einer leeren Obstkiste kauerte, missmutig: »Was ist dir denn in den letzten Nächten abgefroren? Dein Spiel sollte das Publikum zum Dahinschmelzen bringen, nicht noch mehr Eiszapfen wachsen lassen.«

Ari nickte kleinlaut, holte tief Atem, versuchte noch einmal, den Schmerz des spanischen Infanten über die vielen Grenzen, die der königliche Vater ihm setzte, mit Tonlage, Gesten und schließlich Worten einzufangen. Leider huschte besagter Schmerz darunter hindurch, und zurück blieben nichtssagende Bewegungen und leere Phrasen.

Max kämpfte sich mit steifen Gliedern hoch. In diesen Februartagen sanken die Temperaturen ebenso schnell, wie das Brennmaterial schwand. »Als Stanislawski-Jünger weißt du doch: Wenn ein Schauspieler isst, soll dem Zuschauer selbst dann das Wasser im Mund zusammenlaufen, wenn sich beide kaum mehr daran erinnern können, wie ein saftiger Braten schmeckt. Und so schwer es auch sein mag, die Fülle von Speisen heraufzubeschwören – zumindest den Mangel an väterlicher Liebe haben wir alle erlebt.«

Ari nickte wieder, obwohl sich in ihm Widerspruch regte. Sein Problem war nicht, dass die Liebe des Vaters fehlte, jedoch diesem jeglicher Lebensmut.

In ihrer Unterkunft in Zeilsheim machte er das Gleiche wie zuvor im Sandweg: Er lag den ganzen Tag im Bett, und das voll bekleidet, trug oft sogar den Hut auf dem Kopf, was ihn noch erbärmlicher wirken ließ. Für Ari hatte sich in Zeilsheim ebenfalls wenig geändert, alles in ihm war stets auf Flucht gepolt. Der Weg in Frankfurts Innenstadt war zwar weiter, aber mittlerweile fuhr die Straßenbahn regelmäßig, und diese Strecke ließ sich leichter überwinden als jene Kluft, die das stete Schweigen seines Vaters schlug. Nun gut, sein Vetter Viktor schwieg nicht, er beschimpfte ihn, wann immer er aufbrach, und begrüßte ihn mit Flüchen, wenn er zurückkehrte. »Ein Verräter bist du!«

Indem Ari beteuerte, wie groß seine Sehnsucht nach dem Theater war, machte er es nur schlimmer. »Auf dem Friedhof, zu dem die Welt geworden ist, lacht man nicht«, rief Viktor dann. »Man säuft und feiert nicht, und am allerwenigsten spielt man.« Als er zuletzt diese Worte ausgesprochen hatte, hatte Viktor gerade zwei Gabeln in die Luft gehalten, weil er in der Gemeinschaftsküche aushalf. Selbst die graue Schürze um den Leib tat seinem guten Aussehen keinen Abbruch. Sein Gesicht wirkte etwas weicher, was wohl auch daran lag, dass seine schwarzen Haare nachgewachsen waren, aber die Oberarme waren gestählt wie nie. Jede freie Minute nutzte er, um Liegestützen zu machen. Seine ruckartigen Gesten beim Sprechen ließen die Gabeln als Waffen erscheinen.

»Nicht dass du dich stichst«, hatte Ari schwach zu scherzen versucht.

Viktor hatte die Gabeln gegeneinander klirren lassen. »Sieh dich doch um hier.«

Eigentlich vermied Ari das lieber. In ihrem Zimmer gab es immerhin genug Platz für drei Pritschen. In anderen Räumen lagen Menschen zu viert in einem Bett und konnten oft nur quer liegen.

»Dann und wann zu gehen und somit Platz zu schaffen ist doch der größte Gefallen, den ich euch tun kann«, hatte er gemurmelt.

»Nein, hierzubleiben und anzupacken wäre deine Pflicht«, hatte Viktor erklärt. »Aus einem Rattenloch kann man kein Schloss machen, aber wenn man die Köttel beseitigt, wird zumindest ein annehmbares Heim daraus.«

Vielleicht ein Heim für ihre Leiber, nicht für ihre Träume, war es Ari durch den Kopf gegangen. Sein eigener erschien ihm schillernd wie eine Seifenblase, doch leider war er auch bedroht wie eine solche. Es bräuchte nicht einmal die Zinken einer Gabel, um sie zu zerstören, sie würde bereits zerplatzen, wenn sie auf den schwarzen Hut des Vaters fiele.

»Mag sein, dass aus der Welt ein Friedhof geworden ist, aber das Theater war nie ganz Teil der hiesigen Welt, sondern der seligste Schlupfwinkel für diejenigen ist es, die ihre Kindheit heimlich in die Tasche gesteckt und sich damit auf und davon gemacht haben, um bis an ihr Lebensende weiterzuspielen.« Die Worte, die ihm so zutreffend, so schön erschienen waren, hatte er sich nicht selbst ausgedacht, sondern sie stammten aus dem Mund eines großen Theatermachers. Viktor hatten sie so oder so nicht beeindrucken können.

Er hatte die Gabeln in eine Schüssel in Wasser getaucht. Es gab hier kein Spülmittel, es gab hier keine Seifenblasen, alles blieb schmutzig und klebrig. Einmal mehr hatte Viktor Ari als Verräter beschimpft, und Ari war vor den Beschimpfungen davongelaufen und vor dem Schweigen seines Vaters.

Als Max ihn ungeduldig aufforderte, noch einmal von vorne zu beginnen, wusste er: Das Schweigen bekämpfte man nicht durch Flucht – er musste es verwandeln.

Noch einmal sprach er den Text von Don Carlos, nur dass er diesmal keinen hoheitsvollen, unnahbaren König vor sich sah, gegen den er sich behaupten musste, sondern den stummen Vater.

Als er endete, war seine Miene verzerrt von einem Schmerz, von dem er nicht recht sagen konnte, ob es sein eigener war. Jedenfalls war er echt.

»Das war doch wesentlich besser!«, rief Max begeistert. »Jetzt proben wir noch den fünften Auftritt im ersten Akt, in dem Königin Elisabeth ihrem Stiefsohn Don Carlos erklärt, dass sie seinen Vater respektiert, aber nicht liebt ... Elisabeth, wo bist du?«

Die Feindseligkeit, die Kathi Ari schon bei ihrer ersten Begegnung entgegengebracht hatte, hatte sie nie ganz abgelegt. Noch das kleinste Lächeln, das sie ihm schenkte, ließ ihn an eine scharfe Klinge denken, und wenn sie zusammen auf der provisorischen Bühne standen, dachte er oft an zwei Tänzer, denen nur das Solo geschmeidig gelang.

»Elisabeth! Dein Auftritt!«

Ari vermutete, dass sie sich in der kleinen Kammer nebenan schminkte. Seit rote Rüben knapp geworden waren, färbte sie ihre Lippen mit etwas, das nach Motoröl roch.

Max vergaß, dass er die Schauspieler vorzugsweise mit dem Rollennamen anredete. »Himmel, Kathi!«, brüllte er nun.

Endlich erschien sie, und Ari nahm zwei Dinge an ihr wahr, die befremdlich wirkten. Zum einen waren ihre Lippen ungeschminkt, zum anderen wirkten sie weich wie nie, hatte sie doch nicht dieses Schnitterlächeln aufgesetzt, das mehr Mordlust als Leidenschaft verriet.

»Wo bleibst du denn so lange?«, blaffte Max sie an.

Ari war immer noch nicht sicher, ob die beiden mehr verband als bloß die Liebe zum Theater. Manch vertrauliche Geste ließ ein intimeres Verhältnis vermuten. Doch der Regisseur behandelte sie nie anders als den Rest des Ensembles. »Pünktlichkeit ist nicht nur eine Tugend, sondern auch ein Zeichen der Wertschätzung für die Kollegen«, knurrte er.

Sonst gab Kathi sich unbeeindruckt, wenn er Stanislawski zitierte, doch nun erklärte sie gurrend: »Ich musste über etwas nachdenken. Ari sagt doch immer, dass man fühlen müsse, was man spielt. Wenn Elisabeth und Don Carlos nun einander gegenübertreten und er offen bezweifelt, dass sein Vater der Stiefmutter wahre Liebe entgegenbringt, was denkt er dann? Was fühlt er dann?«

Während sie sprach, war sie auf die Bühne geklettert. So hart ihre Züge waren, sie besaß die Wendigkeit einer Katze, und die etwas schrägen Augen verstärkten den Eindruck. Ihr Lächeln machte ihn misstrauisch, erst recht, als sie ihre Arme um ihn schlang und plötzlich ihre Wange an seine presste. Er vermeinte, keine Haut zu spüren, sondern glatt poliertes Eisen.

»Was...«, setzte Ari an.

»Davon träumt Don Carlos doch insgeheim! Er will Elisabeth umarmen! Ihr die Liebe schenken, die sein Vater ihr schuldig bleibt! Genieße die Umarmung, damit du umso glaubhafter die Sehnsucht darstellen kannst.«

Der Schraubstock, in dem er sich wähnte, war alles, nur keine Umarmung. Und was in ihm erwachte, war keine Sehnsucht, sondern Bauchschmerzen. Max aber nickte, und so unangenehm Kathis Griff auch war – er konnte ihn ertragen, indem er sich einfach vorstellte, dass er an ihrer statt Ella umarmte.

Mit gleicher Zwanghaftigkeit, mit der er wieder und wieder nach Frankfurt zurückkehrte, verwehrte er es sich, die Buchhandlung Reichenbach, die mittlerweile Hagedorn hieß, aufzusuchen, als müsste er sich für eine Leidenschaft entscheiden und wäre der Verzicht auf die andere das notwendige Opfer.

Nun konnte er gar nicht anders, als dieser Erinnerung nachzuspüren, und wurde unvorsichtig. Zu spät begriff er, dass Kathi ihn nie hatte umarmen wollen, nur seinen Körper abtasten. Zu spät wehrte er die Hände ab, die so gierig über ihn wanderten. Wenn sie zwei Liebende darstellen sollten, wirkten sie oft steif. Im Kampf, zu dem es nun kam, floss jede Bewegung ohne Unterbrechung in die nächste. Doch sie hatte sich länger darauf vorbereitet und mehr Finten auf Lager. Kurz tat sie, als wollte sie sein Hemd aufreißen, stattdessen griff sie unversehens in seine Hosentasche und zog mit triumphierendem Aufschrei hervor, was er stets bei sich trug.

»Lass das!«, rief er.

Wieder kam es zu einem Gerangel, doch er konnte nicht verhindern, dass sie seinen Ausweis hochhielt, damit wedelte. Sie war nicht viel größer als er, aber hatte Absätze an ihren Stiefeln, und so kam er nicht an das Dokument heran. Ihr Gelächter klang wie das Rattern eines Räderwerks, und im nächsten Augenblick segelte der Ausweis, dessen wichtigste Informationen sie mit einem Blick erfasst zu haben schien, durch die Luft und blieb vor Max' Füßen liegen.

Der Regisseur beugte sich etwas vor, las ihn von oben herab. Von oben herab war auch der Blick, der Ari traf, als der von der Bühne gestolpert kam. Vielleicht hatte Max nicht alle Details sofort erfasst – aber gewiss den Stempel der amerikanischen Militärbehörde gesehen.

Ari bückte sich, um den Ausweis an sich zu nehmen, doch Max stellte blitzschnell seinen Fuß darauf. Nicht nur, dass Ari Angst hatte, den Ausweis zu zerreißen, wenn er zu heftig daran zerrte – kurz fürchtete er, seine Finger würden unter die Sohlen geraten. Er gab dennoch nicht auf, bis der Regisseur so abrupt seinen Fuß zurückzog, dass Ari nach hinten fiel. Während er sich hastig aufrappelte und den Ausweis wieder in seiner Tasche verschwinden ließ, stimmte Kathi zu einer wütenden Rede an: »Ich habe doch gleich gesagt, dass mit ihm etwas nicht stimmt. Wenn hier neuerdings ständig Stanislawski beschworen wird, dann sollte auch dessen ehernes Gesetz gelten, wonach die größte Schwäche eines Schauspielers Charakterlosigkeit ist. Er hat uns belogen!«

Kurz war er überzeugt, dass Max ihr schroffes Urteil teilen würde. Schon überlegte er, ob er dem mit einer Flucht zuvorkommen sollte.

Doch Max blieb nur starr sitzen. Seine Augen wurden schmal, aber Ari las darin keine Verachtung, eher eine gewisse Verlorenheit. Und schließlich presste der Regisseur tonlos hervor. »Er hat uns nicht belogen.«

»Aber wir wussten nicht, dass er …«, setzte Kathi zornig an.

Max hob den heilen Arm, um sie mit einer entschiedenen Geste zum Schweigen zu bringen. Schwerfällig erhob er sich, näherte sich Ari ganz langsam – und mit jedem Schritt, der die Distanz zwischen ihnen verringerte, fühlte der: Es würden keine Vorwürfe kommen, keine Anklage. Und doch würde das, was der

Regisseur zu sagen hatte, es nicht nur erschweren, sondern sogar unmöglich machen, Teil dieses Ensembles zu bleiben.

»Er hat uns nicht belogen«, wiederholte Max mit etwas festerer Stimme. »Er hat allerdings zugelassen, dass ich ihm die Wahrheit über mich gesagt habe. Er hat mich in dem Glauben gelassen, er wäre meinesgleichen: korrumpierbar, prinzipienlos, egoistisch.«

Nun las Ari doch Verachtung in Max' Blick, aber sie galt nicht ihm, sondern Max selbst. Und die Röte, die über sein eckiges weißes Gesicht huschte, war ein Zeichen, dass er sich schämte. Beide Gefühle, das ahnte Ari, würden Max von nun an immer quälen, wenn er den jungen Schauspieler sah. Und das Schlimme: Beides würde er in Zukunft selbst empfinden, wenn er auch nur einen Augenblick länger blieb. Solange Max nicht gewusst hatte, wer er war, hatte er sich vormachen können, dass seine Vergangenheit keine Rolle spielte. Doch nun konnte er nur noch gehen, um seine Würde zu behalten und vielleicht dem anderen einen Rest von seiner zu lassen.

Ehe die Worte, die sich zwischen Max' mahlenden Kiefern formten, ausgesprochen werden konnten, hatte er sich schon abgewandt.

»Ich denke, ich gehöre nicht hierher.«

Er fällte das Urteil erstaunlich fest. Auch seine Schritte fielen gemessen, hoheitsvoll aus. Als er die Treppe erreichte, stolperte er aber schon über die dritte Stufe, und kaum war er im Freien angelangt, begann er regelrecht zu rennen.

Wie laut er Viktors Spott zu hören glaubte! »Siehst du! Du kannst dich nicht mit ihnen gemein machen. Du kannst auch nicht auf Brettern spielen, unter denen Leichname verrotten.«

Er hastete auch dann noch durch die Trümmerstraßen, als es längst finster geworden war. Mehrfach galt es, Berge von Alteisen zu umschiffen, die rechts und links der Straßenbahngleise lagerten. Seine Beine waren gefühllos vor Kälte, und er keuchte; immerhin war das Echo der Vorwürfe, die ihn von allen Seiten verfolgten, nur noch ein fadendünner Ton, der irgendwann abriss.

Stattdessen stieg ein triumphierender Gedanke in ihm hoch. Die *Don-Carlos*-Ausgabe, die er im letzten Herbst für Max organisiert hatte, um seine Findigkeit zu beweisen, und die er diesem eigentlich geschenkt hatte, trug er bei sich: Erst gestern hatte er sie sich ausgeliehen, um sich auf ein paar Szenen vorzubereiten. Und solange sie nicht verloren war, lebte auch sein Traum weiter.

Ella mühte sich mit dem Wagen ab. Sie näherte sich der Frankfurter Innenstadt nur langsam, weil die Reifen unterschiedlich groß waren. Die Vorderreifen stammten von einer alten Schubkarre, die Hinterreifen aus jenem Laden in der Hostatostraße, der vor dem Krieg neben Spielwaren auch Kinderwagen verkauft hatte. Letztere waren immer noch hochbegehrt, wenngleich meist keine Babys darin lagen, sondern Waren, und in ihrem Fall Papier. Einen ganzen Kinderwagen hatte sie sich nicht leisten können – sie hätte zu viel ihrer kostbaren Vorräte eintauschen müssen –, immerhin aber zwei Reifen.

Das Gestell, an das sie sie angebracht hatte, quietschte jämmerlich, und das Holzbrett, das darübergebunden war, ächzte wie ein gequälter Mensch. Ein wenig fühlte sie sich selbst wie dieser zusammengestückelte Wagen. Wie immer, wenn sie Luise bei den Großeltern ablieferte – diesmal erst am Montag und somit einen Tag später als sonst –, fühlte sie sich zerrissen zwischen ihren Pflichten als Verlegerin und Schwester, erst recht, da sie das zurückliegende Wochenende so sehr genossen hatte.

Mittlerweile hatte das ehemalige Büro ihrer Mutter Züge einer gemütlichen Heimstatt angenommen: Waren in den ersten Wochen nach ihrem Umzug der Plüschsessel, Luises Matratze und die Büchertruhe, die sie zugleich als Ablage benutzte, das einzige Mobiliar gewesen, hatte sie mittlerweile inmitten von Trümmern einen Klavierhocker gefunden, den sie zum Nachtkästchen umfunktionierte, eine Stehlampe, die zwar kaputt war, aber als Kleiderständer diente, und sogar einen Perserteppich. An dessen Fransen hatte sich mehr als nur eine Maus gütlich getan, und er wies zwei große Löcher auf, aber sein Weinrot brachte etwas Farbe in den Raum. Überdies kamen aus dem Wasserhahn in den ehemaligen Sanitärräumen des Verlags nicht mehr nur ein paar bräunliche Tropfen, und das Waschbecken war groß genug, um eine Waschschüssel zu ersetzen. Einen Herd besaß sie noch nicht, aber kochen konnte sie ohnehin nicht, sodass sie die einzigen warmen Mahlzeiten entweder von Hildegard oder ihren Großeltern bekam. Dafür hatte sie einen Heizstrahler auf dem Tauschmarkt erstanden. Nach fünfzehn Minuten begann er zwar jedes Mal röchelnde Geräusche zu machen, weswegen sie ihn sofort abdrehte, aber er verhinderte, dass sie und Luise bitterlich froren. Unter der Woche fühlte sie sich oft einsam und verloren, aber wenn Luise hier war, betrachtete sie den Raum als ein echtes Zuhause.

Für dieses Wochenende hatte sie sich etliche der zugeteilten Rationen vom Mund abgespart, um sie gegen Zucker, Milch und Kakao zu tauschen. Die Milch war wahrscheinlich mit Gips angereichert worden, der Kakao nicht frisch, sie fand trotzdem, dass der süßliche Trunk der heißen Schokolade, die ihre Mutter so geliebt hatte, nahekam. Als Luise auf ihrem Schoß saß und sie ihr aus *Tausend-und-eine-Nacht* vorlas, hatte sie das Gefühl,

Klara würde wohlwollend über ihre Schultern blicken, und als Luise versuchte, die schwierigen Namen nachzusprechen und aus Scheherazade Marmelade wurde, konnte sie zum ersten Mal seit Langem wieder befreit lachen.

Am nächsten Morgen zeigte sie der kleinen Schwester dann stolz die Broschüre, die zu Beginn des Jahres im Hagedornverlag erschienen war, seitdem reißenden Absatz fand und letzte Woche in die zweite Auflage gegangen war.

Sie trug den Titel *Kochen ohne Zutaten*, und ohne Hildegard hätte Ella nie all die Rezepte zusammenbekommen. Hildegard griff nicht auf Altbewährtes zurück, sondern probierte in Ermangelung an Zutaten vieles Neues aus, und dass Ella selbst jedes einzelne der Gerichte erst einmal probieren musste, bot Hildegard den Vorwand, sie regelmäßig zu verköstigen. Ella hatte ein schlechtes Gewissen, weil die Buchhändlerin selbst immer dürrer zu werden schien – doch dass sie sie zu ihrer Vorkosterin ernannt hatte, bezeichnete Hildegard nicht als Privileg, sondern ob der nicht selten ziemlich fragwürdigen Gerichte als großes Opfer.

Auch Hertha Brinkmann, ihre treue Kundin, war eine Hilfe bei der Erstellung des Kochbuchs gewesen, wollte die ihrem Mann Wilhelm doch trotz der kargen Rationen stets »woas Leckeres koche«. Denn: »'s langd joh nedd, de Moache blous zu fülle.« Jedenfalls war in dem Büchlein nicht nur nachzulesen, wie man aus gefrorenen Kartoffelknollen Kartoffelmehl herstellte, wie man Bucheckern zu Margarine verarbeitete oder wie man mithilfe von Rüben und einer Tube Schmelzkäse einen sämigen Eintopf zustande brachte, sondern auch wie man Tauben fing, um sie hinterher zu braten.

Hildegard hatte bezweifelt, dass jemand wie Hertha Brinkmann eigenhändig eine Taube fangen könnte, und es selbst bei einem einzigen halbherzigen Versuch belassen. Umso mehr Entschlossenheit hatte die treue Buchhändlerin an den Tag gelegt, als es daran ging, mit der Druckerei Ballwanz zu verhandeln. Als Ella ihr berichtet hatte, dass die nicht mit einer Frau zusammenarbeiten wollten, hatte sie es übernommen, sie mit den Matern und Matrizen zu ködern. »Denn ich bin keine Frau, ich bin eine Furie.«

Ella hatte lachen müssen, konnte sie sich doch nicht vorstellen, die stets adrette Hildegard blind wüten zu sehen. Als sie von der Druckerei zurückgekommen war, hatte ihre Frisur denn auch wie immer perfekt gesessen – trotzdem hatte sie mit befriedigtem Lächeln den Vertrag über den Druck ihres ersten Werkes hochgehalten, den sie mit viel kaufmännischem Geschick zu den bestmöglichen Konditionen ausgehandelt hatte.

Luise zeigte zunächst wenig Interesse an der neuen Auflage, doch sie fand es höchst amüsant, dass Ella die Buchstaben mit Insekten verglich. »Schau doch nur«, erklärte sie. »Wenn die Buchstaben mit der Walze sauber aufs Papier gebracht werden, dann gleichen sie am ehesten Ameisen, wird zu viel Farbe verwendet, eher einer fetten Wanze, und wird zu wenig Druck ausgeübt, einer Laus.«

Um ihre Worte zu unterstreichen, krabbelte sie mit der Kleinen auf allen vieren durchs Zimmer. Luise prustete in einem fort, auch, als sie das Wort »Quetschrand« fallen ließ, womit der Rand des Buchstabens gemeint war, der etwas dunkler als der innere Körper war.

Nun gut, akkurate Buchstaben in gleicher Größe und gleichem Farbton waren ein Luxus, auf den sich notfalls auch verzichten ließ. Dass die Seiten nicht länger weiß, sondern bedruckt waren, war schon viel.

Als plötzlich ihr Vater in der Tür stand – obwohl sie ihm aus dem Weg gehen wollte, verwehrte sie ihm nie, Luise zu sehen –, richtete sie sich schnell auf und hätte am liebsten die Broschüre vor ihm versteckt, wie sie es bislang getan hatte. Aber dann dachte sie, dass es für ihn schlimm genug sein musste, das neue Schild über dem Laden zu sehen, das seit dieser Woche dort hing: Das alte aus Messing, auf dem noch »Verlagsbuchhandlung Reichenbach« stand, hatte sie nämlich abgenommen und durch ein Holzbrett ersetzt, auf dem mit Kreide »Verlagsbuchhandlung Hagedorn« geschrieben stand.

So oder so zeigte er sich begeistert von ihrer ersten Publikation, und als er sie überschwänglich lobte und nicht im Geringsten bestürzt schien, dass sie auch das alte Verlagssignet ersetzt hatte, überwand sie sich zu einem schmallippigen Lächeln.

Viel zu schnell war das Wochenende zu Ende gegangen und heute schließlich die Zeit gekommen, Luise wieder nach Höchst zurückzubringen und von dort Papiervorräte mitzunehmen.

Sie hatte sich nicht sofort von ihr trennen können, zumal es in der Stube so behaglich war: Im Herd schwelte nicht bloß Baumrinde wie sonst, sondern ein kostbares Brikett. Außerdem hatte ihr Gertrude Hagedorn ein Stück Wurstbrot zugesteckt, das sie mit Luise teilte. Man hätte länger etwas davon, wenn man das Brot nur lutschte, erklärte sie der kleinen Schwester. Andere Kinder machten sich gar ein Spiel daraus, wer am längsten für eine Mahlzeit brauchte. Besondere Zungenfertigkeit war überdies verlangt, das Stück Wurst so lange wie möglich weiterzuschieben, um es erst mit dem letzten Bissen Brot zu essen.

Luise fand das lustig, und kurz war Ella einfach nur glücklich. Sie zog die Kleine an sich, gab ihr einen dicken Schmatzer und dachte sich, dass das auch eine Art war, um satt zu werden.

Als sie schließlich das Haus verließ und neues Papier aus dem Schuppen holte, folgte ihr die Großmutter.

»Dürr bist du«, stellte Gertrude fest, »und das ist kein Wunder, so wie sich die Amis aufführen. Hast du gehört, dass sie überschüssige Nahrungsmittel, die sie nicht für ihre Truppen brauchen, auf die Müllhalden kippen und mit Benzin überschütten? Das geschieht auch hier in Höchst. Die Dachse kommen in der Nacht aus den umliegenden Wäldern, um Essbares aus dem schwarzen Haufen zu holen – und Kinder auch.«

Wie bei vielen dieser Geschichten, die wie Ruß das Gemüt beschmutzten und wie Rauch die Seele mit Bitterkeit erfüllten, war Ella nicht sicher, ob sie stimmte. Sie wollte Gertrude etwas entgegenhalten, was gut war – und zeigte ihr das erste Verlagserzeugnis.

»Du bist wie Klara«, murmelte die Großmutter, »du willst mit dem Kopf durch die Wand.«

War das ein Vorwurf oder ein Kompliment?

»Nun, an vielen Wänden kann man sich den Kopf nicht verletzen, weil es kaum mehr welche gibt, die stehen geblieben sind.«

Sie wandte sich schon zum Gehen, als die Großmutter plötzlich fragte: »Du schaffst es wirklich, oder?«

Erneut konnte sie nicht sagen, ob Bewunderung oder Zweifel aus der Stimme sprach.

Ella nickte. »Willst du … willst du ein Exemplar von *Kochen ohne Zutaten* haben?«, fragte sie.

Abwehrend hob die Großmutter die Hände. »Ich verstehe ja nicht so viel von Büchern.«

Eigentlich war es schon ein Kompliment, dass sie von *Büchern* sprach, Hildegard verwendete nur den Begriff Büchelchen. Trotzdem war die Buchhändlerin unendlich stolz darauf und musterte die Kunden mit strengem Blick, als müsste sie erst prüfen, ob ihr Gegenüber überhaupt eines Produkts des Hagedornverlags würdig wäre. Sie ließ auch keinen Kunden aus dem Laden gehen, ohne zu erklären: »Wenn Ihnen das Buch nicht zusagt, bringen Sie es mir bitte zurück. Die Auflagen sind zu klein, es wäre schade, wenn ein Buch ungelesen liegen bleiben würde.«

Noch nie war eines der Heftchen zurückgekommen, nutzten die Menschen doch nach der Lektüre die Seiten, um Zigaretten daraus zu drehen.

»Ich würde gerne noch eine weitere Auflage drucken lassen«, sagte Ella zur Großmutter, »dann könnten wir diese Heftchen nicht nur in unserer eigenen Buchhandlung verkaufen, sondern in sämtlichen Frankfurter Läden. Aber ich weiß nicht, wie ich sie transportieren soll. Selbst wenn ich mir vom Milchmann in unserer Straße den Holzgaslaster ausleihen würde, fehlte mir das Holz. Hessens Sägewerke liefern im Moment nicht, und ich habe keine Zeit, in den Wäldern welches zu sammeln.«

Die Großmutter ging nicht darauf ein und fasste die Broschüre auch weiterhin nicht an. Aber als Ella schon dachte, sie ließe es dabei bewenden, murmelte sie plötzlich: »Du bist so ganz und gar Klärchens Tochter.«

Die Liebe und der Stolz, die aus dem schlichten Bekenntnis sprachen und nicht nur der Enkeltochter, sondern zugleich auch der Tochter galten, waren auf der ersten Wegstrecke noch beflügelnd gewesen. Doch der unebene Boden bremste bald jegliches Hochgefühl. Ein leiser Fluch entkam ihren Lippen, als sie zwar endlich den Hauptbahnhof erreichte, dort aber erfahren musste, dass wegen Personalmangel die Linie 1 zum Ostbahnhof nicht fuhr. Zu viele waren vom Hunger so geschwächt, dass sie am Morgen liegen blieben, anstatt Fahrkarten zu kontrollieren.

Ella blieb unschlüssig stehen mit ihrem schiefen Wagen. Nicht nur, dass die Oberarme schmerzten und ihr die vielen Blasen auf den Handinnenflächen zusetzten – kaum ein Viertel war so gefährlich wie jenes zwischen Hauptbahnhof und Breiter Gasse, wo heimgekehrte Soldaten, die ihre Familien tot und ihre Häuser zerstört vorgefunden hatten, im Gebüsch nächtigten. Manche hatten sich zu Banden zusammengeschlossen, die Vorbeikommenden abnahmen, was sie auf dem Leib trugen. Dass die Gegend seit Kurzem strenger von der Militärpolizei kontrolliert wurde, war kein Trost, denn mit dem schwer beladenen Wagen würde sie Aufmerksamkeit auf sich ziehen, und wenn aufflog, dass sie heimlich Papiervorräte hortete, würde sie alles verlieren, was sie sich aufgebaut hatte.

Zögern nutzte allerdings auch nichts. Wieder legte sie beide Hände um den Griff, wieder war jenes Ächzen und Quietschen und Knirschen zu hören, wieder wanderte der Schmerz ihr vom Rücken in alle Glieder.

Sie kam nur langsam voran, und knapp hundert Meter von der Buchhandlung entfernt blieb sie einmal mehr stehen. Früher hätte sie das, was vor ihr auf der Straße lag, für Müll gehalten und mit der Fußspitze beiseitegeschoben. Mittlerweile aber hatte sie gelernt, dass es auf dieser Welt nichts Wertloses, Unbrauchbares gab. Wie alle Frankfurter trug sie stets einen Rucksack bei sich, um aufzulesen, worauf sie zufällig stieß – mal einen Schnürsenkel, mal ein Zweiglein, mal gar eine benutzte Zahnbürste.

Das, was vor ihr lag, war eine Dose, zwar völlig leer, allerdings nicht geknickt. Wenn sie sie säuberte, könnte sie sie auf dem Schwarzmarkt eintauschen: Die Bauern der Umgebung gaben für fünf solcher Dosen schon mal eine Scheibe trockenes Brot. Doch als sie sie in ihrem Rucksack verstauen wollte, nahm sie im Augenwinkel einen Schatten wahr. Jemand beugte sich über ihren schiefen Wagen! Ob er Papier stehlen wollte oder es auf ihre Reifen abgesehen hatte – ihr entfuhr ein wütender Schrei, mit Wucht schleuderte sie die Dose auf den dreisten Dieb, und ein Aufschrei verriet, dass sie ihn an der Schläfe oder gar der Nase getroffen hatte. Schon wich er vom Wagen zurück, und blitzschnell hastete sie zu der Dose, die über die Straße rollte. Erst als sie prüfte, ob ein zweiter Wurf notwendig war, um ihn endgültig in die Flucht zu schlagen, erkannte sie im Schein einer Straßenlampe rotbraunes Haar, das tief in eine Stirn fiel, und eine schlaksige Gestalt.

»Ari!«

»Ein guter Wurf, aber wirklich! Wer will schon dösen, wenn ihn eine Dose trifft. Von so einer Chose sitzt einem die Hose gleich lose!«

Die Buchhandlung lag im Dunkeln, als sie wenig später eintrat und mit Aris Hilfe den Wagen über die Schwelle wuchtete. Rasch entzündete sie die zwei kleinen Petroleumlampen, die sie besaßen, und heimeliges Licht erfüllte den Raum. Nur für Wärme konnte sie leider nicht sorgen, fehlte doch der Ofen, um die Verkaufsräume zu heizen. Wenn sie hier war, trug sie ständig ihren grauen Mantel, was immerhin den Vorteil hatte, dass sie so ihre anderen Kleidungsstücke – mittlerweile voller Flicken –, vor der Kundschaft verbergen konnte. Ari war wärmer gekleidet als beim letzten Mal, trug nicht nur längere Hosen, auch eine Jacke. Sonderlich dick schien sie aber nicht zu sein. Sobald er aufhörte, sich das schmerzende Kinn zu reiben, hob er die Hände an den Mund, um darauf zu pusten. Er wirkte durchgefroren, als hätte er sich mindestens so lange wie sie im Freien aufgehalten.

Was er wohl so spätabends auf Frankfurts Straßen getrieben hatte? Hätte er allerdings darüber reden wollen, hätte er es wohl getan. Er ließ seine geröteten Hände sinken und blickte sich lächelnd um. »Du hast in den letzten Monaten viel geschafft.« Kurz betrachtete sie die Buchhandlung mit seinen Augen und fühlte Stolz. Hildegard und sie hatten die Räumlichkeiten nicht nur von Staub und Dreck befreit, sondern sie notdürftig eingerichtet. Zwar gab es keine Regale, doch aus einem ausgebombten Haus hatten sie die Reste eines Schaukelstuhls geholt und notdürftig wieder zusammengehämmert, um auf diesem ihre Verlagserzeugnisse zu präsentieren. Erst vor zwei Wochen war Hildegard überdies mit einem Vogelbauer in der Buchhandlung erschienen.

»Was willst du denn damit anstellen?«, hatte Ella gefragt.

»Etwa Tauben fangen?«

Hildegard hatte lachen müssen. »Wenn wir das Gitter abnehmen, bringen wir einen ganzen Stapel der Broschüren unter.«

Nun gut, jeder, der die Buchhandlung betrat, warf einen skeptischen Blick auf dieses Gebilde, aber dass ihre Schriften nicht am Boden liegen mussten, war schon ein Triumph.

Was noch fehlte, war ein Verkaufstresen, und als Kasse nutzten sie einen Blechnapf. Allerdings bezahlten ohnehin viele mit Naturalien, und nicht nur, dass zur späten Abendzeit die Petroleumlampen Licht spendeten – auch tagsüber mussten sie die Kundschaft nicht im Dustern empfangen. Sie hatten eines der Holzbretter, das über das zu Bruch gegangene Schaufenster genagelt worden war, abgenommen und durch ein Fenster ersetzt, das von einer der Ruinen nebenan stammte.

»Es gibt endlich erste Bücher ... Büchlein ... zu kaufen«, sagte sie, um etwas kleinlaut hinzuzufügen: »Trotzdem werde ich das Gefühl nicht los, dass diesem Ort die Seele fehlt.«

Sie war nicht sicher, ob sie statt einer Seele nicht in Wahrheit ihre Mutter meinte.

»Ich weiß, ich darf mich nicht beklagen, meine erste Publikation ist ein Erfolg. Aber *Kochen ohne Zutaten* erinnert daran, dass wir eine Buchhandlung fast ohne Bücher sind. Gewiss, wir können uns glücklich schätzen, einen eigenen Verlag zu haben – andere Buchhandlungen bekommen von jeder Neuerscheinung höchstens zehn Exemplare zugeteilt, während wir hundert von den eigenen Erzeugnissen verkauft haben. Aber wie soll es uns bloß gelingen, das Sortiment zu erweitern? In Zeitungsinseraten haben wir nach Büchern gefahndet, aber wer welche hat und darauf verzichten kann, hat sie längst eingetauscht. Hildegard hat außerdem Briefe geschrieben, nach Kabul und Buenos Aires. Dort gibt es zwei bekannte deutsche Schulen, musst du wissen, und es besteht die Hoffnung, dass man uns das eine oder andere Buch aus der Schulbibliothek schickt. Aber bis jetzt haben wir keine Antwort bekommen, ich bin nicht sicher, ob ein Brief aus Frankfurt dieser Tage überhaupt Kabul erreicht. Ich weiß ja nicht einmal, wo Kabul überhaupt liegt. Und ...« Sie hatte sich auf den Wagen gestützt, als sie zu reden begann, jetzt streckte sie sich und spürte, wie nach dem langen Tag Schwindel in ihr hochstieg. Schon stand Ari bei ihr, ergriff ihre Hände, doch an seinem Beben erahnte sie, dass auch ihm die Beine wackelten. »Ich glaube, Kabul ist eine Stadt in einem Land namens Afghanistan. Die Hauptstadt, wenn ich mich recht erinnere.«

Ein Ton sprang über ihre Lippen, der halb Schluchzen, halb Lachen war. »Was nutzt es, den Namen einer Hauptstadt zu kennen, wenn man auch mit dem Namen des Landes nichts anfangen kann?«

Er zuckte hilflos mit den Schultern. »Die Buchstabenkombination Kabul kommt sonst nur im Wort Vokabular vor. Sonst fällt mir zumindest keines ein. Und leider fällt mir auch nicht ein, wie ich dich trösten könnte.«

»Ach herrjeh.« Sie seufzte. »Meine Mutter sagte immer, Bücher wären das Werkzeug, um das Schöne, Wahre, Gute im Herzen des Menschen auszugraben, wenn es verschüttet ist… Aber jetzt wurden so viele Bücher verschüttet, und manchmal erscheint mir die ganze Welt wie ein großer Friedhof… Ach, ich rede Unsinn, die Worte ergeben ja gar keinen Sinn.«

»Für mich schon.«

Immer noch hielt er sie fest, und weil ihm die Kraft fehlte, sie zu stützen, wankten sie gemeinsam.

»Nun gut«, sagte sie, »vielleicht wird alles besser, wenn uns eine Übersetzung bewilligt wird. Die Amerikaner teilen den deutschen Verlagen Lizenzen für Bücher ihres Landes zu, wenn auch nicht mehr als zwei pro Verlag.«

Sie atmete tief durch und löste sich von ihm. Während sie nervös an ihrem Haar zupfte, irrte sein Blick durch den Raum, schien etwas zu suchen, auch zu finden. Geist. Oder vielmehr dessen Gefäß: die Wörter.

So schwierig es war, das erste Wort zu erhaschen – kaum kam es einem aus dem Mund, folgten die nächsten, wie Perlen, die an einer Kette hingen.

»Es reden und träumen die Menschen viel
Von bessern künftigen Tagen,
Nach einem glücklichen goldenen Ziel
Sieht man sie rennen und jagen.
Die Welt wird alt und wird wieder jung,
Doch der Mensch hofft immer Verbesserung.«

Wie die Perlen glänzten.

»Das ist sehr schön, ist das aus *Don Carlos*?«
Er schüttelte den Kopf. »Es ist zwar Schiller, allerdings eine Ballade.«
»Meine Mutter hätte sie gekannt«, brachte sie erstickt hervor. »Sie hat so viel mehr Romane und Dramen gekannt als ich. Auch die Namen von all unseren Kunden hatte sie im Kopf – mir fällt dagegen kaum einer ein, und die Listen sind verloren gegangen.«
»Man könnte doch neue Listen erstellen.«
Sein Versuch, sie zu trösten, rührte sie. Wieder suchte er nach Worten, wieder ahnte er wohl, dass die eigenen nicht taugten. Doch er kannte ja so viele andere.

»Es ist kein leerer schmeichelnder Wahn,
Erzeugt im Gehirne des Toren,
Im Herzen kündet es laut sich an:
Zu was Besserm sind wir geboren!
Und was die innere Stimme spricht,
Das täuscht die hoffende Seele nicht.«

»Dass du so viele Texte kennst...«
Sein Lächeln erlosch. Sie wollte ihn nicht bedrängen, mehr über sich zu erzählen, solange sie selbst zögerte, ihre Angst vor dem Scheitern und der Einsamkeit einzugestehen. Außerdem verriet ein merkwürdiges Scheppern, dass die Ladentür geöffnet wurde. Dort, wo einst eine Glocke gehangen hatte, befand sich jetzt das seltsame Konstrukt, das Hildegard angefertigt hatte – bestehend aus einer Tonscherbe, gegen die ein kleiner Kaffeelöffel schlug, sobald die Tür geöffnet wurde. Ella hatte den Sinn und Zweck nicht recht verstanden, kam doch ohnehin kaum Kundschaft. Aber Hildegard hatte die Ladenglocke mit einem Herzschlag verglichen, der nicht aussetzen durfte. Und dass heute so

spätabends jemand die Buchhandlung betrat, erschien Ella tatsächlich als gutes Zeichen.

Es war Hertha Brinkmann, die erklärte, dass sie bis eben noch für ein Kännchen Milch angestanden hätte. Auf dem Heimweg wäre sie hier vorbeigekommen und wolle rasch nachfragen, ob sie hier endlich etwas fürs Herz zu lesen bekäme. »Denoach därste isch faschd noch mäh als noach guder Milsch.«

Und noch ehe Ella sie auf ferne Zukunft vertrösten musste, in der auch Werke einer Hedwig Courths-Mahler oder einer Vicky Baum wieder hier erhältlich wären, begann Ari plötzlich, leise zu zitieren:

»Ich drück' an meine Seele dich, ich fühle
Die deinige allmächtig an mir schlagen.
O, jetzt ist Alles wieder gut. In dieser
Umarmung heilt mein krankes Herz.«

Ella hatte das Gefühl, die Worte nicht bloß zu hören. Sie schienen in ihren Körper einzusickern und jede Membran zu durchdringen.

Zumindest diese Verse, so glaubte sie zu erkennen, stammten aus *Don Carlos*. Doch ehe sie nachfragen konnte, kam ihr Hertha Brinkmann zuvor. »Ach, souwoas Scheenes häbb isch schunn loang nämäj erlebt, häjern sie blous nedd uff.« Als Ari zu rezitieren fortfuhr, hob sie die Hände zu ihrer Brust.

So ergriffen auch Ella weiterhin lauschte – zugleich begann sie fieberhaft nachzudenken.

Es stimmte ja gar nicht, dass ihrem Verlag die Seele fehlte, solange sie zu wenige Bücher herstellte. Ella musste nur Menschen zusammenbringen, die sich nach Büchern verzehrten! Und ob sich ihre Sehnsucht nun auf Herzschmerz richtete, auf geistige Erbauung oder intellektuelle Herausforderung – solange die notdürftig gebastelte Ladenglocke solche Menschen ankündigte, war dies ein Zeichen, dass der Hagedornverlag lebte.

Hertha Brinkmann rieb sich die nässenden Augen, ehe sie sich mit ersticktem Gutenachtgruß verabschiedete. Kaum war sie gegangen, nahm Ella Aris Hände, wenn auch diesmal nicht, um sich an ihm festzuhalten. Warum auch, sie wankte nicht, ihre Idee stand auf recht festen Beinen.

»Wenn ... wenn du so viele Monologe aus Dramen kennst, auch Balladen, Gedichte ... wenn du so begabt bist, sie vorzutragen ... dann könntest du mir helfen!«

Fragend starrte er sie an, doch ihr entging nicht, wie die fiebrige Erregung auf ihn überging, als sie ihre Idee nicht nur laut aussprach, sondern weiterspann. Und als er erklärte, wie gerne er sie unterstützen würde, schien sich ihrer beider Lächeln nicht in traurigen Gesichtern zu verirren. Sie fühlten sich beide am richtigen Platz.

6. KAPITEL

»Was du ererbt von deinem Vater hast,
Erwirb es, um es zu besitzen.
Was man nicht nützt, ist eine schwere Last,
Nur was der Augenblick erschafft, das kann er nützen.«

Während Ari den Monolog aus Goethes *Faust* nicht einfach nur rezitiert hatte, nein, darin aufgegangen war, hatte er die Augen geschlossen. Sobald er endete, öffnete er sie, und mit den Ohren verhielt es sich ähnlich. Während seines Spiels hatte er kein lästiges Räuspern vernommen, kein Stühlerücken, kein gepresstes Atmen – nun hörte er Applaus aufbranden. Verlegen zog er den Kopf ein. So stolz ihn diese Zustimmung machte – er ahnte, dass die Begeisterung nicht allein seinem Vortrag galt, auch dem Glück, sich ein paar Augenblicke aus der hiesigen Welt davonstehlen zu dürfen.

Der Eintritt war nicht kostenlos – man musste in Form eines Holzbriketts oder 250 Gramm Butter bezahlen, was immerhin billiger war als Kinovorführungen in der Frankfurter Scala oder gar Konzerte. Um wiederum gegen Konkurrenten wie das Senckenberg-Museum, das begeistert gestürmt wurde, seit die Sammlungsschätze aus vierzig Ausweichquartieren zurückgebracht worden waren, zu bestehen, hatte Ella vor ein paar Wochen die glorreiche Idee gehabt, mehr zu bieten als nur Aris Auftritte, nämlich ein Buffet. Auf das Stühlerücken folgte bald ein

Schmatzen, denn obwohl man das Buffet in anderen Zeiten eher für den Inhalt eines Mülleimers oder einen Komposthaufen gehalten hätte, bedienten sich die Zuschauer, die ihre Teller ebenso hatten mitbringen müssen wie ihre Stühle, begeistert.

Als Buffet diente im Übrigen Ellas neuester Besitz – jene vier Barhocker aus einem zerstörten Café, die sie kürzlich auf dem Schwarzmarkt ergattert hatte. Normalerweise bildeten sie den provisorischen Verkaufstresen, hinter dem Hildegard die Kundschaft empfing. Wochenlang hatte Ella ein Stück Stoff gesucht, um es darüberzuhängen, und am Ende zwar auf den gewünschten Samtvorhang verzichten müssen, aber ein paar Geschirrtücher aufgetrieben, die sie aneinandergenäht hatte. Und dank Aris Tipp, sie in Rübensaft zu tauchen – warum sollte dieser schließlich nur Lippen rot färben –, hatte der Stoff zumindest halbwegs die Farbe von besagtem Samtvorhang angenommen.

Rasch leerten sich die Blechnäpfe, in denen sie die Speisen angerichtet hatten. Eine junge Frau kaute an einer Wursthaut, ihr Begleiter an einer vertrockneten Speckschwarte. Glanzlicht des Buffets waren die Kartoffelpfannkuchen aus gelben Trockenkartoffeln, die Hildegard gebacken hatte. Die Frau, die gerade einen vertilgte, warf Ari ein strahlendes Lächeln zu, das er mit Lessings *Nathan der Weise* wohl nicht auf ihre Lippen hatte zaubern können.

Auch Ella lächelte, als sie auf ihn zutrat. Ari hatte sie schon damals auf dem Friedhof bezaubernd gefunden, doch heute hatte sie sich hübsch gemacht.

Bis ins Frühjahr hinein hatte er sie fast nur in ihrem grauen Mantel angetroffen. Als die Temperaturen gestiegen waren, war unter diesem ein schlichter, ebenfalls grauer Kittel zum Vorschein gekommen. Doch obwohl ihr nicht viel an Mode zu liegen schien – für die Veranstaltungen machte sie sich stets so fein wie möglich. An diesem Abend trug sie eine weiße Bluse mit einem dunkelblauen Faltenrock, aus welchen Restbeständen sie sich beides auch immer hatte umschneidern lassen. Außerdem glänzte ihr blondes Haar, seit ein Besucher ihrer Veranstaltungen in Ermangelung der geforderten Butter ein Stück Seife mitgebracht hatte, und ein dünner Streifen, den sie von einem der rot gefärbten Geschirrtücher abgeschnitten hatte, diente als Haarband, das vorzüglich zu den rosigen Wangen passte. Es fehlte darum die Notwendigkeit, sich das Haar zurückzustreichen, doch aus alter Gewohnheit fuhr ihre Hand dennoch regelmäßig an ihren Kopf, und sie zupfte sich am Ohrläppchen. Er liebte diese Geste, die Ella, die ihm oft so steif und verhalten schien, lebendig wirken ließ. Jetzt breitete sie die Arme weit aus.

»Dein Repertoire kennt wirklich keine Grenzen!«

Er erwiderte ihr Lächeln, wappnete sich allerdings instinktiv gegen die Frage, warum er so viele Texte kannte, wann er sie gelernt und auf welchen Bühnen er bereits gestanden hätte. Bislang hatte er Ella stets mit dem Verweis, die Vergangenheit besser ruhen zu lassen, abfertigen können, umso mehr, da sie selbst wortkarg blieb, wenn es nicht um zukünftige Pläne, sondern gestrigen Schmerz ging. Und als sie bei ihrer ersten Veranstaltung verwundert auf den feinen dunklen Anzug gedeutet hatte, den er trug, die stumme Frage im Blick, woher er den wohl hatte, hatte er nur rätselhaft gelächelt. Gewiss, unweigerlich würde der Tag kommen, da er wieder zu einer Lüge würde greifen müssen – so wie er sie belogen hatte, als sie hatte wissen wollen, ob er irgendetwas mit ihrer Lizenz zu tun gehabt hätte. Im Brustton der Überzeugung hatte er gerufen: »Natürlich nicht!« Und er wusste: Je vertrauter sie miteinander wurden, desto schwerer würde es sein, ihr etwas vorzumachen. Aus diesem Grund vermied er es auch, über die Veranstaltungen hinaus Zeit mit ihr zu verbringen. Als er einmal eine Liste mit all den Stücken, aus denen er künftig vortragen könnte, vorbeigebracht hatte, hatte sie ihn mit ihrer kleinen Schwester auf dem Arm empfangen und gefragt, ob er sie später begleiten würde. Der Zirkus Hoppe gastiere gerade im Zoo, und sie wolle unbedingt das Jongliertalent Rudi Horn sehen, einen gerade mal zehn Jahre alten Jungen, der fünf brennende Fackeln gleichzeitig in der Luft zu halten imstande war. Er hatte den Blick kaum von Luise lassen können, deren glucksendes Lachen so gewinnend war, doch dann hatte er rasch erklärt, keine Zeit zu haben. Er witterte Ellas Enttäuschung, fühlte diese ja auch selbst. Um sich keine weitere Abfuhr zu holen, würde sie ihn wohl nie wieder dazu drängen, gemeinsam die wenige Freizeit zu genießen, und es machte ihn betroffen, um welches Vergnügen er sich da selbst gebracht hatte. Doch insgeheim wusste er, es war richtig so.

Heute wollte sie ohnehin auf etwas anderes hinaus. »Du musst nach deinem langen Vortrag erschöpft sein! Komm und stärk dich.«

Stolz führte sie ihn zum Buffet, und obwohl er sämtliche Speisen ablehnte – die Gäste waren auf die kargen Rationen mehr angewiesen –, ließ er sich doch eines der Gläser in die Hand drücken. »Hildegard hat sie mir für heute Abend ausgeliehen«, erklärte sie, »wundersamerweise haben sie den Krieg überstanden. Und du kannst dir nicht vorstellen, was ich noch aufgetrieben habe.«

Schon befüllte sie sein Glas mit einer Flüssigkeit in der Farbe von Bier, wenngleich er ahnte, dass es keins war.

»Apfelwein?«

»Jetzt im Frühsommer gibt es noch keine Äpfel.«

Sie forderte ihn auf, daran zu nippen, und als er das tat, vermeinte er, dass tausend Ameisen über seine Zunge liefen. Er prustete, ein kleiner Sprühregen kam aus seinem Mund. Ihr Lachen kitzelte wie das Gesöff, nur auf deutlich angenehmere Weise. »Das ist Fassbrause. Ich weiß, es schmeckt ein bisschen wie eingeschlafene Füße, wenn das Prickeln erst mal nachgelassen hat, aber es ist immer noch besser als fauliges Wasser.«

An diesem Gesöff war rein gar nichts eingeschlafen, er fühlte sich erfrischt wie schon lange nicht mehr.

»Du meine Güte!«, rief er. »Man fühlt sich ja fast wie unter der Brause! Da brausen alle Sorgen davon und alle Ängste dahin und aller Mut heran.«

Sie lachte wieder, ehe sie selbst einen Schluck nahm.

Die Gäste standen heute deutlich länger schwatzend beisammen als bei ihren ersten Veranstaltungen im Winter. Damals war die Sperrstunde zwar schon aufgehoben, aber viele Straßenlampen waren kaputt gewesen, sodass sie ihre Veranstaltungen ausschließlich in Vollmondnächten angesetzt hatten und jeder Gast stets so schnell wie möglich zurück nach Hause kehrte. In den lauen, langen Frühsommernächten aber wollte man die Geselligkeit auskosten und auch er so lange wie möglich bleiben.

Begeistert lauschte er Ellas Plänen, an einem Samstag einen Balladennachmittag zu veranstalten.

Schon wollte er eine Reihe jener Balladen nennen, die er beherrschte, ja liebte, als sich Hildegard mit gewohnt schneidender Stimme einschaltete.

»Herr Kaffenberger hat berichtet, dass auch zwei andere Frankfurter Buchhandlungen samstags Veranstaltungen anbieten: Die, die sich auf philosophische Werke spezialisiert hat, lädt zu einer

Vortragsreihe über den Existenzialismus ein, die andere, deren Schwerpunkt Religionswissenschaft ist, zu einer Einführung in den Zen-Buddhismus.«

Ari spürte, wie Hildegard ihren Blick lauernd über ihn schweifen ließ. Er bekam zwar stets deutlich zu spüren, dass sie ihm nicht wohlgesonnen war, doch sie konnte nicht leugnen, dass ihre Veranstaltungen ein Erfolg waren und viel Publikum neue Kundschaft bedeutete. Sämtliche Broschüren des Hagedornverlags fanden nach diesen Abenden stets reißenden Absatz, zumal der ersten rasch weitere gefolgt waren: Neben Kochbüchern hatte Ella mittlerweile Ratgeber für den Alltag im Programm, in denen man unter anderem erfuhr, wie man aus einem alten Helm ein Sieb machte oder die gerissenen Drähte einer Glühbirne aneinander lötete. Ella lachte. »Ich kann mir nicht vorstellen, dass Vorträge über den Zen-Buddhismus und Existenzialismus eine Frau Brinkmann anlocken. Allerdings muss ich gestehen, dass ich von beidem so gut wie gar nichts verstehe.«

»Was bedeutet, dass du das Wesentliche erfasst hast, weil es bei beidem um das große Nichts geht.« Gerade weil Hildegard Spott und Humor sehr sparsam einsetzte, war es umso augenfälliger, dass sie scherzte. Ella lachte wieder und schien sich zu freuen, dass auch Hildegard die unbeschwerte Stunde auskostete.

Ari dagegen fragte sich, wie lange sich Hildegard mit dem großen Nichts aufhalten würde und wann sich dieser sezierende Blick wieder in ihn bohren würde, und deswegen nahm er Ella die Gläser ab, aus denen sie Fassbrause getrunken hatten, und bot an, sie im Waschbecken der Sanitärräume des Verlagshauses abzuwaschen.

Wenig später, als die Besucher die Buchhandlung verlassen hatten, kam sie mit weiteren Gläsern, stellte sie neben das Waschbecken und wandte sich ab, um noch mehr zu holen. Plötzlich aber hielt sie inne.

»An Tagen wie diesem habe ich das Gefühl, es geht wieder bergauf. Wir müssen jetzt im Sommer nicht mehr frieren, die Rationen auf den Bezugsscheinen sind etwas größer, unsere Broschüren verkaufen sich, und was am wichtigsten ist – die Buchhandlung ist voller Menschen.«

Für gewöhnlich war ihr Lächeln zerbrechlich wie die Gläser, ihr Lachen kurzlebig wie die Bläschen der Fassbrause, die Glücksmomente so flüchtig, dass man sie kaum auszukosten wagte. Doch jetzt steckte ihn ihre Freude über den gelungenen Abend an, und plötzlich war da der Wunsch, nicht allein mit Worten zuzustimmen. Am liebsten hätte er sie an sich gezogen und sie geküsst. Durfte er das wagen?

Ehe ihre Gesichter sich einander näherten, kam von dem Verkaufsraum her ein lautes Klopfen.

Zu seinem Bedauern wich Ella zurück, doch immerhin schwand ihr Lächeln nicht. »Scheinbar kann da jemand von Goethes *Faust* nicht genug bekommen oder sucht eine Gebrauchsanweisung, wie man eine Glühbirne repariert. Widme du dich den Gläsern, ich gehe nachsehen.«

In ihrem Blick stand die Verheißung, dass diese Gelegenheit für einen Kuss zwar verpasst war, es aber eine neue geben würde. Anstatt sie gehen zu lassen, folgte er ihr ein paar Schritte. Sie waren kaum in der Mitte des Hofs angekommen, als auf das energische Klopfen Gebrüll folgte. Ella beschleunigte den Schritt, Ari erstarrte. Er konnte nicht anders, als hastig in den Verlagsräumen Zuflucht zu suchen.

Hildegard schlotterte am ganzen Körper, und in ihrer stets beherrschten Miene stand blankes Entsetzen.

Wie auch nicht. Das Gebrüll des amerikanischen GIs ebbte nicht ab. Er blickte sich in der Buchhandlung um, als gelte es, hier ein Widerstandsnest auszuheben. Während auch Ella zu zittern begann, fasste sich Hildegard aber wieder und erklärte, ihrer verstörten Miene zum Trotz, betont ruhig: »Wenn Sie Schiller hören wollen, ist es zu spät, unsere heutige Veranstaltung ist vorbei.«

Heute stand doch kein Schiller auf dem Programm, ging es Ella durch den Kopf, ein ganz und gar lächerlicher Gedanke. Der finstere Soldat schien Hildegard ohnehin nicht zu verstehen, denn die Worte, die wie eine Maschinengewehrsalve auf sie herabgingen, waren ausschließlich englische.

Dass sie nicht begriff, was er von ihnen wollte, steigerte ihre Befürchtungen nur. Waren die Veranstaltungen in der Buchhandlung womöglich illegal? So vieles war ja verboten… auch, Papiervorrat zu horten. Der Großteil von diesem befand sich noch in Höchst, nicht in den Verlagsräumen, aber allein der Gedanke daran jagte ihr Röte ins Gesicht. Ella versuchte, die Angst niederzuringen, und kramte nach jenen paar Vokabeln, die sie gelernt hatte.

Gleich nach dem Krieg waren die wichtigsten englischen Wörter »Ei sörrender« – ich ergebe mich – gewesen, aber solange sie nicht wusste, was man ihr vorwarf, konnte sie nicht kapitulieren. Zwei andere Sätze kamen ihr in den Sinn, aber die passten auch nicht hierher. Wer can Ei bei milk. The woter peip is broken.

Hildegard hatte wohl auch etwas aus ihrem Gedächtnis gefischt. »Dont stend, dont stend«, sagte sie, was nicht nur eine weitere Tirade provozierte, auch einen energischen Schritt auf sie zu. Doch während Ella unwillkürlich zurückwich, rief Hildegard trotzig: »Wir haben nichts falsch gemacht. Anders als in der französischen Zone müssen wir schließlich keine Einzelgenehmigung für jede Publikation einholen. Was wollen Sie also an unserer Broschüre *Kochen ohne Zutaten* beanstanden? Eher schon sollten wir Ihnen vorwerfen, dass wir keine Zutaten haben.«

Ella warf ihr einen mahnenden Blick zu, doch Hildegard hatte sich in Rage geredet. »Den Meldebogen habe ich auch längst ausgefüllt.«

Verspätet ging Ella auf, dass sie sich auf jenen Meldebogen bezog, mit dem die Amerikaner die Entnazifizierung vorantrieben und Unschuldige von Mitläufern und Verbrechern schieden. So oft Hildegard sich darüber erregt hatte – wer jetzt kein Auge zudrücke, riskiere den Zusammenbruch der Verwaltung –, eben bekundete sie im Brustton der Überzeugung, dass ihr ein Persilschein zustünde.

Je länger sie redete, desto schneller reihte sie Wort an Wort und schaffte es, dass der GI fast kleinlaut wirkte. »I don't understand«, sagte er schließlich.

So kampflustig Hildegard gerade gewirkt hatte, nun schlug sie begeistert die Hände zusammen. »Das ist es! Genau das wollte ich vorhin sagen, es ist mir nicht eingefallen. Ei dont anderstend!«

Ein Lächeln zupfte an ihren Lippen, sogar der GI wirkte nicht mehr ganz so finster. Zwar begann er alsbald wieder zu schreien, aber diesmal nur, um einen anderen Soldaten hereinzurufen, der draußen gewartet hatte. Sobald er – eine Zigarette im Mundwinkel hängend – die Buchhandlung betreten hatte, nahm das Geschrei seinen Fortgang, aber da es sich nicht länger auf sie ergoss, begriff Ella, dass der Soldat grundsätzlich ein lautes Organ hatte. Der zweite, der ebenfalls Uniform trug, aber keine Waffen, wirkte jedenfalls unbekümmert. Und nicht nur, dass er ihnen auf Deutsch einen guten Abend wünschte, er fügte auch hinzu: »Ich übersetze.«

Ella vernahm die Worte mit großer Erleichterung, doch als sie Hildegard einen Seitenblick zuwarf, war diese kalkweiß. Nun gut, dass der Anblick einer Zigarette in der Buchhandlung eine gewisse Erschütterung bewirkte, war so erstaunlich nicht. Zu den Zeiten, als ihre Eltern noch den Verlag geführt hatten, hatten rauchende Lehrjungen ihre Entlassung riskiert. Schon wollte sie ihr beschwichtigende Worte zuraunen, als Hildegard ausstieß: »Der ist ja kohlrabenschwarz wie ein Rauchfangkehrer.«

Verspätet ging Ella auf, dass die weißen Zähne des Übersetzers vor allem deshalb so hell blitzten, wenn er lächelte, weil sein Gesicht deutlich dunkler als das des anderen GIs war. Es als schwarz zu bezeichnen, erschien ihr dennoch übertrieben.

»Das stimmt doch gar nicht«, flüsterte sie. »Ich habe schon viel dunklere Amis gesehen.«

»Auch wenn man Kaffee mit viel Milch vermischt, bleibt er doch Kaffee.«

Obwohl sie leise sprach, war dem Übersetzer ihre Bemerkung nicht zur Gänze entgangen. »Nein, danke«, sagte er, »ich nicht will haben Kaffee, ich bin hier wegen des Buchs.«

Ella hatte keine Idee, welches Buch er meinen könnte, doch da zog der GI schon ein Schreiben aus seiner Brusttasche, das mit drei Stempeln versehen war. Und noch ehe er es ihr reichte, fischte der andere aus seiner Tasche ein Buch – zwar mit zerfleddertem Einband, aber ziemlich dick. Ella begriff, und ein Juchzen entfuhr ihr.

»Ei dont anderstend«, sagte Hildegard verdattert.

»Aber ich anderstend«, rief Ella aufgeregt. »Ich habe doch einen Antrag auf eine amerikanische Lizenz gestellt. Deutschen Verlagen ist es zwar verboten, in direkten Kontakt mit amerikanischen Verlagen zu treten, aber die Militärbehörde vermittelt Werke, die ihnen für eine Übersetzung ins Deutsche geeignet erscheinen.«

Sie hatte kaum zu hoffen gewagt, dass dem Ansuchen stattgegeben würde. Jeder Verlag hatte nur zwei Bücher auf der Liste ankreuzen dürfen, und deren Titel hatte sie nicht einmal richtig verstanden. Sie wusste nur, dass es sich bei sämtlichen Werken entweder um Biografien berühmter Amerikaner oder Abhandlungen über amerikanische Geschichte handelte.

So oder so: Es war ein Buch – und sie würden die Übersetzungsrechte dafür bekommen!

Hildegards Begeisterung hielt sich in Grenzen. Widerwillig schritt sie auf den Dolmetscher zu, starrte auf das Buch – vielleicht auch nur auf seine dunklen Hände –, wollte es aber nicht nehmen. Zumindest las sie den Titel. »Das hat irgendwas mit einem Herrn Gettisbörg zu tun.«

»Gettysburg ist nicht gewesen ein Herr, sondern eine große Schlacht«, sagte der Dolmetscher, »es geht um den amerikanischen Bürgerkrieg, den Krieg zwischen Nord- und Südstaaten.«

Ella wollte nicht eingestehen, dass sie davon keine Ahnung hatte, Hildegard knurrte nur: »Von Kriegen haben die Deutschen wohl erst mal genug.«

»Aber wenn selbst Vorträge über den Zen-Buddhismus Anklang finden, dann auch so ein Buch«, sagte Ella schnell. »Verstehst du nicht? Es wäre das erste richtige Buch des Reichen… des Hagedornverlags. Denn soweit ich weiß, wird für die Lizenzen Papier und Buchbindematerial zur Verfügung gestellt.«

»Und wer genau soll es übersetzen?«

Das wusste Ella auch nicht, aber eben begann der GI, der dem Wortwechsel zunehmend ungeduldig gelauscht hatte, wieder zu schreien. Mehrmals fiel dabei ein Name – Jamie Lyndon – und dass er dabei auf den anderen deutete, war wohl ein Zeichen, dass er hier nicht nur dolmetschte, sondern auch als ihr Übersetzer tätig sein würde.

Die fröhliche Miene des dunklen Soldaten verriet, dass er dies für eine angenehme Aufgabe hielt, Hildegard presste dagegen missmutig die Lippen zusammen. Ella konnte kurz gar nichts denken, da Schwindel sie erfasste und sie sich kurz auf einen der Barhocker stützen musste. Bis sich das zersplitternde Bild vor ihren Augen wieder zusammengefügt hatte, hatte der GI einmal mehr mit seinem Schreiben gewedelt, es sodann zusammen mit dem amerikanischen Buch auf einen der Barhocker gelegt und sich zum Gehen gewandt. Jamie Lyndon folgte ihm, verkündete zuvor jedoch, dass er am nächsten Tag wiederkommen würde, um mit der Übersetzung zu beginnen.

»Aber dann no cigarette«, rief Hildegard streng.

»Wenn Sie werden machen mir dafür den Kaffee, den Sie mir haben versprochen.« Sein Lächeln wurde breit, aber die Zigarette warf er erst draußen auf den Boden.

»In dieses Deutsch, das so klingt, als rumpelt ein Wagen über unebenes Straßenpflaster, will er ein Buch übersetzen?«, schimpfte Hildegard.

Ella ging nicht darauf ein, sie trat zu dem Buch und strich ehrfürchtig darüber. Der Autor hieß William Hamilton, und es war fast dreihundert Seiten dick.

»Natürlich musst du mithelfen, damit sich die Übersetzung auch fließend liest.«

»Ach herrje«, seufzte Hildegard. »Warum muss es denn gerade ein Rauchfangkehrer sein?«

»Nur weil die meisten Frankfurter die dunkelhäutigen Amerikaner so nennen, musst du es nicht auch tun«, hielt Ella dagegen. »Willst du dich nicht einen winzigen Augenblick lang einfach nur über die Aussicht auf unser erstes richtiges Buch freuen, statt den Übersetzer schlechtzumachen? Ich fühle es schon seit Wochen, und jetzt weiß ich es auch. Es geht bergauf.«

Hildegard hörte nicht auf, den Kopf zu schütteln, aber Ella fiel ein, mit wem sie ihre Freude teilen konnte – mit Ari.

Die Erinnerung daran, wie sich vorhin fast ihre Lippen gefunden hätten, ergab gemeinsam mit dem Triumphgefühl eine elektrisierende Mischung.

Doch als sie über den Innenhof zwischen Buchhandlung und Verlagsgebäude schritt und seinen Namen rief, bekam sie keine Antwort, und als sie die Räumlichkeiten betrat, traf sie nicht auf ihn, nur auf die Gläser. Keines war abgewaschen, eines stattdessen auf den Boden gefallen und zerbrochen.

Eigentlich hatte er nur nicht von dem amerikanischen GI gesehen werden wollen. Der kannte ihn, war es doch derselbe, den er darum gebeten hatte, Ella eine Buchhandelslizenz zu besorgen. Dass er ihr auch weiterhin helfen würde, hatte Ari ja nicht wissen können.

Damit seine Lüge, er hätte nichts damit zu tun, nicht auffliegt, war er in den Sanitärraum mit dem Waschbecken geflohen, doch dort war er gegen eins der Gläser gestoßen. Das Klirren ließ ihn zusammenzucken, der Blick auf die Scherben am ganzen Leib erzittern. Furcht erfüllte ihn, von der er gedacht hatte, er hätte längst mit ihr zu leben gelernt.

Es ist lebensgefährlich aufzufliegen… entdeckt zu werden… Kalter Schweiß bedeckte seinen Nacken, seine Zähne klapperten, jeder Atemzug fiel schwer. Wie er genau dorthin gekommen war, wusste er später nicht mehr. Nur, dass er im nächsten Augenblick – oder war eine Stunde vergangen? – in der winzigen Besenkammer neben den Sanitärräumen stand. Nein, er hockte dort, machte sich ganz klein. Des Zitterns wurde er immer noch nicht Herr, aber seine Atemzüge wurden etwas regelmäßiger. In den Winkeln der Kammer hing noch der Geruch von Putzmittel fest, auch Finsternis hüllte ihn ein, trotzdem wurde es vor seinen Augen nicht einfach nur schwarz. Die Mauer, die er sonst gegen die Erinnerungen an die letzten Jahre errichtet hatte, wurde vielmehr gläsern.

Wie von weither sah er sich selbst hier kauern. Sah auch den jüngeren Ari in seinem Versteck kauern.

Er kannte das so gut: Im Dunklen sitzen, kein Geräusch machen. Darauf hoffen, dass nach langen Nächten der Morgen kam, er wieder schwarze Buchstaben von einem weißen Blatt ablesen konnte. So viele Stunden, die sich nicht zusammenfügen wollten, Momente, wie aus der Zeit gefallen. Sie fußten nicht auf einer Vergangenheit, sie mündeten nicht in eine Zukunft. Wörter blieben das Gelände, das vor dem Abgrund schützte, Gedanken der einzige Weg in die Freiheit. Er lernte Gedichte und Dramen, Vogelnamen und Blumenarten, konnte bald ganze Lexika auswendig und machte Wortspiele mit ungewöhnlichen Buchstabenkombinationen. Solange er Silbe an Silbe kettete, war da etwas, was seinen Verstand zusammenhielt.

Nur manchmal wurde die Finsternis übermächtig, damals und gerade eben.

Doch ehe er sich schelten konnte, überhaupt hergekommen zu

sein und sich ein wenig Glück erhofft zu haben, ließ ihn ein Geräusch zusammenzucken. Nach der tiefen Stille war es laut wie Donnerhall, erst nach einer Weile merkte er, dass es nur Schritte waren.

»Ari! Ari wo bist du?«

Das schwache »Hier« schien an seinem Gaumen festzukleben. Er konnte nicht auf sich aufmerksam machen, er konnte nicht zulassen, dass sie ihn so elend sah. Die Schritte verstummten, allerdings nur, weil sie stehen geblieben war, nicht, weil sie sich entfernt hatte.

»Ari?«

Das Quietschen der Tür war zu hören, dann waren da Licht und ihr Gesicht, das sich über ihn beugte, auch die Verheißung: Diesmal war er nicht allein. Doch im nächsten Moment fühlte er sich einsamer als je zuvor. Zutiefst befremdet, starrte sie auf ihn herab.

Nicht dass er ihr das verdenken konnte: Sein Gesicht musste kalkweiß sein, als hätte er den Tod gesehen, er umschlang hilflos seinen Leib und brachte kein Wort hervor.

Lange vor ihm fand sie die Sprache wieder. »Was hast du denn, warum hast du dich denn hier verkrochen? Was macht dir so große Angst?«

Die Sorge, die er zunächst in ihrem Gesicht gesehen hatte, wäre ein weicher Boden für seine Antwort gewesen. Doch er sah auch Ellas Unbehagen und wie Misstrauen hinzukam, das umso größer wurde, je länger er schwieg.

»Die Soldaten... die amerikanischen Soldaten... die machen dir Angst«, stellte sie fest. »Was hast du denn zu verbergen?«

Vor ihnen nichts, vor dir schon, ging es ihm durch den Kopf, aber er zögerte zu lange.

»Wer bist du?«, fragte sie. »Wieso fürchtest du die Amerikaner so?« Noch mehr Fragen hagelten auf ihn ein. »Warum hattest du so viel Zeit, all die Dramen zu lernen? Das war doch nur möglich, weil du nicht an der Front warst. Aber warum nicht, du warst doch ein junger, kräftiger Mann? Ich weiß, dass du Ari heißt… vielmehr Arnold… aber wie heißt du noch? Warum hast du es mir nie gesagt?«

Endlich gelang es ihm, sein Zittern zu bezwingen und den Mund zu öffnen. »Weil du mich nie gefragt hast.«

»Jetzt frage ich dich!«

Und jetzt hätte er es ihr gerne gesagt. Doch als er Luft holte, als er noch überlegte, wie er anfangen sollte, gab sie sich selbst die Antwort. »Mein Vater… mein Vater war auch nicht an der Front. Es blieb ihm erspart, weil er mit den Nazis paktierte, weil er in ihre Partei eingetreten war, weil er ihre Bücher verkauft hat… und weil er meine Mutter verraten hat. Ihnen ausgeliefert. Zugesehen, wie sie abgeführt wurde. Geduldet, dass man sie folterte. Er… er hat sie umgebracht.«

»Ella…«

»Wen hast du umgebracht, um nicht an die Front zu müssen und stattdessen Dramen lernen zu können?«

Ich habe niemanden umgebracht, wollte er sagen. Doch wenn er nicht nur das, sondern auch die Wahrheit endlich aussprach – würde diese sie besänftigen oder noch mehr gegen ihn aufbringen?

»Sag mir, dass du kein Nazi bist!«, rief sie. »Sag mir, dass du nicht zu jenen jungen Burschen gezählt hast, die in den letzten Kriegstagen mit Geifer vor dem Mund durch die Straßen zogen, um Deserteure und vermeintliche Verräter aufzuknüpfen.«

Er kaute verzweifelt an seinen Lippen.

»Oh mein Gott!«, stieß sie da schon aus. »Und ich habe dich all die Monate in der Buchhandlung auftreten lassen! Auch noch vorgeschlagen, dass du Zeit mit Luise und mir verbringst!«
Fassungslosigkeit breitete sich auf ihrer Miene aus, auch tiefe Verachtung. Mühsam rappelte er sich auf. Bis er aus der Besenkammer gestolpert war, dachte er, er könnte ihr doch noch alles anvertrauen. Aber als er erst mal ein paar Schritte gemacht und festgestellt hatte, dass die bebenden Beine nicht nachgaben, schien dies nur einen Sinn zu haben. Es erlaubte ihm, noch weiter vor ihr zurückzuweichen und das zu tun, worin er ein Meister geworden war: davonzulaufen.

7. KAPITEL

»Nein, nein, nein, beim worken tust du not essen.«
»Ich nicht esse.«
»Chewing gum ist noch worser. Krumen kann man wegkehren, aber if you den chewing gum am Ende ...« Hildegard suchte nach dem richtigen englischen Begriff für Ausspucken, und als sie ihn nicht fand, legte sie den Kopf in ihren Nacken und spitzte die Lippen.
»Ich würde niemals einfach spucken einen chewing gum«, wehrte sich Jamie.

In der Tat hatte sich herausgestellt, dass das mit Staub überzogene Ding, das Hildegard kürzlich beim Kehren entdeckt und für einen Kaugummi gehalten hatte, in Wahrheit Teil eines Schuhabsatzes gewesen war. Trotzdem hielt sie an der Behauptung fest, dass es sämtlichen Amis im Blut läge, alle naselang Kaugummi auszuspucken, und wenn Jamie das täte, würde sie ihm die Tür weisen.

Ella rechnete nicht damit, dass sie das tatsächlich wagen würde. Vier Monate waren vergangen, seit Jamie das erste amerikanische Buch gebracht hatte, und Ende Oktober saßen sie nun an der zweiten Übersetzung, diesmal an einem Werk über die Tierwelt des Mississippi, denn die Bücher über die Weltwirtschaftskrise oder den neuen Roman von Ernest Hemingway hatten ihnen einflussreichere Verlage weggeschnappt. Als sie an die

Stelle kamen, wo es um die Mississippi-Alligatoren ging, war Jamie derjenige, dem die richtige Vokabel nicht einfiel, weswegen er den Mund weit aufriss und seine weißen Zähne zeigte.

»Siehst du, jetzt spit du doch aus den chewing gum.«

»Krokodil!«, rief er schließlich.

Hildegard sagte nichts mehr. Sie konnte nicht abstreiten, dass die Übersetzung gut vorankam, und dass sie sich selten so leidenschaftlich und lebendig fühlte wie in den Stunden, wenn sie über der Arbeit zusammensaßen, und dass mittlerweile nicht nur Jamie besser Deutsch, sondern auch sie besser Englisch konnte.

Mittlerweile lehnte sie auch die Care-Pakete nicht mehr ab, die er mitbrachte, obwohl sie beim ersten steif und fest erklärt hatte, die Amis wollten sie allesamt vergiften.

»Aber da ist Bohnenkaffee drin!«, hatte Ella begeistert gerufen.

»Ach was, bestimmt haben sie Mäuseköttel daruntergemischt.«

»Das machen deutsche Schwarzhändler auch, und Mäuseköttel sind zumindest nicht giftig.«

»Dieses Stück Weißbrot ist nur so riesig, weil es zur Hälfte aus Gips besteht.«

»Auch den benutzen die deutschen Schwarzhändler gern, um einen Mehlsack vollzubekommen, und auch der ist nicht giftig.«

»Aber dieses Ding, das Donau heißt, beinhaltet so viel Fett, dass unsereins davon Magenkrämpfe bekommt.«

»Die Donau ist ein Fluss, das Ding heißt Doughnut.«

»Weiß ich doch, aber ich konnte es mir nur mithilfe der Donau merken.«

Am Ende hatte sie üppig die Marmelade, in der sie getötete Fliegen statt Fruchtstücke vermutete, auf den Doughnut geschmiert und ihn gegessen, und ihr verzücktes Lächeln hatte bewiesen, dass ihr Missmut oft gespielt war.

Kaum war sie satt gewesen, hatte sie weiter geschimpft. »Wusstest du, dass ehrbare Frankfurterinnen die Babys von dunkelhäutigen Soldaten ausleihen? Damit fahren sie an Kasernen vorbei und bekommen von Soldaten, die glauben, sie hätten sich mit einem der ihren eingelassen, Schokolade geschenkt. Später verkauften sie sie dann für zwanzig Mark – also die Schokolade, nicht die Babys.«

Ella lachte über diesen Unfug. »Wenn du mit Jamie spazieren gehst, bekommst du vielleicht auch Schokolade geschenkt.«

»Gott behüte, niemals würde ich mich mit ihm in der Öffentlichkeit blicken lassen.«

Ihr Gesicht hatte sich voller Verachtung verzogen, doch dass die nicht sehr tief ging, hatte sich wenig später gezeigt. Da war Hertha Brinkmann im Laden erschienen und hatte sich sehr enttäuscht gezeigt, als sie erfuhr, dass sie ein Buch über den amerikanischen Bürgerkrieg planten. Ob es nicht wenigstens *Vom Winde verweht* sein könnte? »Des häbb isch sou gärn gelese. Obwohl mär dord sieht, wos passiert, wonn mär de ehemalische Sklave zu veel Macht gibt.«

Ella hatte sich darauf gefasst gemacht, dass sich Hildegard ihrer Meinung anschloss, stattdessen hatte sie die Stammkundin gemaßregelt und sich solch abfällige Worte verboten.

Und als sie vor einigen Tagen Jamie einmal den Kragen seiner Uniform gerichtet hatte, hatte sie gedankenverloren gemurmelt, dass sie das auch oft bei ihrem Sohn hatte tun müssen. Als sie Ellas mitleidigen Blick bemerkte, hatte sie allerdings schnell hinzugefügt: »Ich kann Unordnung nun mal nicht ausstehen.«

Bevor sie sich heute Vormittag im ehemaligen Büro des Vaters an die Arbeit am Mississippi-Buch gemacht hatte, hatte sie wiederum nicht nur wie immer Kaffee aufgebrüht. Sie hatte sowohl Ella als auch Jamie ein großes Stück von dem Kuchen, den sie dank diverser Zutaten aus dem letzten Care-Paket – Trockenobst, Zucker und Mehl – hatte backen können, gegeben. Trotz dieser Stärkung wollte Jamie einfach nicht das deutsche Wort für »water snake« einfallen. Er versuchte, das Tier darzustellen, indem er mit seinem Arm blitzschnelle Bewegungen machte.

Hildegard assoziierte keine Schlange, sondern einen Rüssel. »Ein Elefant?«, rief sie nahezu empört. »Keiner kann mir erzählen, dass es die am Mississippi gibt.«

Als sich freilich herausstellte, dass es sich um eine Wasserschlange handelte, musste sie plötzlich herzlich lachen. Jamie lachte ebenso, und auch Ella konnte nicht an sich halten.

Sobald sie allerdings zurück in die Buchhandlung kehrte und dort Herrn Kaffenberger antraf, war ihr nicht länger nach Lachen zumute.

Der ehemalige Vertreter war nie groß gewesen, aber ein rundlicher Mann. Nun wirkte er wie geschrumpft, die schlaffe Haut wie zerknittertes Papier. Ähnlich energisch wie Ella das Erbe der Mutter am Leben erhalten wollte, wollte er das Kommissionsgeschäft wiederbeleben, doch leider war an die einstige Praxis – die Buchhändler bestellten beim Kommissionär, der die Bestellung an den Verleger weitergab und später dafür sorgte, dass die Bücher von zentraler Stelle ausgeliefert wurden – noch nicht wieder zu denken. Er hatte bloß die Aufgabe übernommen, bei den Frankfurter Buchhandlungen das Interesse an ihrem Buch über den amerikanischen Bürgerkrieg, das gerade in Druck gegangen war, abzufragen.

»Die Bestellungen sind überschaubar. Ihr riskiert nicht annähernd, die Auflagenbeschränkung, die bei fünftausend Exemplaren liegt, zu überschreiten. Nur ein paar hundert sind bislang zusammengekommen.«

»Ein paar hundert klingt für mich wunderbar.«

»Das klingt nach Chaos!«, stöhnte er. »Denn du weißt ja, dass die Buchhandlungen von jedem Werk nur zehn Exemplare bestellen darf. Wie viele Pakete das am Ende werden! Dafür brauchst du Arbeitskräfte, Porto und obendrein jede Menge Packpapier.«

Nicht, dass sie diese Klagen zum ersten Mal hörte, aber bis jetzt hatte sie sich den dringlicheren Problemen gewidmet. Nun war es unumgänglich, eine baldige Lösung zu finden.

»Sie haben mir doch erzählt, dass die Militärregierung dafür aufgeschlossen ist, eine zentrale Vertriebsstelle einzurichten, die die Verteilung der Bücher an den Handel übernimmt. Damit wäre sowohl Verlegern als auch Buchhändlern geholfen. Hieß es nicht, dass man hierfür bereits Lagerräume im Gebäude eines ehemaligen Chemiekonzerns zur Verfügung gestellt habe?«

»Die Militärregierung mag dafür offen sein, die Verlage aber sind misstrauisch. Jeder kocht sein eigenes Süppchen, doch bei allen ist das Salz knapp, sodass nur eine geschmacklose Brühe herauskommt.«

»Hier in Frankfurt kann ich die Bücher mit dem Leiterwagen ausliefern, aber nicht nach Wiesbaden, Mainz oder in andere hessische Städte«, sagte Ella betroffen.

»Nun ja«, meinte er, »die gute Nachricht ist, dass die Portokosten für Bücher wohl demnächst gesenkt werden.«

Ella rang die Hände. »Was nutzt mir das, wenn ich kein Packpapier habe? Es war schwer genug, die Materialien für die Buchherstellung zusammenzubekommen.«

»Du hast es doch über den Schwarzhandel probiert?«

Ella nickte gedankenverloren. Wenn sie nicht gerade im Verlag gewesen war, hatte sie die letzten Wochen über regelmäßig all jene Orte aufgesucht, wo unter der Hand Dinge verkauft und getauscht wurden. Einer der größten Schwarzmärkte befand sich bei der Volksküche in der Theobald-Christ-Straße, aber den mied sie, weil er zugleich ein Zentrum des illegalen Glücksspiels war. Auf der Zeil, der größten Einkaufsstraße Frankfurts, konnte man in ehemaligen Luftschutzkellern Handel treiben, doch dort betrachtete man nur müde das Papier, das sie als Tauschgut anbot. Deutlich begehrter waren Sunlight-Waschmittel und Palmolive-Seife. Am erfolgreichsten hatte sich noch ein Besuch in der Kaiserstraße, wo sich die größte Tauschzentrale befand, erwiesen. Hier hatte sie eine alte Linea-Kamera ihres Vaters eintauschen können, auch den Zucker, den sie sich vom Mund abgespart hatte. Aber über viel mehr Besitz, der sich an den Mann bringen ließ, verfügte sie nicht.

»Mit Papier komme ich nicht weiter. Die begehrte Währung sind Zigaretten.«

Herr Kaffenberger nickte. »Was bekommt man nicht alles für eine Stange Pall-Mall, Lucky-Strike oder Chesterfield.«

»Aber die habe ich nicht. Ich habe versucht, Tabak anzubauen, und habe die Blätter auf dem Dachboden an eine Kordel gehängt. Nach dem Trocknen habe ich sie in einen wasserdichten Holzkasten gelegt und mit Zwetschgensaft bespritzt. Danach, so stand es in der Zeitung, muss man sie so lange warm stellen, bis die Blätter schrecklich stinken und schwarz werden.«

»Und damit warst du erfolgreich?«

»Nun, gestunken haben sie wirklich, schwarz waren sie auch, aber als ich sie verkaufen wollte, wurde ich ausgelacht.«

Herr Kaffenberger stieß ein müdes Seufzen aus. »Irgendjemand hat berechnet, dass es, selbst für den Fall, es gäbe genug Holz und Ziegel, achtzehn Jahre dauern würde, Frankfurt wieder vollständig aufzubauen. Ohne Holz und Ziegelsteine sind wir dagegen auch in hundertachtzig Jahren nicht fertig. Es nutzt ja auch nicht, wenn man Nelken hat, aber keinen Schweinebraten, den man damit spicken kann. Von Klößen ganz zu schweigen, hierfür bräuchte es schließlich saftige Kartoffeln, aber mehr als die Schalen kriegt man zurzeit nicht zu kaufen. Gewiss, mit Kartoffelschalen werden Schweine gefüttert, aber was nutzt es, wenn man verhungert in der Zeit, in der diese fett werden?«

Sie war nicht sicher, was er damit sagen wollte. Jedenfalls half es nicht weiter, sich über erfolglose Schweinezüchter den Kopf zu zerbrechen.

»Was soll ich denn jetzt tun?«, fragte sie.

Herr Kaffenberger wand sich, war es ihm, der jede Bitte immer so übereifrig zu erfüllen getrachtet hatte, sichtlich unangenehm, ihr seine Unterstützung schuldig zu bleiben. »So genau weiß ich das leider auch nicht. Eigentlich wollte ich nur die Vorbestellungen vermelden und zugleich sagen, dass ich den Vertrieb eurer Bücher nicht übernehmen kann«, murmelte er. Er verabschiedete sich mit einem Diener und indem er gleich mehrmals den Hut lüftete.

Als er gegangen war, stützte sie sich schwer auf den provisorischen Tresen aus Barhockern.

Vater ... Vater wüsste vielleicht, was zu tun wäre, dachte sie gegen ihren Willen. Ihn könnte ich um Rat bitten.

Seit sie in den Verlagsräumlichkeiten wohnte, hatte sie ihn nur gesehen, wenn er Luise besuchte. Einmal hatte er ihnen ein paar Möhren mitgebracht, die Ausbeute vom Sommer, als er in einem der vielen Frankfurter Parks geholfen hatte, Beete auszuheben und Gemüse anzubauen. Und im Winter hatte er einmal mit rabenschwarzem Gesicht und einem Sack Kohle vor ihr gestanden. »Hast du die etwa von einem fahrenden Kohlenzug erbeutet?«, hatte sie gefragt. Er war sichtlich stolz gewesen, sie einfach nur entsetzt. Nicht wenige gerieten bei solch waghalsigen Unternehmen unter die Räder.

»Ich will doch, dass ihr es warm habt«, hatte er entschlossen erklärt.

Ganz deutlich hatte sie gefühlt: Noch mehr würde sie eine Umarmung wärmen und ihn, dass sie ihm verzieh. Und obwohl sie diesen Großmut nicht hatte aufbringen können – seine Gaben abzulehnen hatte sie ebenfalls nicht über sich gebracht.

»Danke«, hatte sie gemurmelt. »Hab vielen Dank.«

Nun gut, jetzt im Frühsommer brauchte sie keine Kohlen mehr, und diese anzunehmen war etwas anderes, als ihn um Rat zu bitten. So schwierig ihre Lage auch war – dazu konnte sie sich nicht überwinden. Doch allein darüber nachzudenken machte augenscheinlich, dass ein Weiterer fehlte, von dem sie sich hätte Zuspruch erhoffen können: Ari, der so abrupt aus ihrem Leben verschwunden war.

Hildegard hatte damals gemeint, es sei am besten so.

»Hast du es gewusst?«, hatte Ella gefragt. »Dass er offenbar ein Nazi war und wohl irgendeine Grausamkeit begangen haben muss?«

Hildegard hatte nicht genickt, nur wiederholt: »Es ist am besten so.«

Vor allem war es schmerzlich. Die gemeinsamen Veranstaltungen fehlten ihr, die Buchhandlung erschien ihr wieder als seelenlos. Den Kummer konnte sie bezwingen, doch dass er sich mit Ärger und Ohnmacht vermischte, zwang ihr ein »Du Schuft!«

auf die Lippen, und kaum war es hervorgepresst, folgten Tränen, und es schmeckte prompt salzig in ihrem Mund.

Und da sprach Herr Kaffenberger von einer geschmacklosen Brühe! Aufs Schluchzen folgte ein Lachen, wobei das nicht sonderlich anders klang.

»Nicht weinen, Frollein.«

Sie wischte sich rasch übers Gesicht, als sie Jamies Stimme vernahm. Doch sie konnte ihm nichts vormachen, denn er musste schon länger zugehört haben. »Nicht weinen«, wiederholte er. »Wenn du willst eintauschen Papier gegen Zigaretten, dann ich würde versuchen es nicht in Frankfurt, sondern in Zeilsheim. Ich denke, dass es dort gibt einen großen Bedarf an Papier.«

»Sie haben Herrn Kaffenbergers Vorschlag gehört?«, rief sie erschrocken, wusste sie doch, wie hart die Amerikaner den Schwarzhandel bestraften.

Er lächelte beschwichtigend »Ich habe nicht wirklich *gehört* ihn. Ist geflogen in ein Ohr rein, kommt gerade geflogen aus andere Ohr raus.«

»Wie kommen Sie ausgerechnet auf... Zeilsheim?«

Er hob die Hand, klopfte sich an die Schläfe. »Ich fürchte, das ist auch nicht mehr drinnen in meinem Kopf. Du musst fragen Frau Hildegard. Frau Hildegard weiß viel, auch warum Krokodile als einzige Tiere weinen, sie hat mir gerade erzählt davon.«

Hildegard war dem amerikanischen Soldaten gefolgt und wirkte kurz ertappt. »Das stimmt doch gar nicht«, sagte sie schnell, »und nun goodbye für heute.«

Mit sanftem Druck schob sie ihn zur Tür, hielt ihn dort allerdings auf, um ihm noch einmal mütterlich den Kragen zu richten, ehe sie ihn gehen ließ.

»Was denn, was denn?«, rief Hildegard gereizt, als sie Ellas Blick bemerkte. »Ich mag nun mal keine Unordnung.«

»Was ist in Zeilsheim? Warum hat Jamie mir vorgeschlagen, dass ich mich dorthin wenden soll? Kann man dort wirklich Papier gegen Zigaretten eintauschen?«

Sie wusste von dem kleinen Vorort in Frankfurt nichts weiter, als dass er sich in Nachbarschaft von Höchst befand. Und dass, als in Höchst die Anilinfarben-Fabrik gegründet worden war, viele Arbeiter dorthin zogen, wo bislang vor allem Bauern lebten. Diese Bauern gab es in Zeilsheim immer noch, wahrscheinlich waren sie es, die ihre Güter teuer eintauschten. Aber wo kam der Papierbedarf her? Und warum wurde Hildegard erst immer schmallippiger und zischte dann ungehalten: »Untersteh dich, dorthin zu gehen. Das ist kein Ort für eine junge Frau wie dich.«

»Warum das denn?«

Hildegard rümpfte die Nase, ein Zeichen, dass alles zu dem Thema gesagt war. »Krokodile weinen übrigens tatsächlich«, sagte sie schnell, »aber es sind keine echten Tränen. Wenn sie ihr Maul ganz weit aufreißen, sammelt sich in ihrem Augenlid ein Sekret und wird herausgepresst. Aber zu so etwas wie Trauer sind sie nicht fähig. Das ist beneidenswert, wie ich finde – weinen zu können, ohne traurig zu sein, anstatt traurig zu sein, ohne weinen zu können.«

In Ella erwachte Mitleid, doch wieder rümpfte Hildegard die Nase und tat so, als hätte sie nicht über sich gesprochen.

Am nächsten Tag fragte Ella Hildegard erneut nach Zeilsheim, doch die blieb wortkarg. Als Hertha Brinkmann in der Buchhandlung vorbeischaute, wollte Ella auch von ihr wissen, ob sie von einem geheimen Schleichhandel in Zeilsheim gehört habe.

Hertha erbleichte, und sie dachte schon, dass sie zu den wenigen Frankfurterinnen gehörte, die den Schwarzhandel rundheraus ablehnten, doch dann platzte es aus ihr heraus: »Im Kriesch wohnte dord ieble Verbrächer. Sou hieß 's wenigschdens. Eischendlich warn 's blous Krieschsgefangene.«

Atemlos berichtete sie, dass diese aus Polen stammten, für die Höchster Farbwerke gearbeitet hatten und in einer Barackensiedlung in Zeilsheim untergebracht worden waren. Aus dem unbehaglichen Gesichtsausdruck wurde alsbald ein wehmütiger. »Noach dem Kriesch musste doann unser Männer in dem Lager hause. Je dreissisch Moann wurdn pro Baracke zammegepferscht, unn sie musste Häftlinskleidung drache«, endete sie klagend.

»Wo genau befand sich dieses Lager?«

»Uff de Pfaffenwiese.«

»Die liegt in Sindlingen, nicht in Zeilsheim.«

»Macht des n Unnerschied? Die meischde sinn middlerweil goddlo freikumme.«

Und die wenigen Verbleibenden, überlegte Ella, würden ganz sicher über keine Waren verfügen, mit denen sich Handel treiben ließ. Ganz abgesehen davon, würde Jamie sie niemals in ein Kriegsgefangenenlager schicken.

Nach dem Gespräch war sie kein bisschen klüger, trotzdem kam ihr eine Idee. Die Großeltern im benachbarten Höchst würden doch sicher wissen, wenn in Zeilsheim die Möglichkeit zum Schwarzhandel bestand. Sie könnte einen Teil des Papiervorrats holen, danach versuchen, diesen gegen Zigaretten einzutauschen, und bei dieser Gelegenheit auch gleich Luise sehen. In den Sommermonaten war sie dazu übergegangen, die kleine Schwester nur noch jedes zweite Wochenende zu sich zu holen. Ihr blutete deswegen zwar das Herz, aber in den Verlagsräumen war es oft stickig und heiß gewesen, und mit ihren drei Jahren war Luises größtes Glück nicht länger, vorgelesen zu bekommen. Vielmehr hatte sie entdeckt, dass man auf Bäume klettern konnte, und wenn sie auf dem Kirschbaum im Garten der Großeltern hockte, die Beine baumeln ließ, dann und wann eine Kirsche naschte und den Kern in weitem Bogen ausspuckte, wirkte sie glücklicher als in der Innenstadt, wo kaum ein Fleckchen Grün zu sehen war.

Als der Herbst gekommen und die letzte Kirsche gepflückt worden war, hatte Ella sich zwar fest vorgenommen, wieder zur alten Routine zurückzukehren. Doch bis jetzt war sie noch nicht dazu gekommen.

Umso besser, dass sie nun mitten in der Woche Gelegenheit hatte, die Schwester zu besuchen.

Sie hatte das Papier kaum aus dem geheimen Vorrat geholt und unter ihrer Jacke verborgen, als Luise auf sie zustürmte und die Ärmchen um sie schlang. Ella zog sie ganz fest an sich, versenkte ihr Gesicht in Luises Haaren – einen Ton heller als ihre, aber genauso lockig – und sog tief den süßlichen Duft ein. Nachdem sie sie losgelassen hatte, kramte sie in ihrer Tasche, zog einen Schokoladenriegel hervor, der Bestandteil von Jamies Care-Paket war, und brach ein Stück ab.

»Ausgerechnet Schokolade!«, mäkelte die Großmutter. »Damit macht sie sich doch schmutzig.«

Luises Blick ging zögernd zwischen der Schwester und der Großmutter hin und her.

»Von wegen!«, rief Ella und kämpfte um ein Lächeln. »Luise isst ganz manierlich. Wenn sich jemand schmutzig macht, bin ich das.« Sie fuhr mit dem Schokoladenriegel wie mit einem Lippenstift über ihren Mund, sodass dieser hinterher ganz verschmiert war, und nicht nur Luise musste herzlich lachen, auch die Großmutter konnte sich ein Grinsen nicht verkneifen.

Am Ende biss Luise ganz vorsichtig von der Schokolade ab und seufzte genießerisch. Dass Essen immer noch ein knappes Gut war, bewiesen die spitzen Wangenknochen. Immerhin war die Haut, die sich darüber spannte, nicht fahl, sondern rosig – ein Zeichen, dass sie auch in der kühleren Jahreszeit noch viel Zeit im Freien verbrachte.

»Aber gib ihr nicht zu viel«, sagte die Großmutter mahnend, »sie soll lernen, dass es nichts im Überfluss gib.«

Ella brach noch ein kleines Stück ab, wollte sich aber nicht auf ein Streitgespräch einlassen und ließ den restlichen Riegel wieder in ihrer Tasche verschwinden.

»Der Garten ist wirklich ein Segen«, sagte Ella, nachdem sie sich den Mund abgewischt hatte.

»Drinnen haben wir ja kaum Platz zum Atmen«, erklärte die Großmutter knapp, »jüngst mussten wir eine weitere Flüchtlingsfamilie aus dem Osten aufnehmen.«

Der Großvater, der für gewöhnlich lospolterte, sobald die Rede auf ihre Hausgäste kam, schwieg, aber wohl nur, weil er sich aufs Schnitzen konzentrierte. Luise lief zu ihm und sah begeistert zu, wie ein formloses Stück Holz Gestalt annahm. Die Großmutter blickte kurz versonnen auf die beiden, und auch Ella lächelte. Doch als Ella die Großmutter leise nach dem Schwarzhandel in Zeilsheim fragte, ging ein Ruck durch sie.

»Wer hat dich nach Zeilsheim geschickt?«, fragte sie nahezu entsetzt.

Ella würde es nicht besser machen, wenn sie Jamie erwähnte.

»Wenn man sich in Frankfurt so umhört...«, murmelte sie ausweichend.

»Jeder anständige Frankfurter hält sich von dort fern. Du gehst nicht nach Zeilsheim, versprich mir das.«

»Was ist denn dort, was...«

»Versprich es mir!«, kam es wieder. Ihre Hand schnellte hoch und umfasste Ellas Gelenk mit einer Kraft, die immer fehlte, wenn sie die Enkeltochter zum Abschied flüchtig umarmte. Obwohl der flehentliche Ausdruck von ehrlicher Sorge kündete, erwachte in Ella Trotz.

»Was um Himmels willen findet man denn in Zeilsheim vor, was...«

Ein großer Holzspan landete auf dem Boden, im nächsten Augenblick steckte das Schnitzmesser tief im Holzblock.

»Das Gesindel aus dem Osten, das unter unserem Dach wohnt, ist schlimm genug«, begann der Großvater zu schimpfen, »aber immerhin ist es bereit zu arbeiten. Doch die Lumpen von Zeilsheim, die lassen sich von den Amis durchfüttern, die kriegen alles, sogar saftiges Fleisch, während wir am Grießpulver ersticken. Dieses Pack verbreitet nichts als Dreck und Wanzen, und doch geht's in ihrem Lager zu wie im Schlaraffenland.«

Den mürrischen Tonfall kannte sie, doch der Hass war fremd und darum unheimlich.

Die Großmutter ließ ihre Hand los. »Gustav...«, versuchte sie, ihn zu mäßigen.

»Man hört aller Tage nur schaurige Geschichten von dort«, knurrte der Großvater ungerührt. »Unsere tapferen Frauen gehen die Felder ab und lesen zerknickte Ähren auf, um noch ein paar Körner abzukriegen. Und am Abend stehen diese Schweine schon parat, um ihnen alles abzunehmen. Den pflügenden Bauern wurden schon oft die Zugtiere weggenommen, und manchem Bewohner im Ort am helllichten Tage sämtliche Kleidung ausgezogen. Von den Wertsachen, die geraubt werden, ganz zu schweigen.«

»Na, na«, schaltete sich die Großmutter ein. »Das erzählt man sich zwar, aber wir haben's nie mit eigenen Augen gesehen.«

»Traust du das diesem Pack etwa nicht zu?«

Die Großmutter zuckte unbehaglich mit den Schultern.

»Wem?«, fragte Ella. »Wem soll das zuzutrauen sein?«

Der Großvater umklammerte das Schnitzmesser. Kurz sah es aus, als wollte er das Holztier am liebsten verstümmeln. Unter Luises fragendem Blick schwand sein Grimm etwas, aber er war nicht bereit, ein besänftigendes Wort zu sagen.

»Versprich mir«, sagte die Großmutter wieder leise, »versprich mir, dass du nicht dorthin gehst. Wie gesagt: Kein anständiger Mensch geht dorthin.«

Als Ella wenig später Abschied nahm und Luise umarmte, war sie fest entschlossen, der Mahnung der Großmutter zu folgen. Doch schon auf der Königsteiner Straße zweifelte sie. Und während sie noch in ihrem Urteil schwankte – war sie ein anständiger Mensch oder eher ein verzweifelter, der zu allem bereit war? –, ließ sie ein durchdringendes Brüllen zusammenschrecken. Nicht weit von ihr trieb ein Mann einen Ochsen vor sich her. Es war ein klappriges Tier, dem flockiger Schaum vor dem Maul stand. Erst als der Mann ihm mit einer Gerte aufs Hinterteil schlug, sodann am Strick zog, setzte es sich in Bewegung, wenn auch unendlich langsam.

»Na, mach schon!«, rief der Mann entnervt.

Ella erkannte, dass er das Tier nicht Richtung Innenstadt trieb – von dort schien er vielmehr zu kommen –, sondern westwärts. Sie schloss rasch zu ihm auf, und als sie ihn erreichte, war da kein Zaudern mehr in ihr, nur Neugierde.

»Kann es sein, dass Sie unterwegs nach Zeilsheim sind?«

Er warf einen Blick über die Schultern, um zu prüfen, ob jemand sie gehört hatte. Dann lächelte er. »Ein paar Tausend Mark wird mir das Tier einbringen, wo kriegt man sonst so viel?«

»Wer kann sich denn dieser Tage einen Ochsen leisten?«

Das Lächeln schwand, er zuckte mit den Schultern. Wieder zerrte er am Strick des Tiers, und diesmal half Ella Anschieben.

»Dort bekommt man alles«, murmelte der Mann, »Schokolade, Kaffee, Uhren, Fotoapparate.«

»Auch Zigaretten?«, fragte sie. »Und kann man Papier gegen Zigaretten eintauschen?«

Verständnislos blickte er sie an, als wüsste er nicht genau, was von ihr zu halten war. »Man bekommt dort alles«, wiederholte er nur. Eine Weile ging sie noch an seiner Seite, aber als der Ochse wieder zu bocken drohte, verabschiedete sie sich mit einem Nicken. »Wenn du den Ort erreichst, lass dir nicht anmerken, was du dort willst«, rief er ihr nach. »Die Zeilsheimer sind wütend, weil ständig so viele Frankfurter kommen. Wende dich am besten an den Bäcker. Dort musst du fragen, ob du telefonieren kannst – das ist das geheime Codewort.«

Sie lief schneller, nicht nur, um bald ihr Ziel zu erreichen, auch um vor den Worten der Großmutter davonzulaufen. Pack… Gesindel… versprich mir…

Auf abgeerntete Felder folgten bald Häuser im rötlichen Backstein. Das Erste, was sie erfasste, als sie den Ort erreichte, war, dass es kaum Schäden vom Krieg gab. Das Zweite, dass eine Menge Leute mit gesenktem Kopf herumschlichen wie sie, immer wieder über die Schultern lugten und weite Jacken trugen, unter denen sie wohl Waren verbargen, so wie Ella die Papierbögen unter ihrer Jacke.

»Wo ... wo geht es zum Bäcker?«, fragte Ella eines der Kinder, die vor einem Haus lungerten und mit einer einohrigen Katze spielten. »Ich ... ich muss telefonieren.«

Das Kind schwieg, nur die Katze hob müde den Kopf. Hinter Ella aber ließ sich eine Stimme vernehmen: »Beim Bäcker geht's heute zu wie im Taubenschlag, da musst du ewig warten. Aber wenn du etwas tauschen willst, dann verzichte auf den Bäcker als Mittelsmann und geh gleich nach dort hinten.«

Kaum hatte sie sich umgedreht, war der Mann, der einen dicken Rucksack trug, schon an ihr vorbeigelaufen. Sie hastete ihm nach.

»Dort hinten?«

»Na, dort hinten bei den Juden.«

»Bei den Juden?«, echote Ella.

Er gab ihr keine Antwort, und sie hielt nicht länger mit ihm Schritt. Nicht nur, dass sie vom langen Gehen erschöpft war, die Füße wollten ihr nicht recht gehorchen, solange sie beschäftigt war, ihre Gedanken zu sortieren.

Dort hinten bei den Juden ... der Schwarzhandel von Zeilsheim wurde also von Juden betrieben ... Aber ... aber es gab doch keine Juden mehr.

Blitzartig stand ihr eine Begebenheit aus der Vergangenheit vor Augen. Wie sie einmal mit den Großeltern am Textilhaus Adler vorbeigekommen war, an der Ecke Emmerich-Josef-Straße und Königsteiner Straße. Die Schaufenster waren eingeschlagen gewesen, die Ladenflächen dahinter leer. »Was ist denn hier passiert?«

Die Großmutter hatte sie rasch an die Hand genommen und mitgezogen. »Die Adlers schließen, genauso wie das Kaufhaus Schiff. Wie alle Juden gehen sie nach Amerika, und das ist gut so.«

Sie hatte sich damals vorgenommen, die Eltern danach zu fragen, aber es letztlich nie getan. Die Eltern hatten in dieser Zeit so oft gestritten. »Wir müssen endlich auch das Schild ›Kauft nicht bei Juden‹ an der Buchhandlung anbringen«, hatte der Vater ständig gemahnt.

»In unsere Buchhandlung sollen die kommen, die Bücher lieben, nicht die, die Juden hassen«, hatte die Mutter dagegengehalten.

»Bald sind ohnehin keine mehr da, sie gehen alle nach Amerika.«

Dass es zu keinem neuerlichen Streit gekommen war, war für Ella ein Zeichen gewesen, dass sämtliche Juden ausgewandert waren. Nun gut, die Bücher hatten die jüdischen Autoren zurückgelassen... und von nun an waren sie verboten gewesen. Die Mutter hatte sie weiterhin verkauft und...

Nein, nicht daran denken, besser, sie hastete in die Richtung, in der der Mann mit dem Rucksack verschwunden war.

Zwei Straßen brachte sie hinter sich, zweimal bog sie ab. Sie sah den Mann nicht wieder, aber plötzlich zwei haushohe graue Türme, einen Torbogen dazwischen und Spruchbänder, die daran befestigt waren. Sie waren beschrieben – einerseits mit ihr unverständlichen englischen Wörtern, andererseits mit fremden Schriftzeichen, die sie noch nie gesehen hatte. Nicht nur die Spruchbänder knatterten im Wind, auch eine Flagge, mit zwei Dreiecken bedruckt, die sich so ineinanderfügten, dass sie einen sechseckigen Stern ergaben.

Den kannte sie... den hatte sie einmal gesehen, als der Krieg schon im Gange gewesen war, es aber noch keine schlimmen Bombenangriffe gegeben hatte. »Die Juden müssen jetzt alle den Stern tragen«, hatte die Mutter erklärt.

Waren denn die Juden nicht längst alle in Amerika? Und warum wurden sie, wie die Großmutter vorhin behauptet hatte, hier von den Amerikanern gefüttert?

Der Stern in ihrer Erinnerung war gelb, hier war ein blauer auf weißem Stoff abgebildet. Ein weiterer befand sich auf einem Schild, auf dem überdies stand: »Zeilsheim Assembly Center, IRO AREA No I«.

Sie hatte keine Ahnung, was damit gemeint war. Auch nicht, was es mit der »Registratur« auf sich hatte – das erste Gebäude hinter dem Torbogen. Sie war forsch hindurchgeschritten, verharrte nun und wappnete sich dagegen, von einem GI zurückgepfiffen zu werden. Aber da waren keine Soldaten, da waren nur ein paar Kinder, die Ball spielten. Und da war ein Holzbrett an einer Hauswand, auf dem viele kleine, dicht bedruckte Zettel angebracht waren. Der Stempel des Roten Kreuzes ließ sie an die Vermisstenlisten denken, wie sie auch in Frankfurt vielerorts aushingen. Sie las zwar vertraute Buchstaben, aber keine vertrauten Namen. Eliasz Bialywlos, Ruba Figowicz, Chaim Gorywocki.

Als sie sich von dem Holzbrett abwandte, liefen die Kinder gerade dem Ball nach und verschwanden in die schmale Gasse zwischen mehreren einstöckigen Wohnhäusern. Erst als sie ihnen gefolgt war, ging ihr auf, dass zwar der Ball laut auf den Boden aufgeprallt war, jedoch nicht jenes Juchzen und Kreischen ertönt war, das sonst ein unbekümmertes Spiel begleitete.

Nicht nur die Kinder waren ungewöhnlich still, alles war still hier. Hinter den Fenstern war keine Bewegung auszumachen, von nirgendwo kam die Frage, was sie hier verloren hatte. Nur Gerüche waren deutlich wahrzunehmen – der durchdringende von den Höchster Farbwerken, plötzlich auch der süßliche, metallische von Blut und der von scharfem Desinfektionsmittel.

»Infirmary« stand denn auch auf dem Schild an einem weiteren Gebäude, und das rasselnde Husten, das von dort kam, verriet ihr neben den Gerüchen, dass es sich um eine Krankenstation handelte.

Unbehaglich hastete sie weiter, holte die Kinder zwar nicht ein, aber erreichte einen größeren Platz, wo sie endlich auf Menschen traf. Da war eine alte Frau, die auf einem Feldbett in der Sonne saß. Ein Mann in einem sackähnlichen dunklen Kleid und mit langen Schläfenlocken hielt ein Buch in den Händen und wippte mit dem Oberkörper vor und zurück, während er darin las. Ein weiterer trug schwarz-weiß gestreifte Kleidung. Er stand hinter einem kleinen Tischchen, hielt etwas in der Hand, was sie nicht erkennen konnte, zählte es. Noch lauter war eine andere Stimme.

»Aron!«, rief jemand. »Aron!«

Auch dies war ein Name, der in ihren Ohren fremd klang. Aber als sie sich umdrehte, um zu sehen, wer da gerufen worden war, waren ihr gleich zwei Dinge vertraut. Da war plötzlich wieder der Fußball, mit dem die Kinder gespielt hatten und der ihr vor die Füße rollte. Und da war ein junger Mann mit rotbraunem, gewelltem Haar, das ihm in die Stirn fiel, knochigen Zügen, aber weichen Lippen und einem durchdringenden, ausdrucksvollen Blick. Sie erkannte ihn sofort.

8. KAPITEL

Aris Tag begann mit einem Streit. Viktor stürmte in ihr Zimmer und zog ihm die Decke weg. »Du liegst hier rum, als wäre es keine Pritsche, sondern ein Grab!«

Ari rieb sich die Augen und fühlte sich benommen, denn wie immer hatte er schlecht geschlafen. In den dunklen Kriegsjahren hatten er und der Schlaf noch einen zermürbenden Stellungskrieg ausgefochten. Jede Stunde Ruhe, die er sich ertrotzen konnte, musste er mit mindestens zwei erkaufen, da er sich unruhig hin und her wälzte. Richtig erfrischt hatte er sich morgens nie gefühlt. Jetzt war das eigentliche Problem nicht einzuschlafen, sondern wieder aufzuwachen, dem Labyrinth der Albträume zu entkommen, wo an jeder Ecke Mörder lauerten, keine aufrechten Gestalten, sondern schattenhafte Kreaturen mit Händen wie Schlingpflanzen. Sie hielten ihn fest... verwehrten ihm den Weg zurück in die Wirklichkeit...

»Na komm schon!«, rief Viktor.

Aris Blick ging zu seinem Vater, der wie so oft nahezu reglos im Bett lag. Bei ihm schien es zwischen Schlafen und Wachen keinen Unterschied zu geben, doch ihn ließ Viktor in Ruhe. »Er kann nicht anders«, schimpfte der Vetter, als er seinem Blick folgte, »aber du... du *willst* nicht anders.«

Das stimmte nicht. Den übermächtigen Gegnern, denen Ari tagsüber gegenüberstand – der Sinnlosigkeit und der Lethargie –

versuchte er durchaus, etwas entgegenzusetzen. Der Streit mit Ella hatte ihn nicht lange gelähmt, dann hatte er – ausgerechnet von Viktor – von der Lagerzeitung erfahren. »Wenn du schon keine Kraft in den Händen hast, dann beweise doch wenigstens, dass du mit deinem Köpfchen zu arbeiten bereit bist.«

Ari wollte rein gar nichts beweisen, weder Viktor noch sich selbst, doch die Neugierde trieb ihn zu jenen Räumlichkeiten, die sich gleich neben der Bibliothek befanden. In der Bibliothek gab es mehr Leser als Bücher, in der Redaktion der Zeitung mehr Journalisten als Papierbögen. Eben wurde diskutiert, welche Informationen über den Lageralltag ins nächste Blatt kommen sollten, auf welcher Seite die Suchlisten stehen würden, wo man zeitgemäße Interpretationen der jüdischen Religionsgesetze für die orthodoxe Leserschaft einfügen sollte und ob dann noch Platz genug bliebe, über den Konflikt mit der britischen Mandatsmacht in Palästina zu berichten. Ari wollte zurückweichen. Seit dem Dröhnen nächtlicher Flieger, die Bomben abwarfen, war er empfindlich gegen jede Art Lärm. Doch dann hörte er, wie jemand fragte: »Und welches Gedicht soll in die nächste Ausgabe?«

Und plötzlich hörte er sich sagen: »Wie wäre es mit einem von Heinrich Heine?«

Einer der Männer fuhr herum. Später erfuhr Ari, dass dieser Mann die Lagerzeitung *Undzer Mut* ins Leben gerufen hatte, in diesem Augenblick nahm er nur wahr, dass dessen Hosenbeine unterschiedlich lang waren, vielleicht auch die Beine darunter. Seine Mundwinkel zuckten halb amüsiert, halb verächtlich.

»Wir veröffentlichen auf Jiddisch. Kennst du auch einen Dichter, der in dieser Sprache schrieb?«

Jiddisch war die einzige Sprache, in der sein Vater noch redete. Und die Sprache, die er vergessen hatte.

Viktor forderte ihn ständig auf, sie wieder zu erlernen, doch Ari schüttelte stets beharrlich den Kopf. Er hatte doch so viel gelernt in den Jahren der Dunkelheit, Gedichte, Dramen, halbe Bücher, wie sollte er in diesem Dickicht der Verse den Weg zur Sprache seiner Kindheit finden?

Er schüttelte den Kopf, sein Blick fiel auf die Titelseite einer älteren Ausgabe der Zeitung. »*Mir zeynen do und weln zajn.*« Er wusste nicht genau, was das bedeutete, aber unter der Überschrift war das Bild eines Menschenbergs zu sehen. Die Glieder waren nur Striche. Doch ein paar wenige Aufrechte standen drum herum, griffen in den Leichenberg, um einzelne Striche hervorzuziehen, und in ihren Händen wurden daraus hebräische Buchstaben. Etwas an dem Bild berührte ihn. Er verstand den Wunsch, dem Tod Buchstaben abzuringen.

»Ich würde gerne bei der Zeitung mitarbeiten.«

Als sich herausstellte, dass er weder des Jiddischen noch des Hebräischen mächtig war, wurde ihm beschieden, dass er nur Hilfsaufgaben übernehmen konnte, so jene Pakete auszupacken, die aus Amerika eintrafen. Bücherspenden emigrierter Juden befanden sich darin, großteils in englischer oder russischer Sprache.

»Soll ich sie sortieren?«

»Nein, aber wir haben kein Papier. Die erste und letzte Seite ist meist leer, die kann man heraustrennen und für andere Zwecke verwenden.«

Er war nicht sicher, ob diese Tätigkeit ihn zu einem Papierbeschaffer oder Bücherzerstörer machte. Am Ende des Tages hatte er zwar ein ansehnliches Stößchen Papier zusammenbekommen, aber er war schweißüberströmt. Die eintönige Arbeit hatte den aufgewühlten Geist nicht beschwichtigt, sondern quälende Erinnerungen freigesetzt. Im Krieg war er ein Niemand gewesen, auf der Bühne wurde er ein anderer, doch nun war er auf sich selbst zurückgeworfen und erkannte: Albträume quälten einen nicht nur beim Schlafen. Jede leere Seite erinnerte an die eigene mickrige Geschichte, die aus so vielen Rupturen bestand und so wenig gelebtem Leben. Und dem Frieden, den er damit gemacht zu haben glaubte, wollten sich seine Hände nicht beugen. Sie begannen unkontrolliert zu zittern, als wäre er ein Soldat, der längst verlorene Schlachten erneut durchleben musste.

»Kann ich auch etwas anders tun?«, fragte er den Chefredakteur am Abend schlotternd.

Mit einer der leeren Seiten schickte der ihn am nächsten Morgen durchs Lager. Er sollte eine Umfrage für die nächste Ausgabe machen, herausfinden, wie viele Bewohner des Lagers Zeilsheim nach Palästina auswandern wollten.

In einem anderen Lager war die Quote bei achtzig Prozent gelegen. »Wir hier schaffen wohl mehr.«

Ari zog mit einem Bleistiftstummel zwei Spalten und schrieb Ja und Nein darüber.

Die Antworten, die man ihm gab, waren viel länger, auch viel wütender.

»Diese verdammten Briten, warum stellen sie uns nicht endlich Einreisevisen aus?«

»Eine Schande, dass wir immer noch im Land der Mörder ausharren müssen!«

»Wir wollen nichts außer diesem winzigen, kleinen Stück Erde. Warum können sie uns das nicht endlich geben?«

»Wir sind hier im Wartesaal, in einem zugigen, dreckigen, armseligen Wartesaal. Wann kommt endlich jemand, der die Juden an ihren Platz führen wird?«

Einer zitierte aus dem Buch Esra. »*Können wir uns mit die-*

sen gräuelbeladenen Völkern verschwägern? Musst du uns dann nicht zürnen, bis wir ganz vernichtet sind, sodass kein Rest von Geretteten mehr übrig bleibt?«

»She'erit Hapletah«, hörte er plötzlich Viktor sagen, der sich unbemerkt genähert hatte.

Ari blickte ihn fragend an.

»Das ist der hebräische Begriff für den ›Rest von Geretteten‹. Ja, genau das sind wir. Die She'erit Hapletah. Du musst endlich beginnen, unsere Sprachen zu lernen.«

In Wahrheit meinte er wohl, Ari sollte endlich beginnen, Deutsch zu vergessen.

Die Umfrage ergab, dass neunzig Prozent der Bewohner des Lagers so schnell wie möglich nach Palästina ausreisen wollten. Die Hundert war nur darum nicht voll zu kriegen, weil es zu viele Lungenkranke gab – und ihn. Die Lungenkranken konnten nicht weg, er wollte nicht.

Als er seiner Tabelle einen knappen Bericht dessen hinzufügte, was er erfahren hatte, tätschelte ihm der Chefredakteur die Schulter. »Vielleicht wird aus dir eines Tages ein guter Journalist.«

Er fühlte sich vor allem als schlechter Jude, doch das war nicht mal das Schlimmste. Zwar hatte er mühsam wieder gelernt, mit Menschen, die ihm halbwegs vertraut waren, zu reden, ohne seinen Blick zu senken und den Kopf einzuziehen. Aber Fremde anzusprechen, ja, Fremden zuzuhören, wenn sie jammerten oder schimpften oder fluchten, war kaum erträglich. Nur mühsam hatte er der Regung widerstanden, seine Hände an die Ohren zu pressen, damit ihm der Kopf nicht platzte. Was er nicht verhindern konnte, war, dass er auch an diesem Abend schweißüberströmt war und seine Hände zitterten.

In dieser Nacht hatte er keine Albträume von Mördern, aber von ihren Opfern. Sie glichen waberndem Rauch, der ihm die Luft zum Atem nahm und seinen Hals verätzte. Am nächsten Tag ging er nicht wieder hin.

Kurze Zeit später zeigte Viktor ihm einen Raum, der sich nicht weit entfernt von der Zeitungsredaktion und der Bibliothek befand. An seiner Stirnseite hatte man eine notdürftige Bühne errichtet, davor standen ein paar Stühle. Sie waren alle von unterschiedlicher Größe, wirkten jedoch halbwegs stabil. Scheinwerfer gab es nicht, nur mehrere Glühbirnen baumelten von der Decke.

In den ersten Wochen nach der Gründung des Lagers, erklärte Viktor, wären jüdische Schauspieler aus Amerika gekommen, um vor den Bewohnern aufzutreten, auch um ein Zeichen zu setzen, dass man die Juden in Europa nicht vergessen habe. Alsbald aber wurden eigene Theatergruppen ins Leben gerufen.

»Warum schließt du dich ihnen nicht an? Sie verfügen weder über Requisiten noch über Kostüme – aber über jede Menge Leidenschaft.«

Ari wusste, ein glattes Stück Metall war noch keine Münze, zur Währung wurde es erst, wenn man die richtigen Zeichen hinein prägte.

»Hier werden ausschließlich jiddische Stücke aufgeführt. Ich kann kein Jiddisch.«

»Als Kind hast du es fließend gesprochen.«

»Und es später vergessen.«

»Dann sieh zu, dass es dir wieder einfällt.«

Viktor packte ihn an den Schultern, rüttelte ihn. Als Ari den Mund öffnete, sprach er nicht Jiddisch, sondern zitierte Johann

Gottfried Herder. »*Ich gehe bloß durch fremde Gärten, um für meine Sprache Blumen zu holen.*«

»Du bist so ein farshiltn moron.«

Er verstand die Beschimpfung nicht nur, weil Viktors Miene so viel Verachtung ausdrückte, er wusste ja selbst, dass er ein Idiot war. Da war eine leere Bühne, und er, der sich so danach gesehnt hatte, auf einer zu stehen, blieb stumm. Gegenüber Ella, der er die Wahrheit nicht sagen wollte, gegenüber seinem Vater, den nicht zu verstehen er vorgab, gegenüber Viktor, den er nun trotzig anschwieg.

Viktor schwieg trotzig zurück – nicht nur an diesem Abend, auch in den Wochen danach.

Heute Morgen aber zerrte er ihn aus dem Bett und trotz seines Protests ins Freie.

»Faulheit mag anderswo nur als Charakterschwäche gelten, hier jedoch ist sie ein Verbrechen. Für die Zeitung willst du nicht arbeiten, Theaterspielen kannst du nicht, dann folge meinem Beispiel. Helfende Hände werden hier überall gebraucht. So vieles gilt es, aufzubauen und zu reparieren. Erst gestern habe ich in der Krankenstation zwei neue Fenster eingesetzt. Und demnächst steht die Ausbesserung der Wege an, damit wir nicht im Matsch versinken.«

»Ich bin weder so geschickt noch so stark wie du.«

»Du bist dir zu schade für die Drecksarbeit, das ist alles«, schimpfte Viktor. »Wenn du nicht schuften willst, mach eben eine Ausbildung! Was willst du werden, such es dir aus! Hier im Lager gibt es unendlich viele Möglichkeiten. Werde Elektriker, Schuhmacher oder Blechschmied. Klempner, Zimmermann oder Automechaniker. Hutmacher, Zahntechniker oder Fotograf. He? He?«

Ari duckte sich.

»Du könntest eine landwirtschaftliche Schulung machen. Autofahren lernen, um als Chauffeur zu arbeiten, oder wie wär's, wenn du Schneider wirst? Vierundzwanzig Wochenstunden sieht die Ausbildung vor, acht sind für das Erlernen des Nähens von Hand reserviert, sodass man hinterher sämtliche Sticharten beherrscht: Den verdeckten Saumstich, den Ketten-, Kreuz- und Hexenstich.«

Ari kannte den Schneider gut, hatte der doch schon zweimal an ihm Maß genommen. In den Anfangszeiten des Lagers war der Mangel an Stoffen so groß gewesen, dass viele noch ihre KZ-Uniformen trugen, einige wenige sogar abgelegte Militärmäntel der SS. Aber als Spenden aus Amerika eingetroffen waren, hatte er nicht nur passende Hosen erhalten, auch einen feinen Anzug für seine Auftritte. Nicht, dass ihm das besonders wichtig gewesen war. Und nicht, dass er sich ein Talent zum Nähen zutraute.

»Himmel, dafür bin ich nicht gemacht«, wehrte er sich. »Ich bin Schauspieler! Ein deutscher Schauspieler! Ich habe hundert Dramen in meinem Kopf.«

»Nein, du hast einen Haufen Scheiße im Kopf, und wenn du sie nicht endlich abfließen lässt, wirst du an dem Gestank ersticken. Erez Israel wartet auf körperlich und geistig gesunde Menschen, die es verstehen, ihre Muskelkraft einzusetzen.«

»Ich will nicht nach Palästina.«

»Dir ist nicht zu helfen.«

Damit, dass Viktor sich abwandte, war der Streit nicht zu Ende, er konnte dem Vetter lediglich für ein paar Stunden entfliehen. Ari verkroch sich in der Bibliothek, suchte inmitten der russischen und englischen und hebräischen Bücher ein deutsches Buch, wie die Nadel im Heuhaufen. Vielleicht taugte er ja doch zum Schneider, zwar würde er den verdeckten Saumstich nicht beherrschen, dafür aber Vergangenheit und Zukunft zusammenstückeln und das, was herauskam, als sein Leben betrachten.

Er fand kein deutsches Buch, und als er die Bibliothek verließ, knallte ihm ein Lederfußball gegen den Kopf.

Kurz taumelte er, wurde fast ohnmächtig. Als sich die Schwärze vor seinem Blick verzog, sah er schon wieder Viktor.

»Wenigstens Sport kannst du machen«, rief der Vetter ihm von der anderen Seite des Platzes zu. »Auf geht's, eine Runde Fußball.«

Ari wusste, dass es im Lager einen Gymnastikklub und einen Boxklub gab, dass Tischtennis gespielt wurde und Basketball. Viktor machte überall begeistert mit und schlug die anderen um Längen. Er war nicht nur schnell und wendig, sondern überragte die meisten um einen Kopf. Dennoch bekam er nie neidische Blicke ab, nur bewundernde. Nicht nur, dass er die fleischgewordene Hoffnung auf ein neues, besseres Leben war – überdies war er so großzügig, manchmal den Gegner gewinnen zu lassen. Nur beim Fußballspiel, seinem Lieblingssport, kannte er kein Erbarmen.

»Wie kommst du bloß auf die Idee, dass ich Fußball spielen will?«

»Als Kind hast du das doch gern gemacht!«

»Von wegen! Du hast Spaß daran gehabt, ich habe es gehasst. Wie kannst du mich so wenig kennen?«

Wieder zerriss das Bild vor seinen Augen, nur dass er diesmal rot sah, nicht schwarz. Im nächsten Moment bückte er sich, hob den Ball hoch und schoss ihn Viktor an den Kopf, sodass nunmehr dieser taumelte. Der Vetter fand die Balance schneller als er wieder, grinste schief. »Ein guter Schuss, und da willst du mir sagen, du hättest keine Begabung.« Viktor warf Ari den Ball zu.

»Ich will gar keine haben!«, schrie Ari, fing, zielte auf den Vetter.

Diesmal traf er seinen Bauch, sodass Viktor sich krümmte. Dennoch warf er sogleich zurück, erwartete wohl einen dritten Wurf, doch Ari kickte den Ball zur Seite und wandte sich ab.

»Aron!«, rief Viktor ihm nach.

Wie er es hasste, dass Viktor ihn bei diesem Namen rief, der zwar in seinem Ausweis stand, den er aber nicht als seinen betrachtete. Er drehte sich nicht um.

»Ari!«, hörte er nun.

Na also, es ging doch.

Doch als er sich umwandte, erkannte er, dass der Name nicht aus Viktors Mund gekommen war. Der Vetter hatte auch den Fußball nicht wieder aufgehoben.

Er lag vor Ellas Füßen.

Sie waren nicht allein auf dem großen Platz, und doch schien die Welt auf sie drei zu schrumpfen. Während Viktor Distanz wahrte, trat Ari unwillkürlich auf Ella zu, hielt erst knapp zwei Meter vor ihr inne. Sie starrten sich an, ihre Gesichter wurden einander zum Spiegel, einem, der beschlagen und mit Rissen überzogen war. Die Gefühle verliefen ineinander, keines stand gestochen klar für sich allein. Verwirrung, Entsetzen, Scham türmten sich auf, fielen sodann in sich zusammen, nur stumme Fragen blieben übrig.

Warum hast du mir nicht gesagt, dass du Jude bist?, las er in ihrem Blick.

Max Guthmann hatte dies von seinem Ausweis abgelesen, hatte es vermocht, die vielen Abkürzungen darin in ganze Wörter zu überführen. Eine D.P.I. Card war eine Jewish Displaced

Person Identification Card – ein Ausweis für heimatlose Juden. Und der Stempel von der UNRRA – der United Nations Relief and Rehabilitation Administration – verriet, wer es sich zur Aufgabe gemacht hatte, die jüdischen Überlebenden zu erfassen und zu betreuen.

Doch diese Abkürzungen sagten nichts darüber, wer er war, genauso wenig sein Name, der ebenfalls im Ausweis stand, und noch weniger sein Geburtsdatum, 07.06.1923, das unter dem Namen stand. Er war nicht sicher, ob das noch das richtige war, nachdem er tausend Tode gestorben war, in jenem Versteck, wo er fast zwei Jahre ausgeharrt hatte, ehe die amerikanischen Truppen Ende März 1945 Frankfurt besetzt hatten. Oder vielmehr befreit, wie er es empfand.

In der Kategorie »Profession« – Beruf – war nur ein Strich eingetragen, als ob er nicht seit Ewigkeiten wüsste, was er werden wollte. Und als Nationalität war »Deutsch« angegeben, was entweder die monströseste Lüge oder die monströseste Wahrheit war.

»Wer bist du?« Ella hauchte die Frage nur.

In seinem Kopf tauchte nicht länger ein Name auf, ein Datum, ein Beruf oder eine Nationalität. Nur: Der She'erit Hapletah. Der Rest der Geretteten.

Bevor er jedoch den hebräischen Begriff hervorbrachte, trat auch Viktor näher.

»Die Frage ist eher, was du hier verloren hast?«, zischte er. »Wenn du keine Jüdin bist, dann verschwinde!«

Ari entging nicht, dass Ella zusammenzuckte. Ehe Viktor sich drohend vor ihr aufbauen konnte, ging Ari dazwischen.

»Sie ist keine Jüdin, aber sie ... sie gehört zu mir.«

Er wusste nicht, ob seine Worte anmaßend waren oder lächerlich. Viktors Miene hellte sich ein wenig auf, aber sein Spott blieb kalt. »Ach ja?«, fragte er gedehnt. »Sie sieht aber nicht so aus, als hätte sie erwartet, dich hier anzutreffen. Kann es sein, dass sie dich zwar schon seit einer Weile kennt, aber nicht um deine Herkunft weiß?«

Ellas verwirrte Miene war ihm Antwort genug und brachte ihn dazu, seine Taktik zu ändern. Anstatt sie einmal mehr zum Gehen aufzufordern, lachte er. »Nicht nur ihn hast du hier nicht erwartet, sondern überhaupt keine Juden, oder?«, fragte er höhnisch. »Oh, es gibt erstaunlich viele von uns. Wir sind einfach nicht totzukriegen.«

Ari fühlte, wie sich in ihr die nächste Frage regte.

»Wer ...«, setzte sie wieder an.

»Wer uns in diesem Lager untergebracht hat?«, rief Viktor. »Nun, wir sind so etwas wie die Zootiere der Amis. Sie haben uns einen Stall freigeräumt, frisches Stroh darin verstreut und führen uns manchmal Besuchern aus Amerika vor. Nicht, dass die uns streicheln dürfen, nur weil sie frisches Futter bringen. Vor den meisten Gehegen steht: ›Vorsicht bissig!‹.«

Er bleckte provokant die Zähne.

»Viktor!«, warf Ari mahnend ein.

»Oh ja, wir sind mehr, als man erwartet«, hörte Viktor nicht zu höhnen auf, als er sah, wie Ella den Blick kreisen ließ. »Aber keine Angst, vollends gescheitert seid ihr nicht. Ari und mich habt ihr nicht erwischt, aber den meisten Frankfurter Juden habt ihr den Garaus gemacht, die kommen nicht wieder, um eure Betten zu belegen und euer Brot zu fressen. An ein paar Händen kann man die abzählen, die noch leben. Euer Pech ist freilich, dass uns die Polen fast genauso hassen wie ihr. Als unsereins aus den Lagern der Deutschen zurück nach Polen gekehrt ist, hat man uns dort bespuckt, mit Steinen beworfen und mit Knüppeln und Eisenstangen zusammengeschlagen. Und weil die Russen ihre ohnehin schon blinden Augen zudrücken, wenn's ums Quälen von uns Juden geht, flohen wir in die Arme der Amerikaner. Die meisten hatten einen großen Spaß daran, die Deutschen aus ihren Häusern zu vertreiben und polnische Juden darin einzuquartieren.«

Sein Speichel sprühte. Ella wurde davon getroffen, aber sie trat nicht zurück. Seine Tirade schien sie nicht recht zu erreichen, denn zwischen dieser und ihr stand jene grenzenlose Verwirrung, die verspätet zu einem ganzen Satz gerann: »Ich... ich verstehe nicht.«

Diesmal kam Ari Viktor zuvor. »Es gibt in Deutschland mehrere Lager, in denen die Juden untergekommen sind, die den Krieg überlebt haben. In Belsen, in Föhrenwald und eben hier in Zeilsheim. Displaced Persons Camps heißen sie.«

»So ist es!«, rief Viktor. »Aber die Zäune, die drum herum errichtet wurden, haben nicht den Zweck, uns einzusperren, sondern euch draußen zu halten. Der Stein in deiner Tasche wird dir nichts nützen, denn man beschützt uns hier.«

Ella zog ihre Hand aus der Tasche. Die Abdrücke, die ihre Fingernägel auf dem Daumenballen hinterlassen hatten, verrieten, wie sehr sie sich verkrampft hatte. »Ich hab keinen Stein in der Tasche. Und wenn, dann würde ich ihn niemals auf euch werfen.«

»Oh! Das sagt sich so leicht. Vieles sagt sich ja leicht. Wir haben's nicht gewusst, wir haben's nicht gewollt.«

»Viktor, lass sie in Ruhe«, warf Ari ein.

»Dass ausgerechnet du zu ihrer Rettung eilst, ist natürlich kein Wunder. Du bist kein Zootier, eher ein Wurm, der sich während des Kriegs in der Erde verkrochen hat. Und jetzt willst du nicht einsehen, dass diese Erde nur darum so saftig ist, weil sie von Blut durchtränkt wurde.«

Ari zuckte zusammen, als Viktor ihm auf die Schulter schlug. Die Finger des Vetters bohrten sich tief in sein Fleisch. »Trotzdem wird es Zeit, das deutsche Fräulein fortzuschicken. Sie hat hier nichts verloren. Oder willst du sie zum Tee einladen, ihr ein Stück Challach reichen und ein Gedicht aufsagen?«

Gedichte...

Vielleicht hatte Viktor recht, ihn als Wurm zu bezeichnen. In den dunklen Jahren hatte er sich selber oft für einen gehalten. Aber er war nicht durch feuchte Erde gekrochen, er hatte sich durch Bücher gefressen. Und der deutsche Boden mochte blutdurchtränkt sein, nicht aber die deutschen Bücher. Die Tausenden von Versen, die er sich in Tausenden Stunden eingeprägt hatte, hatten seiner Seele Flügel verliehen. Nur mit der Totenklage oder dem Kampflied, zu dem die Geschichte seines Volkes verkommen war, konnte er nichts anfangen.

Ella wiederum schien endlich etwas mit der Fülle an Worten anfangen zu können. Sie ließ sich von Viktor nicht einschüchtern, sondern wandte sich an Ari: »Du stammst aus einer jüdischen Familie?«

Er nickte nur.

»Du wurdest im Krieg von Deutschen versteckt?«

Nicken.

»Du hast in dieser Zeit all die Texte gelernt?«

Wieder ein Nicken.

Sie setzte zum nächsten Satz an, doch Viktor kam ihr zuvor. »Hau endlich von hier ab, deutsches Fräulein!«, zischte er.

Er machte einen drohenden Schritt auf sie zu, aber obwohl sie erbebte, trotzte sie seinem Blick und reckte ihr Kinn. »Ich wusste doch nicht... Ich hatte ja keine Ahnung...«

Ari machte sich auf weiteres Gebrüll gefasst, drohendes Zischen, gefährliches Flüstern. Doch was plötzlich ertönte, war ein Schluchzen, das selbst Viktor irritierte.

Ein kleines Mädchen stand nicht weit von ihnen. Die Augen waren unter den struppigen Haaren kaum zu sehen, jedoch die Tränen, die daraus strömten und auf schmutzigen Wangen Schlieren zogen.

Wie er war auch Ella herumgefahren, trat auf die Kleine zu und hockte sich hin. »Warum weinst du denn? Hast du dir wehgetan?«

Aus dem Schluchzen wurde ein raues Wimmern.

»Wir... wir wollten dir doch keine Angst machen.«

Ella hob die Hand, um dem Kind die Haare aus der Stirn zu streichen. Nun konnte man doch die Augen sehen und wie sie sich erschrocken weiteten. Mit einem spitzen Schrei wich das Mädchen von ihrer Hand zurück und rannte davon.

Viktors Kiefer mahlten, leise sagte er: »Begreifst du jetzt endlich, dass du hier nichts verloren hast?«

Ella richtete sich wieder auf. »Ich habe dem Kind doch nichts getan.«

»Du hast deutsch gesprochen, so wie Ari immer deutsch spricht, so wie ich gezwungen bin, mit ihm deutsch zu sprechen. Aber dieses Kind hier... Es hat nur überlebt, weil die Eltern es vom fahrenden Zug geworfen haben, als sie deportiert wurden, und Partisanen es aufgefangen haben. Sie haben es nicht nur gerettet, sie haben ihm die wichtigste Lektion eingebläut. Vor Deutschen läuft man davon, denn wann immer man ein deutsches Wort hört, muss man fürchten, dass es das Letzte ist, was man je vernimmt.«

Eine Weile starrte Ella ihn sprachlos an. Dann ging ihr Blick zu Ari, aber wagte nicht zu verweilen. Am Ende starrte sie in die Richtung, in die das Mädchen verschwunden war. Er sah ihre Lippen beben, den ganzen Körper, dann machte sie ohne ein Wort kehrt und eilte davon.

Vielleicht, um möglichst viel Distanz zwischen sich und das Mädchen zu bringen – oder zwischen sich und ihn.

Als er ihr folgen wollte, hielt Viktor ihn fest. Sein Griff war nicht so fest wie vorhin, aber etwas in seinem Blick hatte die Macht, ihn zu lähmen. »Du willst sie doch nicht aufhalten.«

»Hat du gesehen, wie jung sie ist? Ihr kannst du doch nicht vorwerfen, was uns zugestoßen ist.«

»Kein Grund, ihr sehnsuchtsvoll nachzuglotzen. Und erst recht nicht, ihr nachzulaufen. Sie tragen alle den Judenhass im Blut. Und wenn sie etwas mit dir zu schaffen haben wollte, würde sie sich wenigstens noch einmal nach dir umdrehen.«

Er ließ ihn los, Ari konnte sich trotzdem nicht rühren. Aus der Entfernung sah er, wie Ellas Kleidung flatterte, ihre lockigen Haare. Wenn sie ihn jetzt anblicken würde, würde er ihr die Antwort geben auf die Frage, wer er war. Ich bin immer noch derselbe junge Mann, den du kennengelernt hast, der deine Leidenschaft für Literatur teilt, der die Einsamkeit kennt und darum dich.

Doch Viktor hatte recht. Sie drehte sich nicht nach ihm um.

9. KAPITEL

Als Ella die Buchhandlung betrat, war es längst Abend geworden. Sie hatte nicht nur jedes Zeit-, auch jedes Ortsgefühl verloren, hatte bloß instinktiv die richtige Richtung eingeschlagen.

Hertha Brinkmann war gerade am Gehen. »Isch bide Sie!«, rief sie enttäuscht. »Isch will doch koan Buch iwwer Flusskrebse läse, sonnern iwwer Mensche, die noach Johrn der Entbehrunge unn Trennunge werrer gligglisch werrn!«

Ihre Schritte waren schon verklungen, als Ella aufging, dass Hildegard ihr wohl das neue Buch über die Tierwelt des Mississippi in Aussicht gestellt hatte anstatt der erhofften Liebesschmonzette, doch die Gedanken daran versiegten, als sie noch jemanden in der Buchhandlung entdeckte – keine weitere Kundschaft, sondern ihren Vater. Er kauerte auf dem Schaukelstuhl, der eigentlich als Bücherregal diente.

»Es tut mir leid«, sagte Julius Reichenbach schnell, »ich weiß, du willst mich nicht hier haben...«

Die Konturen verschwammen, sie nahm nur zwei Farben wahr, Grau und Rot. Grau waren seine Hände, die über und über mit Bauschutt und Staub bedeckt waren. Rot war das Blut, das darüber rann und immer dunkler wurde, mit je mehr Staub es sich vermischte. Irgendwann tropfte es auf den Boden, versickerte dort. Auch der Ärger, dass sich der Vater in ihr Reich gewagt hatte, versickerte in den Tiefen ihrer Seele.

»Um Gottes willen, was ist denn passiert?«

»Es... es geht schon«, stammelte der Vater, aber sein bleiches Gesicht strafte seine Worte Lügen.

»Es war nur eine Frage der Zeit, bis es dazu kommt«, schimpfte Hildegard. »Sollen die Jungen und Kräftigen beim Wiederaufbau helfen. Aber dass Sie sich so abrackern...«

Vage erinnerte sich Ella, dass vor Kurzem der Startschuss für eine große Bürgeraktion zur Trümmerbeseitigung gefallen war und jeder Einzelne aufgerufen worden war, Pressluftbohrer und Schaufel, Hacke und Schippe zu ergreifen. Zwar hatte der Vater schon unmittelbar nach Kriegsende Steine geschleppt – aber sie war sich nicht bewusst gewesen, dass er immer noch beim Wiederaufbau mithalf. Ob dahinter der Wunsch steckte, seine Schuld abzutragen?

Obwohl sein Körper bebte, erklärte er jedenfalls wieder: »Es geht schon.« Er stützte sich an der Lehne des Schaukelstuhls ab, versuchte, sich aufzurichten, doch Hildegard drückte ihn rasch zurück.

»Ich habe Ihre Wunde versorgt«, erklärte sie streng. »Also bestimme ich, wann Sie wieder aufstehen können.«

Ella sah, wie sich auf dem weißen Verband um seinen Kopf, den Hildegard ihm offenbar angelegt hatte, ein Blutfleck bildete.

»Vater...«, murmelte sie und hörte selbst, dass aus ihrer Stimme nicht die übliche Unversöhnlichkeit klang, sondern nur Sorge.

Hildegard wandte sich ihr zu. »Die Wunde ist versorgt, Gott sei Dank ging sie nicht tief, zumindest dieses Mal. Aber du – wie lange willst du denn noch hier herumstehen? Soll jemand das Papier entdecken?«

Ella blickte an sich herab. Richtig, das Papier, das sie eigentlich gegen Zigaretten hatte eintauschen wollen. Anstatt es zu verstecken, lehnte sie sich an ihren provisorischen Verkaufstresen.

»Ich... ich war in Zeilsheim«, sagte sie matt.

Hildegards Blick weitete sich, Julius Reichenbachs Verletzung schien vergessen. »Du warst bei den Juden?«, fragte sie entsetzt.

Ella erwiderte ihren Blick nachdenklich. »Du wusstest also, dass welche dort leben. Du wolltest darum nicht, dass ich dorthin gehe.«

Hildegard senkte rasch den Kopf. Energisch faltete sie die Reste des Verbandszeugs zusammen. Zumindest das Verbandszeug wollte sie offenbar glatt bekommen, wenn schon die Welt eine zerknitterte blieb. Doch Ella ließ nicht zu, dass sie sich in Schweigen flüchtete. Sie löste sich vom Tresen, trat zu ihr, griff nach ihrer Hand, um sie zum Innehalten zu zwingen. »Als ich das Lager verlassen habe, stand plötzlich eine Zeilsheimerin vor mir. Nicht nur, dass sie mich als Judenschmugglerin bezeichnete, sie hat auch auf die Bewohner des Lagers geschimpft. Hast du etwa auch was gegen die Juden?«

Als Hildegard ihren Blick wieder hob, stand Empörung darin. »Natürlich nicht! Aber es ist nun mal ein echtes Problem, dass die Juden von Zeilsheim die Preise kaputt machen. Dass sie Schleichhandel in unvorstellbarem Ausmaß betreiben. Ich glaube zwar nicht, dass jeder von ihnen Tausende von Mark besitzt, wie man manchmal hört, trotzdem können sie für Eier, Hühner, Kaninchen höhere Summen bezahlen als unsereins.«

Ella lachte bitter auf. »Auf vieles bin ich in diesem Lager gestoßen – nicht auf Reichtum.«

Unbehaglich hob Hildegard die Schultern. »Man kann nicht alles als Gerücht abtun. Der Frankfurter Polizeipräsident Klapproth selbst hat erst unlängst das Lager in Zeilsheim als Ort des

Verbrechens bezeichnet, als eine echte Landplage. Der deutschen Polizei wären die Hände gebunden, sie müsse zusehen, dass dort der Schwarzmarkt gedeihe wie nirgendwo sonst, dass junge Mädchen von dort Geschlechtskrankheiten in die ganze Stadt schleppen und...«

Sie presste die Lippen zusammen, bereute sie doch prompt, in Ellas Gegenwart über Geschlechtskrankheiten gesprochen zu haben. »Ich meine, ein Polizeipräsident hat von solchen Dingen doch Ahnung«, fuhr sie kleinlaut fort. »Warum sollte er lügen oder übertreiben? Und so oder so habe ich Mitleid mit den armen Zeilsheimern. Täglich müssen sie die Invasion von Schwarzmarktbesuchern ertragen und...« Wieder brach sie ab, es ging ihr wohl auf, dass dieser Vorwurf auch Ella traf.

»Nun ja«, hörte Ella plötzlich ihren Vater sagen, der ihrem Wortwechsel bislang schweigend gelauscht hatte, »es mag an der einen oder anderen Stelle knirschen. Aber irgendwo müssen die Juden, die den Krieg überlebt haben, ja wohnen.«

Hildegard fuhr zu ihm herum. »Warum dann nicht dort, wo sie während des Krieges gesteckt haben? Wo sie sicher waren vor all dem Leid und dem Grauen, das wir hier durchgemacht haben? Ich meine, die Hölle der Bombardierungen ist ihnen doch erspart geblieben! Und deswegen verstehe ich nicht recht, warum sie jetzt ganze Wohnungen kriegen und unsereins nur winzige Zimmer. Das ist doch nicht gerecht, zumal sich keiner von ihnen am Wiederaufbau beteiligt.«

»Warum sollten sie denn in einem Land schuften, in dem ihre Angehörigen ermordet wurden?«, widersprach Julius Reichenbach.«

»Wenn es für sie eine Zumutung ist, hier zu leben, warum sind sie dann nicht längst in Amerika oder Palästina?«

»Weil es fast unmöglich ist, ein entsprechendes Visum zu erhalten.«

Hildegard zuckte mit den Schultern. »Zumindest das ist nicht unsere Schuld«, sagte sie trotzig und begann, mit energischen Bewegungen, die Gaze glatt zu streichen. Eine Weile sah Ella ihr dabei zu, dann ging ihr Blick zum Vater.

Der rote Fleck unter dem Stirnverband wurde langsam größer, und ebenso langsam sickerten all die Worte, die gefallen waren, in ihr Denken ein. Wie unter einer dünnen Gazeschicht erstand das kleine Mädchen vor ihren Augen, das heute so große Angst vor ihr gehabt hatte, nur weil sie deutsch sprach. Und wie unter einer dünnen Gazeschicht stiegen Erinnerungen hoch – an ihre einstige Klassenkameradin Regine, die auch einmal bitterlich geweint hatte, weil sie von einem auf den anderen Tag in der letzten Reihe hatte sitzen müssen, die Schulausflüge nicht mehr hatte mitmachen dürfen und von den Lehrern nicht mehr drangenommen worden war, wenn sie sich meldete.

Als Ella einen der Lehrer gefragt hatte, warum das so war, hatte der Regine als Judenbankert bezeichnet. Was damit genau gemeint war, hatte sie nicht gewusst, und bevor sie ein weiteres Mal nachfragen konnte, war Regine gar nicht mehr in die Schule gekommen, sondern hatte mit ihrer Familie Frankfurt verlassen.

Hildegards Stimme riss sie aus den Gedanken. »Versprich mir einfach, dass du nicht wieder dorthin gehst. Ich will ihnen ja nichts Schlechtes, ich habe überhaupt nichts gegen die Juden, aber ich denke trotzdem, dass man sie besser meidet.«

Wieder war da ein Gedanke, der in ihr Bewusstsein sickerte. Hatte Hildegard gewusst, dass Ari Jude war? Hatte sie ihn darum so feindselig behandelt? Sie bekam den Gedanken nicht ganz zu fassen, denn eben widersprach der Vater einmal mehr: »Warum soll man sie denn meiden? Warum keine Geschäfte mit ihnen machen? Die Alliierten haben die Nürnberger Rassengesetze und sämtliche anderen Maßnahmen der Nazis aufgehoben. Was spät genug war, wie ich meine. Wo genau, denken Sie denn, haben die Juden den Krieg verbracht? In den Erholungsheimen an der Ostsee? Frau Hildegard, ich kann mir nicht vorstellen, dass es Ihnen entgangen ist, wie man die Juden damals...«

Er brach ab. In Ellas Gedanken fanden sich keine Worte, mit denen man den Satz beenden hätte können, Hildegard fielen wohl auch keine ein. Einmal mehr hob sie unbehaglich die Schultern. »Es ist ja nicht so, dass ich kein Mitleid mit ihnen habe. Aber all das ist doch mittlerweile Jahre her, wir kämpfen nun selber Tag für Tag ums Überleben. Müssen wir uns da wirklich den Kopf über die Vergangenheit zerbrechen?«

»Der Kopf ist eine Sache«, erwiderte der Vater energisch. »Aber sind nicht unser aller Herzen längst gebrochen, wenn wir daran denken, wie man Frauen und Kinder in diese Waggons gepfercht hat, um sie später...«

Wieder brach er ab. Ella war kurz erleichtert, dass er nicht fortfuhr, danach aber umso befremdeter, dass er überhaupt so viele Worte verloren hatte. Zwar war alles, was er gesagt hatte, von wohltuender Klarheit, während Hildegard herumlavierte, aber zugleich konnte sich Ella des Gedankens nicht erwehren, dass es ihm nicht zustand, eine moralische Überlegenheit auszuspielen.

»Wenn du ein solcher Fürsprecher der Juden bist«, hörte sie sich plötzlich mit gedämpfter Stimme sagen, als befänden sich Ohr und Mund nicht an ein und demselben Kopf, »dann verstehe ich nicht, warum du Mutter an die Gestapo ausgeliefert hast, nur weil sie Bücher jüdischer Autoren verkaufte.«

Julius Reichenbachs Standfestigkeit schwand augenblicklich.

Schon kehrte der Ausdruck von Scham zurück in seine Miene. Anstatt auch nur zu versuchen, sich zu rechtfertigen, senkte er den Kopf und schwieg.

Hildegard tat es ihm eine Weile gleich. Der Verband war längst glatt gestrichen. Ella fühlte, dass die Gedanken an den Krieg und an das Leid, das er über die Menschen gebracht hatte, den Kummer um den vermissten Sohn hatte aufflammen lassen. Sie war selbst zu aufgewühlt, um die rechten Worte zu finden, doch sie wollte wieder die Hand der anderen ergreifen, diesmal tröstend. Hildegard ließ das nicht zu. Ein Ruck ging durch sie, und sie fragte schnippisch: »Willst du nicht endlich das Papier verschwinden lassen, ehe auffällt, dass du geheime Vorräte hortest?«

Zweifellos hatte sie recht. Ella wollte schon nicken, aber als ihr Blick auf ihren Vater fiel, überwog wieder die Sorge.

»Bring du das Papier hinter in den Verlag«, sagte sie leise. »Ich werde Vater heimbegleiten.«

Sie wich seinem Blick aus, in dem nicht nur deutlich Dankbarkeit stand, sondern auch Hoffnung.

»Wenn dir schwindelig wird und du stürzt, brichst du dir womöglich den Arm, damit ist niemandem geholfen«, fügte sie schroff hinzu, aber als sie zum Schaukelstuhl trat, bot sie ihrem Vater den Arm, damit er sich hochziehen konnte, und sie entzog ihn ihm danach nicht wieder, sondern stützte ihn auf dem ganzen Weg nach Hause.

Drei Tage vergingen, in denen sie jeden Morgen nach ihrem Vater sah. Er beteuerte ihr stets, dass es ihm schon viel besser ginge, die Wunde nicht mehr blutete, der Schädel ihm kaum brummte, ansonsten war er wortkarg.

Ihr dagegen lagen so viele Fragen auf den Lippen. Warum hatte ausgerechnet er, ein Nazi, der die Mutter der Gestapo ausgeliefert hatte, im Streitgespräch mit Hildegard für die Juden Partei ergriffen? Und was genau war im Krieg mit den Juden passiert?

Doch als sie die Frage nach langem Zögern endlich stellte, beschied er ihr knapp: »So unrecht hat Hildegard wohl gar nicht. Es bringt nichts, sich jetzt noch darüber den Kopf zu zerbrechen.«

Sie zerbrach sich nicht den Kopf, hatte eher das Gefühl, dass ein Riss in ihrer Seele klaffte. Da war so viel, was sie quälte: Warum hatte Ari ihr nicht die Wahrheit über sich gesagt, warum hatte er zugelassen, dass sie ihn als Nazi beschimpfte und ihn fortan mied? Warum hatte er sie gemieden? Wollte er sie schonen? Oder vielmehr sich selbst, weil er nicht einschätzen konnte, wie sie sein Bekenntnis aufgenommen hätte?

Die anfängliche Empörung, dass er ihr Verachtung gegen Juden unterstellen könnte, erwies sich als zahnlos, wenn sie die schrille Stimme von Hildegard heraufbeschwor und wie sie über die Bewohner des Zeilsheimer Lagers hergezogen war.

Als drei Tage vergangen waren, wusste sie jedenfalls: Sie musste dorthin zurück, nicht nur, um mit Ari zu sprechen, sondern auch, weil sie in ihrem Bemühen, ihr Papier gegen Zigaretten einzutauschen, kein Schrittchen weitergekommen war.

Diesmal sprach sie mit niemandem über ihr Vorhaben. Der Weg war nicht ganz so endlos, jetzt, wo sie ihn kannte, der Empfang fiel dagegen deutlich rüder aus. Zwar wurde sie nicht wieder als Judenschmugglerin beschimpft wie beim letzten Mal, aber als sie den Eingang des Lagers erreichte, trafen sie dort wütende Worte. Das Tor stand wieder weit offen, aber diesmal marschierten drei junge Männer auf und ab, mit dem grimmigen Selbstbewusstsein der amerikanischen GIs, wenn auch nicht mit deren Uniformen: Sie trugen schlichte graue Kleidung, zerfledderte Schirmmützen und Armbinden, hatten keine Waffen, aber geballte Fäuste. »Was hast du hier verloren?«

Sie wollte schon zurückweichen, doch einer der Männer fragte knapp: »Kommst du zum Arbeiten?«

Unsicher trat sie von einem Fuß auf den anderen. Die Frage ließ vermuten, dass Deutsche nicht nur hierherkamen, weil sie auf Schwarzhandel erpicht waren, sondern manche gegen Bezahlung Hilfsdienste verrichteten. Sie nickte mit flammend roten Wangen, und auch nachdem sie durchgewunken worden war, meinte sie, dass sich der Blick der Lagerpolizisten in ihren Rücken brannte. Der eigene fiel auf eine steinerne Tafel, die ihr beim letzten Mal nicht aufgefallen war. Ein Blumenkranz lag davor, der vertrocknet und vom Wind zerzaust war.

Sie konnte die englischen Worte auf der Tafel nicht übersetzen und konnte sich doch denken, was darauf stand. »In memory of our dead people, who were murdered under the Naziregime.«

Sie hastete weiter, suchte den großen Platz inmitten des Lagers, wo sie letztes Mal Ari begegnet war. War er dort vorne, oder gab es hier mehrere? Ehe sie den Platz erreichte, öffnete sich die Tür eines Gebäudes, und plötzlich waren überall Kinder. Bleich und mager waren sie zwar alle, aber anders als jene, denen sie beim letzten Mal begegnet war, plapperten diese hier munter durcheinander. Zwei Mädchen hielten sich an den Händen und machten jeden Schritt so vorsichtig, als wären sie sich nicht sicher, ob der Boden sie tragen würde. Die Jungs dahinter vollführten dagegen wilde Sprünge, und ein weiterer knuffte einem, der sich lachend wehrte, in den Magen. Obwohl eine kleine Rangelei folgte, blieb das Stimmengewirr fröhlich. Mehrere Sprachen vermischten sich, die umso schwerer auseinanderzuhalten waren, weil zu den Worten alsbald Gesang kam.

Ella lugte durch die offene Tür. Sie erwartete Pulte, Bücher und eine Tafel, doch das Einzige, was den kargen Raum als Schulzimmer auswies, waren ein paar Blätter an den Wänden, auf denen jene fremden Schriftzeichen abgebildet waren, die hier so viele Schilder bedeckten. Bis sie den Kopf wieder zurückzog, waren die meisten Kinder weitergegangen, doch ein Junge war stehen geblieben, sagte etwas zu ihr. Auf Polnisch, Ungarisch, Russisch? Gar Hebräisch oder Jiddisch? Sie hatte keine Ahnung. Ihr standen nur deutlich die Tränen des Mädchens vor Augen, die sie mit ihren deutschen Worten hervorgerufen hatte, sodass sie nicht wagte, den Mund zu öffnen. Sie kramte in ihrer Tasche nach den Resten jener Schokolade, die sie kürzlich Luise mitgebracht hatte. Die Miene des Jungen leuchtete, doch ehe er die Schokolade an sich nehmen konnte, kam ihm eine fremde Hand zuvor und entriss sie Ella.

Die Hand gehörte zu einer Frau, deren blondes Haar sie jung aussehen ließ, deren Augen aber uralt wirkten. Die Stimme klang streng, als sie erst auf das Kind einredete, bis dieses sich trollte, sich dann an sie wandte: »Wir brauchen keine Almosen.« Dass sich die einzelnen Silben so schwerfällig aneinanderfügten, verriet, dass Deutsch nicht ihre Muttersprache war.

»Ich wollte doch nur…«, setzte Ella an.

Die andere ließ ihren Blick über sie schweifen, ohne dass die Miene gnädiger wurde. »In den ersten Monaten nach dem Krieg sind hier etliche an Schokolade gestorben. Sie besteht aus zu viel Fett, als dass entwöhnte Mägen sie verkraften könnten. Die Tagesrationen wurden nur langsam erhöht, erst jetzt sind wir wieder bei zweitausend Kalorien angelangt. Aber das wissen Sie ja wahrscheinlich, sonst wären Sie nicht hier.« Als Ella keine Worte fand, lachte die andere freudlos auf. »Allein darum seid ihr Deutschen doch bereit, hier im Lager zu arbeiten. Damit ihr Zigaretten und Bohnenkaffee bekommt und genug zu essen. Aber ist es nicht kurios, dass ihr hier etwas verdienen dürft, während es unsereins nicht gestattet ist, für euch zu arbeiten?«

Ella wollte erklären, dass sie aus einem anderen Grund hier war, aber da hatte sich die Frau schon abgewandt. Die drei Jungs, die eben noch miteinander gerangelt hatten, standen dagegen reglos neben ihr und starrten sie an. Ella war nicht sicher, ob aus Neugierde oder aus Feindseligkeit, nur plötzlich fiel ihr ein, dass sie auch etwas anderes zu bieten hatte als Schokolade. Schon zog sie ein Blatt von jenem Papierstoß hervor, der um ihren Bauch gebunden war.

Erst betrachteten die drei mageren kleinen Kerle nur das Papier, dann rissen sechs Hände gleichzeitig daran. Obwohl die Sprache Ella fremd war – sie hätte schwören können, dass die Kinder sich bedankten, und auch die Miene der jungen Frau, die stehen geblieben war und die Szenerie beobachtete, wurde deutlich weicher.

»Man sollte meinen, die Jahre des Leidens hätten nicht nur ihren Körper geschwächt, sondern auch ihren Geist«, murmelte sie halb stolz, halb wehmütig. »Dennoch ist dieser so hungrig, und was man ihm auch an Bildung vorsetzt – er giert danach. Keines der Kinder muss man in die Schule zwingen, sie laufen frühmorgens hastig dorthin und müssen zu Mittag von den Lehrern regelrecht verscheucht werden.«

Ella hatte nicht das Gefühl, dass sie mit ihr redete. Als sie nun zu den drei Jungs trat, sprach sie in der fremden Sprache mit ihnen, doch Ella glaubte, zwei Namen herauszuhören – Chasey Cooper und Joshua Kahn. Die Jungs nickten und liefen los, wohl, um das Papier ihren beiden Lehrern zu überbringen.

»Warten Sie«, rief Ella der jungen Frau nach, die nun davonhastete, »ich arbeite gar nicht hier.«

Die andere blieb stehen, ohne sich zu ihr umzudrehen. »Ich verstehe. Sie sind wegen ... irgendwelcher Geschäfte gekommen.«

Ella zögerte. Es drängte sie, nach Ari zu fragen, allerdings war sie nicht sicher, ob der nicht bloßgestellt würde, wenn eine Deutsche ihn aufsuchte. »Ich ... ich habe noch mehr Papier«, sagte sie schließlich.

Die andere drehte sich weiterhin nicht um, blieb aber stehen. »Das ist gut. Fischkonserven und Fruchtsäfte haben wir zwar mittlerweile genug, aber die Windeln reichen hinten und vorne nicht, und was am meisten fehlt, ist Schreibmaterial.« Jetzt warf sie ihr endlich einen Blick über die Schulter zu. »Haben Sie vielleicht auch Bücher zu bieten?« Ehe Ella antworten konnte, fügte sie hastig hinzu: »Nun, selbst wenn, wären es wohl nicht die, die wir wollen – nämlich hebräische. Aber Papier ist fürs Erste auch gut.«

Die ruckartige Bewegung ihres Kinns war offenbar ein Zeichen, ihr zu folgen. Ella tat es mit gesenktem Kopf, sah sich nur aus dem Augenwinkel nach Ari um. Aus einem Gebäude drang der Geruch nach frisch gebackenem Brot, vor einem anderen stand eine Blutlache. Das Gemurmel, das aus einem weiteren drang, klang wie ein Gebet. Als die junge Frau darauf wies und erklärte, es wäre die Jeschiwa, kam Ella zum Schluss, dass damit die Kirche gemeint war. Wobei die Kirche bei den Juden doch anders hieß, Sino ... Sana ...

Ehe sie das Wort fand, hörte sie ein lautes Husten. Eine alte

Frau stieß es aus, die gerade auf einer Trage zu einem Krankentransporter gebracht wurde.

»Die Tuberkulose ist eine echte Seuche«, murmelte die junge Frau und machte einen weiten Bogen.

Als sie eine kleinere Gasse durchschritten, konnte Ella nicht fassen, was dort auf sämtlichen Fensterbänken lag.

»Warum ... warum liegen denn hier so viele Brote?«

Manche Laibe waren frisch, andere grau verschimmelt, von einigen hatte man Scheiben geschnitten, ein paar wenige waren noch ganz.

Die junge Frau machte eine abfällige Geste, als wäre das nicht der Rede wert.

»Die meisten Menschen hier müssen sich jeden Tag aufs Neue erinnern, dass sie noch leben. Und leben heißt für sie nicht, sich zu freuen, zu lachen und zu singen, sondern genug zu essen zu haben. So viel Überfluss kann es gar nicht geben, dass sie nicht alles horten, um für den Fall, dass die Konserven ausbleiben, wenigstens altes Brot zu haben.«

Ihr freudloses Lachen klang rau wie ihre Worte.

Unbehagen kroch in Ella hoch, doch ehe es übermächtig wurde, beschleunigte sie wie die Frau vor ihr ihre Schritte. Nach einer Weile blieb die andere vor einem weiteren Wohnhaus stehen. Auf den Fensterbänken lagen keine Brote, auch sonst nichts, was vermuten ließ, dass hier mit allerlei Waren gehandelt wurde. Dennoch deutete die Frau mit dem Kinn auf die brüchige Holztür.

»Wenn du mit Moishe sprichst, dann sag ihm, dass Marta dich schickt.«

»Das mache ich.«

»Er wird dir nahezu alles, was du willst, gegen Papier geben.«

»Danke für deine Hilfe.«

»Ich tue dir keinen Gefallen. Aber du hast den Kindern ein Blatt Papier geschenkt, und einer Deutschen will ich nichts schuldig bleiben.«

Die junge Frau wollte sich gerade abwenden, und Ella wollte an die Tür klopfen, als jäh ein Schuss die Stille zerriss. Zumindest hörte sich das laute Knallen an wie ein Schuss, vielleicht war nur etwas Großes, Schweres umgefallen.

Die junge Frau kauerte plötzlich vor der Tür, die Hände um den Kopf geschlungen, und Ella packte die Angst, sie wäre getroffen worden. War da nicht noch ein weiterer Schuss ... ein weiterer Knall gewesen? Aber die einzige Wunde der jungen Frau war ihr Blick. Er wirkte nicht länger alt und müde, die Panik darin war riesig, alles verschlingend.

»Was ...«

Wie aus weiter Ferne vernahm Ella noch mehr Lärm – Motorengeräusche nahender Autos, das Quietschen von Reifen, als die Fahrzeuge gestoppt wurden, etwas leiseres Knallen, als Türen geöffnet und wieder geschlossen wurden. Es folgten Schritte, die auf dem sandigen Boden knirschten, Befehle, die durch die Luft hallten. Und da war ein Wimmern, auch Kindergeschrei.

Englisch ... englisch ... wer auch immer da durchs Lager stürmte und herumbrüllte ... es mussten Amerikaner sein.

»Das sind GIs!«, stieß Ella aus. »Du musst keine Angst vor ihnen haben, ihr steht doch unter ihrem Schutz!«

Ihre Worte waren nicht laut genug, um den Lärm zu übertönen. Aber wahrscheinlich hätte die andere sie auch nicht gehört, hätte sie geschrien. Aus ihrem starren Blick schrie die Panik lauter.

»Marta ...«, stammelte Ella.

Kurz war die Versuchung groß, es ihr gleichzutun, sich einfach hinzukauern. Aber das würde sie nicht schützen ... die verbotenen Papiervorräte, die sie am Leib trug, nicht retten. Zu fliehen war nicht möglich, zu viele GIs waren bereits im Lager. Aber sie könnte sich irgendwo verstecken.

Sie zog die andere mit sich und war schon ein paar Schritte gekommen, als sie plötzlich einen stechenden Schmerz im Handgelenk fühlte. Da erst ging ihr auf, dass sich Marta nicht gegen ihren Griff wehrte, sich vielmehr Schutz suchend an sie klammerte.

Die zwei Männer auf der Bühne bewegten sich mit schlafwandlerischer Sicherheit. Zwar wirkte das Bühnenbild trostlos – ein graues Gebäude wurde mittels ein paar Requisiten ebenso angedeutet wie ein LKW mit offener Ladeklappe –, aber die beiden hörten nicht auf, sich Witze zu erzählen.

»Im Jahre 1938 sitzen in der New Yorker U-Bahn zwei gerade eingewanderte deutsche Juden einander gegenüber. Der eine liest den *Stürmer*, das Hetzblatt der Nazis. Der andere liest die jüdische Zeitung, den *Forverts*, und ärgert sich sichtlich über den anderen. Endlich fragt er seinen Landsmann. ›Wieso lesen Sie dieses furchtbare Blatt? Es ist reiner Antisemitismus, Judenhass.‹ Der erste Jude guckt vor sich hin. Er sagt: ›Schauen Sie: Was steht in Ihrer Zeitung? Überall sind die Juden Flüchtlinge. Man verfolgt uns. Man wirft Steine und Bomben in die Synagogen. Man tötet uns. Da lese ich lieber die Nazi-Zeitung, denn sie ist zuversichtlicher. Wir Juden besitzen demnach die Banken! Wir besitzen die großen Firmen! Wir beherrschen die Welt!‹«

Ari konnte nicht anders, als den Mund zu einem Lächeln zu verziehen. Er fand den Witz nicht lustig, aber das Spiel lebendig und von einer Schönheit, wie sie nur Tragik und Komik zusammen gebären.

Der Regisseur trat gerade vor, um Anweisungen zu geben, als er auf Ari aufmerksam wurde. Bevor der sich entschuldigen konnte, weil er nicht zu stören beabsichtigt hatte, gab der Regisseur den beiden Schauspielern ein Zeichen, eine kurze Pause einzulegen.

»Viktor sagte mir, dass du auch Schauspieler bist.«

Ari zuckte mit den Schultern. »Viktor sagt auch, dass man auf einem Friedhof nicht Theater spielt.«

Auch auf dem Mund des Regisseurs lag ein Lächeln. »Ich finde ja, dass man nirgendwo so gut Theater spielt wie auf dem Friedhof. Der Tod ist ein großartiger Dramaturg. Wer auf höflichen Applaus hoffen darf, spielt in Friedenszeiten. Aber wer einen Schlafwandler zum Lachen bringt, der ist ein wahrer Meister seiner Kunst.« Er legte seine Hand auf Aris Schulter. »Du kannst dich uns gerne anschließen, wenn du möchtest, aber du weißt, dass wir – mal von ein paar deutschen Witzen abgesehen, die wir zum Besten geben – nur jiddische Stücke spielen.«

»Eine Sprache, die ich einst gesprochen, aber mittlerweile vergessen habe.«

»Dann musst du dich eben wieder an sie erinnern.«

Wie oft hatte er das schon von Viktor zu hören bekommen. Nur dass es bei ihm vorwurfsvoll klang, bei dem Regisseur jedoch aufmunternd. Als wäre es ganz leicht.

Nun gut, ganz sicher wäre es leicht, in einem der Displaced Persons Camps als Schauspieler Arbeit zu finden.

Mittlerweile hatte er erfahren, dass es nicht nur in Zeilsheim Theatergruppen gab. Das Max Miser mit zajn Kinstler Ansambl aus Stuttgart hatte sich ebenso einen Namen gemacht wie das Minchener Jidische Klajnkunst Theater. Und vorgestern hatte das Kazett-Theater aus Belsen unter der Leitung von Samy Feders hier gastiert und jiddische Klassiker wie *Scholem Alejchem* aufgeführt.

Er hatte nicht alles verstanden, aber die Zuschauer erinnerten sich an die Geschichten, wie das Klatschen und Lachen und Weinen bewies. Selbst die Tuberkulosekranken, die man auf Liegen hereingebracht hatte, hatten versucht, sich aufzurichten, und endlich war ein anderer Laut aus ihrem Mund gekommen als bloß ein röchelnder Atem und ein feuchter Husten.

Hinterher hatte Ari mit den Schauspielern gesprochen. Woher sie die Texte für die Stücke hätten.

»Jeder hatte noch einen Abschnitt im Kopf, und irgendwie ließen die sich zusammenfügen.«

Gerne hätte er gesagt, dass auch er viele Texte im Kopf hatte. Aber die waren ja allesamt deutsch und darum keine Pflastersteine auf dem Weg auf die Bühne. Was nutzten Worte, auch viele Worte, wenn kein anderer seine daran fügte?

Der Regisseur ließ ihn wieder los und bedeutete ihm, dass er sich wieder der Arbeit widmen wollte. Allerdings hatte er noch eine letzte Botschaft für ihn.

»Solange wir nicht aufhören zu spielen und zu musizieren und zu dichten und singen – sind wir wieder oder immer noch ein Volk, kein Leichenberg. Wenn du mit uns spielen willst, musst du Jiddisch lernen – was hier im Lager nicht allzu schwer sein sollte.«

Ari nickte. Sein Vater, der sich so beharrlich weigerte, mit ihm deutsch zu sprechen, wäre gewiss dazu bereit, ihn zu unterrichten. Er selbst wiederum wäre nicht nur trotzig, auch dumm, wenn er sich weiterhin weigerte, endlich in jenem Lager anzukommen, aus dem Ella mit so viel Grauen im Blick und völlig überhastet geflohen war.

Er war dazu übergegangen, tagsüber das Zimmer zu meiden, in dem er mit dem Vater und Viktor schlief. Zwar brachte er dem Vater regelmäßig Essen, aber er konnte nicht dabei zuschauen, wie er dieses quälend langsam zu sich nahm. Meist war es nur eine dünne Suppe, die großteils vom Löffel geronnen war, ehe dieser den Mund erreichte.

Als er nun ihre Unterkunft betrat, lag auf dem Feldbett, wo ansonsten der Vater schlief oder vor sich hinstarrte, nichts weiter als dessen Hut. Ari konnte sich nicht erinnern, dass er diesen in den letzten Monaten je abgesetzt hätte. Er trug ihn selbst im Schlaf, zog ihn oft übers Gesicht. Auch konnte er sich nicht erinnern, ihn bei anderer Gelegenheit auf zwei Beinen gesehen zu haben, als wenn er die Notdurft verrichtete oder für eine Katzenwäsche die nahen Sanitärräume aufsuchte.

Doch nun vergingen geschlagene zehn Minuten, ohne dass er zurückkehrte. Und wenn sich sein Zustand verschlechtert und man ihn ins Krankenhaus gebracht hatte?

Ari stürmte nach draußen. Endlich sah er ihn dort hinten stehen – bei einem jener Öfen, wo Kastanien aus dem Höchster Stadtwald geröstet wurden. Rauch waberte hoch, schien die dürre Gestalt des Vaters zerfließen zu lassen. Wie ein Geist, ging es ihm durch den Kopf.

Immerhin stand er gerade, drehte sich um, als Ari »Vater!« rief, obwohl dies ein deutsches Wort war. In seinem Blick stand auch nicht jene tote Leere, vor der Ari sich manchmal gruselte, die ihn manchmal wütend machte und die ihn immer mit einem Gefühl von Ohnmacht erfüllte. Als Ari sich ihm näherte, machte der Vater sogar einen Schritt auf ihn zu. Doch als Ari schon lächeln wollte, erkannte er, was der Vater da beim Ofen machte.

Nicht etwa die Kastanien, deren dunkle Schalen aufgesprungen waren, hatten ihn angelockt. Nicht die Aussicht, sich über dem Ofen die Hände zu wärmen. Er war auf die Suche nach einem Feuer gewesen, dem er das, was er in den Händen hielt, übergeben konnte.

»Vater, nein!«, schrie Ari gellend.

Er lief schnell, aber die Flammen waren schneller. Schon züngelten sie orangefarben hoch, schon leckten sie an einem zerfledderten Büchlein, schon überließ der Vater es ihnen endgültig, indem er es einfach fallen ließ. Ein Zischen, dann ein Knarzen, als er die kleine Tür des Ofens wieder schloss.

Seine *Don-Carlos*-Ausgabe! Meist trug er sie bei sich, manchmal legte er sie auch unter sein Kopfkissen. Sie musste hervorgerutscht sein, und der Vater hatte sie entdeckt.

»Wie konntest du nur das einzige Buch, das ich besitze, verbrennen?«

Der Vater schien zu schrumpfen, stand gekrümmt vor ihm, seine Lippen ein gerader Strich. Wie hatte Ari jemals hoffen können, er könnte noch lächeln und wäre irgendwann wieder der Alte.

»Wie konntest du nur!«, heulte Ari wieder auf. »Du weißt doch, wie kostbar Bücher sind! Warum benimmst du dich wie ein Barbar?«

Bissiger Rauch trieb Tränen in seine Augen, der Blick des Vaters war wieder dumpf. Er verstand ihn nicht, er wollte ihn nicht verstehen.

»Es iz a daytsh Bukh, aun Daytsh iz di Shprakh fun di Rutskhim.«

Er musste kein Jiddisch beherrschen, um zu begreifen, was sein Vater meinte.

»Deutsch ist nicht nur die Sprache der Mörder, sondern auch die deines Sohnes«, hielt er ihm entgegen, doch jener Satz fiel in dessen Schweigen, wie das Buch in die Flammen. Das Schweigen spuckte zwar keine roten Funken, aber zerstören konnte es auch.

Der Vater machte ein paar humpelnde Schritte. Bald würde er das Haus erreichen, bald wieder den Hut aufsetzen, im Bett versinken.

»Vater!«, rief Ari ihm trotzig nach, aber natürlich reagierte er nicht.

»Vater!«

Schon hatte die dunkle Gestalt das Haus erreicht. Ari löste sich aus der Starre, stürzte ihm nach, doch er kam nicht weit, denn schon wurde er am Arm gepackt. Er hob nur flüchtig den Blick.

»Nicht jetzt, Viktor, wirklich nicht jetzt!«

»Aron!«

»Ich weiß, du verteidigst alles, was er tut, und auch alles, was er nicht tut. Du willst mir einreden, dass es leichter wäre, würde ich jiddisch sprechen. Aber eine Liebe, die man erst übersetzen muss, ist keine Liebe. Es hat mein Buch verbrannt und ...«

»Aron!«

Erst jetzt gewahrte er den schrillen Klang in der Stimme des Vetters, auch, wie bleich er war. Und verspätet nahm er den Lärm von Autos wahr, da waren Schritte, Stimmen.

»Eine Razzia ... sie machen eine Razzia!«, rief Viktor schreckerstarrt.

»Wer?«, stieß Ari aus. Die Antwort gab nicht Viktor, sondern das Gebrüll. Schon sah er zwei amerikanische Soldaten um die Ecke kommen, die Maschinengewehre im Anschlag.

»Sie haben fast hundert Männer geschickt«, sagte Viktor düster.

»Warum das denn?«

Die Soldaten warfen ihnen beiden nur einen flüchtigen Blick zu und stürmten weiter. Einer stieß gegen den Ofen, der prompt wackelte. Die Kastanien waren zwischenzeitig nicht nur aufgeplatzt, sondern glichen Kohlenstücken. Ari konnte den Blick nicht von ihnen lassen, während Viktor atemlos antwortete.

Es wäre nichts Neues, dass sich die Bewohner des Lagers Zeilsheim am Schwarzhandel beteiligten. Dass allerdings immer mehr amerikanische GIs daran mitverdienten, würde von den Besatzern nicht länger hingenommen: Nachdem ein geheimes Depot von unterschlagenen Armeebeständen, die ein Soldat an die Bewohner des Lagers in Zeilsheim verkaufen wollte, aufgeflogen war, war entschieden worden, dem Treiben Einhalt zu gebieten.

»Und sie beginnen damit nicht in ihren Kasernen, sondern hier. Alle Waren, die dem Lager nicht offiziell zugeteilt worden sind, werden beschlagnahmt«, rief er empört.

»Oh, sie haben kein Recht, diese Razzia durchzuführen!«

Ari konnte sich erinnern, wie sehr sich Viktor darüber erregt hatte, dass das Lager von Zeilsheim in seiner Anfangszeit mehrfach von deutschen Polizisten kontrolliert worden war. Einmal hatten sie Schäferhunde mitgebracht, die etliche der Bewohner in Angst in Schrecken versetzt hatten.

»Die Amerikaner haben sich nun mal vorbehalten, in bestimmten Fällen einzuschreiten«, hielt er schwach dagegen.

»Wenn es sich um Kapitalverbrechen oder Raubüberfälle handelt. Aber doch nicht wegen Schwarzhandel! Wie soll unsereins darauf verzichten, wenn uns doch jede Menge Lebensmittel zugeteilt werden, aber sonst keine Gebrauchsgüter? Die Energie, die die Amis hier vergeuden, fehlt ihnen später, um die deutschen Verbrecher zu jagen.«

»Ich bin sicher, sie ...«

»Am dünnen Faden ihrer Gnade hängen wir, den sie jederzeit kappen können«, fiel Viktor ihm bitter ins Wort. »Dann landen wir auf dem blutdurchtränkten Boden und bleiben wie ein Käfer auf dem Rücken liegen.« Er spuckte aus, fand seine Beherrschung wieder. »Hast du irgendwas, was du verstecken musst?«

Seinen einzigen Besitz hatte der Vater soeben vernichtet. Ari schüttelte den Kopf, spürte, wie Viktor ihn wieder losließ, weiterrannte. Noch mehr Geschrei war zu hören, das Trampeln verriet die anrückenden Soldaten.

Kurz, ganz kurz, war es verführerisch, sich wie der Vater im Bett zu verkriechen.

Stattdessen begann er zu laufen. Er geriet in Menschenmassen, die in alle Richtungen stoben – um Besitz zu retten, vor den GIs zu fliehen oder einfach nur, weil die Angst sie kopflos gemacht hatte. Nur zwei Menschen standen ganz starr ein Stück abseits – Ella und eine junge Frau, die sich an sie klammerte.

Er verstand nicht, warum sie hier war, aber er verstand, dass sie Hilfe brauchte.

»Ella! Was machst du denn hier?«

Als sie ihn erblickte, wollte sie einen Schritt auf ihn zu machen, aber das glückte nicht, solange die Frau sie festhielt. »Was soll ich nur tun?«

Eine vage Ahnung stieg in ihm hoch. »Hast du ... hast du

Ware bei dir?«, fragte er, als er sie endlich erreichte. »Wolltest du handeln?«

Sie nickte. »Mein Papier...«

Er wusste, wenn die GIs es entdeckten, würden sie es beschlagnahmen, würden sie Ella vielleicht sogar verhaften.

Fieberhaft sah er sich nach einem Versteck um. Aus dem Saal, wo vorhin das Theaterstück geprobt worden war, kam eben der Regisseur gestürmt. Er lief einem der Soldaten nach, der ihm offenbar etwas abgenommen hatte, was der Truppe als Requisite diente.

Nein, dort konnte sie sich nicht verstecken... auch nicht in der Bäckerei... im Krankenzimmer...

Sein Blick blieb bei einem weiteren Gebäude hängen.

»Kommt!«, rief er, ergriff nicht nur Ellas Hand, auch die der Fremden, um sie mitzuziehen. »Kommt, dort sind wir sicher.«

10. KAPITEL

»Ist dir kalt?«

Ari entging nicht, dass Ella am ganzen Leib schlotterte, aber sie schüttelte den Kopf. Sie saß geduckt neben ihm, und während sie zu ihm Abstand hielt, ließ sie zu, dass die junge Frau nicht mehr nur ihre Hand umklammerte, sondern sich, Schutz suchend, an sie presste.

»Marta hat solche Angst«, murmelte Ella, obwohl das offensichtlich war. Immer wieder stieß die junge Frau ein Wimmern aus, die Augen waren weit aufgerissen, der Blick starr.

Ari hatte auch Angst, nur konnte er sie besser verbergen. Er hockte verkrampft, wenn auch nicht wie gelähmt. Sein Blick wanderte nach oben, blieb bei jenen silbernen Haken an der Decke hängen, an der manches tote Tier baumelte. Sie waren in der Kühlkammer des Schlachthauses, wo Tiere entsprechend der Kaschrut, der jüdischen Speisevorschriften, geschlachtet wurden. Es war ein gutes Versteck – die amerikanischen Soldaten würden unter geschlachteten Tieren keine Waren suchen – und ein grauenvolles.

Er starrte auf das große Stück Rind, das dort hing – dunkelrot, mit weißem Fett durchzogen, die Rippen sichtbar –, versuchte, sich mit einem Wortspiel abzulenken.

Rind... grindig... Brotrinde... Grindwal. Ihm fiel kein weiteres Wort mehr ein, in der die Buchstabenkombination vorkam, und erschaudernd zog er den Kopf wieder ein. Doch just in diesem Moment hob Marta den ihren. Trotz ihrer Furcht – von ihnen dreien war sie die Einzige, die in der Kälte aufzutauen schien. Der Anblick der geschlachteten Tiere, die Blutflecken an den Wänden, die dunklen Lachen auf dem Boden schienen Panik und Entsetzen nicht weiter anzufachen, sondern halfen ihr, zurück ins Hier und Jetzt zu finden. Eine Weile richtete sich auch ihr Blick auf die Haken, schließlich ging er zu Ella.

»Du hast mich gerettet«, stellte sie fest, und die harten, ausgemergelten Züge wirkten prompt etwas weicher.

»Doch nicht gerettet«, sagte Ella schnell, »ich habe dir nur geholfen.«

»Ich kann mich nicht erinnern, dass jemand von euch mir je geholfen hat.«

Das kurze Strahlen verflüchtigte sich sofort wieder, aber sie schien den Schock überwunden zu haben. Auch Ari konnte etwas befreiter atmen. Er hob seinen Arm, legte ihn vorsichtig um Ellas Schultern, und sie ließ sich an ihn heranziehen, ohne Marta loszulassen. Nicht dass er glaubte, dass sie sich wirklich aneinander wärmen könnten. Aber zumindest froren sie nicht allein.

Minute um Minute verging, er wusste nicht, wie viele sich mittlerweile aneinandergereiht hatten. Er hatte auch keine Ahnung, wie lang eine solche Razzia dauerte. Immer wieder lauschte er nach draußen, zunächst blieben alle Geräusche gedämpft. Doch plötzlich waren schnelle Schritte zu hören. Jemand näherte sich der Kühlkammer, stürmte herein. Unwillkürlich zog Ari Ella noch fester an sich, und Marta quiekte auf. Während sie sofort beschwichtigt war, als sie sah, wer das Kühlhaus betreten hatte, ließ Ari Ella lieber nicht los. Ein GI konnte nicht grimmiger dreinblicken als Viktor.

»Wo … wo ist sie?«

Nun gab Ari Ella doch frei, um aufzuspringen. Es glückte nur zur Hälfte. Da war gerade so viel Beweglichkeit in den steifen Gliedern, dass er es in eine aufrechte Position schaffte, dann aber wankte er hin und her, als stünde er nicht auf festem Boden, sondern baumelte am Haken wie die toten Tiere.

»Wo ist sie?«, rief Viktor wieder.

Schützend stellte Ari sich vor sie. »Ella ist hier bei mir, ich werde nicht zulassen, dass du ihr zusetzt. Und erst recht werde ich dir nicht…«

Er brach ab, als er sah, dass Viktor keine Augen für Ella hatte. Sobald er Marta entdeckte, schien nicht nur etwas in ihrem Blick zu schmelzen, auch in Viktors. Sein drahtiger, muskulöser Körper wurde ebenso weich wie seine kantigen Züge. Er stürzte auf sie zu, streckte die Hände nach ihr aus und zog die junge Frau an sich. Kurz machten die beiden die Kühlkammer zu ihrer Welt, und kurz hatte in dieser Welt nichts Blutiges und Kaltes Platz.

Als sie sich allerdings voneinander lösten, Viktor sich umdrehte und nun verspätet Ella wahrnahm, verrutschte die Maske des Liebenden sofort.

»Ich wusste nicht, dass du ein Mädchen hast«, kam Ari seinem möglichen Angriff zuvor.

»Ha!«, stieß Viktor bitter aus. »Du weißt ja auch nicht, was die Pflicht eines jeden Juden ist und worin unsere Rache an Hitler begründet liegt.«

»Liebe auf die Welt zu bringen?«

»Zu heiraten und Kinder zu kriegen, möglichst viele.«

Ari hatte mitbekommen, dass im Café Amcho, einem zentralen Treffpunkt im Lager, in den letzten Wochen manche Hochzeit stattgefunden hatte. Irgendwie hatte man eine Chuppa organisiert, jenen Traubaldachin, unter dem während der Zeremonie das Paar und der Rabbiner standen. Nur die Väter und Mütter, die ebenfalls hätten anwesend sein sollen, fehlten in den allermeisten Fällen. Die Brautpaare wirkten winzig, das Dach so riesig, die Rituale leblos. Es war, als würde jemand mit gelähmten Händen eine Schleife binden wollen.

Die Herzen waren ja auch gelähmt, die frisch Vermählten blickten sich mit einem Erstaunen an, als misstrauten sie der Tatsache, wirklich jemanden gefunden zu haben. Dabei waren die Anforderungen denkbar gering. Es genügte schon, noch zu leben – Liebe war keine Bedingung.

Viktor stierte Ella an.

»Vater«, versuchte Ari, ihn von ihr abzulenken, »hast du Vater gesehen? Der Lärm hat ihn sicher erschreckt.«

»Ach was!«, fuhr Viktor ihm über den Mund. »Wer gelernt hat, sich totzustellen, lässt sich von ein paar GIs nicht erschüttern. Was es aber bei den Kindern auslöst, wenn Männer in Uniform und mit Gewehren durchs Lager trampeln...«

Er hatte seinen Blick nicht von Ella gelöst, als wäre sie höchstpersönlich dafür verantwortlich, doch sie war nicht darunter erstarrt, erhob sich nun, wenn auch genauso wackelig wie vorhin Ari.

»Die Amerikaner werden den Kindern doch nichts tun«, sagte sie.

»Warum führen sie sich dann hier so auf und machen diese Razzia? Doch nur, weil auch die Amis der Meinung sind, dass Juden keine anständige Arbeit verrichten, sondern sich auf unehrliche Weise bereichern wollen.«

»Viktor!«, warf Marta beschwichtigend ein.

Er sah ein, dass er leiser sprechen musste, doch bei den nächsten Worten war nur seine Lautstärke gedrosselt, nicht seine Wut.

»Wenn uns die Amis wirklich helfen wollten, würden sie mehr Druck auf die Briten machen, damit sie uns endlich nach Palästina reisen lassen. Stattdessen lassen sie uns in dieser Vorkammer der Hölle verrotten, gönnen uns nicht mal die paar Dollars, die es uns ermöglichen würden, uns auf eigene Faust nach Palästina durchzuschlagen.«

Marta legte ihre Hand auf seine Brust.

»Viktor«, sagte sie wieder sanft. »Reg dich nicht so auf. Wir werden es auch ohne Dollars schaffen.«

Kurz konnte er sich der besänftigenden Wirkung nicht erwehren, und er hielt den Mund. Doch alsbald löste er sich von ihrer Berührung und begann, Kreise in der Kühlkammer zu ziehen. Irgendwann stampfte er zornig auf. »Bis jetzt habe ich es für ein Gerücht gehalten, aber nun glaube ich's. Dass die Amis jedes Mal, wenn sie den Deutschen ein Stück Schokolade zustecken, dazu erklären, sie wären ein anständiges Volk und dass sie ihnen alles verzeihen würden, nur nicht, dass sie ihr Werk nicht zu Ende gebracht und die Juden nicht bis zum Letzten vergast hätten.«

Ari wusste, dass die Gerüchte immer grässlichere Formen annahmen, wenn man sie mit Misstrauen nährte.

»Ich kann mir nicht vorstellen, dass ...«

Er brach ab, als er sah, dass Ella einen wankenden Schritt machte. Sie war Viktors Blick so gut wie möglich ausgewichen, doch jetzt starrte sie ihn unverwandt an. »Was ... was meinst du damit?«

Die Verachtung, die er ihr bislang entgegengebracht hatte, wandelte sich in Spott.

»Als ich vom ... Vergasen sprach?« Er stieß ein kaltes Lachen aus. »Tja, was meinte ich wohl damit? Hat er, der so tut, als könnte er dein Freund sein, dir etwa nichts davon erzählt?«
Er trat zu Ari und schlug ihm auf die Schulter. Auch seine Hand war kalt.
»Viktor ...«
»Kann er es überhaupt erzählen, wenn er es doch selbst nicht so genau weiß? Er hatte sich ja verkrochen.«
»Jetzt hör schon auf!«
»Was hast du denn? Warum willst du die Dinge nicht beim Namen nennen? Dass unsere beiden Väter schweigen – meiner, weil er tot ist, deiner, weil er noch lebt –, kann doch nicht der Weisheit letzter Schluss sein. Man kann es doch aussprechen. Wir können sagen: Wir haben gelitten. Und die Deutschen können sagen: Wir haben es verbrochen.«
Diesmal war es nicht Ari, der widersprach, sondern Marta. »Sie hier hat gar nichts verbrochen. Sie hat mir geholfen.«
Viktors neuerliches Lachen klang nicht kalt, sondern ungläubig. Er fing sich rasch wieder und meinte eher ernsthaft als beißend: »Dann sollten wir erst recht höflich sein und ihre Frage beantworten. Wenn sie wirklich wissen will, was es denn bedeutet, dass man die Juden vergast hat, kann sie es ruhig erfahren.«
Ganz langsam wandte er sich von Marta ab und trat auf Ella zu. Obwohl er sich nicht bedrohlich vor ihr aufbaute, wich sie zur weiß gekachelten Wand zurück, bis sie mit dem Rücken dagegen stieß.
»Wenn du dich hier umschaust, wirst du so gut wie keine Familien sehen. Nur Kinder, denen die Eltern fehlen, nur Eltern, denen die Kinder fehlen, und ein paar wenige, die mit ihren Verwandten nicht mehr verbindet als die gemeinsame Grabpflege.

Ich habe meine Mutter und meine Tante und meinen Vater und meine Großeltern und meine drei Geschwister und zwei Cousinen im Gas verloren. Und Ari auch seine Großeltern, seine Tante und seinen Onkel und seine Mutter und seine kleine Schwester...«

»Halt den Mund!«, rief Ari.

Viktor zuckte ungerührt mit den Schultern. »Warum soll ich deine Schwester nicht erwähnen? Warum ihren Namen nicht aussprechen? Wenn du erzählst, dass Deutsche dich gerettet haben, indem sie dich versteckten, dann ist das ja nur die halbe Wahrheit. Die ganze ist, dass es noch viel mehr Deutsche gab, vor denen du gerettet werden musstest. Und insgeheim weißt du es ja nur allzu gut: Der Judenhass brodelt in Deutschland weiter vor sich hin, wie ein Ragout in einem guten Topf, der heiß bleibt, selbst wenn der Herd abgestellt wird. Wenn man den Deckel hebt, spritzt es einem ins Gesicht. Tja, soll man nun den Deckel zulassen?«

Der Schmerz schnürte Ari den Hals zu, der Schmerz, der manchmal grell aufflackerte, dann wieder zu einem dumpfen Pochen verkam, der aber immer da war. Er brachte nichts mehr hervor, konnte sich auch nicht rühren. Es war Marta, die Viktor von Ella zurückzog.

»Lass es einfach gut sein.«

Kurz schien es, als würde er sich ihrem Wunsch beugen. Dann brach ein Ton aus ihm hervor, der halb Gelächter, halb Schluchzen war. Jenes Weh, das in Aris Brust rumorte, stand nun auch so deutlich in seiner oft so harten Miene. Nur durch seine Stimme klang es nicht, als er sarkastisch fortfuhr:

»Da wir hier noch eine Weile festsitzen werden, können wir doch ganz gemütlich plauschen. Wir sehen doch alle die Haken da oben. Oh, es gibt genügend Juden, die man auf solche Haken gehängt hat, damit sie langsam erstickten. Aber ein Schlachter hat viel zu tun, wenn er Tiere fachmännisch tötet und ausbluten lässt. Wenn man das Fleisch am Ende nicht essen will, sondern bloß verbrennen, kann man sich diese mühselige Prozedur ersparen und es sich leichter machen. Besser, man treibt die Menschen in eine Kammer, so groß wie diese, wenn auch nicht so kalt, und leitet durch ein Rohr Rattengift...«

»Viktor!«

Diesmal tönte aus Martas Stimme kein Flehen, sie sprach einen wütenden Befehl aus. Viktors Gesicht wirkte eigentümlich zerrissen. In den Augen stand Bedauern, doch der Trotz formte den Mund zum schmalen Strich.

»Sie starben einen langsamen, entsetzlichen Tod«, presste er hervor.

»Aber es bringt nichts, uns an ihrem Grauen zu ergötzen«, sagte Marta leise. »Es bringt auch nichts, uns in unserem Elend zu suhlen. Du sagst doch selber oft genug, dass wir nach vorne schauen sollen.«

»Wir gewiss, aber auch sie?«

Er deutete auf Ella. Vorhin hatte sie sich an die weiß gekachelte Wand gelehnt, mittlerweile hatte ihr Gesicht fast deren Ton angenommen, und ihre Beine hatten nachgegeben. Ari hätte ihr gerne beigestanden, wie sie da mit schreckgeweitetem Blick hockte, doch ihm war, als hielte ihn ein Bannkreis ab. Nur Marta überwand ihn, reichte Ella die Hand, so wie Ella ihr vorhin die ihre gegeben hatte.

»Ich wünschte, du hättest es unter anderen Umständen erfahren«, murmelte sie, »leider war nichts davon eine Übertreibung. Trotzdem wird Viktor nun nichts mehr sagen.«

Erst richtete sich ihr Blick beschwörend auf Ella, dann auf den Liebsten. Ella schien ihn gar nicht richtig zu bemerken, aber Viktor war endlich still. Auch sein heftiger Atem beruhigte sich langsam, und bald war nichts zu hören – nicht in der Kammer und auch nicht von außen.

»Ich glaube, es ist vorbei«, murmelte Ari.

Viktor drehte sich langsam um, öffnete die Tür erst nur einen Spalt, trat schließlich nach draußen. Der Luftzug erfasste die geschlachteten Tiere. Von den Haken kam ein leises Quietschen, als sie sachte hin und her schwankten. Er hätte das Geräusch als grässlich empfunden, wären nicht zuvor schon so viele grässliche Worte gefallen.

»Na komm!«, sagte Marta sanft zu Ella. »Steh auf.« Erst rührte sich Ella nicht, aber dann ließ sie sich doch hochziehen. Solange sie in der Kühlkammer waren, stützte Marta sie. Doch sobald Ella mit wackeligen Schritten über die Schwelle trat, ließ sie sie los, als könnte sie nur auf diesem winzigen Fleckchen Nähe bekunden.

Während Marta Viktor hastig folgte, reichte Ari Ella seinen Arm.

Ihm fiel nichts anderes ein, als wieder zu fragen: »Ist dir kalt?« Anders als vorhin leugnete sie es nicht.

»Ja«, sagte sie, »ja.«

Die Razzia hatte zwei Stunden gedauert, wie sie nun erfuhren. Auf dem großen Platz strömten die Menschen zusammen, einige völlig erstarrt, andere sichtlich erbost, wobei nicht sicher war, ob sie auf die Amerikaner fluchten oder sich gegenseitig beschimpften, weil sie zu unvorsichtig gewesen waren. Weinende Kinder taumelten zwischen ihnen, ein paar junge Männer stoben hin und her wie aufgescheuchte Tiere.

Viktor zählte zu diesen, und als er sich wieder zu Ari gesellte, schnaufte er und stieß Zahlen aus.

Zweitausend Uhren im Wert von zwei Millionen Mark hätten die Amerikaner beschlagnahmt. Außerdem Süßstoff, Fotoapparate und seidene Unterwäsche im Wert von fünfhunderttausend Mark.

»Wer im Lager trägt denn seidene Unterwäsche?«, entfuhr es Ari.

»Natürlich niemand, aber wir haben damit gehandelt!«

Ari blickte sich weiter um, sah nun, wie ein paar der Lehrer die Kinder trösteten. Um wen sich niemand kümmerte, war eine alte Frau, die abseits auf dem Boden kauerte und einen Brotlaib umklammerte, wie sie auf den Fensterbrettern so zahlreich lagen.

»Immerhin kamen keine Menschen zu Schaden«, murmelte er.

»Von wegen! Mehrere Bewohner sind festgenommen worden, auch Frauen, denen vorgeworfen wird, sich prostituiert zu haben.«

»Die Amerikaner durften sie einfach mitnehmen?«

»Das hat der Lagervorsteher Eppstein auch gefragt. Prompt wurde ihm vorgeworfen, dass er es ja nicht vermocht habe, für Ordnung zu sorgen. Ich meinerseits werfe ihm was ganz anderes vor: Dass er nämlich keine eigene Miliz ins Leben gerufen hat, die das Lager bewacht und …«

Ari ertrug es nicht, Viktor weiter schimpfen zu hören, und wandte sich Ella zu. Der Frost der Kühlkammer schien ihr noch in sämtlichen Knochen zu stecken. Wie er blickte sie sich um, die Arme um die Leibesmitte geschlungen.

»Immerhin ist dein Papier in Sicherheit«, murmelte er.

Sie starrte ihn an, als verstünde sie gleich zwei Worte nicht – was Papier war und was Sicherheit.

»Ach wie schön«, höhnte Viktor, »dass die Deutschen Papier haben. Dagegen haben die Amis wohl auch die einzige Schreibmaschine des Lagers, die hebräische Schriftzeichen hat, beschlagnahmt.«

»Das glaube ich nicht!«

»Und selbst wenn es nicht stimmt. Du weißt, wie wichtig die jiddischen Zeitungen für das Lager sind. Du weißt ebenso, welch ein Triumph es war, als wir unsere erste Druckerpresse bekamen. Du weißt, wie knapp das Papier dafür ist, wie knapp auch die Bücher. Und nun haben die Amerikaner uns alles genommen, was man eintauschen könnte, um ...«

So wenig er ihm im Kühlhaus auch hatte entgegensetzen können, Ari ertrug das Wüten nicht länger. Er baute sich vor Viktor auf und hob seine Fäuste, war der nun einen Kopf größer als er oder nicht. »Du hast für heute genug gesagt.«

Erstaunen glomm in Viktors Blick auf, ein gewisser Respekt, weil Ari selbst dann nicht zurückwich, als auch er die Faust hob. Ari wappnete sich gegen den Schmerz, war aber fest entschlossen, nicht einzuknicken, mehr noch, sich zur Wehr zu setzen. Doch ehe ihn der Schlag traf, ehe er überlegen konnte, welche Schwachstelle ein gestählter Körper wie Viktors bot, entfuhr dem Vetter ein nervöses Kichern, und er ließ seine Faust wieder sinken.

»Lass uns verschwinden, Viktor«, sagte Marta, und anders als vorhin sprach aus ihrer Stimme keine Strenge, nur Überdruss und Müdigkeit, die auch deutlich in ihrem Gesicht zu lesen waren. Über Viktors Züge huschte wieder jener zärtliche Ausdruck, der Ari ebenso überraschte wie berührte.

Ehe die beiden jedoch tatsächlich verschwanden, trat Ella ihnen in den Weg. Sie öffnete die Jacke, unter der ihr Packen

Papier zum Vorschein kam. Hundert Seiten, vielleicht zweihundert.

»Hier«, sagte Ella schlicht und reichte Marta den Packen. »Hier.«

Marta starrte sie an. »Was ... was willst du dafür?«

»Nichts.«

»Du überlässt uns einfach dein Papier?«

»Wie es scheint, ist es für euch wichtiger als für mich.«

Viktor entfuhr ein Keuchen. Kurz wirkte er nur erstaunt, dann schimpfte er: »Glaub nicht, du kannst dich damit bei mir Liebkind machen.«

Ari entging nicht, dass Ella erschauderte. Doch sie hielt Viktors Blick stand, und mit erstaunlich fester Stimme erklärte sie: »Ich will mich nicht Liebkind machen. Ich will den Kindern in diesem Lager etwas Gutes tun.«

Viktor starrte sie wortlos an, Marta aber nickte. Als Ella ihr das Papier übergab, nahm sie es so vorsichtig und zugleich ehrfürchtig entgegen, als würde ihr ein Neugeborenes anvertraut. Ella schlang die leeren Hände um ihren Leib.

»Danke«, presste Marta hervor. »Danke für alles.«

»Das ... das hättest du nicht tun müssen«, sagte Ari leise, als Marta und Viktor endgültig gegangen waren.

Zum ersten Mal, seit sie die Kühlkammer verlassen hatten, richtete sich ihr Blick auf ihn. Und zum ersten Mal seit der letzten Veranstaltung in der Buchhandlung las er weder Misstrauen noch Entsetzen oder Verwirrung darin. Kurz schien sie einfach nur den jungen Mann zu sehen, der ihre Einsamkeit spiegelte und dem sie sich darum so nahe fühlte.

»Ich verstehe jetzt, warum du mir nicht sagen konntest, dass du Jude bist«, stieß sie aus. »Ich habe es nicht begriffen, als ich zum ersten Mal hierherkam. Aber was Hildegard sagte ... was Viktor sagte ... kein Wunder, dass du meinen Hass gefürchtet hast.«

»Ich wusste, dass du mich nicht hassen würdest«, sagte er.

»Warum hast du mir dann die Wahrheit verschwiegen?«

Er zuckte hilflos mit den Schultern. »Ich bin mir ja nicht sicher, was die Wahrheit ist, ob ich mehr Jude oder mehr Deutscher bin, ob man beides gleichzeitig überhaupt sein darf. Jedenfalls bin ich nichts ... Ganzes. Ich bin kein wirklich Geretteter, denn während die anderen aus den Lagern befreit wurden, hat mich mein Deutschlehrer in seiner Bibliothek versteckt. Ich bin kein ganzer Schauspieler, denn ich kenne so viele Texte, aber ich stand nie auf der Bühne. Was ich wiederum für meinen Vater bin, weiß ich nicht, kein ausreichender Ersatz jedenfalls für meine kleine Schwester, die er mehr geliebt hat als mich. Da sie und meine Mutter tot sind, sind wir jedenfalls keine ganze Familie mehr. Und als ganzen Sohn würde mein Vater wohl nur einen bezeichnen, der mit ihm Jiddisch spricht. Für Viktor bin ich schließlich kein ganzer Mann, wie es ihn bräuchte, um ein Land zu besiedeln.«

Er fühlte, wie tief ihr Interesse ging, auch ihr Mitgefühl, aber ihm entging auch nicht, wie erschöpft sie wirkte. Als er sich umsah, war die alte Frau mit dem Brot verschwunden.

»Ich bringe dich heim.«

Sie legten den Weg durchs Lager schweigend zurück, auch als sie Zeilsheim hinter sich gelassen hatten, fiel kein Wort. Ehe sie aber über einen Feldweg Höchst erreichten, blieb sie plötzlich stehen.

Sie ergriff seine Hand, die ihre war erstaunlich warm. Und ebenso erstaunlich war, was sich in ihm regte – ein Schaudern, das nicht von Kälte herrührte, sondern das belebte. Als sie sich anblickten, ihr Gesicht nahe an seines rückte, musste er an den Moment denken, als sie damals die Gläser weggebracht hatten. Sie waren so kurz davor gewesen, sich zu küssen. Es war damals nicht der richtige Zeitpunkt gewesen, das war er auch jetzt nicht. Aber vielleicht ging es nicht darum, auf den richtigen Zeitpunkt zu warten, sondern den falschen zum richtigen zu machen.

»Es tut mir leid...«, stieß sie aus, »wegen deiner Schwester... Ich weiß, wie es ist, eine Schwester zu lieben. Ich kann mir nicht annähernd vorstellen, wie es ist, eine zu verlieren.«

Sollte... durfte er den Namen seiner Schwester aussprechen? Glich er einem Fluch, der die Macht hatte, die ganze Welt erstarren zu lassen? Oder war er das Zauberwort, das den Bann löste, die Menschen nach den hundert Jahren erwachen ließ? Allerdings vermochte das im Märchen kein Name, nur ein Kuss. Nie hatte er sich mehr danach gesehnt.

Noch bevor er eine Silbe hervorbrachte, beugte er sich vor, legte seine Lippen auf ihre, erst ganz vorsichtig, dann fester. Er fühlte raue Haut und warmen Atem. Die Lippen stießen aneinander, auch die Zähne, es war ein sachter Schmerz, der verblasste, als ihre Zungenspitzen sich kurz berührten, von dort ausgehend ein Kitzeln über seinen Rücken und die Oberarme lief. Es war vielleicht kein schöner Kuss, kein vollendeter, kein glückselig machender. Aber er spendete Trost, gab ihm Mut.

»Johanna«, hörte er sich wie von weither sagen, »sie hieß Johanna.«

Er war nicht sicher, was in ihrem Blick aufflackerte – Dankbarkeit für seine Offenheit, Mitleid, weil er mit diesem Verlust leben musste, oder die unabdingbare Bereitschaft ihm beizustehen. Sie küssten sich noch einmal, und als sie sich voneinander lösten, wirkte sie vor allem müde. So sah keine aus, die hundert Jahre geschlafen hatte. Doch unter dieser Müdigkeit, auch unter der Betroffenheit, witterte er Freude.

»Ich bin so froh, dass ich dein Geheimnis nun kenne, dass nichts mehr zwischen uns steht.«

Sie glaubte wohl, dass diese Worte endgültig den Bann brachen, aber er wusste – sie waren die spitze Spindel, von der er sich künftig hüten musste. Denn er hatte ihr längst nicht die ganze Wahrheit über sich gesagt, und wenn sie das wüsste, würde sie ihn mindestens für einen halben Lügner halten und ihm vielleicht doch noch jene Verachtung zeigen, vor der er sich so gefürchtet hatte.

Als Ella die Buchhandlung betrat, stürzte Hildegard ihr entgegen.

»Wo warst du nur so lange?«

Ella hob verwirrt den Blick, als wüsste sie es selbst nicht so genau. Die letzten Stunden versanken in grauem Nebel, nur ein Moment stach in leuchtenden Farben daraus hervor – als Aris Lippen ihre berührt hatten. Sie hatte sich den Augenblick der Wärme aber nicht bewahren können.

»Herrgott Mädchen, du bist ja halb erfroren. Willst du mir endlich sagen, wo du warst?«

Fast hätte sie Zeilsheim gesagt, aber sie wollte keine neue Diskussion heraufbeschwören, ob dieser Ort nun zu meiden war oder nicht.

»Das Papier... fast das ganze Papier ist weg«, sagte sie knapp.

Hildegard ließ sie los und trat einen Schritt zurück. »Weg?«

»Ich wollte den Großteil unseres Restbestandes tauschen... jetzt habe ich nichts mehr davon...«

Und ich weiß nicht, ob es mir etwas ausmacht, fügte sie in Gedanken hinzu.

Laut aussprechen konnte sie das nicht. Noch wusste sie nicht, ob der Wunsch, Bücher zu verlegen, und der Glaube, dass diese Bücher Wert hatten, heute gänzlich erfroren war oder wie Knospen hinter einer Eisschicht auf den Frühling wartete.

Hildegard reagierte jedenfalls ganz erstaunlich. Anstatt sie mit Vorwürfen zu überschütten, zuckte sie leichtfertig mit den Schultern. »Vielleicht ist es gar nicht so schlecht, dass der Papiervorrat zu Neige geht«, sagte sie.

»Wie bitte?«

»Hast du es denn nicht gehört? Der Casimir-Verlag, der wie unserer über eigenes Papier verfügte, selbiges aber nicht angegeben und ohne Genehmigung verdruckt hat, wurde von irgendjemandem denunziert. Sämtliche Buchbestände wurden daraufhin eingefroren.«

»Wer macht denn so etwas?«

»Nun, die Konkurrenz schläft nicht, und leider wird sie immer größer. Was starrst du mich so verwirrt an, als hörtest du das erste Mal davon? Kürzlich haben wir doch darüber gesprochen, dass in den letzten beiden Monaten so viele Lizenzen für Verlage und Buchhandlungen bewilligt worden sind wie noch nie.«

Einen Vorteil hatte die Eisschicht. Sie stand nicht nur zwischen ihr und ihrem Traum, sondern auch zwischen ihr und allen Sorgen, Zukunftsängsten. »Können wir vielleicht lieber morgen…«

»Aber nicht doch!«

Wieder nahm Hildegard sie bei den Schultern, resoluter als vorhin, und diesmal ging Ella auf, dass die Buchhändlerin nicht ungeduldig auf sie gewartet hatte, weil sie sich um sie sorgte. Das eigentümliche Leuchten in ihrem Blick verriet vielmehr, dass sie gute Neuigkeiten hatte.

»Jamie war vorhin hier«, stieß sie prompt aus. »Stell dir vor, was er berichtet hat! Der Militärregierung ist nicht entgangen, dass das größte Problem der Verlage der Papiermangel ist, und den wollen sie nun beheben, ganz ungeachtet dessen, ob Übersetzungen von ihren Büchern herausgebracht werden oder nicht. Sie haben eine Umfrage machen lassen, um den Papierbedarf zu ermitteln, und zuständig war hierfür der Schriftleiter des Frankfurter Börsenblatts. Außerdem wurde ein Produktionsausschuss gebildet, der das Papier künftig nach einer bestimmten Quote verteilen soll, für die wiederum ein eigenes Papiersekretariat zuständig ist.«

Mit jedem weiteren Amt, das sie nannte, wurde die Stimme leiser, als würde sich Hildegard langsam von ihr entfernen. Und mit der Freude, die ganz kurz auf sie übergeschwappt war, schien es sich ähnlich zu verhalten: Sie verflüchtigte sich wie der Rauchfaden einer erloschenen Zigarette. Als Hildegard fortfuhr, vermischten sich ihre Worte mit dem Echo von Viktors, als liefe im Hintergrund ein Radio, das die Aufmerksamkeit auf das Gespräch erschwerte.

»Solange das Papier so knapp ist, kann ein solches Sekretariat natürlich nur den Mangel verwalten. Aber diesbezüglich gibt es gute Nachrichten. Weil auch die Ernährungs- und Verpackungsindustrie Papier beansprucht, wollen die Amis nicht länger an ihrer strengen Vorgabe festhalten, wonach bei der Verteilung von Waren das Überspringen der Zonengrenze vermieden werden soll. Von nun an soll aus der französischen Zone verstärkt Karton und Rohpappe eingeführt werden und aus der britischen Feinpapiere. Stell dir nur vor! Wenn uns ein Kontingent zugesprochen wird, dann müssen wir nicht länger nur amerikanische Lizenzen drucken oder uns sorgen, dass unser Vorrat für alle anderen Schriften nicht reicht. Ist das nicht wunderbar?«

Wunderbar. Ein Wort, das auch einem dünnen Rauchfaden glich.

»Herrgott Mädchen, was machst du für ein Gesicht? Wir haben doch allen Grund zum Feiern, nicht zum Weinen.«

Verspätet nahm sie wahr, dass sie tatsächlich ihr Gesicht verzogen hatte, als litte sie Schmerzen. Allerdings würde sie nicht weinen. Woher sollten die Tränen kommen, von welchem Strom genährt werden, dann müsste das Eis in ihrem Herzen doch schmelzen, aber Hildegards Nachricht schlug nur einen winzigen Sprung hinein.

»Selbst wenn wir künftig genug Papier hätten«, sagte Ella kraftlos, »es bleibt das Problem, dass alle anderen Materialien fehlen, um Bucheinbände herzustellen und ...«

»Denk dir nur, auch dafür gibt es eine Lösung! Denn nicht nur Jamie war heute hier, auch Herr Kaffenberger hat uns einen Besuch abgestattet und etwas höchst Interessantes erzählt.« Erwartungsvoll starrte sie Ella an, wollte wohl mit Fragen bestürmt werden, zumindest ein Zeichen von Neugierde sehen. Nun gut, ein wenig Erstaunen regte sich in Ella, denn es war kaum vorstellbar, dass ein Herr Kaffenberger tatsächlich gute Nachrichten gebracht hatte.

»Die Lösung heißt ... Zeitungsdruck!«, rief Hildegard triumphierend aus.

»Zeitungsdruck?«

»Aber ja doch! Im Grunde haben wir es mit unseren Broschüren ähnlich gemacht. Es sind keine echten Bücher gewesen, obwohl wir sie auf normalem Papier gedruckt haben; sie umfassten schließlich kaum mehr als acht, zehn Seiten und hatten keinen festen Einband. Der Rowohlt Verlag kam nun auf die Idee, Bücher in Form von dicken Zeitschriften zu drucken, die mit einem farbigen Umschlag auskommen. Es gibt eine bestimmte Drucktechnik, man nennt sie Rotationskupfertiefdruck. Dabei kommen die Seiten gefalzt aus der Maschine und müssen hinterher nicht mehr gebunden werden. Jede Veröffentlichung kann 32 Seiten umfassen, vielleicht sogar 46. Und da dreispaltig gedruckt wird, fänden insgesamt gute 350 Buchseiten Platz. Ich habe bereits mit der Druckerei Ballwanz gesprochen – und denk dir, sie haben die technischen Mittel hierfür. Unser Buch über die Tierwelt des Mississippi ließe sich so mit geringerem Aufwand unter die Leute bringen, und weitere Werke natürlich auch.«

Aus den Worten erwuchsen keine Bilder in Ella. Zwar sah sie Seiten und Buchstaben vor sich, nicht aber, wie das eine das andere bedeckte. Und selbst wenn sich die Buchstaben zu Worten zusammenfügen würden – würden sie Sinn machen? Machte es Sinn, hier in Deutschland ein Buch über die Tierwelt des Mississippi zu verbreiten?

»Ganz neu ist der Gedanke ja nicht«, fuhr Hildegard fort. »Denk an die Feldpostheftchen, die der Bertelsmann Verlag während des Kriegs gedruckt hat, 32 Seiten dick und nur mit einem dünnen Umschlag ausgestattet. Was gab es damals für Klagen! Dass man ein solch minderwertiges Buch zwar lesen, aber keinesfalls in den Bücherschrank stellen könne. Heutzutage hat allerdings kaum einer mehr einen Schrank, und für ein herkömmliches Buch muss man vier bis acht Reichsmark zahlen. Diese Rotationsromane würden gerade mal so viel wie ein Kilo Brot kosten.«

Mit den Zahlen verhielt es sich wie mit den Buchstaben, sie

ließen sich nicht fassen. Dann fiel Ella ein, dass ein Kilo Brot fünfzig Pfennige kostete. Der Gedanke, dass auch das, was die Seele satt machte, nicht mehr kostete, war verführerisch. Allerdings war Brot im Umlauf, das aus Gips statt Mehl gebacken worden war und das nur den Mund füllte, nicht den Magen. Welchen Nährwert hatten ihre Übersetzungen?

Hildegard deutete die gerunzelte Stirn falsch. »Da der Druck schneller und leichter vonstattenginge, wären höhere Auflagen denkbar. Die Begrenzung von fünftausend Stück würde fallen, weil die Werke nicht als Bücher, sondern als Zeitschriften gelten würden. Herr Kaffenberger denkt jedenfalls, dass wir gute Chancen hätten, solche Bücher unter die Leute zu bringen.«

»Was ... was genau will der Rowohlt Verlag denn veröffentlichen?«

»Ich nehme an, großteils Romane, vor allem Klassiker. Sie verfügen ja über etliche Rechte. Bei uns sieht das ein wenig anders aus, wir müssen ... Ach herrje, Kind, so wie du schaust, können wir heute gar nichts mehr planen. Besser, du trinkst eine Tasse Tee, ruhst dich aus und sammelst neue Kraft. Ich muss mich ohnehin ans Backen machen. Habe ich schon gesagt, dass Jamie eine Ration Butter und Zucker gebracht hat? Er wollte wissen, ob ich Rezepte für Weihnachtskekse kenne.«

»Du willst für ihn backen?«

Hildegards Miene war deutlich anzusehen, dass sie sich für alles, was er für sie tat, nur allzu gern revanchieren wollte. Die Stimme klang allerdings gewohnt abfällig, als sie sagte: »Ach, ich denke, die Butter reicht nicht, damit der Teig wirklich saftig wird. Und da ich kein Nudelholz habe und für diesen Zweck wohl eine alte Konservendose nehmen muss, wird er wohl so dick bleiben, dass die Kekse trocken und hart sein werden. Aber wenn er daran erstickt oder sich die Zähne ausbeißt, ist das seine Schuld. Ich muss mir ein Rezept überlegen... Du dagegen siehst nicht aus, als könntest du heute noch über irgendetwas nachdenken.«

Das stimmte so nicht ganz. Die Gedanken wirbelten durchaus in ihrem Kopf. Allerdings verhielt sich jeder einzelne wie ein Magnet, der alle anderen von sich abstieß.

Die Juden wurden vergast... Die jüdischen Zeitungen sind ein Zeichen, dass wir noch eine Stimme haben... Sie hieß Johanna.

Als Hildegard Ella mit sich ins Freie zog und das Holzbrett vor den Eingang schob, hatte sich längst Dämmerung über Frankfurt gesenkt. Ella rang nicht länger um Worte, sie biss nur die heftig klappernden Zähne zusammen, damit sie sich die Zunge nicht verletzte.

1947

11. KAPITEL

Am ersten Tag des neuen Jahres erwachte Ella steif gefroren. Seit Wochen brach die Gasversorgung immer wieder zusammen, oft war der Boden vom ehemaligen Büro ihrer Mutter mit einer dünnen Eisschicht bedeckt, sodass das Ankleiden zum Pirouettendrehen wurde. Die Kälte fiel einen mit Krallen und Klauen an, und der Körper konnte dieser Kälte nicht trotzen, die Seele aber durchaus. Ella lächelte, als sie an die letzten Wochen dachte. In vielen Frankfurtern hatte im November die Hoffnung zu glimmen begonnen, als der Eiserne Steg dem Verkehr übergeben worden war – als erste feste Brücke über den Main, nachdem anderthalb Jahre nur eine Fähre zum anderen Ufer geführt hatte. Nebel war bei der Eröffnungszeremonie über dem Fluss gewallt und die geschundene Silhouette der Mainfronten eingehüllt, doch das Band, das Bürgermeister Kolb durchgeschnitten hatte, war weiß gewesen, und just als die Ersten ihre Schritte auf den Steg gesetzt hatten, war ein einsamer Sonnenstrahl durch den Nebel gedrungen, stark genug, um die nassen Eisenbögen grünlich schimmern zu lassen und jene Stellen, wo auseinandergesprengte Teile ersetzt oder neu verschweißt worden waren, rot.

So begeistert, wie die Menschen seitdem zum Eisernen Steg strömten, hatten sie Anfang Dezember den Weihnachtsmarkt besucht, den es erstmals seit Kriegsende wieder gegeben hatte. Nicht, dass das, was auf dem Römerberg aufgebaut worden war, diesen Namen wirklich verdiente. Es fehlten die prächtige Beleuchtung, das Riesenrad, die große Auswahl an Süßigkeiten. Aber das störte niemanden. Immerhin gab es ein Karussell, dessen Figuren nicht ganz und gar eingedellt waren, und ein paar schiefe Buden, in denen man Naschereien und kleine Hampelmänner kaufen konnte. Nicht nur diese brachten Kindern Freude – auch die Tatsache, dass man auf dem gefrorenen Main eislaufen konnte, ein überaus seltenes Vergnügen, das einen kurz glauben ließ, Kälte raubte nicht nur Lebensmut, sondern schenkte Spaß.

Ella hatte Luise von Höchst abgeholt, um mit ihr zum Weihnachtsmarkt zu gehen, und auch die Großeltern gebeten mitzukommen. Die hatten das zwar abgelehnt, aber mit der Schwester alleine war sie trotzdem nicht. Während Hildegard die Kleine in der Buchhandlung mit Weihnachtsplätzchen fütterte – Weizenmehl und Zucker hatte sie von Jamie, Ei war durch Milch ersetzt, ein Löffel Essig statt Zitronensaft verwendet worden, nur an Margarine mangelte es, denn bei der Zuteilung der Sonderration war die Verpackung mitgewogen worden –, sah Ella plötzlich Ari vor der Buchhandlung Hagedorn stehen.

Er betrat den Laden nicht, und sie forderte ihn nicht auf hereinzukommen, sondern warf sich ihren grauen Mantel über und lief hinaus in die klirrende Kälte. Der Stoff war zu dünn, um richtig zu wärmen, aber wenn sie den Kragen über der Brust zuschlug, klapperten die Zähne nicht ganz so stark. Seine dunkle Jacke beschützte ihn wohl ebenfalls nicht richtig vor der Kälte, denn nicht nur, dass er seinen Kopf leicht schräg hielt wie so oft – er zog seine Schultern hoch. Trotzdem umspielte ein sanftes Lächeln seine Lippen.

»Wie geht es dir?«

»Ich gehe mit Luise auf den Weihnachtsmarkt.«

Eigentlich war das keine Antwort auf seine Frage. Und dass sie ihn aufforderte, sie zu begleiten, und er zustimmte, klärte nicht, was ihr Kuss zu bedeuten hatte, ob das, was sie verband, mehr wog als das, was sie trennte, und warum er heute hierhergekommen war – um sich endgültig von ihr loszusagen oder an ihrer Freundschaft anzuknüpfen?

Sie umschifften all diese Fragen, was auch darum leichtfiel, weil sie auf dem Hinweg ständig überprüfen musste, ob Luise, die aufgeregt voranhüpfte, auch nicht zu kalt war. Die Großmutter hatte ihr aus dunkelblauer Wolle eine Mütze gestrickt, und alle paar Schritte zog Ella sie ihr noch tiefer über ihre Ohren. Handschuhe hatte Luise leider keine, und so rieb Ella ihre kleinen Hände nicht nur, sie hauchte auch ihren warmen Atem darauf, was die Kleine umso lustiger fand, wenn sie prustende Geräusche dazu machte. Ein peinvolles Schweigen kam auch darum nicht auf, weil Luise pausenlos quasselte. Aufgeregt erzählte sie, dass der Großvater ihr ein Pferd geschnitzt habe, nachdem sie sich so gewünscht hatte, mal auf einem zu reiten. Das Pferd aus Holz konnte zwar kein echtes ersetzen, doch der Großvater hatte gemeint, dass dann eben nicht sie auf dem Pferderücken Platz finden solle, sondern das Pferd auf ihrem.

Ella hatte Gustav Hagedorn nicht so viel Humor zugetraut, aber als Luise schilderte, wie sie auf allen vieren durch die Stube gekrochen war, sorgsam darauf bedacht, dass das Holzpferd nicht von ihrem Rücken rutschte, musste sie lachen.

Ari stimmte zunächst nur verhalten ein. Doch als Luise wenig später auf dem Karussell fuhr und juchzte, lächelte er breit, und als sie in einen mit Zucker überzogenen Apfel biss und es krachte, lachte auch er schallend. Ella hatte befürchtet, dass er unweigerlich an seine Schwester Johanna denken müsste, wenn er Luise so glücklich sah, und sich als Verräter fühlen. Jetzt sah sie, dass ihn Luises Unbekümmertheit ansteckte. Gut möglich, dass ihre Fröhlichkeit auf dünnem Eis stand, doch dieses gab ja auch unter den schlittschuhlaufenden Kindern auf dem Main nicht nach.

Auf dem Heimweg war Luise müde und darum still. Weiterhin wagten sie sich nicht an die Fragen heran, die zwischen ihnen standen, versuchten nicht zu klären, was ihr Kuss bedeutete. Er wollte lediglich wissen, was es Neues im Verlag gab, und sie berichtete, was sie von Hildegard erfahren hatte. Obwohl sie deren Freude immer noch nicht teilen konnte, war sie dankbar für ein unverfängliches Thema.

»Bei Rowohlt sind nun die ersten drei RO-RO-ROs, wie ihre Rotationsdruckwerke genannt werden, erschienen. Es gab ein enormes Presseecho, und obwohl die Erstauflage bei 100.000 lag, gingen eine Million Bestellungen ein. Davon kann ich natürlich nur träumen, aber es zeigt, welche Chancen solche Publikationen haben. Nicht nur, dass man mit wenig Aufwand jede Menge Inhalte vermitteln kann – im ersten RO-RO-RO befanden sich neben etlichen informativen Texten und Erzählungen auch Cartoons –, man hat sogar noch Platz für Inserate, die man sich teuer bezahlen lassen kann.«

Er nickte interessiert, doch als sie den Verlag erreichten, breitete sich wieder Schweigen aus. Er verabschiedete sich mit einem Händedruck und versprach, dass sie sich bald wieder sehen sollten, aber weder gab es einen weiteren Kuss, noch nannte er eine konkrete Gelegenheit für ein Treffen.

Etwas betroffen, sah sie ihm nach, wie er mit hochgezogenen Schultern davonhastete, und sie begriff: Der Weihnachtsmarkt hatte den kalten Winter kurz vergessen lassen, ihn aber nicht beendet, so wie ihr Beisammensein und Lächeln und Lachen das Schweigen übertönt, aber nicht hatte brechen können.

Wenig später folgte das Weihnachtsfest, das sie bei den Großeltern in Höchst verbrachte. Nach einigem Zögern hatte sie sich dazu durchgerungen, dem Vater anzubieten, sie dorthin zu begleiten, doch Julius Reichenbach hatte abgewunken. »Das Haus von Gustav und Gertrude ist doch schon so voll, und ich sehe Luise ohnehin regelmäßig. Aber ich bin gerade dabei, Strohsterne zu machen, die kannst du ihnen mitnehmen.«

Die Strohhalme waren fester und glänzender als im letzten Jahr, und der Vater hatte roten Bindfaden aufgetrieben, um sie gekonnt aneinanderzuflechten. Eine Weile sah Ella nur dabei zu, dann fertigte sie selbst einen an, und obwohl kein Wort zwischen ihnen fiel – als sie der behaglichen Stille nachlauschte, dachte sie: Das ist der Weihnachtsfrieden.

Am nächsten Tag baumelten die Strohsterne auf der Tanne, die der Großvater beschafft hatte. Geschmückt wurde die auch mit jenen zwei Christbaumkugeln, die den Krieg überlebt hatten, einer Spitze und etwas Lametta. Statt Kerzen brannten allerdings nur Wachsstümpfe, und der Braten war zäh wie Schuhsohle. Dennoch sangen sie inbrünstig mit den Flüchtlingen aus dem Osten. Bei *Wetschernij Swon*, das so ähnlich klang wie *Stille Nacht*, summte der Großvater inbrünstig mit, und danach spendierte er kurzerhand eine Flasche Kartoffelschnaps, was ihm von allen Seiten erst ungläubige Blicke, dann Dankesrufe einbrachte. Eine Frau weinte sogar, aber das geschah vielleicht nicht vor Rührung, sondern weil der bollernde Kanonenofen so viel Rauch spuckte.

Viele Geschenke hatte Ella nicht zu bieten, nur ein Paar

Strümpfe für die Großmutter und einen Schleifstein für den Großvater, aber sie war sehr glücklich über das Päckchen, das sie Luise überreichen konnte und für das sie sogar einen Bogen Packpapier geopfert hatte.

Die Kleine riss es ungeduldig auf, und bald kam ein Buch zum Vorschein.

»Liest du ihr nicht ohnehin ständig vor?«, fragte die Großmutter skeptisch.

Ella freute sich insgeheim, dass Luise ihr davon erzählt haben musste. »Das hier ist kein Buch zum Vorlesen«, rief sie. »Es ist eine Fibel. Schau doch nur – für jeden Buchstaben gibt es ein eigenes Bild, meist ein Tier, und eine Seite, wo man ihn selber zu schreiben üben kann. Weiter hinten folgen dann ganze Worte und kurze Sätze.«

Sie war Herrn Kaffenberger sehr dankbar dafür, dass er sie ihr von einem anderen Buchhändler beschafft hatte.

»Dafür ist sie doch noch viel zu jung«, brummte der Großvater.

»Von wegen! Sie ist im Herbst vier geworden. Ich selber habe meine erste Fibel auch in diesem Alter bekommen, und Mutter meinte immer, ich hätte schon wenig später flüssig lesen können.«

Der Großvater nahm einen kräftigen Schluck Kartoffelschnaps, die Großmutter wiegte ungläubig den Kopf, als wäre Ella ihr unheimlich. Doch die ließ sich die Laune nicht verderben, zumal sie sah, wie Luise begeistert in der Fibel blätterte.

Nun gut, in den Tagen zwischen den Jahren, da sie sie mit nach Frankfurt nahm, kühlte die Begeisterung ab. Anstatt sich dem ABC zu widmen, wollte die Kleine lieber im Innenhof des Verlags einen Schneemann bauen, und Ella gestand sich insgeheim ein, dass sie vielleicht doch noch zu jung für die Fibel war. Aber sie nahm sich fest vor, sie regelmäßig mit ihr durchzublättern.

Am Morgen des Silvestertages lieferte sie Luise wieder in Höchst ab und bereitete danach einen kleinen Umtrunk in der Buchhandlung vor, zu dem sie nicht nur Hildegard und Herrn Kaffenberger, sondern auch ein paar Stammkundinnen wie Hertha Brinkmann geladen hatte. Hildegard hatte eine Bowle angesetzt, doch der Weinbrand darin schmeckte wie vergorener Fruchtsaft, und statt Sekt hatte sie etwas genommen, was Bizzelwasser genannt wurde und auf den Lippen brannte. Ella nahm an, dass es Wasser mit etwas Brausepulver war. Immerhin, als sie anstießen, klirrten die Gläser genauso, als würde Champagner darin perlen. Und sie konnten die Gläser auf dem neuesten Möbelstück abstellen – einem kleinen Tischchen, das Ella kürzlich unter einem Berg Trümmer entdeckt und zur Buchhandlung geschleppt hatte. Diese wirkte mittlerweile auch darum heimeliger, weil Hildegard aus den Resten eines Regenschirms einen Lampenschirm gebastelt hatte, sodass die Glühbirne nicht mehr schmucklos von der Decke baumelte. Allerdings war der Regenschirm rot gewesen, und Hildegard behauptete, dass der rötliche Schein unweigerlich an ein Freudenhaus denken ließe.

Nicht, dass sie dieses Wort in Herrn Kaffenbergers Gegenwart aussprach. Lieber hörte sie ihm zu, wie er vom großen Erfolg der ersten Rotationsromane berichtete, an den auch der Hagedornverlag anknüpfen könnte. Hertha Brinkmann erklärte freudig, dass sich dann wohl endlich Lektüre fürs Herz erwarten ließe, indes Hildegard murmelte, dass sie, wenn sie nun selbstbestimmt ein Verlagsprogramm entwickeln konnten, nicht länger gezwungen wäre, mit dem Rauchfangkehrer zusammenzuarbeiten. Allerdings klang sie nicht erleichtert, sondern enttäuscht, und sie nahm hastig einen großen Schluck.

»Hast du denn schon Ideen für ein erstes eigenes Programm?«, fragte sie Ella, doch die zuckte nur mit den Schultern. Langsam nahm zwar die Idee Form an, welches Buch sie als Nächstes herausgeben wollte, aber noch wollte sie mit niemandem darüber reden. Ob der Kälte war ihr Umtrunk jedenfalls lange vor Mitternacht zu Ende, und alle gingen heim, um die Silvesteransprache von Bürgermeister Kolb im Radio zu hören.

Am nächsten Tag erwachte sie nicht nur steif gefroren – die Silvesterbowle hatte ihr überdies Kopfschmerzen eingebrockt. Rasch machte sie sich eine Tasse Muckefuck, doch die Aussicht, ihn allein zu trinken, war allzu trostlos.

Sie schlüpfte in ihren Mantel, der immer zerknittert war, weil sie ihn bei diesen Temperaturen als zusätzliche Decke verwendete, und brachte schnellen Schrittes die hundert Meter bis zum Wohnhaus des Vaters hinter sich. Seine Augen leuchteten, als er sie mit der vollen Kaffeekanne in den Händen sah, doch als er überschwänglich seine Freude über ihren Besuch bekunden wollte, wehrte sie ab: »Du musst ihn schnell trinken, sonst wird Eiskaffee daraus.«

»Ich stell die Kanne noch mal auf den Ofen. Setz dich, Kind.«

Während sie tranken, starrte sie auf die aufgeschlagene Zeitung, die der Vater gerade gelesen hatte. Obwohl die Buchstaben vor ihren vor Kälte tränenden Augen zerliefen, ahnte sie, wovon der Artikel auf der ersten Seite berichtete.

»Ich... ich habe eine Frage«, entfuhr es ihr plötzlich.

»Ja?« Sie hörte die Hoffnung in seiner Stimme. »Du weißt«, fügte er schnell hinzu, »dass ich dir jederzeit mit Rat und Tat zur Seite stehen würde. Herr Kaffenberger hat erzählt, dass...«

»Hast du gestern die Radioansprache unseres Bürgermeisters gehört?«, fiel Ella ihm ins Wort.

Sie selbst hatte nicht nur ihr gelauscht, auch der Operette zuvor und der Tanzmusik danach, und sie hatte schmerzlich daran gedacht, wie schön es wäre, wieder einmal zu tanzen, am besten mit Ari, obwohl sie nicht wusste, ob der überhaupt tanzen konnte.

Der Vater nickte. »Unser Bürgermeister hat versucht, so hoffnungsfroh wie möglich klingen. Er verschweigt, wie schwer der Wiederaufbau ist.«

»Das meinte ich nicht – aber... aber...« Sie strich über die Zeitung, in der die Rede im Wortlaut abgedruckt worden war. Diesmal verschwammen die Buchstaben nicht vor ihren Augen, diesmal konnte sie lesen, was sie gestern schon gehört hatte. »Er hat sich an unsere einstigen Mitbürger jüdischer Konfession gewandt«, sagte sie leise. »Erklärt, dass Frankfurt nicht zuletzt ihretwegen Wohlstand und Größe erlangt hat, dass von ihnen so viel Gutes ausgegangen wäre. Und er hat eine Bitte ausgesprochen: Dass sie trotz aller Not und allen Misstrauens wieder Bürger dieser Stadt werden mögen. Feierlich hat er ihnen versprochen, sein Bestes zu geben, damit sie sich in der alten Heimat wohlfühlen werden, hat Unterstützung zugesichert, ob bei der Wohnungssuche, der Gewährung von Anleihen, dem Wiedereinstieg ins Geschäftsleben.«

Der Vater nahm einen weiteren Schluck vom Ersatzkaffee. »Das waren recht ungewöhnliche Worte«, murmelte er. »Ich glaube nicht, dass man so etwas dieser Tage oft in Deutschland zu hören bekommt.«

»Was man dagegen ständig hört, ist das, was hier unter dem Artikel ›Juden wieder erwünscht‹ steht. Schon vor der Ansprache hat man Frankfurter Bürger befragt, was sie davon halten, dass die Juden zurück nach Frankfurt kehren.« Sie begann, die einzelnen Aussagen vorzulesen.«»Es tät mir als Frankfurter leid, wieder so viele Juden in unserer schönen Stadt zu sehen.‹ ›Der Bürgermeister soll lieber die Evakuierten und Ausgebombten unterstützen, doch nicht die Juden.‹ ›Dass der Krieg verloren worden ist, ist schlimm genug – will man jetzt noch Salz in diese Wunde streuen?‹« Sie schluckte schwer. »Und hier heißt es: ›Es kann nicht sein, dass Frankfurter aus der Wohnung geworfen werden, damit Juden darin leben.‹«

Der Vater war auf seinem Stuhl in sich zusammengesunken. »Dich treibt immer noch die Frage um, was im Krieg mit den Juden passiert ist«, stellte er leise fest.

»Mittlerweile weiß ich es«, murmelte sie, obwohl Wissen nicht das rechte Wort zu sein schien, »wie viel wusstest denn du?«

Julius Reichenbach starrte lange auf seine Hände, sie auf den Kaffee in ihrem Becher.

»Nicht alle sind nach Amerika gegangen, wie ihr mir erzählt habt«, sagte sie. »Die, die geblieben sind ... sie wurden ... sie wurden ...«

»Einmal habe ich es gesehen«, fiel er ihr ins Wort. »Von vielem hat man ja nur gehört ... von all den antijüdischen Verordnungen ... von jener schrecklichen Nacht, da die Synagogen brannten, Geschäfte zerstört und so viele verhaftet worden sind. Aber einmal habe ich es gesehen. Wie man sie zur Großmarkthalle gebracht hatte, ganze Familien und ihre Koffer ...«

»Warum zur Großmarkthalle?«

»Das war die Sammelstelle. Von dort würden sie in den Osten umgesiedelt werden, hieß es. Ich bin stehen geblieben, und prompt hat mich ein SS-Mann angeblafft, ich solle weitergehen. Aber ich habe hingeschaut, ich habe gefragt, welche Orte im Osten das Ziel wären. Der SS-Mann hat mir nicht geantwortet, aber eine Passantin. Nach Lodz, Minsk und Kaunas sagte sie, ich habe keinen von diesen Orten gekannt.«

»Hast du ihr geglaubt?«

»Dass diese Orte das Ziel sind, warum nicht?«

»Nein, dass sie an diesen Orten friedlich leben würden.«

»Niemand konnte glauben, dass man sie stattdessen ermorden würde, niemand *wollte* es glauben. Man hat es allerdings insgeheim gewusst.«

»Das ist doch widersinnig. Wissen ist mehr als Glaube.«

»Ist das so? Wir haben keine andere Wahl, als um die schlimmen Dinge zu wissen, die auf dieser Welt passieren. Aber wir haben die Wahl, trotzdem zu glauben, dass es auch Schönes und Wahres und Gutes gibt. Dass da eine Zukunft wartet und diese Glück birgt.«

Sie fühlte genau, dass er nicht länger von Frankfurts Juden sprach, sondern von sich und ihr, von der Versöhnung, die zu erhoffen er nicht aufhören konnte. Sie konnte ihm das nicht vorwerfen. Die Sturheit, mit der er auf eine Annäherung zwischen ihnen wartete, war von gleicher Vehemenz wie ihre, wenn es darum ging, Klara Reichenbachs Erbe am Leben zu erhalten.

Mühsam kämpfte er sich hoch. »Ich muss los... Aber du kannst gerne noch ein bisschen am Ofen sitzen, wenn du magst. Ich habe mich sehr über deinen Besuch gefreut.«

»Sag bloß, dass du immer noch bei der Trümmerbeseitigung hilfst. Am heutigen Feiertag wirst du doch frei haben!«

Die schleifenden Geräusche, die sein Fuß verursachte, als er ihn nachzog, waren nur schwer erträglich.

»Bleib!«, rief sie aus. »Es gibt da eine Sache, bei der du mir tatsächlich helfen kannst.«

Er verharrte. »Ich tue alles, was du willst. Wenn du mich im

Verlag brauchst, stehe ich bereit. Seit der allgemeinen Weihnachtsamnestie gelte ich nicht mehr als vorbelastet und...«

Sie erhob sich so rüde, dass die Kaffeetasse auf dem Tisch erzitterte. »Ob die Amerikaner dich freisprechen oder nicht, macht für mich keinen Unterschied. Aber du bist vermutlich der Einzige, der noch sämtliche Autoren des Reichenberg-Verlages kennt.«

»Die meisten Namen würden mir schon wieder einfallen, aber... aber wofür brauchst du sie?«

Sie brachte ihre Kaffeetasse zum Spülbecken. Erst kam nur ein gurgelndes Geräusch aus der Leitung, schließlich ein dünnes, gelbliches Rinnsal.

»Ich dachte, es würde genügen, neue Bücher zu drucken und sie zu verkaufen, um Mutters Vermächtnis zu würdigen. Aber das ist einfach zu wenig.«

»Was willst du stattdessen tun?«

Als sie die Leitung zudrehte, kam wieder ein gurgelndes Geräusch. Stille folgte, in die sie mit leicht zittriger Stimme sagte: »Ich will nicht bloß Bücher unter die Menschen bringen. Ich will den Büchern ihre Seele zurückgeben.«

12. KAPITEL

Ari hatte keine Ahnung, was Viktor und Marta bezweckten. Der Vetter hatte ihn zeitig in der Früh geweckt und ihn aufgefordert mitzukommen. Als er ins Freie trat, sah er, dass Viktor einen Spaten in der Hand hielt und Marta schon mit einem Plan wartete.

»Was habt ihr denn vor?«

»Das wirst du schon sehen! Na, komm, du hast doch ohnehin nichts Besseres zu tun.«

Das konnte Ari in der Tat nicht abstreiten. Zwar füllte er seine Tage längst nicht mehr nur mit Nichtstun. So hatte er nun schon mehrmals geholfen, für Theateraufführungen im Lager Kulissen und Requisiten zu beschaffen, was nicht nur befriedigend war, sondern erstaunlicherweise dazu beitrug, dass unruhige Nächte voller Albträume seltener wurden. Doch dies war keine regelmäßige Arbeit – auf hektische Tage vor einer Aufführung folgten Wochen, da man seiner Dienste nicht bedurfte.

Seufzend ergab er sich seinem Schicksal, folgte Viktor und Marta durchs Lagertor, und wenig später standen sie auf einem Feld, das an Zeilsheim grenzte und das jetzt im Februar leer und trostlos vor ihnen lag. Dass tiefe Nebelschwaden über dem Boden hingen, machte es nicht angenehmer, auch nicht das Kreischen der schwarzen Vögel.

Marta vertiefte sich in den zerknitterten, mit Bleistift gekritzelten Plan, der die Anmutung einer Schatzkarte hatte, und begann alsbald, das Feld abzuschreiten, und die Bewegung ihrer Lippen bekundete, dass sie ihre Schritte zählte.

»Was soll denn das?«, fragte Ari verwirrt. Viktor befahl ihm mit knapper Geste zu schweigen, damit sie beim Zählen nicht durcheinanderkam. Schließlich hielt Marta inne, nickte entschlossen, und Viktor begann, an eben dieser Stelle zu graben. Bald stieg ob der Anstrengung eine graue Wolke von seinem Mund hoch, und Hände und Gesicht röteten sich. Fröstelnd trat Ari zu ihm.

»Suchst du etwa nach einem Schatz?«

»So ungefähr. Die Goldfasane haben einiges hinterlassen.«

Ari erinnerte sich vage, dass man so nationalsozialistische Amtsträger aufgrund ihrer im Sonnenlicht glänzenden Uniformen genannt hatte.

»Nach dem Krieg haben die Nazis hastig alle Hakenkreuzfahnen eingerollt, die Führerbilder von den Wänden gerissen und sie gemeinsam mit den Abzeichen von ihren Uniformen vergraben«, fügte Viktor schnaufend hinzu.

»Und was willst du damit anfangen?«, fragte Ari erstaunt.

»Damit natürlich nichts. Aber unter den Dingen, die sie eingebuddelt haben, befinden sich auch alte Akten und... Gewehre und Munition. Marta hat mitbekommen, dass ein amerikanischer Soldat den Plan im Nachlass einer Nazigröße gefunden hat, und hat ihn ihm abgeschwatzt.«

Obwohl er inzwischen heftig keuchte, grub er immer hektischer, und irgendwann hörte es sich tatsächlich so an, als würde der Spaten auf Metall treffen.

»Wusst' ich's doch!«, rief Viktor triumphierend, und Marta klatschte begeistert in die Hände.

»Was wollt ihr denn mit Waffen machen?«

»Na, was man eben mit Waffen macht. Sich mit ihnen ins Bett legen und sich an sie kuscheln oder Kartoffeln ernten und Bücher schreiben ... Nein, natürlich nicht, Dummkopf! Kämpfen will ich!«

Marta kicherte, Ari starrte ihn verdutzt an. »Gegen wen denn?«

»Das fragst du noch? Wir leben hin auf die Alija.«

Ari wusste, dass mit dem hebräischen Wort, das eigentlich Aufstieg hieß, die Einwanderung ins Gelobte Land gemeint war. Erst kürzlich hatte Viktor ihm aus der Lagerzeitung ein Gedicht vorgelesen, das das brennende Verlangen der meisten Lagerinsassen in Worte zu gießen versucht hatte. »Wir harren aus. In der Wüste. In der Wildnis. Auf der Durchreise. Wir werden nicht umkehren. Es gibt nur ein Ziel: Erez Israel.«

Ari starrte auf die schwarze Erde und die grauen Schwaden, er konnte kein Erez Israel vor seinem inneren Auge heraufbeschwören. Das Einzige, was er vor sich sah, war Stacheldraht. Damit waren die Internierungslager auf der Insel Zypern umzäunt, wohin die Briten jene illegalen Einwanderer brachten, die sie auf dem Weg nach Palästina abfingen. Mittlerweile wurde Zypern nur noch »Gefängnisinsel« genannt.

Viktor hatte unterdessen weitergegraben, und es bedurfte nicht mehr vieler Spatenstiche, um die Kiste freizulegen. »Na los, hilf mir schon. Allein kann ich sie nicht heben. In einer Woche schon beginnt das Training.«

»Das ... das Training?«

Eigentlich versuchte Viktor schon längst nicht mehr, ihn zur Mitgliedschaft in einem der vielen Sportvereine des Lagers zu überreden. Und der Vetter selbst spielte kaum noch Fußball, er boxte lieber.

»Na, vom Rumsitzen und Bücherlesen wird der neue Jude, der

auf die Freiheit nicht wartet, sondern sie sich erkämpft, nicht erschaffen werden. So wenig wie in den Jahren der Naziherrschaft die Worte ›Wir wollen leben‹ bewirkt haben, so wenig tun das jetzt die Worte ›Wir wollen einen eigenen Staat‹. Weil Worte nämlich keine Klinge haben.«

Er hatte keinen Atem, brauchte nun nämlich alle Kraft, um gemeinsam mit Ari an der Kiste zu zerren. Aber Marta erklärte es Ari: »Die britische Mandatsmacht beschränkt die Einwanderung nach wie vor streng. Doch es gibt eine Chance, heimlich nach Palästina eingeschleust zu werden, und die wollen wir nutzen. Voraussetzung ist, dass man zur Hagana gehört. Erst kürzlich hat sie ein paar Männer nach Deutschland gesandt, um in den jüdischen DP-Lagern für ein militärisches Trainingsprogramm zu werben.«

Ari hatte bereits von der Hagana gehört und wusste, dass es sich um eine militärische Eliteeinheit handelte, die in Palästina im Untergrund agierte. Er konnte sich Viktor gut als eines von deren Mitgliedern vorstellen. Der Körper seines Vetters wirkte noch gestählter als früher, und er trug seine Haare wieder kurz rasiert, was die Gesichtszüge kantiger wirken ließ. Nun gut, man sah auf diese Weise auch, dass seine Ohren etwas abstanden, aber das gab dem Statuenhaften seiner Erscheinung eine menschliche Note. Zweifellos gab er das Paradebeispiel eines israelischen Soldaten ab – doch Ari konnte immer noch nicht fassen, dass hier in Deutschland Männer für die Hagana rekrutiert wurden.

»Und das erlauben die Amerikaner?«

Die schwarze Krähe, die vor ihnen auf dem grauen Acker hin und her stakste und ihr Tun beäugte, kommentierte seine Aussage mit einem Krächzen.

Viktor schnaubte verächtlich. »Natürlich nicht. Und deswegen findet das Training ja heimlich statt, an abgelegenen Orten.

Im Kurbad Wildbad zum Beispiel, in der Nähe von Windsheim. Auch in Geretsried, Neu-Ulm oder Bad Reichenhall.« Ari hatte keine Ahnung, wo sich diese Orte befanden, er wollte es auch gar nicht wissen.

Er wandte sich an Marta. »Du wirst doch nicht auch eine militärische Ausbildung absolvieren!«

»Das nicht«, sagte sie stolz, »aber auch Frauen können sich für die Hagana melden, die werden als Krankenschwestern ausgebildet.«

Viktor nickte entschlossen. »In deutschen Wäldern und auf deutschen Wiesen werden aus ehemaligen KZ-Häftlingen Kämpfer des Staates Israel. Ist das nicht fantastisch?«

»Was genau ist denn daran fantastisch, sich für einen Krieg zu rüsten?«

»Wir haben diesen Krieg ja nicht gewollt. Aber was sollen wir denn tun, wenn arabische Terroristen jüdische Siedlungen angreifen? Das deutsche Volk hat uns schließlich gelehrt, dass wir untergehen, wenn wir nicht selbst zur Waffe greifen.«

Kurz hatte er die Hände gen Himmel erhoben, nun umfasste er wieder die Kiste, um an ihr zu zerren. Nachdem das Erdreich sie endlich preisgegeben und er sie mit Aris Hilfe heraufgezogen hatte, blieb er kurz schnaufend hocken. Trotz seiner Stärke bekam er die Kiste nicht auf, der angerostete militärgrüne Deckel klemmte. Fluchend hieb er mit dem Spaten darauf ein, aber bewirkte nichts weiter, als dass winzige Dellen entstanden. Es war ein unangenehmes Geräusch, als Metall auf Metall traf.

»Warum seht ihr mir einfach nur zu!«, kam es empört. »Helft mir schon! Verdammt noch mal, warum geht diese Kiste nicht auf?«

Er trat dagegen, und seine verzerrte Miene zeigte, wie schmerzhaft das war. Aufhören konnte er trotzdem nicht. Wahrscheinlich hätte er sich lieber den Fuß gebrochen, als sein Scheitern einzugestehen.

»Manchmal kommt man mit Gewalt nicht weiter«, sagte Marta, trat hinzu, machte aber keine Anstalten, es selbst zu versuchen.

Ari zog die Kiste zu sich her, bückte sich und betrachtete sie in aller Ruhe. Als er mit dem Finger an den Rändern entlangfuhr, fühlte er eine kleine Ritze. Er suchte einen schmalen Stein, steckte ihn in die Ritze und musste nur ein wenig Druck ausüben, damit der Deckel aufsprang. Was immer in der Kiste lag, war von einem muffig riechenden braunen Tuch bedeckt.

»Na also!«, stieß Viktor aus. »Du wirst ja doch zu etwas zu gebrauchen sein in Erez Israel.« Viktor wollte ihn zur Seite drängen, um das Tuch wegzuziehen, doch Ari blieb vor der Kiste hocken. »Wer sagt, dass ich hier nicht auch gebraucht werde? Viele im Lager haben Angst vor einem Krieg in Palästina und wollen auch lieber in Deutschland bleiben, erst recht, nachdem Walter Kolb sie in seiner Silvesteransprache regelrecht darum gebeten hat, Frankfurt nicht den Rücken zu kehren.«

Viktor lachte höhnisch auf. »Es ist doch nicht der fette Bürgermeister, es ist das Mädchen, das in deinen Gedanken herumspukt, wie's eine Goi nicht sollte. Ich verstehe nicht, warum du dir keine Frau wie Marta suchst.«

»Mit einer Frau hat das gar nichts zu tun«, stritt Ari ab. »Ich verstehe nur nicht, was ich in einem fremden Land soll.«

Er gab den Platz hinter der Kiste auf, doch nun machte Viktor keine Anstalten, den Inhalt zu inspizieren, starrte Ari vielmehr eindringlich an, und in seinem Blick stand nicht die übliche Überheblichkeit, auch nicht der kalte Hohn, sondern eine

Sehnsucht. »Es wär dein eigenes Land. Die Deutschen hassen uns immer noch. Was Kolb auch quatschen mag, kurz nach seiner Ansprache wurden unsere Friedhöfe geschändet.«
»Und du denkst, in Palästina werden wir nicht gehasst, wenn das Erste, was wir ins Land mitbringen, Waffen sind?«
Viktors Blick wurde wieder hart. Er wandte sich der Kiste zu, zog das Tuch weg, fluchte.
Da waren keine Waffen. Da waren nur Akten, unendlich viele Akten, zu dicht beschrieben und mit Stempeln übersät, als dass man wenigstens das Papier hätte gebrauchen können. In seiner Wut nahm Viktor ein paar Blätter heraus, zerriss sie und warf die Fetzen in die Luft. Kurz wurden sie vom Wind hochgewirbelt, dann segelten sie auf den schwarzen Boden, blieben liegen wie Schneereste. Viktor warf den Deckel der Kiste zu und hastete weiter. »Verdammt noch mal! Die Kiste mit den Waffen muss irgendwo anders stecken, na los.«

Marta faltete seelenruhig den Plan auseinander, vertiefte sich wieder darin, begann zu zählen. Nach etwa fünfzehn Schritten gab sie Viktor ein Zeichen, und er begann, aufs Neue zu graben. Es dauerte nicht lange, bis der Spaten einmal mehr auf Metall stieß.

Die Sonne war höher geklettert, hatte an Kraft gewonnen. Ari hatte keine Lust, den beiden zu helfen, doch während er mit seinen Händen das Gesicht abschirmte und auf die Gelegenheit wartete, sich aus dem Staub zu machen, sah er nicht nur, wie Viktor die nächste Kiste ausgrub, sondern auch, dass dies nicht nur von staksenden Vögeln beobachtet wurde. Am Feldrand näherten sich ihnen zwei schmale Gestalten.

Kurz dachte er, es wäre die Bäuerin, der die Felder gehörten und die sie verjagen würde. Dann erkannte er, dass es Ella und

Luise waren. Sie mussten auf dem Weg zum Lager gewesen sein und ihn hier gesehen haben. Schon, dass Ella ihn dort aufsuchte, kam unerwartet – seit der Razzia im November hatte sie es nicht mehr betreten. Noch erstaunlicher war, dass sie Luise dabeihatte.

So schnell ihre Schritte auch waren – sobald sie auch Viktor erkannt hatte, verlangsamte sie ihr Tempo. Und als auch Viktor aufblickte, die beiden sah und drohend den Spaten erhob, blieb sie endgültig stehen.

Wag es nicht!, lag es Ari schon auf den Lippen.

Doch es war Marta, die Viktor mit knapper Geste bedeutete, den Spaten sinken lassen. Noch vor Ari ging sie auf Ella und Luise zu.

»Was für ein süßes, kleines Mädchen«, hörte er sie sagen. Sie beugte sich nieder, fragte Luise nach ihrem Namen, und während Ella etwas misstrauisch auf Marta herabblickte, nannte die Kleine ihn selbstbewusst.

»Na, jetzt weiß ich, was wir mit den alten Akten machen!«, sagte Marta. »Von wegen, sie sind nutzlos! Als Papierflieger taugen sie! Kannst du denn Flieger falten?«

Ella runzelte die Stirn, aber Luise lachte auf und riss sich von der großen Schwester los, um Marta zu folgen.

Während Marta zurück zur Kiste ging und den ersten Papierflieger faltete, wirkte Ella angespannt, schien sich gegen einen Angriff zu wappnen und ließ Viktor nicht aus den Augen. Doch als Marta mit dem ersten Papierflieger auf ihn zielte und ihn an der Stirn traf, ließ er den Spaten fallen, und ein Schmunzeln zupfte an seinem schmalen Mund.

»Na warte!«, drohte er gespielt ernst. »Das kriegst du zurück!«

Ari konnte kaum fassen, dass der Vetter nun selbst einen

Papierflieger faltete und auf Marta und Luise zielte, die kreischend vor ihm flohen. Viktor verfehlte sein Ziel um Längen – höchstens der Krähe hätte er gefährlich werden können, empört krächzte sie auf und flatterte davon. Während Marta und Luise schadenfroh lachten und Viktor rasch den nächsten faltete, zuckten auch Ellas Mundwinkel. Sie entspannte sich sichtlich, wurde aber sofort wieder ernst, als sie die letzte Distanz zu Ari überwunden hatte.

»Ich ... ich muss mit dir reden«, setzte sie anstelle einer Begrüßung an, während die anderen über das Feld tollten.

Sie schien erschöpft von dem mindestens halbstündigen Marsch von Höchst hierher, wirkte noch dürrer als bei der letzten Begegnung, und so fest sie sich auch einen blauen Schal, den er das erste Mal an ihr sah, um die Schulter zog, sie fror augenscheinlich. Ihre dunkelblonden Haare waren in den letzten Monaten gewachsen, und sie hatte sie mit einem Haarband im Nacken zusammengefasst. Ihr Gesicht wirkte dadurch reifer, aber auch schmaler und spitzer. Und doch, ihm entging das Leuchten in ihrem Blick nicht. Schon zog sie einen Zettel aus der Brusttasche. Als er schon spotten wollte, ob auch sie alte Nazi-Schätze auszuheben gedachte, fügte sie hinzu: »Ich brauche deine Hilfe.«

Das »Immer, wenn ich kann«, das ihm auf den Lippen lag, blieb ungesagt. Es war so vieles schwer zu sagen, wenn sie sich trafen. Meist war es nur Luise, die ungeniert drauflos plapperte.

Nach dem gemeinsamen Besuch des Weihnachtsmarkts hatten sie sich auch im Januar mehrmals gesehen. Ellas kleine Schwester hatte immer alles Unbehagen ferngehalten, sie aber auch davon abgehalten, jenen Kuss zu wiederholen, von dem er bis heute nicht recht wusste, ob tiefe Zuneigung dazu geführt hatte oder Einsamkeit und Verzweiflung.

»Was ist das?«, fragte er.

Anstatt ihm den Zettel zu reichen, presste sie ihn unwillkürlich an ihre Brust.

»Um zu erklären, was ich plane, muss ich etwas weiter ausholen«, sagte sie leise.

Er schlug vor, auf und ab zu gehen, um nicht auf dem winterlichen Acker festzufrieren, und nachdem sie mehrmals einen prüfenden Blick in Luises Richtung geworfen und sich vergewissert hatte, dass die Kleine immer noch begeistert Papierfliegern auswich, begann sie zu reden.

»Kürzlich habe ich in einer Zeitschrift für Kultur und Politik einen Text gelesen. Es hieß darin, wie wichtig es sei, zu einem Zustand der Klarheit zurückzufinden. In den letzten Jahren hätten die Deutschen zu viele Nebelworte vernommen, die die Atmosphäre des Denkens zerstört haben. Wer wieder eine gute Sicht wolle, einen präzise funktionierenden Verstand, ein lebendiges Herz, müsse sich für die Erneuerung Deutschlands einsetzen.«

Nebelworte – das gefiel ihm. Bevor er seine Hand auf ihre Schulter legen konnte, fuhr sie fort: »Ich ... ich bin zur Überzeugung gelangt, dass der Buchhandel zum Vorreiter werden muss, wenn es darum geht, den Staub und die Asche zu lichten, die über uns allen liegen. Überleben allein reicht nicht. Und es reicht auch nicht, wenn Bücher nur als Toilettenpapier genutzt werden ... als Tauschobjekt ... als Geldanlage.«

»Ich fürchte, ich verstehe nicht, worauf du hinauswillst.«

Sie atmete tief durch. »Der Rowohlt Verlag hat noch viele Rechte an Texten von Autoren, die in Nazi-Deutschland unerwünscht waren. Sie sollen alle wieder neu verlegt werden.«

Langsam stieg eine Ahnung in ihm hoch, was auf dem Zettel

stand. »Und du willst nun Bücher von früheren Autoren eures Verlags herausbringen, die verboten waren?«

Sie schüttelte den Kopf. »Mir geht's nicht nur um die Rechte an alten Werken. Rowohlt hat sämtliche seiner Autoren angeschrieben, in der Hoffnung, dass sie neue Manuskripte anbieten können. Und ... und so etwas schwebt auch mir vor.« Sie senkte die Stimme, als sie fortfuhr: »Das, was Viktor erzählt hat ... Ich meine, nicht richtig erzählt ... eher angedeutet ... das treibt doch auch andere um. Ich finde, alle Welt sollte erfahren, was ich während der Razzia im Kühlhaus erfahren habe.«

Wie konnte das richtig sein? Waren alle Worte, die man darüber verlor, nicht wie die toten Tiere, die ausgeweidet an metallenen Haken hingen und deren ursprünglicher Sinn aus ihnen herausgetropft war wie das Blut?

»Du willst, dass jüdische Schriftsteller die Geschichte der letzten Jahre erzählen?«

Nun kam ein Nicken. »Ich will, dass Bücher das tun, was sie am besten können: die Wahrheit sagen, provozieren, aufwühlen, Fragen stellen, berühren. Die Broschüren, die der Hagedornverlag anfangs herausgegeben hat, hatten den Zweck, beim Überleben zu helfen. Aber jetzt ist die Zeit gekommen, Bücher zu veröffentlichen, die beim Denken helfen. Unser Buch über den amerikanischen Unabhängigkeitskrieg war sicher ganz lehrreich, aber es sollte nicht die Vergangenheit in einem fernen Land sein, auf die die Deutschen den Blick richten, sondern eure ... unsere.« Sie atmete tief durch. »Es gibt Bücher, die sind wie heiße Schokolade. Mit ihnen kann man es sich unter einer Wolldecke gemütlich machen, und bei der Lektüre wird einem wohlig warm ums Herz. Aber ich will lieber solche veröffentlichen, die vom Sofa verjagen, den trägen Geist aufscheuchen, die hungrig machen.«

»Die Menschen hungern doch genug! Es gibt kaum einen, der nicht selber gelitten hat. Wer will denn vom Leid anderer erfahren?«

Sie blieb stehen, blickte ihn überrascht an. »Den Amerikanern ist auch daran gelegen. Sie schlagen vor, durch Neuauflagen jene Autoren zu Wort kommen zu lassen, die zwölf Jahre schweigen mussten, fördern nicht nur die Übersetzung ihrer eigenen Literatur, sondern auch Werke deutscher Autoren, die unter den Nazis verfolgt wurden.«

»Ich verstehe. Was für eine gute Möglichkeit, um dich bei ihnen Liebkind zu machen, auf dass die Verlagslizenz bei der nächsten Überprüfung verlängert wird.«

Die Worte gerieten angriffslustiger, als er es beabsichtigt hatte. Er ahnte, wie ungerecht es war, sie so vor den Kopf zu stoßen. Aber er konnte nicht anders. Als sie zurückwich, fühlte er, der sie eben noch sachte berühren hatte wollen, nicht nur Bedauern darüber. Denn wenn sie sich von ihm entfernte, blieb auch jenes Geheimnis unberührt, das er immer noch hütete.

»Was ist nur mit dir los, Ari?«, entfuhr es ihr gekränkt. »Ich dachte, dass gerade du mich verstehen würdest. Ich dachte, du würdest es gutheißen und mir helfen. Der Reichenbach-Verlag veröffentlichte nur selten berühmte Autoren – aber Mutter verfolgte manches Liebhaberprojekt, und einige ihrer Autoren sind Juden gewesen. Unsere Geschäftsbücher sind fast sämtlich zerstört worden, auch die Erstausgaben. Aber mein Vater hatte die meisten Namen unserer Autoren noch im Kopf.«

Sie löste das Papier von ihrer Brust, hielt es ihm hin. Er wollte es nicht nehmen.

»Die sind doch alle ermordet worden.«

»Das kannst du nicht wissen. Ich bitte dich nur darum, im Lager von Zeilsheim nach diesen Menschen zu fragen, und wenn du einen von ihnen findest, dann frag ihn, ob er bereit ist, seine Geschichte zu erzählen … mir … meiner Leserschaft … Ich würde so gerne dafür sorgen, dass alle Welt sie hört.«

Der Wind riss nicht nur am Schal, auch am Papier.

Er brachte es einfach nicht über sich, es an sich zu nehmen.

»Wie kommst du bloß auf die Idee, dass sie ausgerechnet dir ihre Geschichte erzählen wollen?«

Die Worte kamen nicht aus seinem Mund, sondern aus Viktors. Ari hatte nicht bemerkt, dass nur noch Marta und Luise Papierflieger falteten, der Vetter sich ihnen aber genähert hatte. Das Schmunzeln war längst von seinen Lippen verschwunden. Grimmig fragte er: »Wie kommst du bloß auf die Idee, dass auch nur ein jüdischer Autor von einem deutschen Verlag gedruckt werden will? Dass unsereins euch sein Leiden zum Fraß vorwirft, auf dass ihr euch in Schauder, Ekel, Ungläubigkeit, Misstrauen, Entsetzen suhlt? Ihr habt uns doch alles genommen, den Besitz und das Leben und die Würde. Unsere Geschichten gehören unserem Volk allein.«

Ellas Lippen bebten. Aris Bedürfnis, sie zu beschützen, war so groß wie damals im Kühlhaus, als der Vetter ihr zusetzte und er ihn zur Mäßigung aufrief. Doch er schwieg, denn noch größer war das Bedürfnis, sein Geheimnis zu hüten.

Und Ella wusste sich auch selbst zu wehren. »Kannst du denn wirklich für dein ganzes Volk sprechen?«

»Dich dazu bringen zu verschwinden, das kann ich«, zischte er drohend.

Sie wich nicht zurück. »Es gibt verschiedene Arten von Menschen«, sagte sie. »Die einen schweigen lieber, die anderen wollen reden. Die einen wünschen sich nichts, als zu vergessen, die anderen fühlen sich nur lebendig, solange es auch die Erinnerungen sind. Vielleicht ist es anmaßend, dass ich jüdischen Autoren eine Stimme geben will, aber heilsam kann es doch auch sein.«

Kurz schienen die üblichen Rollen vertauscht. Kurz fehlten Viktor die Worte, doch dann zischte er ein zorniges »Hau ab!«.

»Siehst du das auch so?«, fragte sie Ari, und ihre Stimme verlor deutlich an Festigkeit. »Dass ich gehen soll? Dass jemand wie ich kein Recht hat, diese Geschichte zu drucken?«

Sie starrte ihn forschend an, doch wieder oder immer noch konnte er nichts sagen.

»Aber ... aber ...« Sie schluckte schwer, fügte gepresst hinzu: »Ich muss doch den Büchern die Seele zurückgeben.«

»Nur weil ihr die eure verkauft habt, steht es euch nicht zu, auch noch unsere zu verscherbeln.«

Einmal mehr war es Viktor, der ihr über den Mund fuhr, und diesmal fand sie nicht die Kraft, ihm zu trotzen. Denn dass Ari nicht widersprach, zeigte, dass es auch seine Worte hätten sein können.

»Aber ... aber«, stammelte sie wieder. Aus Verwirrung wurde Unglauben, aus Enttäuschung Verletzung. »Wenn eure Geschichten nichts in meinem Verlag verloren haben – dann habe wohl auch ich keinen Platz in deinem Leben, Ari.«

Sie löste ihren Blick nicht von Ari. Doch er brachte nur ein heiseres »Ella ...« hervor. Der Wunsch, sich ihr zu erklären, sie zu umarmen, gar zu küssen, war verblichen. Die Vögel kreischten, Viktor stieß ein trockenes Lachen aus.

»Ich verstehe«, sagte sie.

Sie ließ das Blatt mit den Namen fallen und rief nach ihrer Schwester.

Es dauerte eine Weile, bis Luise sich von den Papierfliegern trennen wollte, und bis dahin herrschte peinvolles Schweigen. Die Kleine schien die Spannung nicht zu spüren, aber als auch Marta die drei erreichte, blickte sie fragend von einem zum anderen und zog die Braue hoch. Sie sagte allerdings nichts, sondern verabschiedete sich nur lächelnd von Luise und winkte ihr noch eine Weile nach, wie sie da an Ellas Hand davonging. Als die Kleine sich endgültig abwandte, wirkte dieses Lächeln allerdings zunehmend verkrampft.

Immer noch schweigend, zog Viktor seine Liebste an sich, strich ihr sanft über die Schultern. Kurz ergab sie sich seiner Berührung, dann löste sie sich abrupt.

Schweigend sammelten sie die Papierflieger ein, auch Viktor half ihr, bückte sich zuletzt auch nach der Namensliste vor Aris Füßen, steckte sie ein.

»Na komm, wir werden wohl keine Waffen mehr finden. Zeit, zurück ins Lager zu gehen.«

»Und die Kisten lassen wir einfach hier stehen?«

Viktor schnaubte. »Auch in der zweiten waren nur Akten.«

Ari löste sich von ihm und trat zu der einen Kiste. »Die Akten kann man verheizen, und die Kisten zum Verstauen von Kleidung nutzen.«

Viktor grinste schief, nickte dann anerkennend. »Wie ich vorhin schon sagte: Wir können in Erez Israel auch Leute gebrauchen, die Köpfchen haben.«

Während sie die Kisten hochwuchteten, murmelte der Vetter nachdenklich: »Noch leben wir alle im Wartesaal eines großen Bahnhofs, noch fällt nicht auf, wenn man so tut, als wüsste man nicht, wohin die Reise geht. Aber wenn die Züge kommen, musst du dich entscheiden, auf welchen du aufspringst. Du kannst nicht alle an dir vorbeifahren lassen.«

13. KAPITEL

Auf den eisigen Winter war erst ein lauer Frühling, dann ein heißer Sommer gefolgt. Der Main war voller Boote, und manch einer zögerte nicht, von diesen in die kalten Fluten zu springen, um sich abzukühlen. Hinterher ließ man sich am Ufer in Unterwäsche trocknen, weil Badetrikots fehlten – und wenn sich Passanten über die vielen Nackten erregten, riefen diese ihnen feixend zu: »Wir tun ja nichts anderes, als Bürgermeister Kolbs Anweisung zu befolgen.« Der hatte die Bevölkerung schließlich zum Sonnenbaden aufgefordert, um dem Vitamin-D-Mangel abzuhelfen. Ella hatte keine Zeit, im Main zu baden. Die meiste Zeit verschanzte sie sich in den Verlagsräumen. Beharrlich trotzte sie der Verheißung, das Leben wäre schön, warm und leicht; im diffusen Licht des ehemaligen Büros ihres Vaters blieb ihr Alltag vielmehr eine Aneinanderreihung von grauen Stunden. Sehr arbeitsreich waren sie nicht: Nach der Veröffentlichung ihres Mississippi-Buchs stand immer noch kein Verlagsprogramm. Immerhin hatte es von diesem mehrere Auflagen gegeben, und es galt, die Einnahmen zu verbuchen, was sie mit großer Gründlichkeit tat. Die Sonne zahlte ihr die Missachtung heim, indem sie sie zum Schwitzen brachte. Heute war die Luft so schwer und stickig wie selten, und sie begnügte sich nicht damit, ihre Haare hochzustecken – sie füllte überdies einen Eimer mit kaltem Wasser und tauchte ihre Füße hinein.

Alsbald wurde das Wasser lau, aber als sie die Post durchsah und einen Brief ohne Absender öffnete, fühlte sie sich augenblicklich auf eine Weise belebt, wie selbst ein Bad im Main es nicht vermocht hätte. Was sie aus dem Kuvert hervorzog, war keine weitere Abrechnung. Es war nicht mal ein ganzes Blatt Papier, nur ein schmaler Streifen, und auf dem befanden sich weder Anrede noch Gruß, jedoch eine eindeutige Botschaft.

Ein Schrei entfuhr ihr; im nächsten Augenblick hatte sie die Füße aus dem Eimer gezogen und lief, nasse Spuren hinterlassend, nach vorn in die Buchhandlung. Prompt zog sie sich Hildegards empörten Blick zu. Wasser gehörte wie Essen und Zigaretten zu den Dingen, die hier streng verboten waren, erst recht, da die Buchhandlung langsam wieder aussah wie eine solche: Endlich hatten sie die Barhocker gegen einen richtigen Tresen eintauschen können, und die Bücher wurden nun in zwei Regalen präsentiert, nicht mehr in einem Vogelbauer.

»Naphtali Stein!«, rief Ella atemlos.

Verspätet bemerkte sie, dass Hildegard nicht die Einzige war, die sie von oben bis unten musterte. Herr Kaffenberger stattete der Buchhandlung regelmäßig Besuche ab, hatte er doch seine Arbeit wieder aufgenommen und war unter anderem für den Vertrieb ihrer Publikationen innerhalb von Frankfurts Stadtgrenzen zuständig. Meist kam er mit schlechten Nachrichten. Die guten kamen gemeinsam mit Care-Paketen, die Jamie vorbeibrachte, wohl auch, weil Hildegard immer mal wieder eine Köstlichkeit für ihn buk, um ihm nichts schuldig zu bleiben.

Herr Kaffenberger klagte ständig über das zu geringe Papierkontingent: Obwohl man den Verlagen letztes Jahr Papier versprochen hatte, war es im letzten Moment der Schulbuchproduktion zugeführt worden.

Jamie wiederum tröstete sie damit, dass man einen Teil von jenem Papier, das für die wachsende Zahl an Illustrierten vorgesehen gewesen war, nun den Buchverlagen zubilligte. Herr Kaffenberger wandte dann ein, dass diese Illustrierten eine große Konkurrenz wären – schließlich veröffentlichten sie neuerdings oft Fortsetzungsromane. Doch Jamie sorgte dafür, dass sie einige dieser Illustrierten in ihrer Buchhandlung vertreiben durften – ein Anrecht, das nur wenige hatten.

Heute schwiegen sie beide, während sie auf Ellas Füße starrten, und sie war diejenige, die Erfreuliches berichten konnte, wenngleich sie zu aufgeregt war, um sich in verständlichen Sätzen auszurücken.

»Naphtali Stein!«, rief sie wieder und klatschte in die Hände.

»Ist das der Arzt, der dich wegen akut auftretender Hysterie behandeln wird?«, fragte Hildegard trocken. Sie wedelte mit den Händen, weil es auch hier heiß war.

»Du musst doch diesen Namen kennen, er ist einer jener jüdischen Autoren, die Mutter verlegt hat. Sein Werk über das jüdische Frankfurt ist in zwei Bänden erschienen, einer behandelte die Geschichte vom Mittelalter bis zum Ende des Ghettos, der andere ...« Sie atmete tief durch. »Ich habe gerade erfahren, dass er noch lebt und dass er im Displaced Persons Camp von Zeilsheim wohnt. Vielleicht gelingt es mir, ihn als Autor zu gewinnen und dazu zu bewegen, einmal mehr etwas über die jüdische Vergangenheit Frankfurts zu schreiben, diesmal die jüngst zurückliegende.«

Hildegard rümpfte die Nase. Als Ella ihr im Winter eröffnet hatte, jüdische Autoren des Hagedornverlags ausfindig machen und diese veröffentlichen zu wollen, hatte sie mit ähnlichem Unverständnis und Missfallen reagiert wie Ari. Ausgerechnet ihr Vater hatte die Idee am Ende gutgeheißen und seine Unterstützung zugesichert.

»Die Alliierten tun alles dafür, damit die Bücher von einst verfolgten Autoren in großen Auflagen neu erscheinen«, hatte Julius Reichenbach erklärt, »und auch unter den Deutschen gibt es viele, die die Erinnerung an die jüngste Vergangenheit hochhalten. Ein Buch über die Machenschaften der SS ist ebenso in Druck wie eines über den Einsatz des Roten Kreuzes.«

Nachdem er die Liste mit den Namen erstellt hatte, hatte Ella sich dazu durchgerungen, ihm diverse Aufgaben im Hagedornverlag zu übertragen – so Papier manuell zu schneiden, weil es immer noch kaum Papierschneidemaschinen gab, oder dabei zu helfen, die Buchhaltung aufs Karteisystem umzustellen, damit die wachsenden Einträge übersichtlich blieben. Und in Momenten wie diesen war sie sehr glücklich über ihre Entscheidung.

Auch jenseits der Arbeit mied sie ihn nicht mehr so beharrlich wie früher. Essensspenden von ihm hatte sie bis jetzt nur angenommen, wenn sie Luise bei sich hatte – nun brachte er bei jedem Abstecher in den Verlag etwas Selbstgemachtes. Sie begnügte sich zwar mit winzigen Portionen, lud ihn aber in ihr Zimmer ein, wo mittlerweile ein klappriger Tisch stand. Wenn Hildegard etwas Köstliches beizusteuern hatte, aßen sie dort manchmal auch zu dritt. Zwar musste sie mit den gleichen Zutaten auskommen wie Julius Reichenbach, aber sie machte weitaus raffiniertere Gerichte daraus. Zunächst hatten sie die Mahlzeiten schweigend eingenommen, bald aber begannen sie, Neuigkeiten auszutauschen. Ob sie schon gehört hätte, dass demnächst die Deutsche Bibliothek, die größte öffentliche Bibliothek der Westzone, deren Aufgabe es war, das gesamte deutschsprachige

Schrifttum zu sammeln, eröffnen würde? Und ob sie schon wüsste, dass es zwischen Ost- und Hauptbahnhof nicht länger nur Schienenersatzverkehr in Form von Pferdefuhrwerken gäbe? Irgendwann hatte Ella sich nicht mehr gescheut, alle Sorgen und Freuden, die Luise ihr bereitete, vor dem Vater auszubreiten. Seit Weihnachten sei sie einen halben Kopf gewachsen, die Großmutter habe mehrmals Saum auslassen müssen, damit sie noch in ihre Kleider passte. Leider konnte man es mit dem Schuhwerk nicht ebenso halten, auch das wäre mittlerweile zu eng. Allerdings lief Luise ohnehin am liebsten barfuß herum.

Sogar ihre größte Enttäuschung brachte sie zur Sprache. »Sie betrachtet die Fibel, die ich ihr zu Weihnachten geschenkt habe, immer noch wie ein Bilderbuch«, platzte es eines Tages aus ihr heraus. »Anstatt die Namen der einzelnen Buchstaben zu lernen, vergleicht sie sie mit Tieren. Und wenn ich von ihr verlange, mir nachzusprechen, dann knurrt, winselt, heult oder summt sie.«

Dass der Vater in Gelächter ausbrach, ärgerte sie kurz. Aber dann sah sie, dass auch Hildegards Mundwinkel verräterisch zuckten, ehe sie ebenfalls laut zu lachen begann, und prompt konnte sie gar nicht anders, als einzustimmen.

»Es wird schon werden«, tröstete der Vater, nachdem er sich die Tränen aus dem Augenwinkel gewischt hatte. »Sie ist schließlich noch nicht mal fünf.«

Es tat gut, nicht nur in dieser Hinsicht aufmunternde Worte zu hören, denn manchmal war es schwer, dem Pessimismus zu trotzen. Zweifellos hatte es sich gelohnt, sich nicht länger hinter Feindseligkeit und Unversöhnlichkeit zu verschanzen. Und jetzt... jetzt hatte sie diese Botschaft erreicht!

»Naphtali Stein!«, rief sie ein drittes Mal, »ich muss sofort nach Zeilsheim.«

»Du kannst da jetzt nicht hin.«
»Keine Angst, ich ziehe mir vorher Schuhe an.«
»Hast du nicht mitbekommen, was heute in der Stadt los ist? Es herrscht Unruhe, und ...«

Ella achtete nicht auf Hildegard, schon wandte sie sich ab, um rasch zurück in die Verlagsräume zu laufen, in die Schuhe zu schlüpfen und sich auf den Weg zu machen.

Zunächst fiel ihr nichts Ungewöhnliches auf, nur, dass unter der heißen Sonne die stete Staubwolke zum dünnen Schleier verkommen war. Darunter war zwar deutlich zu sehen, dass das Antlitz der Stadt immer noch geschunden war, jedoch nicht mehr so restlos verwüstet wie unmittelbar nach dem Krieg. Inmitten der Ruinen waren nicht nur neue Wohnhäuser entstanden, auch Tanzschulen, Lichtspielhäuser und Jazzkeller, überdies Lokale – finstere Spelunken wie die Fischerschtubb oder feinere Restaurants in der Kaiserstraße, wo man auf Vorkriegsplatten zwar nur Nachkriegsportionen servierte, das aber immerhin unter einem Kerzenkronleuchter.

Die Straßenbahnen fuhren verlässlicher, auch die von Bockenheim zum Bahnhof. Als sie dort umsteigen wollte, vernahm sie plötzlich monotone Sprechchöre. Erst konnte sie nichts weiter sehen, doch alsbald stieß sie auf einen Zug ärmlich anmutender Männer, die mit Transparenten in der Hand ihren Forderungen Nachdruck verliehen.

Ella interessierte sich kaum dafür, war sie in Gedanken doch schon beim Autor, den sie treffen würde, doch sie musste notgedrungen stehen bleiben, weil die Demonstranten die Kaiserstraße entlangzogen und den Weg versperrten. Verspätet studierte sie eines der Transparente, begann zu ahnen, wer die Männer waren und was es mit dieser Demonstration auf sich hatte.

Der Mann, der neben ihr stand, weil er auch nicht weiterkam, wusste mehr. »Gegen die Briten geht's«, sagte er. »Gegen ihre Politik in Palästina«, fügte er hinzu. »Sie lassen weiterhin kaum Juden ins Land.«

So laut die Stimmen der Beteiligten auch gewesen waren, sehr lange war der Protestzug nicht. Bald war die Straße wieder frei, und Ella hastete weiter. Erst als sie in der Straßenbahn saß, kam sie ins Grübeln. Wenn etliche der Bewohner hier in der Stadt protestierten, musste auch im Lager der Aufruhr groß sein. Wie sollte sie unter diesen Umständen Naphtali Stein ausfindig machen?

Allerdings: Sie konnte nicht mehr warten, sie hatte zu lange gewartet. Nicht nur darauf, einen Autor ihrer Mutter ausfindig zu machen. Sondern auch auf ein Lebenszeichen von Ari, den Beweis, dass er seine Meinung geändert hatte. Sie hatte nie wirklich verstanden, warum er auf ihr Anliegen so ablehnend reagiert hatte, jedenfalls musste er ihm mittlerweile aufgeschlossener gegenüberstehen. Denn auch wenn er nicht gekommen war, um mit ihr persönlich darüber zu sprechen – die Nachricht stammte eindeutig von ihm. Und das bedeutete, dass er jene Namensliste nicht auf dem Feld hatte liegen lassen, sie vielmehr gelesen und aufbewahrt hatte, um sich nach all den Monaten endlich durchzuringen, ihr zu helfen.

Die Hoffnung auf eine Aussprache, gar eine Versöhnung, beschwingte sie. Obwohl der Fußweg von Höchst nach Zeilsheim unter der sengenden Mittagssonne eigentlich eine Qual war, bremste nichts ihr Tempo. Die größte Hürde war nur noch das bewachte Lagertor, aber als sie noch überlegte, was sie den Lagerpolizisten sagen wollte, erkannte sie, dass heute keine Uniformierten Wache standen und das Chaos im Lager es ihr leicht machte, durch das Eingangstor zu huschen.

Männer und Frauen standen dahinter dicht gedrängt, sämtliche Gesichter erhitzt. Etliche Grüppchen hatten sich gebildet und um einzelne Redner geschart. Die Wortfetzen, die Ella erreichten, waren größteils Jiddisch, doch sie vernahm auch Begriffe wie »Generalmobilisierung«, »Wehrdienst« und »nationale Pflicht«.

Sie hob einen der Flugzettel auf, die ringsum auf dem Boden lagen – nicht nur mit hebräischen Buchstaben beschrieben, auch mit deren deutscher Übersetzung. »Melde dich zum Dienst am Volke«, wurden an alle jungen Männer zwischen 17 und 35 Jahren appelliert. »Ihr seid praktisch Bürger Israels, und lange lassen wir uns von den Briten keinen Staat mehr vorenthalten.«

Der Zettel entglitt ihr wieder, sie blickte sich suchend in der Menge um, hoffte, irgendwo Ari zu erspähen. Während der weit und breit nirgendwo zu sehen war, erkannte sie ein anderes Gesicht.

Viktor! Rasch zog sie den Kopf ein, wandte sich ab und wollte in eine der schmalen Gassen fliehen. Doch es war zu spät, schon folgte ihr Aris Vetter und stellte sich ihr in den Weg. Irrte sie sich oder hatte er in den vergangenen Monaten noch mehr an Muskeln zugelegt?

Sie kam seinen bissigen Worten zuvor, indem sie ihm energisch beschied: »Ari ... ich bin Aris wegen hier. Er hat mir geschrieben und mir mitgeteilt, dass einer der Autoren, nach denen ich suche, am Leben ist. Er heißt Naphtali Stein.«

So freudig sie den Namen vorhin gegenüber Hildegard genannt hatte, nun wurde ihr die Kehle eng. Doch zu ihrer Überraschung tanzte ein schmales Lächeln auf Viktors Lippen.

Nicht, dass sie dem traute. »Ich lass mich nicht von dir wegschicken«, sagte sie fest, »Ari hat ...«

»Ich will dich doch nicht wegschicken. Na, komm schon.« Er wandte sich ab, winkte ihr, ihm zu folgen. »Worauf wartest du?« Sie starrte ihn verwundert an. »Aber...«

»Wenn du willst, bringe ich dich zu Naphtali Stein.« Sein Lächeln wurde noch breiter, strahlender, und diese wie aus Stein gemeißelte Miene wirkte menschlich wie nie.

Tief in ihr regte sich Misstrauen, fühlte sie doch, dass er ihr immer noch nicht wohlgesonnen war. Aber sie hatte keine Zeit zu ergründen, was es mit seinem Entgegenkommen auf sich hatte, sie brauchte alle Energie, um Schritt zu halten und ihn im Getümmel nicht aus den Augen zu verlieren. Es hatte seinen Vorteil, dass man Viktor offenbar großen Respekt entgegenbrachte – die Menschen wichen zurück, sodass stets eine schmale Gasse frei blieb, und bald erreichten sie eines der einstöckigen Wohnhäuser. Auch hier hatte sich die Hitze der letzten Wochen eingenistet, zugleich ein muffiger, abgestandener Geruch. Als Viktor die Türe eines Zimmers im ersten Stock öffnete – dass er zuvor nicht geklopft hatte, wurde ihr erst später bewusst –, ahnte sie, woher der Geruch kam.

Die Bettwäsche, auf die ihr Blick fiel, war gelblich, voller Flecken und zerknittert. Wahrscheinlich war sie seit Ewigkeiten nicht gewaschen worden, was wohl daran lag, dass der, der im Bett lag, dieses so gut wie gar nicht mehr verließ. Obwohl er keinen Schlafanzug trug, sondern Straßenkleidung, dachte sie an einen Patienten mit einer unheilbaren Krankheit. Unter dem dicken schwarzen Mantel musste er schwitzen, doch das Gesicht war bleich. Zum Geruch von alter Kleidung kam der säuerliche nach schlechtem Atem.

Instinktiv wollte sie zurückweichen, aber das war unmöglich. Nicht nur, dass Viktor zwar als Erster eingetreten war, sich danach aber hinter sie gestellt hatte und den Ausgang versperrte. Da war auch ... Ari.

Eben noch hatte auch er auf einer Pritsche gesessen, doch sobald sie den Raum betreten hatte, war er aufgesprungen und blickte sie nun mit dem Ausdruck tiefsten Entsetzens an.

»Was ... was machst du denn hier?«

Sie starrte ihn an. Er kam ihr dünner vor als beim letzten Mal, schien, bleich wie er war, die Sonne ebenso gemieden zu haben wie sie. Das rotbraune Haar war länger, fiel ihm fast in die Augen, deren Grau im Kontrast dazu umso durchdringender wirkte.

»Ich ...« Sie brachte kein Wort heraus, kramte hilflos in ihrer Tasche, zog den Zettel hervor, der sie heute Morgen erreicht hatte. »Du ... du hast mir doch geschrieben ...«

Aris Blick löste sich von ihrem Gesicht, richtete sich auf den Zettel. Immer noch wirkte er wie gelähmt, doch im nächsten Augenblick stürzte er auf Viktor zu, und während sie noch entsetzt aufschrie, hatte er ihn schon gegen die Wand gestoßen und ihm die Hand um den Hals gelegt. Der Angriff kam so abrupt, dass nicht nur Ella ihn nicht hatte kommen sehen, auch Viktor wirkte völlig überrumpelt.

»Du Idiot!«, schrie Ari. »Wie konntest du nur.«

Viktor wehrte sich nicht gegen den Griff. Obwohl der schmerzhaft sein musste, obwohl der ihm die Luft abdrückte, schaffte er es sogar, spöttisch aufzulachen.

»Ich *konnte* ihr nicht nur diese Nachricht schreiben, ich *musste* es sogar tun. Wie sonst bringt man dich zur Vernunft?«

»Wie konntest du nur!«, schrie Ari wieder.

»In den ganzen letzten Monaten warst du in Gedanken ständig bei ihr. Sie ist der Grund, dass du hier herumhockst wie einer der siechen Lungenkranken! Sie ist der Grund, dass du nicht aufhörst zu grübeln! Ständig hast du dich gefragt, ob ihr nicht doch eine Zukunft habt. Aber für einen Juden findet die Zukunft nur an zwei Orten statt: In Erez Israel. Oder im Krematorium. Ganz sicher aber nicht an der Seite einer Deutschen.«

Abrupt ließ Ari ihn los. »Du hattest kein Recht dazu!«, sagte er gepresst.

Viktor stieß ihn weg, baute sich seinerseits drohend vor ihm auf. »Was habe ich denn anderes gemacht, als sie hierhergelockt? Der Rest liegt bei dir. Willst du sie nicht begrüßen?«

Aris Blick ging zu Ella. Nicht mehr blankes Entsetzen stand darin, aber etwas anderes, was sie kurz nicht deuten konnte, dann als schlechtes Gewissen ausmachte.

»Und willst du nicht alle Anwesenden miteinander bekannt machen?«, fuhr Viktor fort.

»Viktor...« Es klang nicht warnend, nur resigniert. Während Ellas Verwirrung wuchs, deutete Aris Vetter schon auf den lethargischen Mann in dem Bett und sagte feierlich: »Gestatten, das ist der Schriftsteller Naphtali Stein. Aris Vater.«

In ihrem Kopf wurde es still, was umso augenscheinlicher war, weil draußen die Redner zu hören waren und die zustimmenden Rufe der Zuhörerschaft. Es wurde leer in ihren Gedanken, was umso widersinniger war, weil sich in ihrer Brust so viele Fragen auftürmten.

»Dein Vater ist Schriftsteller«, stellte Ella mit dünner Stimme fest.

Ari schüttelte sacht den Kopf. »Er war es... jetzt ist er's nicht mehr. Jetzt hasst er Bücher... Jetzt hasst er die deutsche Sprache... Jetzt hasst er mich, wenn ich Dramen zitiere.«

Ihr Blick ging zu Naphtali Stein. Hass schien ein viel zu starkes Wort für diesen kümmerlichen Mann zu sein.

Dieser Mann hasste nichts. Dieser Mann fühlte nichts. Allein sein Anblick ließ eine eigentümliche Taubheit auf sie überschwappen, schob einen gnädigen Schleier zwischen sie und die Erkenntnis, was das alles zu bedeuten hatte.

»Willst du es ihr nicht endlich sagen?«, forderte Viktor Ari auf.

»Warum willst du unbedingt alte Wunden aufreißen?«, rief Ari. »Du sagst doch immer, dass ich die Vergangenheit hinter mir lassen soll.«

»Wenn sie immer wieder hochquillt, muss man sich bücken und so lange im braunen Morast wühlen, bis das verstopfte Rohr endlich frei ist und alles abfließen kann.«

Eben noch hatte Ella Naphtalis Anblick am meisten zugesetzt, doch als die Worte zwischen den jungen Männern giftig hin und her gingen, wagte sie nicht nur, zu ihm zu schauen. Sie machte gar einen Schritt auf seine Pritsche zu, ahnte einen Bannkreis um ihn.

Doch so unberührt von allem war der alte Mann nicht. Eben blinzelte er, als fiele die Sonne auf ihn. Unwillkürlich beugte sie sich über ihn, hatte sie doch plötzlich das Gefühl, dass er genau das von ihr wollte. Ihr Anblick schien zu viel zu sein, aber als sich seine Lider wieder schlossen, öffnete sich sein Mund, und heraus kam nicht nur rasselnder Atem, es kam ein klares Wort… ein Name.

»Elsbeth.«

Seine Stimme, obwohl so leise, drang nicht bloß an ihr Ohr, sie rieselte vom Nacken abwärts über den ganzen Rücken.

»Elsbeth.«

»Sie kennen nicht nur meine Mutter, Sie kennen auch mich«, stellte sie leise fest. »Sie wissen, dass sie mich so genannt hat.«

Sie kniete nun neben der Pritsche, suchte unter den Wunden,

die Leid und Verlust geschlagen hatten, etwas Vertrautes zu finden. Der Bart war zu dicht, die Haut zu kalkweiß, zu eingefallen, als dass sie in dem Greis einen jener Männer hätte ausmachen können, die nicht nur im Verlag ein- und ausgegangen waren, sondern sich oft in Klaras Salon zu Diskussionsabenden getroffen hatten. Doch die Wahrheit ließ sich nicht leugnen.

»Sie waren nicht nur ein Autor meiner Mutter ... auch ein Freund ...«

Naphtali Steins Stimme schien sich an ihrem Namen verausgabt zu haben. Immerhin öffnete er wieder die Augen, und in seinem Blick stand nicht glasige Leere, sondern Zustimmung. Ari starrte verblüfft auf den Vater. Allerdings war auf Viktor Verlass – für ihn war die Wahrheit nichts, was man mit Samthandschuhen anfasste. Man packte sie und donnerte sie dem andern an den Kopf wie einen Fußball.

»Als die Gefahr wuchs, hat mein Onkel seinen Sohn deiner Mutter anvertraut. Es war nicht sein Deutschlehrer, der Ari zwei Jahre lang versteckt hat, es war deine Mutter.«

Die Worte waren wie dünne Fäden, die sich nicht verknüpfen wollten. Doch die Wahrheit schrie ihr auch so daraus entgegen. Die Gestapo ... nicht wegen des Verkaufs verbotener Bücher war sie gekommen ... sie ging dem Verdacht nach ... dass bei ihr ein Jude Unterschlupf gefunden hatte ...

Viktor hatte eine kurze Pause gemacht, als hätte er Spaß daran, sie selbst die richtigen Schlüsse ziehen zu lassen. Dennoch verzichtete er nicht auf den Triumph, es laut auszusprechen.

»Deine Mutter ist seinetwegen gestorben, und ich kann mir nicht vorstellen, dass du ihm das je vergeben kannst. Ich meine, die Deutschen verzeihen uns noch nicht mal, dass wir noch leben. Aber das Schöne ist, dass wir nicht auf eure Vergebung angewie-

sen sind und ihr nicht auf unsere. Wenn erst ein Meer zwischen uns ist und jeder in seinem eigenen Land lebt, dann herrscht endlich Klarheit. Wenn jeder für sich lebt und stirbt, gilt es, keine komplizierten Rechnungen aufzustellen.«
Während er gesprochen hatte, war er etwas zurückgetreten. Nun machte er eine dienernde, nahezu ehrerbietige Bewegung, doch wie höflich die Gesten auch wirkten, Ella wurde rausgeworfen.

Doch sie rührte sich nicht. Der Platz neben Naphtalis Pritsche mochte nicht der richtige Ort sein, um sich mit Ari auszusprechen, den wenigen Sätzen, mit denen Viktor die Wahrheit benannt hatte, eine ganze Geschichte hinzuzufügen. Allerdings war es der richtige Ort, um ihr Anliegen vorzutragen.

»Sie haben über die Geschichte Frankfurts geschrieben«, sagte sie unwillkürlich. »Können Sie mir auch Ihre Geschichte erzählen?«

Nur aus dem Augenwinkel nahm sie wahr, dass Viktor einen wütenden Satz auf sie zu machte. Doch Ari ging dazwischen und hielt ihn fest.

Woran es auch lag – Ari ging als Sieger hervor. Sie hörte, wie Viktor den Raum verließ, dann, wie Ari leise erklärte: »Mein Vater spricht nicht mehr deutsch, er spricht nur noch jiddisch.«

Ella rückte noch näher an Naphtali Stein heran, und nun stiegen doch vage Erinnerungen in ihr hoch. An einen Mann, der stets sehr höflich zu ihrer Mutter gewesen war, immer den Hut gelüftet hatte, sobald er eintrat, aber hinterher für Ella Kunststücke mit dem Hut getrieben hatte, ihn nämlich auf seinem Zeigefinger hatte kreisen lassen. Überhaupt hatte er gerne Späße gemacht und Witze erzählt. Er hatte sie zum Lachen gebracht, selbst viel gelacht.

War das wirklich Naphtali Stein gewesen oder ein anderer? Jener Autor hatte ihr jedenfalls nicht nur Witze erzählt, sondern ihr etwas beigebracht – einen jiddischen Reim.

Sie hatte jahrelang nicht daran gedacht, doch als sie den Mund öffnete, als sie noch einmal bitten wollte: »Erzählen Sie mir ihre Geschichte«, kamen plötzlich ganz andere Worte heraus. »*Vayl ikh bin a yidele. Zing ikh mir dos lidele. Vayl ikh bin a yid. Zing ikh mir dos lid.*«

Sie war nicht sicher, ob sie es richtig ausgesprochen hatte. Nicht sicher, was die Worte bedeuteten. Nicht sicher, welchen Sinn es machte, dass sie sie hier und heute laut rezitierte. Die Stille, die folgte, sprach denn auch ein Urteil. Du hast hier nichts verloren, du kannst die jiddische Sprache nicht wie Kreide fressen, du zählst zum Volk der Wölfe.

Doch als sie sich schon aufrichten und gehen wollte, kamen langsam und doch hörbar weitere Worte aus Naphtalis Mund.

»Meine Kinder… Aron und Johanna… Es war im Jahr 1943, als es hieß, die Frankfurter Juden würden alle in den Osten evakuiert werden. Klara Reichenbach hat mir angeboten, beide zu verstecken. Aber ich wusste, das war zu viel verlangt, das wäre auch zu gefährlich für alle gewesen. Johanna war einfach zu jung dafür. Ich konnte sie nicht beide retten.«

Ella sog den Atem ein, spürte auch, wie ein Ruck durch Ari ging. Naphtali hatte die Worte auf Deutsch gesprochen. Doch selbst wenn nicht, hätte sie sie verstanden. Die Tränen, die aus seinen Augen quollen, sprachen eine universelle Sprache.

Ari war zu keiner Regung fähig. Eben noch hatte er auf Ella zutreten wollen, ihr erklären, warum er geschwiegen hatte. Doch dann hörte er seinen Vater sprechen. Wort an Wort in der Naphtali so verhassten Sprache reihte sich aneinander. »Meine Frau war der gleichen Ansicht. Für sie kam es nicht infrage, Johanna zurückzulassen. Aron könnte auf sich selbst gestellt überleben, nicht unser zartes, kleines Mädchen. Sie hatte ja noch die Hoffnung, dass uns im Osten ein neues Leben erwartete, hart und entbehrungsreich ... aber ein Leben.«

Ari setzte sich aufs Fußende der Pritsche. Er konnte kaum glauben, was er da hörte, er konnte kaum glauben, was ihm selbst über die Lippen kam.

»Tate.«

Das jiddische Wort für Vater. Es war nicht das einzige, das ihm einfiel. Mame hieß Mutter. Seide hieß Großvater. Der war schon lange vor dem Krieg gestorben, doch die Erinnerung an ihn wurde jäh lebendig.

Ihm stand ja so vieles plötzlich deutlich vor Augen, auch wie sie Sabbat gefeiert hatten. Sonderlich religiös war die Familie Stein nie gewesen, aber der Sabbat war ihnen heilig. Schon am Donnerstag hatten sie ausführlich über den Speiseplan diskutiert und ob es Huhn, Rinderbrust oder Fisch geben würde.

Ir kenen nisht raybn deyn Mogn, ven di Fish blaybn in di Stav. Den Bauch kann man sich nicht reiben, wenn die Fische im Teiche bleiben.

Hatte er das eben laut gesagt?

Der Vater sagte jedenfalls: »Sie haben uns in Waggons gepfercht, die Bahnfahrt war sehr lang, ein paar Menschen starben, weil sie verdurstet sind oder weil das Herz nicht mitmachte. Wir hatten Glück. Es wurde erzählt, dass manch anderer nicht genug Platz hatte, um den zweiten Fuß auf den Boden zu stellen, aber wir in unserem Waggon konnten sogar sitzen, wenn auch dicht aneinandergepresst. Wir haben uns gehalten, wir haben gesagt, solange wir beisammen sind, ist alles gut. Meine Frau hat sich Sorgen um Aron gemacht, nicht um Johanna. Auf Johanna konnte sie ja selbst achtgeben, aber er war nun ganz allein. ›Er ist nicht allein‹, habe ich sie getröstet, ›bei Frau Reichenbach ist er sicher.‹«

Seine Augen, sonst meist in tiefen Höhlen versunken, waren weit aufgerissen. Grauen stand darin, aber nicht nur. Ari glaubte, auch Erleichterung wahrzunehmen, weil er sich die Last von der Seele reden konnte. Die Stimme klang heiser, die Worte waren trotzdem deutlich zu vernehmen.

Doch nun war Ari derjenige, der Deutsch nicht hören wollte, nicht verstehen konnte. Er wollte sich auch den Bildern nicht stellen – von der Anfangszeit in seinem Versteck, als es ihm nur als Gefängnis erschienen war, nicht als Zufluchtsort, als er noch nicht entdeckt hatte, dass es einen Weg nach draußen gab, zwar nicht für seinen Körper, aber für seinen Geist. Er konnte Bücher lesen … nein, Bücher verschlingen … durch Bücher atmen … durch Bücher leben.

Und er konnte sich in Erinnerungen an bessere Zeiten flüchten. Wie es am Freitagmorgen in der ganzen Wohnung nach Berches geduftet hatte, dem Sabbatbrot in Form eines dicken Zopfs aus mindestens vier Strängen, goldgelb, mit Mohn bestreut und unter einer weißen Serviette versteckt, ehe er zum Tisch getragen wurde. Zu Mittag hatten sie nicht viel gegessen, meist nur Honigbrote; vor der Dämmerung war dann der Esstisch gedeckt worden, mit ziselierten silbernen Weinbechern, auf denen Reben dargestellt waren, und den beiden Sabbatleuchtern.

»Es war Nacht, als wir ankamen.« Ganz kurz schloss der Vater die Augen. »Alles ging sehr schnell, es war eisig kalt, in der Luft hing ein Geruch, den ich nie vergessen werde, eigentümlich süß und zugleich beißend. Vom Zug ging es auf die Rampe, da hielten wir uns noch an den Händen, da dachten wir noch, wir sind zusammen, es kann nichts Schlimmes passieren. Uniformierte Männer waren da, auch Frauen, und so viele Hunde. Johanna hat sich an mich gepresst, das spüre ich bis heute. ›Er ist doch an der Leine, du musst keine Angst haben‹, sagte ich zu ihr. Aber die Männer waren nicht an der Leine, sie traten auf uns zu, warfen einen flüchtigen Blick auf uns, dann wollten sie mich in eine Richtung schieben, meine Frau und Johanna in die andere. Ich ließ meine Kleine nicht los, aber Johanna klammerte sich an ihre Mutter, nicht länger an mich. Und meine Frau sagte: ›Mach keine Schwierigkeiten. Wenn wir tun, was sie sagen, dann können sie uns nichts vorwerfen. Frauen und Männer werden wahrscheinlich an unterschiedlichen Orten registriert, hinterher führt man uns schon wieder zusammen.‹ Ich weiß bis heute nicht, ob sie log oder daran glaubte. Johanna jedenfalls glaubte ihr. Sie winkte mir noch einmal zu, dann ging sie an der Hand ihrer Mutter fort. Sie drehte sich nicht nach mir um.«

In Aris Erinnerungen drehte sich Johanna im Kreis. Einmal hatte sie ein neues Kleid bekommen, aus weißem Spitzenstoff, am Sabbat trug sie es zum ersten Mal. Sie drehte sich vor dem Spiegel, während der Tate sein Käppchen aufsetzte, das Gebetbuch in dem samtenen Synagogensäckel verstaute und zum Gottesdienst ging. Als er zurückkehrte, stand Johanna immer noch oder schon wieder vor dem Spiegel.

»Kommt jetzt, Kinder«, sagte Mame und zündete die Sabbatlichter an, dann hielt sie ihre Hände vor die Augen, die Handflächen den Lichtern zugewandt. Sie sprach einen hebräischen Segen, den Kiddusch, breitete ihre Hände nach rechts und links aus, damit die Sabbatfreude in alle Winkel des Raumes verteilt wurde.

In der Geschichte des Vaters wurde es immer finsterer. In seinem Gesicht stand nahezu Panik, als er weiter zu reden versuchte. Suchend ging sein Blick durch den Raum, erst als er bei Ella hängen blieb und diese, so entsetzt sie auch war, auffordernd nickte, setzte er seinen Bericht fort. »In eine Baracke brachte man mich, vier Männer lagen jeweils zusammengepfercht auf einer Pritsche. Ich fragte: ›Wo bin ich hier?‹ Da traf mich ein Schlag ins Gesicht. Ich fragte später noch einmal, und diesmal bekam ich eine Antwort. ›Du bist in der Hölle.‹ Danach fragte ich eine Weile lang gar nichts mehr. Weil ich zu viel Angst hatte, weil ich zu hart schuften musste, weil ich zu bitter fror, weil ich keine neuen Schläge riskieren wollte. Aber irgendwann bekam ich meinen Mund doch wieder auf. ›Meine Frau und meine Tochter, wo sind sie?‹ Wir waren im Freien, wir kamen vom Arbeitsdienst. Ein Häftling hob die Hand, nicht den Kopf, der Kopf war ihm zu schwer, aber mit der Hand deutete er in eine bestimmte Richtung. ›Dort sind sie, dort.‹ Eine graue Rauchsäule stieg über dem Krematorium auf.«

Ari sah den Weinbecher, den Tate füllte, ehe auch er den Kiddusch sprach, daran nippte, ihn weiterreichte. Er kam bei Johanna an, und Johanna im weißen Spitzenkleid trank den roten Wein. Das Sabbatbrot glänzte golden, der Vater brach ein Stück ab und reichte es Johanna, und das goldene Brot verschwand in ihrem herzroten Mund.

Die Hände des Vaters krallten sich ins Bettlaken. Ella hob die ihren, schien sie besänftigend auf seine papierene Haut legen zu wollen, schreckte im letzten Moment zurück.

»Ich wollte sterben wie sie. Dort, wo ich war, gab es eigentlich so viele Möglichkeiten zu sterben, der Tod ist nicht geizig. Allerdings ist er ein Sadist. Einmal hatte jemand ein Stück Brot gestohlen, und die Häftlinge mussten sich in eine Reihe aufstellen.

Jeder Fünfte wurde aufgerufen vorzutreten, den hat man dann erschossen oder aufgehängt. Ich konnte zu diesem Zeitpunkt nicht mehr sprechen, aber zählen konnte ich noch, ich wechselte meinen Platz in der Reihe, damit ich an der fünften Stelle kam. Aber als es so weit war, deutete der SS-Mann nicht auf mich, sondern auf den Nächsten. Von nun an war es statt jedes fünften Mannes jeder Sechste. Der SS-Mann lachte uns alle aus, der Tod lachte nur mich aus. Und er tut es immer noch. Ich darf nicht sterben ... Aber leben darf ich auch nicht.«

So viele Köstlichkeiten wurden am Freitagabend aufgetischt, am Samstag zum Mittag gab es dann meist dicke Erbsen – oder Bohneneintopf, in dem fettes Rindfleisch schwamm. Er wurde in einer Kochkiste, die in einem Federdeckbett eingepackt war, warmgehalten, weil es nicht erlaubt war, den Herd anzumachen. Es war auch nicht erlaubt, nach dem Essen Geschirr zu waschen, dieses türmte sich schmutzig im Spülbecken. Einmal stieß er dagegen, und ein Teller zerbrach, aber nicht einmal die Scherben durfte man aufheben. »Macht einen großen Bogen darum«, hatte die Mutter gewarnt.

Jetzt wollte ... konnte er die Scherben auch nicht aufheben. Nicht noch näher an den Vater heranrücken, nicht noch einmal »Tate« sagen, nicht seine Hand ergreifen und fragen, warum hast du mir das alles bis jetzt nicht erzählt? Nun, er hatte ihn ja auch nie gefragt, nicht ergründen wollen, was der Vater bei seinem Anblick fühlte: Glück, dass er an seiner Seite war? Oder Unglück, weil er ihn an Johanna erinnerte und daran, dass er sie verloren hatte?

Ella hatte keine Angst vor den Scherben, keine Angst vor der fahlen, schlaffen Hand. Sie nahm sie zwar nicht, aber legte ihre behutsam darauf.

»Diese Geschichte ... können Sie sie aufschreiben ... oder darf ich sie für Sie aufschreiben?«

Es kam keine Antwort mehr. Es stieg auch keine Erinnerung mehr an schöne vergangene Tage auf. Sie hockten gemeinsam an der Pritsche und sahen zu, wie der Vater sich wieder in eine leere Hülle verwandelte. Ari fiel nichts ein, was helfen könnte, nichts auf Deutsch, nichts auf Jiddisch. Ein »Tate« würde nicht reichen.

Ella aber schien eine Antwort zu bekommen. Obwohl der Vater nichts mehr sagte, sah Ari deutlich, dass sich seine Finger um die ihren legten und er sie sanft drückte.

Eine Weile noch blieb sie hocken. Erst als der Vater ihre Hand losließ, erhob sie sich. Er wusste nicht, ob ihr letzter Blick ihm galt, er starrte immer noch auf den Vater.

Sie hatte gehofft, in der Buchhandlung Ruhe zu haben, schließlich war es schon Abend. Aber sie fand sie nicht nur hell erleuchtet vor – schon von Weitem drangen ihr Stimmen entgegen. So wie Hildegard schimpfte, konnte sie unmöglich mit einem Kunden zugange sein.

»Kannst du endlich mal ruhig sitzen, oder willst du ein Ohr verlieren?«

Ella riss die Tür so abrupt auf, dass Jamie zusammenzuckte.

»Na, das Ohr ist noch dran, aber fast hätte die Nase dran glauben müssen«, sagte Hildegard finster.

Ella konnte kaum fassen, was sie sah. Jamie hatte auf einem Stuhl Platz genommen, unter dem ein altes Bettlaken ausgebreitet war. Hildegard stand dahinter, eine Schere in der Hand, mit der sie an seinem Kopf herumfuhrwerkte. Etliche seiner lockigen Haarsträhnen lagen schon auf dem Laken.

»Dass hinterher alles gerade ist, kann ich nicht garantieren bei dieser Krause.« Ihr Blick ging zu Ella, aber sie fühlte sich mitnichten ertappt, sondern erklärte ungerührt: »Und nein, ich mache aus der Buchhandlung keinen Friseursalon, aber die Amis denken wohl, dass sie, wenn auch nicht ihre Soldaten, so ihre Dolmetscher wie Struwwelpeters herumlaufen lassen dürfen, und wenn das Haar noch weiterwächst, wird es eine hervorragende Wohnstatt für Läuse. Die kann ich hier nicht gebrauchen.«

Schnipp, schnipp, schon landeten noch mehr Strähnen auf dem Boden. Als Ella darauf starrte, kitzelte ein Lachen sie in der Brust. Aber es schaffte es nicht hoch zu ihrem Mund.

»Meine Mutter immer hat mir geschnitten the hair«, murmelte Jamie.

»Und ich habe always meinem son geschnitten *die Haare*«, murmelte Hildegard und klang nicht mehr streng, sondern erstickt. Kurz war nur das Klappern der Schere zu hören, ehe sie schroff erklärte. »Na, steh schon auf, du bist fertig. Wenn du erwartest, dass ich dir auch noch wasche the hair, dann irrst du dich.«

Jamie erhob sich grinsend. »I know, dass Sie nicht wollen Wasser in der Buchhandlung.«

Hildegard hatte ursprünglich auch keinen Rauchfangkehrer in der Buchhandlung haben wollen. Wann genau sich das geändert hatte, konnte Ella nicht genau sagen, nur dass es herzerwärmend war zuzusehen, wie Jamie sich mit einem breiten Lächeln bedankte und sich Hildegards Mundwinkel nach oben bogen.

Als Jamie den Laden verlassen hatte, bückte sie sich rasch nach dem Laken mit den Haaren.

»Warum?«, fragte Ella plötzlich.

»Warum ich ihm die Haare geschnitten habe? Das habe ich doch schon gesagt: Weil er uns sonst Läuse einschleppt und wir ihm selbst dann nicht die Tür weisen können. Wir brauchen ihn ja noch wegen des Papierkontingents. Wenn du endlich weißt, welches Buch wir als Nächstes verlegen...«

»Ich weiß es jetzt«, fiel Ella ihr ins Wort. »Aber eine andere Sache kann ich nicht verstehen. Bei Jamie schaust du mittlerweile über die Hautfarbe hinweg. Aber Ari verachtest du immer noch, oder? Wir haben seit Ewigkeiten nicht mehr über ihn geredet, aber ich habe ihn immer mal wieder in Zeilsheim gesehen... auch heute.«

»Ich habe dir doch gesagt, dass...«

»Dass jemand wie ich dort nicht hingehen soll. Warum eigentlich nicht? Weil du insgeheim auch glaubst, dass die Juden Betrüger und Faulenzer sind? Aber wenn du selbst einem Schwarzen die Haare schneidest wie deinem eigenen Sohn – warum hast du dann auch nur ein schlechtes Wort über sie verloren?«

Sie merkte erst, dass sie schrie, als die Stimme von den Wänden widerhallte. Hildegard druckste ungewohnt kleinlaut herum und tat, als wäre sie beschäftigt, auch das letzte Haar vom Boden aufzulesen.

»Ich zürne Ari doch nicht, weil er Jude ist«, sagte sie endlich. »Ich zürne ihm, weil... weil...«

»Weil du denkst, dass er meine Mutter auf dem Gewissen hat?«

Hildegards Augen weiteten sich, und kurz war sie nicht Herrin ihrer Miene. »Du weißt, dass er hier versteckt war?«, rief sie fassungslos.

Ella kniff die Lippen zusammen. »Erst seit heute«, erklärte sie widerwillig, »während du es offenbar all die Jahre wusstest.«

Hildegard rang hilflos die Hände, ließ sie wieder sinken. »Mir ist nie etwas entgangen, was im Verlag und der Buchhandlung vor sich ging. Gewiss, es blieb mir eine ganze Weile verborgen, aber ... aber spätestens seit dem Jahr 1944 kannte ich die Wahrheit. Deine Mutter hat viel zu oft Essen mit in den Verlag gebracht, obwohl sie nie gerne kochte und stets wie ein Vögelchen aß. Zwei-, dreimal bin ich ihr nachgeschlichen – dann war offensichtlich, dass sie jemanden versteckt. Sie hat nicht einmal versucht, es zu leugnen, als ich sie damit konfrontierte, sie konnte sich ja sicher sein, dass von mir keine Gefahr drohte.«

»Und warum hast du mir das all die Jahre nicht gesagt? Erst recht, als Ari eine immer größere Rolle in meinem Leben spielte?«

Wieder rang sie die Hände. »Ich habe deiner Mutter versprochen, nie auch nur ein Wort darüber zu verlieren, und nach ihrem Tod fand ich, dass es, wenn überhaupt, die Aufgabe deines Vaters wäre, mit dir zu reden. Ich habe das meiste nur aus zweiter Hand mitbekommen ... Er weiß wesentlich mehr.«

Ohne es zu bezwecken, bestätigte sie jenen fürchterlichen Verdacht, der Ella auf dem Weg in den Verlag gekommen war.

»Natürlich«, sagte sie gepresst. »Auch Vater muss Naphtali Stein gekannt haben, schließlich publizierte er dessen Bücher übers jüdische Frankfurt. Und er muss gewusst haben, dass Mutter Naphtalis Sohn bei uns versteckt hat. Zumindest hat er es wie du nach einer Weile herausgefunden.«

Hildegard stand nun stocksteif da und runzelte die Stirn. »Ich finde, du solltest mit ihm selbst ...«

»Bis jetzt habe ich gedacht, dass er nur sie verraten hat!«, fiel Ella ihr harsch ins Wort. »Dass er bloß verhindern wollte, dass sie weiterhin verbotene Bücher verkauft! Aber er hat nicht nur ihren Tod riskiert, auch Aris. Er hat nicht nur sie an die Gestapo ausgeliefert, auch ihn. Dass Aris Versteck nicht aufgeflogen ist, lag wohl einzig daran, dass sie im Verhör dichthielt. Aber was man ihr dort angetan hat, wissen wir beide. Sie war so unendlich mutig, sie war stark, sie war ...«

»Was immer du deinem Vater unterstellst – das Wohl deiner Mutter war ihm wichtig!«

»Aber noch wichtiger war ihm sein Verlag. Deswegen hat er doch von Anfang an mit dem Regime paktiert, hat seine sämtlichen Werte und Überzeugungen verraten! Willst du das etwa leugnen?«

»Gewiss nicht. Aber Menschen können sich ändern. Sie können bereuen.« Ihr Blick fiel auf Jamies Haare, ein Zugeständnis, dass sich nicht nur ihr Umgang mit dem Soldaten geändert hatte, sondern dass sie überdies manche Beleidigung, manch falsches Urteil bedauerte.

»So einfach ist das nicht«, sagte Ella eisig.

Hildegard trat auf sie zu. »In den letzten Monaten seid ihr euch doch wieder ein bisschen nähergekommen. Dass du ihn wieder hier hast arbeiten lassen, beweist doch, wie viel auch dir an einer Versöhnung liegt. Und ich denke, du kannst nicht wirklich ermessen, was damals ...«

Wieder fiel ihr Ella ins Wort. »Ari hat Mutter nicht auf dem Gewissen, denn sie hat sich aus freien Stücken entschieden, ihn zu retten. Aber Vater ... Vater hat sie auf dem Gewissen. Und ich verstehe nicht, dass du ihm gegenüber viel weniger Groll hegst als all die Zeit gegenüber Ari.«

Hildegard machte den Mund auf, aber klappte ihn gleich wieder zu. »Du solltest wirklich mit ihm reden, ehe du ihn verurteilst.«

»Mein Urteil ist nicht von Belang. Dass er nicht länger hier arbeitet, das ist das Einzige, was für mich zählt.«

Ehe Hildegard einen weiteren Einwand vorbringen konnte, trat Ella zu dem kleinen Tischchen, das sie seit letztem Winter besaßen. Sie schob das Buch, das darauf lag, beiseite, nahm ein Blatt Papier und begann zu schreiben. Ihre Buchstaben waren nicht sehr groß, weil sie es gewohnt war, Papier zu sparen, und auch, weil sie das Gefühl hatte, das Grauen etwas zu mindern, indem sie es in winzige Buchstaben einpferchte.

Eigentlich hatte sie das in den Verlagsräumen tun wollen, aber sie fühlte plötzlich: Dies hier war der richtige Ort dafür.

Es schien, als wollte Hildegard den Laden schweigend verlassen, aber dann hielt sie doch noch inne. »Woran schreibst du?«, fragte sie.

Ella konnte ihre Pläne nicht für sich behalten. »An unserer nächsten Veröffentlichung.«

14. KAPITEL

Ella beendete ihren Vortrag mit einem Zitat von Reinhold Schneider. Dessen Buch *Die Heimkehr des deutschen Geistes* war eines der ersten, die nach dem Krieg verlegt worden waren, und er versuchte darin zu erklären, wie es zur Katastrophe hatte kommen können. Er forderte Wahrhaftigkeit in der Auseinandersetzung mit der Geschichte. Denn nur dann würde man entdecken, »dass der Strom keinen Damm durchbrochen hat, den der Geist nicht zuvor schon durchwühlte, und kein Felsentor sprengte, ohne die Sprengkraft des Geistes.«

Als sie die Worte laut aussprach und ihrer poetischen Wucht nachspürte, war sie noch überzeugt, dass es die richtige Entscheidung war, damit zu enden. Aber als sie verklungen waren, folgte nicht der erhoffe Applaus. Nur Stille. Keine erhabene, ehrfürchtige Stille wie nach einem gelungenen Konzert. Eine Stille, die von Unverständnis herrührte.

Sie hob ihren Blick von den Unterlagen, die sie auf dem Verkaufstresen ausgebreitet hatte, und ließ ihn vorsichtig schweifen. Schon zu Beginn der Veranstaltung, die sie seit Wochen geplant und für Anfang November festgesetzt hatte, hatte sie kaum hochzusehen gewagt, doch da hatte sie vor allem Schüchternheit davon abgehalten.

Viele Leute hatte sie nicht in die Buchhandlung gelockt. Sie konnte sie an zwei Händen abzählen, und gleich nach ihrer Einleitung waren die Ersten wieder gegangen, sichtlich enttäuscht, dass sich hinter dem angekündigten »Literarischen Abend« kein Vortrag von Schillerballaden, sondern von zeitgenössischen kritischen Texten befand.

Begonnen hatte sie mit Karl Jaspers Aufsatz *Nach der Katastrophe*, in dem er über den Begriff Schuld nachdachte – in seinen Augen nichts, was man auf die juristische Bedeutung reduzieren dürfe und was nur verurteilten Rechtsbrechern nachzuweisen wäre, nein, der Philosoph machte Schuld als psychisches Phänomen aus, mit dem sich jeder Deutsche auseinandersetzen müsse.

Somit hatte sie das Publikum gleich zu Beginn mit einem zu hohen intellektuellen Anspruch verschreckt, und als sie dann auch noch ein Drama zitierte – *Die jüdische Frau* von Bertolt Brecht, was ihr als gute Überleitung zur Geschichte von Naphtali Stein und seiner Familie erschien –, hörte sie empörtes Gemurmel.

Ungerührt begann sie, aus dem nächsten Bertolt-Brecht-Stück vorzutragen, *Furcht und Elend des Dritten Reiches*. Nun murmelte niemand mehr, aber die Leute rutschten unruhig auf ihren Stühlen hin und her, und ein paarmal ging die Ladenglocke. Die Unruhe war auch dann nicht abgerissen, als sie endlich zum Höhepunkt der Veranstaltung gekommen war. Sie hatte den Eindruck vermeiden wollen, Naphtali Stein hätte seine Geschichte, die dieser Tage druckfrisch in der Hagedornschen Buchhandlung erhältlich war, selbst niedergeschrieben. Deswegen hatte sie einen längeren Text aus ihrer Perspektive verfasst, in dem sie berichtete, wie er ihr davon erzählte. Leider schlug sie damit mindestens zwei weitere Besucher in die Flucht. War überhaupt noch jemand da? Sie wagte einen kurzen Blick in die Runde.

Nun gut, nicht sämtliche jener Stühle, die sie in den letzten

Wochen organisiert hatte und die unterschiedlich groß und stabil waren, waren leer. Hildegard und Herr Kaffenberger zählten zwar nicht als Publikum, aber da war immerhin ein fremder junger Mann, außerdem Hertha Brinkmann und ihr Ehemann Wilhelm. Ella konnte sich vage erinnern, dass der auch die Beerdigung ihrer Mutter besucht hatte, jedoch nicht, ihn jemals in der Buchhandlung gesehen zu haben. Er machte denn auch ein Gesicht, als würde er tief bereuen, sie heute betreten zu haben.

Hertha Brinkmann lächelte zwar noch gequält und raunte etwas in Ellas Richtung, was so klang wie: »Des häwwe Soe schee gemoacht!« Aber schon erhob sich ihr Mann, baute sich vor Ella auf und schimpfte los: »Woas häwwe Sie sisch do blous eifalle losse, Fräulein Reischenbach?«

»Hagedorn...«, hielt Ella schwach dagegen, »ich heiße jetzt Hagedorn.«

Aber er hörte sie gar nicht, hatte sich schon in Rage geredet.

»Dieser Brescht! En vadderlandsloser Lump! Er unn die sain häwwe unser scheenes Land verlasse, als es sie oam meiste brauchte. Unser tapfere junge Männer sinn inde Kriesch gezoche, um uns gäje de Bolschewismus zu verteidige, unn diese Exilante hocke in Amerika, saufe Schampagner unn mache Deitschland schlescht.«

Als sie vor dem schwindenden Publikum gesprochen hatte, hatte Ellas Herz bis zum Hals geschlagen, jetzt schien es bleiern immer tiefer zu rutschen.

Sie brachte kein Wort über die Lippen, leider verhallte auch Hertha Brinkmanns »Äwwer Wilhelm!« ungehört. Ihr Mann war noch nicht fertig: »Unn jetz grieje die Jude aa noch ehr ganzes Vermäge zurück! Unn damit mer die Börse meglischst weit äffne, kumme sie mid allerhand Schauergschischde. Wenn's uns nedd ouszupresse gelte, doann deen sie sisch ihre Märschen nedd ausdenke.«

Trotz des Drucks in der Brust holte Ella tief Atem. Da war so vieles, was sie entgegen wollte. Dass auch die Entnazifizierten ihr Vermögen zurückerhielten, dass es Naphtali Stein ganz sicher gar nicht darum ging und er nicht übertrieb. Aber sie schwieg. Viktor hatte wohl recht gehabt, als er behauptete, die Deutschen würden sich niemals ändern. Und Hildegard hatte wohl auch recht. Seit Wochen wetterte sie, dass sich kein Mensch für Naphtalis Geschichte interessieren würde, dass sie all das Papier und Material umsonst verschwendete.

Ausgerechnet von ihr kam Hilfe, denn sie trat nun ebenfalls hinzu. »Na, na, Herr Brinkmann, Sie können das, was den Juden angetan wurde, nicht einfach als Märchen abtun.«

Wilhelm Brinkmann fuhr zu ihr herum. »Isch will joh nedd leugne, dass die Jude gelidden häwwe, äwwer mer sinn doch all Opfer oaner unmenschlischen Zeit.«

Er fuchtelte empört mit den Händen, hörte auch dann nicht auf, als Hertha Brinkmann ihm beschwichtigend die Hand auf die Schulter legte.

Immerhin verhallte ihr eindringliches »Loss uns jet dabbe!« nicht ungehört.

Zwar fuhr er seine Frau erst streng an: »Solange solsche ekelhafte Bischer do verkaaft werrn, kimmschde nämä doher.«

Aber dann ließ er sich doch bewegen, den Laden zu verlassen.

Ella ließ laut den Atem entweichen. Ekelhafte Bücher, wie konnte er nur!

Sie stellte fest, dass der letzte Gast, jener fremde junge Mann, zwar von seinem Stuhl aufgestanden war, aber stehen blieb. Unwillkürlich machte sie sich auf Vorwürfe gefasst, las in seiner

Miene aber keine Ablehnung. Im Gegenteil: Als sein Blick auf ihre Unterlagen fiel, glaubte sie, ehrliches Interesse wahrzunehmen.

»Könnte ich ... könnte ich die wohl haben?«, fragte er.

»Wenn Sie nachlesen wollen, worüber ich heute gesprochen habe, können Sie die neueste Publikation des Hagedornverlags erwerben«, sagte sie und deutete auf die Broschüren.

Verschämt trat er von einem Bein auf das andere. »Ich fürchte, die kann ich mir nicht leisten. Aber wenn Sie mir Ihre Unterlagen überlassen, dann ... dann kann ich die Rückseite beschreiben.«

Ella tat sich schwer, ihre Enttäuschung zu verbergen. Natürlich, ein Student. Er war nicht der Einzige, der in den letzten Monaten im Laden auftauchte – nicht um Bücher zu kaufen, sondern um Papier zu erbetteln. Die Frankfurter Universität hatte zwar recht bald nach dem Krieg wieder ihre Tore geöffnet, doch es fehlte nicht nur an Räumlichkeiten, Professoren und somit auch an Studienplätzen, weswegen sich lediglich einer von zehn Interessenten fürs Medizinstudium einschreiben konnte, es fehlte vor allem an Fachbüchern. Wer sich ein Buch aus der Universitätsbibliothek ausleihen wollte, musste sich schon Wochen vorher in die entsprechende Warteliste eintragen, und mangels Schreibmaterial wurden die Rückseiten alter Schulhefte ebenso beschrieben wie Packpapier. Sie hatte stets verständnisvoll reagiert, wenn Studenten kamen, aber heute fiel es ihr schwer, freundlich zu bleiben. »Na gut«, sagte sie und reichte dem jungen Mann ihre Unterlagen. »Nehmen Sie sie mit. Ich denke nicht, dass ich sie noch brauche. Wie es scheint, kann ich kaum jemanden zu einer Veranstaltung wie dieser locken.«

Sein Dank war aufrichtig, den Gefallen, ihr zu widersprechen, tat er ihr aber nicht. Rasch huschte er ins Freie.

»Ich weiß«, sagte Ella scharf in Hildegards Richtung, um ihr zuvorzukommen, »ich weiß, dass es ein Fehler war.«

»Ganz im Gegenteil. Diesem armen, jungen Studenten Papier zu überlassen, war eine gute Tat.«

»Das meine ich doch nicht. Diese Veranstaltung war ein Fehler, davon warst du immer überzeugt, und heute Abend hast du recht bekommen.«

Sie wollte sich abwenden, um zu fliehen, nicht zulassen, dass die bärbeißige Buchhändlerin Salz in die Wunden streute, doch deren Hand schnellte vor und hielt sie fest. »Du hast es gut gemeint.«

»Aber ich habe es falsch gemacht. Ich weiß nur leider nicht, wie man es richtig macht. Ich kann's auch nicht verstehen. Der Aufbau Verlag hat jüngst einen Auszug aus Ernst Wiecherts *Totenwald* veröffentlicht, in dem der seine Erlebnisse im KZ Buchenwald beschreibt, und das hat sich gut verkauft. Ich bin doch nicht die Erste, die den Blick auf diese … Themen lenken will, ich will das Rad nicht neu erfinden. In den letzten Wochen habe ich herausgefunden, dass es viele Werke gibt, die von den Erfahrungen der Juden in Deutschland erzählen. *Nur ein Judenweib* von Paul Zech, *Theresienstädter Bilder* von Else Dormitzer, *Geschichten aus sieben Ghettos* von Egon Erwin Kisch oder …«

Hildegard ließ sie los und machte eine abwehrende Geste. »Es geht nicht darum, das Rad neu zu erfinden, sondern dass es zum Wagen passt. Wenn der Wagen zu klein und das Rad zu groß ist, dann kommst du nicht voran. Ich glaube, du willst zu schnell zu viel.«

»Du brauchst mir die Welt nicht zu erklären«, entgegnete Ella heftig. »Ich weiß, wie's ist, wenn man ein wackeliges Gefährt über unebenes Pflaster schiebt. Wie oft brauchte ich dafür alle Kraft.

Doch wer zwei gesunde Beine hat, braucht keinen glatten Weg. Oder traust du mir etwa nicht zu, notfalls auch über Trümmer zu klettern?«

Der Blick von Hildegard war ungewohnt sanft. »Ach Mädchen«, sagte sie seufzend, »natürlich weiß ich, dass du klettern kannst. Manchmal denke ich allerdings, deine Mutter würde sich noch mehr darüber freuen, wenn du auch tanzen könntest ... dir nicht immer so schwere Gedanken machst ... das Leben ein wenig genießt, mal ins Theater gehst oder ins Kino, anstatt immer nur an die Arbeit zu denken und darüber zu verbittern. Es wird doch jetzt langsam alles leichter.«

»Mutter hätte es genauso gemacht!«, rief Ella trotzig.

»Deine Mutter wäre der Meinung, dass sie genug geopfert hat und du das nicht auch noch tun musst.«

Instinktiv ahnte Ella, dass Hildegard recht hatte, doch das konnte sie nicht zugeben. Sie trommelte auf dem Verkaufstresen, weil sie nicht wusste, wohin mit den Händen.

»Du kannst jetzt gehen«, sagte sie, »aufräumen kann ich allein.« Als Hildegard sich nicht rührte, löste Ella die Hände vom Tresen und begann Stuhl auf Stuhl zu stapeln, ein Ding der Unmöglichkeit, weil alle unterschiedlich groß waren. Nun, dann würde sie sie eben paarweise ins Verlagshaus bringen, schon begann sie mit den ersten beiden.

Als sie zurück in die Buchhandlung kam, war Hildegard tatsächlich gegangen, aber jemand anderer war noch da. Richtig, Herr Kaffenberger hatte die Veranstaltung auch besucht und stand nun neben einem Bücherregal.

»Wollen Sie mir auch sagen, dass sich niemand für meine Broschüre interessiert?«, fragte sie. »Dass ich sie nie und nimmer verkauft bekomme?«

Er hielt den Kopf schräg, aber sein Gesichtsausdruck war nicht so verdrossen wie in jenen Momenten, da er seine schlechten Nachrichten überbrachte. »Oh, verkauft kriegst du diese Bücher zweifellos«, sagte er, »solange es an allem Mangel gibt, sind Bücher von unschätzbarem Wert. Was früher das Goldstück war, ist jetzt ein Buch. Meine Erfahrung ist allerdings, dass es Kommissionären wie mir ums Verkaufen geht, den Verlegern aber auch noch um etwas anderes.«

Während er sprach, hatte er sich den Hut aufgesetzt, den er während der Veranstaltung abgenommen hatte.

Das stimmt, ging es ihr durch den Kopf. Sie wollte, dass ihre Bücher bewirkten, was sie sich von ihnen erhoffte – Menschen aufzurütteln, Menschen zu verändern.

Doch das Einzige, was sie heute geschafft hatte, war jene zu irritieren, die eigentlich auf ihrer Seite standen. Als auch Herr Kaffenberger sie mit den leeren Stühlen zurückließ, wurde ihre Einsamkeit fast greifbar. Schnell nahm sie die nächsten beiden, um sie wegzubringen, machte auch danach keine Pause. Bald würden allerdings keine Stühle mehr übrig sein, bald würde der Moment kommen, da sie zwischen sich und der Einsamkeit nichts stapeln konnte.

Nachdem sie die letzten zwei Stühle weggebracht hatte, zögerte sie, die Buchhandlung zu betreten. Sie verharrte im Innenhof, blickte hoch zum Sternenhimmel. Doch bevor sie endgültig den Mut verlor, hörte sie aus der Buchhandlung jenes Geräusch, auf das sie insgeheim gehofft hatte.

Jemand stand dort, schlug seine Hände zusammen. Es war ein dürftiger Applaus, er kam auch viel zu spät, aber es war Applaus.

»Ari!«

Heiße Freude durchflutete sie und trieb sie auf ihn zu. Doch ehe sie ihn erreichte, überwog die Befangenheit, und sie verwehrte sich dem Drang, ihn zu umarmen. Das wäre ohnehin schwer möglich gewesen, denn immer noch spendete er Applaus. War es wirklich Zustimmung oder eher Spott? Als sich ihre Stirn runzelte, ließ er die Hände sinken. »Ich habe von der neuen Publikation des Hagedornverlags gehört. Ich lese regelmäßig die *Frankfurter Rundschau,* um zu erfahren, wo welche Theaterstücke aufgeführt werden, und bei den Veranstaltungen war auch deine aufgelistet.«

»Mach bitte nicht auch du mir Vorwürfe, ich habe mir heute genug anhören müssen.«

Sein Blick weitete sich. »Warum soll ich dir denn Vorwürfe machen?«

»Ich habe die Geschichte deines Vaters aufgeschrieben. Und obwohl ich sein Einverständnis hatte und ich im Text deutlich gemacht habe, dass nicht er der Autor ist, sondern ich, die ich ihm zugehört habe, könntest du das als Anmaßung betrachten. Viktor sagte doch...«

Jetzt machte er ein paar Schritte auf sie zu, überbrückte die letzte Distanz und nahm ihre Hände. »Mit Viktor bin ich so gut wie nie einer Meinung. Ich ... ich finde gut, dass du es aufgeschrieben, ich finde gut, dass du auch andere Texte gesucht hast, die zum Nachdenken anregen, und dass du sie heute Abend dem Publikum vorgetragen hast. Als ich mich damals geweigert habe, dir zu helfen, tat ich das doch nur...« Er brach ab. »Jedenfalls habe ich vor der Tür gestanden und von dort zugehört.«

»Und warum bist du nicht hereingekommen?«

Er ließ sie los, starrte auf seine Fußspitzen. »Ich war mir nicht sicher, ob du mich sehen willst. Eigentlich wollte ich schon wieder gehen. Aber dann... als du dich mit den Stühlen abgemüht hast… du hast so einsam gewirkt. Gewiss zürnst du mir, weil deine Mutter meinetwegen…«

»Still!« Sie konnte nicht ertragen, ihn das sagen zu hören, es war zu schmerzhaft. Nicht schmerzhaft war es aber, ihre Hände um seinen Nacken zu legen. Sie dachte an ihre letzte Begegnung, wie unvermittelt sie damals aufgebrochen war, und wie das auf ihn gewirkt haben musste.

»Ich war mir auch nicht sicher, ob du mich sehen willst«, sagte sie, »nicht nach allem, was euch angetan wurde… deinem Vater, deiner Mutter, deiner Schwester.«

Johannas Name schwebte über ihnen. Aber nicht als dunkle Wolke, ehe wie ein Stern, hoch oben, leuchtend. Seine Miene war denn auch nicht finster, seine Trauer nicht nachtschwarz.

»Durch deine Begegnung mit meinem Vater kann ich mich wieder an so viel erinnern … an damals … an die glücklichen Zeiten. Ich habe weniger Albträume als früher, und es fällt mir auch nicht mehr so schwer, viele Menschen um mich zu ertragen. Nicht nur, dass ich weiterhin Requisiten und Kulissen fürs Theater mache – manchmal helfe ich jetzt auch bei der Auslieferung der Lagerzeitung aus.«

»Und dein Vater? Ich habe ihm vor zwei Wochen eine der druckfrischen Broschüren gebracht, doch er wollte keinen Blick hineinwerfen. Abgelehnt hat er sie zwar auch nicht, aber er hat nicht mehr so offen geredet wie im Sommer, hat nur ein Danke hervorgepresst.«

Ari lächelte zögerlich, doch sofort nahm seine Miene wieder einen traurigen Ausdruck an. »Ich habe das Gefühl, dass es ihn von einer Last befreit hat, dir alles zu erzählen. Ihm scheint es etwas besser zu gehen – er isst mehr, und manchmal steht er auf und tritt zum Fenster. Aber er bleibt ein gebrochener Mann. Er hasst die Deutschen immer noch, auch ihre Sprache. Mit dir hat er deutsch geredet – mit mir tut er es immer noch nicht.«

Sie hielt seinen Nacken umfasst, ihren Blick mit seinem verschränkt. Sie konnte ihn einfach nicht loslassen, zu groß war das Verlangen, ihn zu küssen. Es wäre doch ein Leichtes, diesen Moment, der wie aus der Zeit gefallen schien, zu ihrem zu machen. In der Vergangenheit lauerten so viele Fallstricke, die Zukunft war ein Minenfeld, was blieb, war dieses Jetzt. Allerdings war es dürr und bleich. Wenn sie zu viel hineinschob an Erwartung und Hoffnung und Sehnsucht, würde es platzen. Das Beste war, sich unauffällig zu machen, sich wegzuducken vor den vielen Fragen, die um sie schlichen wie Raubtiere.

Ihm ging es wohl nicht anders. Anstatt endlich wissen zu wollen, was aus ihnen würde, zog er sie mit sich.

»Komm!«

Er strebte nicht auf die Straße, wie sie es erwartet hatte, sondern über den Innenhof in die Verlagsräume. Anstatt das einstige Büro ihrer Mutter aufzusuchen, führte er sie hinauf in den ersten Stock, wo einst die Buchhaltung erledigt worden war. Als Kind war sie kaum hier gewesen, hatte ihr Interesse doch den Buchstaben gegolten, nicht den Zahlen. Nun durchquerte er diesen Raum, bis sie eine Tür auf der anderen Seite erreichten. In der kleinen Kammer dahinter waren die Bilanzen aufbewahrt worden, ehe sie der Vater nach einer der Bombennächte in die Wohnung geschafft hatte. Am Ende war ihr Haus getroffen worden, nicht der Verlag, und sie hatten alle Bilanzen verloren. Die Kammer stand seitdem leer – vor einigen Monaten hatte sie hier vergebens nach einem brauchbaren Regal gesucht, war nur auf nackte Wände gestoßen, von denen die Tapete in Fetzen herunterhing. Der Schimmel darunter verbreitete einen modrigen Geruch.

»Was willst du denn hier?«, fragte sie, dabei ahnte sie es längst.

Ari kniete sich hin, klopfte auf die Holzdielen, bis aus dem dumpfen Klang ein hohler wurde. Eines der Holzbretter war lose, schon schob er es beiseite, und eine schmale Lücke offenbarte sich. Für einen dünnen Mann wie ihn bot sie Platz genug, um in die Tiefe zu gleiten. Und für eine dünne Frau wie sie war es ein Leichtes, ihm zu folgen. Kurz glaubte sie, in die Schwärze zu fallen. Aber sie kam mit beiden Beinen auf festem Untergrund auf.

»Einst diente der Verlag als Wohnung«, erklärte Ari, »und das Büro deines Vaters unmittelbar unter uns war das Schlafzimmer. Damals befand sich noch ein Frankfurter Bad samt großem Warmwasserboiler dort. Das Bad hat man später herausgerissen, und als man den Boiler und die Leitungen an der Decke zugemauert hat, ist dieser Hohlraum entstanden.« Er war nicht hoch genug, um aufrecht zu stehen, aber immerhin so breit, dass man liegen konnte. Und es war nicht gänzlich finster. Durch eine Luke fiel der kalte Schein einer Straßenlaterne. Sie meinte, einen süßlichen Geruch wahrzunehmen... Schimmel... Bücher... abgestandener Schweiß... und Angst.

Nein, nichts an der Angst war süß. Die, die Ari zu packen schien, war kalt und roh, schüttelte ihn durch. Obwohl sie ihn sofort in ihre Arme zog, zitterte er haltlos und keuchte. Aber als sie wieder und wieder sagte: »Ich bin bei dir. Jetzt bin ich doch bei dir«, beruhigte er sich.

Sie ließen sich auf den Boden sinken, schmiegten sich aneinander. Die Luft war schwer, das Atmen auch.

»Wie hast du es hier nur an die zwei Jahre ausgehalten?«, fragte sie.

Sie spürte, wie er sich verkrampfte. »Jeden zweiten Tag brachte mir deine Mutter etwas zu essen und frisches Wasser, leerte den Eimer, in dem ich mich erleichtern konnte, und erlaubte mir, aus dieser Kammer zu klettern und mir ein wenig die Beine zu vertreten. Es war immer spätabends, wenn der Verlag leer war – trotzdem hat sie so gut wie nie mit mir geredet, als würde jedes Wort die Gefahr aufzufliegen vergrößern. Am schlimmsten war jene Zeit, nachdem Luise auf die Welt gekommen ist. Sie hat mir damals mehr Vorräte als sonst gebracht, damit ich es ein, zwei Wochen aushalten könnte, doch ich hatte schreckliche Angst.«

Ella lauschte erschüttert. Die Stille… die Einsamkeit… die Ungewissheit.

»Ich sehnte mich so nach frischer Luft«, fuhr er gepresst fort. »Einmal habe ich es nicht ausgehalten. Es war in einer Bombennacht, als ich mein Versteck verließ und auf die Straße trat, weil ich wusste, dass sich jetzt niemand dort aufhalten würde. Ich wusste zwar, dass die feindlichen Flieger den Tod brachten, aber als ich auf den nächtlichen Himmel starrte und wie er immer wieder erleuchtet wurde, da habe ich mich kurz frei gefühlt.«

Wie kann ein Mensch daran nicht kaputtgehen?, fragte sie sich. Wie können wir jemals miteinander glücklich werden?

Was sie diesen Fragen entgegenstellte, war eine schlichte Erkenntnis: Zwar war er hier schrecklich unglücklich gewesen. Aber jetzt, da er sie an den wichtigsten, den verhasstesten, den rettendsten, den verfluchtesten Ort seines Lebens mitgenommen hatte, war er es nicht mehr.

Sie umarmte ihn wieder oder immer noch, spürte, wie sein

Schlottern langsam nachließ. Ella hielt ihn fest, konnte ihn zwar nicht von der Pein der Vergangenheit befreien, aber ihm für die Zukunft versprechen, dass er niemals wieder so mutterseelenallein sein würde.

Eigentlich hatte er nicht geplant, Ella sein Versteck zu zeigen, und doch hatte es sich an jenem Abend richtig angefühlt, auch, die Nacht dort zu bleiben, eng an sie geschmiegt zu liegen, zu reden und zu schweigen, zu wachen und zu schlafen.

Eigentlich hatte er auch nicht geplant, am nächsten Abend wiederzukommen, doch das fühlte sich ebenso richtig an. Sie betraten wieder die Kammer, lagen, fast ohne zu atmen, mit ihren knochigen Körpern stundenlang so fest aneinandergepresst, dass kein Blatt zwischen sie passte.

Nach einigen Nächten, da sie sich fast ängstlich aneinander festhielten, begannen sie doch, leise über die Zukunft zu reden, wenn auch nicht über ihre, sondern über die des Verlags. Ihre Broschüren verkauften sich trotz des schweren Themas so gut, dass sie bald eine neue Auflage einplanen konnte, aber die Befürchtung, dass sie nur wegen des Papiers gehortet wurden, blieb. Kein Einziger war zurück in die Buchhandlung gekommen, um sich nach der Lektüre bewegt, begeistert, betroffen zu zeigen.

»Niemand interessiert sich für das Thema«, murmelte sie verzagt.

»Ich glaube, das stimmt so nicht.«

Sie sah ihn fragend an, doch fürs Erste blieb er eine Antwort schuldig, streichelte nur sanft ihre Hand mit seiner rauen, rissigen. Doch zwei Wochen später – der November ging dem Ende entgegen – gab er ihr doch noch eine Antwort. Als er an diesem Abend zur Buchhandlung kam – wie so oft zu einem Zeitpunkt, da er sich sicher sein konnte, sie dort allein anzutreffen –, wedelte er mit zwei Karten. Theaterkarten.

Verblüfft sah sie ihn an. »Wo hast du denn die her?«

»Das ist mein Geheimnis«, sagte er lächelnd. »Aber du hast doch auch bemerkt, dass auf immer mehr Bühnen wieder gespielt wird. Im Frankfurter Westend werden Kabaretts aufgeführt, im ehemaligen Rothschildschen Pferdestall Komödien. Und am häufigsten finden Theateraufführungen im Saal der Frankfurter Börse statt. Obwohl die Leute selber ihre Stühle mitbringen müssen, wird immer vor ausverkauftem Haus gespielt.«

Er ließ die Karten sinken, forderte sie auf, zwei Stühle und ihre Tasche zu holen, nahm ihr einen der Stühle ab und zog sie nach draußen.

»Ich weiß«, sagte er im Gehen, »du haderst damit, dass die unmittelbare Vergangenheit von den meisten als Truhe gesehen wird, die man nicht nur schließt, sondern mit einem schweren Schloss zusperrt. Aber nicht nur du, auch andere wollen darin wühlen, ans Tageslicht ziehen, was in den finsteren Ecken lagert. Heute findet die Uraufführung von einem Stück Carl Zuckmayers statt. *Des Teufels General*. Damit wollen der Autor wie auch der Chefintendant der Frankfurter Städtischen Bühnen Heinz Hilpert dasselbe erreichen wie du mit deinen Publikationen – zum Nachdenken anregen.«

»Worum geht es denn?«

»Das wirst du bald selber sehen.«

Als sie den Saal der Frankfurter Börse erreichten, war der schon gut gefüllt. Sie mussten ihre Stühle weit hinten aufstellen, doch die Köpfe vor ihnen waren nur kurz störend, schon hob sich der Vorhang, und sie wurden von der Geschichte mitgerissen. Im Mittelpunkt stand Luftwaffengeneral Harras, dessen Ablehnung der Nationalsozialisten zunächst so groß war wie seine Leidenschaft fürs Fliegen. Am Ende ließ er sich aber doch verführen, Hitlers Wehrmacht zu dienen, um auf diese Weise Herr der Lüfte bleiben zu können. Allerdings galt es, einen hohen Preis zu zahlen. Wie sein historisches Vorbild – Ernst Udet – nahm er sich das Leben, als er erkannte, für welch unmenschliches Regime er in einen barbarischen Krieg gezogen war.

Der Applaus war erst zaghaft, wurde dann immer stürmischer, während Ari selbst kaum die Hände heben konnte. Jede einzelne Szene hatte ihn derart gefesselt, dass er nun so verkrampft und schweißnass neben Ella saß, als hätte er selbst gespielt. Indes sich das Publikum diskutierend und plaudernd erhob und seine Stühle nahm, blieb er sitzen, als wäre das, was er erlebt hatte, ein Gottesdienst, der noch eine Weile zur Andacht zwingt, ehe man ins profane Leben zurückkehrt. Ella machte ebenfalls keine Anstalten, sich zu rühren, wenngleich sie weniger von der Schauspielkunst bewegt war und mehr von der Botschaft des Stücks.

»Du hast recht«, murmelte sie, »es gibt durchaus auch andere, die ein Licht auf die Vergangenheit werfen wollen und die Fragen stellen.«

»Aber gewiss doch! Und das Drama, die Literatur sind dabei wichtige Hilfsmittel! Aus diesem Grund wird in *Des Teufels General* auch *Hamlet* zitiert. Von Menschen, die Schuld auf sich geladen haben, ist da die Rede, die durch die Bühnenkunst geläutert werden.«

Bis eben hatte sie versunken auf ihren Schoß gestarrt, nun blickte sie hoch, um die Mienen derer zu betrachten, die den Saal verließen.

»Aber ob sie sich wirklich ihrer Schuld stellen?«

»Erst wenn einem aufgeht, dass man sich hat verführen lassen, ist jene Klarheit geschaffen, die Voraussetzung für Läuterung ist.«

»Nur dass auf Läuterung in dem Stück der Tod folgt. Ist auch ... Vergebung möglich?«

Er zuckte mit den Schultern. »Das weiß ich nicht. Aber falls wir beide uns etwas zu vergeben haben, dann gewähre ich dir meine und erbitte mir deine. Und dann ...«

Dann steht nichts mehr zwischen uns, hatte er sagen wollen, aber diese Worte waren nicht die richtigen. Auch in den letzten Nächten hatte nichts zwischen ihnen gestanden. Es stand vielmehr etwas vor ihnen – die Entscheidung, wie es weitergehen sollte. Er wusste nun, dass er sie nicht viel länger aufschieben wollte.

Er war nicht sicher, was er noch vom Leben wollte, außer Schauspieler zu sein. Aber es gab eine Sache, die er vom Leben wusste. Dass er Ella liebte, und dass sie ihn liebte.

Er holte tief Atem, um diese Worte auszusprechen, doch bevor er den Mund öffnete, traf ihn eine Stimme.

»Oh, wen haben wir denn da! Den Stanislawski-Jünger!«

Er fuhr herum, sah zunächst nicht den einarmigen Regisseur Max Guthmann, der zu ihm gesprochen hatte, sondern Kathi, jene junge Schauspielerin mit spitzen Wangenknochen, schrägen Augen und rotem Mund, die damals nicht nur zu Max' Ensemble gehört hatte, sondern wohl auch seine Geliebte gewesen war. Ihr Gesicht wirkte etwas weicher, aber der Blick war hart wie eh und je, und der Lippenstift hatte die Farbe von gestocktem Blut.

Ihre Mundwinkel zuckten abschätzend, als ihr Blick über ihn glitt, aber Max drängte sich an ihr vorbei und lächelte Ari so strahlend an, als treffe er einen lieben, alten Bekannten. Während auf der einen Seite ein leerer Ärmel baumelte, hob er die heile

Hand und legte sie Ari auf die Schulter, ehe der zurückweichen konnte.

»Gut siehst du aus!«, rief Max. »Aber um euch muss man sich ja keine Sorgen machen.«

Ari war nicht sicher, wen er mit »euch« meinte – nur, dass sich ein Max um einen wie Ari niemals Sorgen machen würde.

»Eine gelungene Aufführung, nicht wahr? Kein Wunder, dass die Zuschauer tief betroffen sind. Auf wen man den Finger richtet und sagt: Du warst böse – der schlägt zurück. Aber wenn man ihm zu verstehen gibt: Eigentlich bist du ein guter Kerl, du hast nur einen Fehler gemacht, du bist kein schlechter Mensch, lediglich ein Verführter, ein Mitläufer, ein Ahnungsloser, der kann den Kopf wieder heben, den er eingezogen hatte. Der Anstand mag wie ein übergroßer Ring von unser aller Finger gerutscht sein, aber so lange er nicht eingeschmolzen wurde, kann man sich nach ihm bücken, ihn aufheben und den Staub runterpusten.«

Er lachte künstlich. Das, was bei der letzten Begegnung noch zwischen ihnen gestanden hatte – das Bekenntnis, dass Max seine Karriere allein dem Umstand verdankte, vor den Nazis gebuckelt und jüdische Kollegen vertrieben zu haben –, war in seinen Augen wohl auch so leicht wie Staub.

Verspätet wich Ari zurück, konnte sich aber nicht aus Max' Griff lösen.

»Wollen wir noch gemeinsam was trinken gehen? Übers Theater sprechen? Ich würde gerne sagen, ich lade dich ein, aber ich kenne das Lokal, wo die Schauspieler die Premiere feiern, und dort ist heute Abend alles umsonst.«

Endlich ließ er ihn los, wenn auch nur, um nach einer Zigarette zu kramen. Ari verpasste die Gelegenheit, sich bei Ella einzuhaken und mit ihr wegzugehen.

»Sühne«, hörte er sich plötzlich sagen, »Sühne gibt es in dem Stück nicht umsonst. Harras tötet sich am Ende.«

Max nestelte in seiner Jacke, fand endlich die Zigarettenpackung. »Gewiss, die echten Helden wählen den Tod. Aber beim Fußvolk wird es doch wohl reichen, wenn man wieder richtig lebt, oder?«

Als Max den Blick hob, glaubte Ari, jene Scham aufblitzen zu sehen, wie er sie auch bei ihrer letzten Begegnung wahrgenommen hatte. Ehe er erforschen konnte, ob sie echt war, drängte Kathi darauf, endlich ins Lokal aufzubrechen. »Ich verdurste sonst!«

Da sie sich obendrein bei Max heilem Arm einhängte, hatte er keine Hand mehr frei, um Ari erneut an der Schulter zu fassen. So beließ er es bei einem auffordernden Blick, dem Ari sich widersetzte, indem er nach einem knappen Abschiedsgruß Ellas Hand nahm, seinen Stuhl packte und in die andere Richtung strebte.

Es war kalt, als sie durchs nächtliche Frankfurt gingen, doch er spürte die eisigen Temperaturen kaum, nur, dass Ella ihn immer wieder von der Seite ansah.

»Das war der Regisseur von damals, oder?«

Vage erinnerte er sich, ihr von seinem Engagement bei Max und dessen unrühmlichem Ende erzählt zu haben. Er wollte nicht vertiefen, was damals geschehen war – viel wichtiger war, was das Stück in ihm ausgelöst hatte.

»Vielleicht hatte er recht.«

»Als er dich hinauswarf?«, fragte sie erstaunt.

Er verlangsamte seinen Schritt. »Eigentlich hat er das gar nicht getan, ich bin ihm zuvorgekommen und geflohen. Aber das meinte ich nicht. Er sagte doch, dass nur die Helden nach allem, was geschehen ist, den Tod suchen – der Rest aber richtig leben müsse.«

»Und was genau heißt das – richtig leben?«

Er blieb im flackernden Licht einer Straßenlaterne stehen, sah sie an. »Ich will mich nicht länger verstecken, nicht einfach nur abwarten. Vielleicht ist ein richtiges Leben ein ... neues Leben. An einem Ort, wo niemand uns und unsere Geschichte kennt. Wo wir nur Ari und Ella sind, ein junger Mann und eine junge Frau.«

»Du willst Frankfurt verlassen?« Kurz glaubte er, aus ihrer Stimme Begeisterung zu hören, aber schon senkte sich ein Schatten über ihre Miene. »Aber ich kann doch nicht einfach weg! Ich kann Luise nicht zurücklassen ... nicht den Hagedornverlag. Es war vorschnell aufzugeben, dieses Stück heute hat mir gezeigt, dass auch meine Bücher einen Platz in dieser Welt finden werden. Und ... und dann ist da noch dein Vater. Ich weiß, du redest nicht von ihm, du redest nicht einmal *mit* ihm, und doch ...«

»Ich glaube nicht, dass sich das jemals ändern wird.«

»Aber wohin ... wohin würdest du denn gehen wollen?«

»Mein Vater und Viktor sehen ihre und meine Zukunft in Israel. Aber ich denke eher an die Hauptstadt des Films und des Theaters ... an Berlin.«

Er sah die Skepsis in ihrem Gesicht und spürte zugleich, dass sie sich scheute, an seiner Begeisterung zu kratzen. Er überbrückte das unangenehme Schweigen mit einem Wortspiel. »Weißt du, dass der Name Berlin nur in einem einzigen anderen Wort vorkommt – nämlich in Oberlinie?«

Ganz offensichtlich wusste sie es nicht. Aber etwas anderes schien sie zu wissen.

»Ich glaube nicht, dass ich alles einfach hinter mir lassen kann. Doch diese Entscheidung müssen wir nicht heute treffen, oder?«

»Nein, natürlich nicht.«

Er trat aus dem Licht der Laterne, fühlte nun doch die feuchte Kälte, die nach ihnen griff. Sie gingen schneller, liefen fast, und hatten bald die Buchhandlung erreicht. Obwohl er eben noch beschlossen hatte, sich nicht länger verkriechen zu wollen, zog es ihn doch wieder zu seinem einstigen Versteck, in das Ella mittlerweile saubere, weiche Decken gebracht hatte, zwei Kissen und eine kleine Lampe.

Sie mochten die Entscheidung über die Zukunft vertagen – aber eine Sache gab es, die er nicht aufschieben wollte, und jener Raum schien ihm plötzlich perfekt hierfür.

Lange war diese winzige Kammer ein Ort gewesen, wo er vor dem drohenden Tod sicher war. In den letzten Wochen hatte er ihn dann zu dem Ort gemacht, wo er vor dem Leben sicher war, das er fürchtete. Aber jetzt suchte er hier das Leben, jetzt suchte er hier die Liebe.

Wie vorhin wollte er sie bekennen, doch noch klapperten ihm die Zähne zu heftig, um das zu tun. Sie sanken auf die Decken, hielten sich aneinander fest. Er hätte es ihr endlich sagen können, aber eigentlich wollte er es nicht sagen, er wollte seine starken Gefühle für sie, seine Sehnsucht, sein Begehren zeigen. Er strich über ihr Gesicht. Ihre Blicke verschmolzen bereits, ihre Körper aber wurden von der Kleidung daran gehindert. Was sie eben noch vor der Kälte geschützt hatte, erschien ihm nun als störende Barriere.

»Ich möchte …«, setzte er an, verstummte, als er in ihrer Miene las. Für ihn waren sämtliche Worte zu klein, für sie wohl überflüssig. Schon nahm sie seine Hand, mit der er über ihr Gesicht strich, zog sie erst über den Hals, dann tiefer zu ihrer weichen Brust, öffnete die Knöpfe, sodass er nackte, zarte Haut fühlen konnte und Tränen ihm in die Augen stiegen.

So sehr sie übereinstimmten in dem, was sie sich wünschten – sie wussten beide nicht genau, was sie tun sollten. Bis sie sich umständlich entkleidet hatten, blieben ihre Gesten zaudernd und zittrig. Erst als sie sich wieder aneinanderpressten, ging ihm auf, dass es bei dieser Sache nicht ums Wissen ging.

Ein Instinkt übernahm das Kommando, sorgte dafür, dass ihre Berührungen zwar nicht geschmeidiger wurden, aber selbstverständlich waren. Es war ein holpriger Tanz, bei dem jede schwunghafte Drehung damit einherging, den anderen anzurempeln, aber ein Tanz war es, zart, als hätten ihre Leiber kaum Gewicht. Als sich ihre Körper vereinigten, schien der Raum kurz zu schrumpfen, als würde er zur zweiten Haut. Dann platzte diese, und nichts stand mehr zwischen ihnen und dem Sternenhimmel.

Da waren auch keine Wände, von denen ihr Keuchen widerhallte. Als er sein Gesicht in ihrem Haar versenkte und sich den lustvollen Empfindungen hingab, fühlte er sich frei wie nie. An die Sporen eines Löwenzahns musste er denken, die vom Wind mitgerissen wurden. Und dass sie ihren Weg nicht selbst bestimmen konnten, erschien ihm nicht als Hemmnis, sondern als Gnade.

1948

15. KAPITEL

»Es läuft hervorragend«, sagte Herr Kaffenberger, »die aktuellen Vorbestellungen sind sensationell.«

Seine Worte passten nicht zu seiner Miene. Was er sagte, hätte ihn eigentlich freudig lächeln lassen müssen, doch wie er es sagte – mit den gewohnten Sorgenfalten nämlich –, entsprach es eher einer Trauerrede. Ella wappnete sich unwillkürlich gegen das Aber, das unweigerlich kommen würde, war zugleich jedoch fest entschlossen, sich davon die Laune nicht verderben zu lassen. Im letzten halben Jahr war es langsam, aber stetig bergauf gegangen mit dem Verlag. Die Werke, die sie nach Vorbild der Rotationsromane veröffentlichte, glichen weiterhin eher Broschüren oder dicken Zeitschriften, aber sie verkauften sich gut. Und auf Naphtalis Lebenserinnerungen waren zwar bislang keine ähnlichen Augenzeugenberichte gefolgt, doch eines Tages am Anfang des Jahres hatte sie ein älterer Mann besucht, der ebenfalls im Lager Zeilsheim lebte. Wladislaw Leibowitz war kein ehemaliger Schriftsteller ihrer Mutter, aber gleichwohl ein Dichter, der die deutsche Sprache mittlerweile gut genug beherrschte, um seine polnische Lyrik – von beißendem Wortwitz und zugleich tiefer Traurigkeit – zu übersetzen. Dass Ari den Dichter an ihren Verlag verwiesen hatte, sie es folglich ihm zu verdanken hatte, die Rechte an den Gedichten bekommen zu haben, und er sie auch sonst in allen Belangen unterstützte, machte sie glücklich. Zugleich wusste sie, dass sie dadurch noch mehr an Frankfurt gebunden war, und fragte sich oft, was passieren würde, wenn Aris Sehnsucht nach einem Neuanfang in einer anderen Stadt wuchs. Doch als sie ihn einmal darauf angesprochen hatte, hatte er energisch erklärt: »Mit dir könnte ich überall glücklich werden, ohne dich nirgendwo.«

Sie hatte keinen Grund, an seinen Worten zu zweifeln, sie fühlte ja selbst, dass er es genauso genoss wie sie, mit ihr zusammen zu sein.

Nicht nur, dass sie die meisten der Nächte mit ihm verbrachte – wunderschöne, intensive, lustvolle, geborgene, glückselige, vertraute Nächte –, überdies unternahmen sie viel gemeinsam. Als im Frauenhof eine Kapelle zum Tanz aufspielte, waren sie ebenso dabei wie beim wöchentlichen Tanznachmittag auf der Terrasse des Zoogesellschaftshauses. Sie gingen auch weiterhin regelmäßig ins Theater und manchmal zu Lieder- und Kammermusikabenden.

Und Ari kam regelmäßig zu Besuch, wenn sie Luise bei sich hatte. Ella war weiterhin erpicht, der Schwester endlich das Lesen beizubringen, und zunehmend besorgt, dass Luise mit ihren fünf Jahren zwar alle Buchstaben kannte, sie jedoch nicht zu Wörtern zusammenfügte, wie sie es in diesem Alter mühelos vermocht hatte. Ari nahm das leichter. Schob Luise die Fibel gelangweilt zur Seite, ermahnte er sie nie wie Ella, sondern scherzte fröhlich: »Mit der Fibel ist es manchmal wie mit der Bibel, nach der Lektüre wird der Kopf zum Sieb, als hätte ein Dieb einem einen Hieb versetzt. Aber bleiben wir flexibel, es klingen auch lückenhafte Sätze plausibel, besser, deine Schwester ist nicht übersensibel.«

Luise lachte dann, erst recht, wenn er aus den verrücktesten Buchstabenkombinationen neue Wörter bastelte. »Was kann man denn aus Lebertran machen?«, fragte sie. »Den muss ich bei den Großeltern immer trinken.«

»Tran musst du trinken?«, fragte er gespielt entsetzt. »Das ist ja so, als würde man am Ostrand einer Stadt stranden, aber doch nicht so schlimm, als würde man einen Gifttrank schlucken. Nicht viel besser als Leber wiederum ist Kleber.«

Ella gab sich manchmal streng, musste am Ende aber immer lachen. Insgeheim fand auch sie, dass Buchstaben nicht nur da waren, um zu schreiben und zu lesen, nein, auch, um mit ihnen zu spielen.

Wenn sie Luise zurück nach Höchst brachte, fühlte sie sich hinterher nicht mehr so einsam wie früher. Oft verbrachten Ari und sie dann einfach nur Zeit zusammen und lasen gemeinsam die Neuerscheinungen, die sie beschaffte – ob Heinrich Bölls *Der Mann mit den Messern* oder Werner Bergengruens *Die Hände am Mast*. Sie saß dabei auf dem halbwegs stabilen Bett, das das alte Plüschsofa mittlerweile ersetzte, er auf dem Kanapee, das sie ebenfalls beschafft hatte. Dem fehlten zwar die Füße, und der Samtbezug war fadenscheinig, aber der Federkern war halbwegs intakt. Später diskutierten sie eifrig über die Lektüre.

Was ihr immer noch nicht gelungen war, war, auf ihrem neuen Kohleherd ein schmackhaftes Mahl zuzubereiten: Die Zutaten waren am Ende entweder roh oder verbrannt, und leider kochte Hildegard weitaus seltener für sie, seit die gemeinsamen Mahlzeiten mit Ella und ihrem Vater ein jähes Ende gefunden hatten. Also gingen sie regelmäßig in ein Lokal im Westend essen, wo man, auf beigen Korbsesseln und von gedämpfter Schallplattenmusik berieselt, Schnitzel mit Kartoffeln und grünem Salat für 2,10 Mark serviert bekam. Sobald sie sich satt gegessen hatten, sprachen sie über ihre beruflichen Pläne, und seine präzisen

Kommentare und Hilfestellungen ermutigten sie, diese rasch in die Tat umzusetzen.

Auch andere Autoren hatte sie mittlerweile gewinnen können, sobald sich die Ausrichtung ihres Verlagsprogramms herumgesprochen hatte. Diese hatten zwar keine jüdischen Wurzeln, aber den Krieg damit verbracht, ihre wahre Gesinnung zu verheimlichen und das Ende der Naziherrschaft herbeizusehen. Es waren theoretische Schriften und hinsichtlich ihrer Botschaft klar und fordernd: Sie gingen in die Richtung eines Romano Guardini, Karl Jaspers oder Carl Gustav Jung, die unermüdlich erklärten, die Deutschen müssten sich ihrer Verantwortung für die Verbrechen des Nazi-Regimes stellen.

Anders als Wladislaw Leibowitz waren diese Autoren bereit, selbst aus ihrem Werk vorzutragen. Zu den Lesungen, die Ella einmal im Monat abhielt, kamen zwar nie viele Besucher – Hertha Brinkmann gehorchte dem Ehemann und setzte keinen Fuß mehr in ihre Buchhandlung –, und großteils waren es Studenten, die hinterher Papier schnorrten. Doch gänzlich leer blieben die Reihen entgegen ihrer Befürchtungen nicht, und sie verdiente nicht nur an den verlegten Werken, sondern auch am Verkauf der Bücher anderer Verlage, deren Vertrieb und Auslieferung nun viel besser vonstattengingen.

In den Verlagsräumen herrschte wieder Geschäftigkeit, und das Antlitz der Buchhandlung hatte sich deutlich gewandelt. Wer sie betrat, musste nicht erst überlegen, wohin er eigentlich geraten war – die gefüllten Regale verrieten es nur allzu deutlich. Nach den ersten beiden hatten weitere den alten Schaukelstuhl ersetzt, wenngleich sie unterschiedlich hoch waren – einige reichten bis zur Decke, andere nur bis zur Hüfte – und aus unterschiedlichem Holz gemacht. Das Holzbrett war schon vor einem

Jahr einer Tür gewichen und Hildegards Konstrukt einer echten Ladenglocke. Besonders glücklich war die Buchhändlerin gewesen, den provisorischen roten Lampenschirm gegen einen neuen zu tauschen. Die Deckenlampe war nicht die einzige Lichtquelle. Nicht nur, dass sie zwei weitere Lampen hatten erstehen können. Sie hatten ein größeres Stück Glas beschaffen können, sodass sie nun erstmals wieder etwas wie ein Schaufenster hatten. Gewiss, nun wurden die Flecken in der Tapete umso augenscheinlicher, aber wo diese besonders groß waren, hatten sie einfach ein paar Ansichtskarten von Paris aufgehängt, die eine dort lebende Freundin von Hildegard ihr lange vor dem Krieg regelmäßig geschickt hatte.

Und nicht nur an der Buchhandlung sah man, dass die schlimmste Zeit vorüber war: Die Fassaden auf der Zeil, der großen Einkaufsstraße, waren zwar immer noch rußgeschwärzt, aber dahinter befanden sich nicht mehr nur Tauschstellen wie kurz nach dem Krieg. Das Bekleidungshaus Peek und Cloppenburg hatte ebenso wieder geöffnet wie das Pelzgeschäft Wagener und Schlötel, und neben der Hirschapotheke, die neuerdings wieder mit ausreichend Ware bestückt war, bot das Reisebüro Linke und Becker erstmals nach dem Krieg wieder Reisen an.

»Hast du mir zugehört?«, riss Herrn Kaffenbergers Stimme sie aus den Gedanken. »Obwohl wunderbarerweise so vieles rosig aussieht, sehr viele Bestellungen eintreffen und die Auflagenhöhe nicht mehr so streng begrenzt ist, gibt es ein Problem: Die Jahrhundertfeier in der Paulskirche rückt näher, aber es gelingt nicht, für diesen Zweck ein Goldenes Buch der Stadt Frankfurt herzustellen.«

»Natürlich habe ich Ihnen zugehört«, beeilte sie sich zu sagen. »Das Papier für das Goldene Buch reicht nicht.«

»Zumindest in entsprechender Stärke und Qualität«, sagte Herr Kaffenberger gewohnt kummervoll.

»Na, dann habe ich ja Glück, dass ich keine Goldenen Bücher verlege.«

»Was Rowohlt in Hamburg passiert ist, kann auch hier jederzeit passieren.«

Er konnte es also doch nicht lassen, Unheil heraufzubeschwören. Doch inzwischen war sie so daran gewöhnt, dass er ihr keine Angst mehr machte. »In der britischen Zone ist Anfang des Jahres das Papier ausgegangen«, sagte sie gleichmütig, »für kurze Zeit musste Rowohlt sogar die Produktion seiner Rotationsromane stoppen. Aber nach drei Monaten hat man sie wieder aufnehmen können, und hier kündigt sich nichts Ähnliches an, oder doch?«

»Das nicht, aber es könnte sein, dass das geringe Papierkontingent bald unsere geringste Sorge ist.«

Ella musste beinahe lachen. Allerdings wollte sie sich nicht über ihn lustig machen, denn obwohl er eigentlich alle Energie brauchte, um sein Kommissionsgeschäft auszubauen, sorgte er nicht nur dafür, dass ihre Buchhandlung stets reich bestückt war – er teilte alle Neuigkeiten, die die Branche bewegten, immer zuerst ihr mit.

»Reden Sie von der anstehenden Sanierung unserer Währung?«, fragte sie. »Diese ist doch die Bedingung, dass wir nicht länger knapsen müssen mit notwendigem Material, es vielmehr wieder genug von allem gibt.«

»Das ist es ja«, seufzte er und deutete auf die Regale. »Bücher sind im Moment nicht nur Lesestoff, sie sind auch eine Währung, und zwar eine mit stabilem Kurs. Doch sobald nicht länger mit Zigaretten oder eben Büchern gehandelt wird, sondern man wieder mit echtem Geld bezahlen kann, wird dieser Kurs einbrechen, folglich werden die Bücher an Wert verlieren.«

Sie dachte an die Bilanzen der letzten Monate, die erstaunlich gut ausgefallen waren. Sie dachte aber auch, dass Zahlen in einem Leben, das den Gesetzmäßigkeiten eines Aufzugs folgte, kein verlässlicher Wert waren. Doch gerade, weil ihr das Auf und Ab ins Blut übergegangen war, musste sie nicht um ihre Zuversicht kämpfen. »Wenn es wirklich eine Währungsreform gibt – und noch bleibt das ein Gerücht –, dann werden wir auch damit zurande kommen.«

Herr Kaffenberger rang sich ein Lächeln ab, bevor er ging, was allerdings den Effekt hatte, dass sich die Falten auf seiner Stirn noch tiefer eingruben.

Als Hildegard wenig später den Laden betrat, standen in ihrem Gesicht nur Falten und gar kein Lächeln. Während Frankfurt in den letzten Monaten wieder aufzublühen schien, sich unter den Ruinen nach und nach wieder eine stolze Stadt vermuten ließ, schien die treue Buchhändlerin zunehmend zu verwelken. Immer noch betrat sie die Buchhandlung nur mit akkurat sitzendem Haar, aber dieses war auf dem Hinterkopf schütter geworden, und sie machte sich keine Mühe, die kahle Stelle zu verbergen. Und so wie ihre Kleider oft einen zerknitterten Eindruck machten, tat das erst recht ihr Gesicht. Ella ahnte, was den Kummer bedingte. Ihr Bedürfnis, sie zu umarmen, wuchs.

Doch Hildegard schien sie gar nicht zu bemerken, nachdem sie ihren rostroten Mantel aufgehängt hatte, trat sie entschieden zu einem Regal und tat so, als müsste sie die Einbände alphabetisch ordnen.

»Es ist alles an seinem Platz«, murmelte Ella.

»Das stimmt«, sagte Hildegard energisch, »es ist alles an seinem Platz. Wir leben hier in Frankfurt und bauen unser Land auf, und Jamie ist wieder in Amerika, damit ihm seine Mutter oder wer weiß denn ich die Haare schneidet.«

Energisch begann sie die Bücher umzuräumen. »Du vermisst ihn«, stellte Ella fest.

Hildegard umklammerte ein Buch, als wollte sie es auspressen wie eine Zitrone. »Das ist doch Unsinn!«, rief sie schrill. »Welcher Deutsche wünscht sich schon die Amis in seinem Land? Ganz los werden wir sie zwar auf lange Zeit nicht, aber jeder Einzelne, der wieder geht, ist eine Feier wert.«

Als Jamie damals aufgebrochen war, hatte sie nicht gefeiert. Obwohl es März gewesen war, hatte sie sich in die Küche gestellt und Weihnachtsplätzchen gebacken. »Letztes Jahr habe ich es ja nicht zustande gebracht, dass er mir dran erstickt«, hatte sie finster gesagt, aber in ihren Augen hatten Tränen geglänzt, und beim Abschied hatte sie nicht nur seinen Kragen gerichtet wie so oft, sondern ihm wie einem Sohn den Kopf getätschelt.

Ella trat zu ihr, nahm ihr das Buch aus der Hand und stellte es wieder ins Regal. »Du vermisst ihn«, wiederholte sie.

Hildegard zuckte mit den Schultern.

»Natürlich vermisse ich ihn... nämlich meinen Reinhold. Jetzt noch mehr als vorher.«

»Weil Jamie weg ist?«

Wieder zuckte sie die Schultern. »Solange die Welt in Trümmern lag«, murmelte sie, »schien jeder gleich viel verloren zu haben – nämlich alles. Aber jetzt geht's für die einen bergauf. Aus der vagen Ahnung, dass, wenn der Staub sich lichtet, eine Zukunft wartet, wird Gewissheit, und wer jung ist wie du, kann sich etwas Neues aufbauen. Aber wir Alten, wir taugen gerade noch dazu, Trümmer zu schleppen, und wenn die erst weg sind, sind wir gänzlich nutzlos.«

»Du bist weder alt noch nutzlos! Alles, was ich erreicht habe, hätte ich niemals ohne dich geschafft.«

»Aber ich weiß nicht, wie lange ich das noch kann ... darauf warten, dass mich ein Lebenszeichen von Reinhold erreicht ... darauf warten, dass er zurückkommt.«

Sie hatten nie offen darüber geredet, dass sie dann und wann zum Bahnhof ging, wenn Kriegsgefangene aus Russland heimkehrten, dort stundenlang ausharrte, selbst wenn keine Züge mehr kamen, und den Heimweg wohl immer mit erloschenem Blick zurücklegte.

»Solange du nicht mit Sicherheit weißt, dass er gefallen ist, kannst du noch hoffen.«

»Ach, ich weiß nicht, ob man die Hoffnung wie ein seltenes Blümchen betrachten sollte, das es tüchtig zu wässern gilt, oder lieber wie Unkraut, das man nur loswird, wenn man es mitsamt der Wurzel ausreißt. Die Hoffnung gibt einem Kraft ... aber wenn sie zu lange nicht genährt wird, raubt sie sie einem auch.«

Ella konnte nicht anders. Obwohl die andere sich oft unnahbar und kratzbürstig gab, zog sie die Buchhändlerin an sich und umarmte sie herzlich.

Eine Weile ergab sich Hildegard der Umarmung, ihr knochiger Körper wurde in Ellas Armen ganz weich. Doch plötzlich versteifte sie sich wieder, löste sich von Ella.

»Dein Vater«, sagte sie, »dein Vater kann die Hoffnung auch nicht aufgeben. Er wünscht sich so sehr, dass du ihm doch noch verzeihst, dass ihr euch ausspracht, dass ihr wieder eine Familie seid. Jetzt, da es nicht mehr so viele Trümmer zu beseitigen gibt, könnte er die Woche über die Kleine betreuen, dann könnte sie ständig bei dir leben. Deine Großeltern sind nicht mehr die Jüngsten und...«

Abrupt wich Ella zurück. Es stimmte, es war jedes Mal aufs Neue schmerzhaft, von Luise Abschied zu nehmen, aber sie hatte den Eindruck, dass sie selber mehr darunter litt als die Schwester, und sie wusste, dass es ihr nicht leichter fallen würde, sie dem Vater anstelle der Großeltern anzuvertrauen.

»Du weißt genau, dass das nicht geht.«

»Ich weiß nur, dass du es nicht willst.«

»Aus gutem Grund! Trotz allem geht es Luise bei den Großeltern gut. Sie wirkt immer so fröhlich, macht nie den Eindruck, dass ihr etwas fehlt.«

»Deiner Mutter hat dort etwas gefehlt. Ich weiß nicht, ob sie glücklich wäre, wüsste sie, dass Luise dort aufwächst.«

Gewiss, dieser Gedanke war ihr auch schon gekommen. Allerdings hatte es ein Gutes, dass Luise immer noch nicht lesen konnte. Solange in ihr keine Gier auf Lesestoff erwachte, litt sie nicht an dessen Mangel.

»Mutter wäre erst recht nicht glücklich, wenn sie wüsste, dass Vater sich um sie kümmert.« Nun war sie es, die sich damit ablenkte, Bücher aus dem Regal zu ziehen und neu einzuordnen. Sie spürte, wie Hildegard zusah und dass sie mehrmals zum Reden ansetzte. Als Ella schon dachte, Hildegard würde die Worte ungesagt lassen, murmelte sie plötzlich: »Du musst mit ihm sprechen. Reden macht alles besser. Du hast recht, ich vermisse Jamie, und das schmerzlich. Und weißt du auch, warum? Weil wir uns in all den Monaten, da wir gemeinsam an der Übersetzung gearbeitet haben, trotz meiner Vorbehalte gegen ihn nähergekommen sind. Nur wenn sich die Menschen offen begegnen...«

»Das mit dir und Jamie ist doch etwas ganz anderes. Du hast

ihm wegen seines Äußeren misstraut, auch, weil er Amerikaner war. Aber dir persönlich hat er nie etwas Böses getan, es gab nichts, was du ihm verzeihen musstest.«

»Ich verlange ja nicht von dir, dass du deinem Vater verzeihst. Aber du könntest dir seine Sicht der Dinge anhören. Bedenke auch, im Moment *kannst* du sie noch hören. Er ist nicht mehr der Jüngste, all die harte Arbeit hat ihn viel gekostet. Es mag die Zeit kommen, da...«

Ella brachte sie mit einer gebieterischen Geste zum Schweigen. Nicht zum ersten Mal deutete Hildegard an, dass die letzten harten Jahre ihren Tribut forderten. Und nicht nur einmal hatte sie sich selbst gefragt, wie es ihm wirklich ging. Und doch, sie konnte sich nicht überwinden, auf ihn zuzugehen. Nicht, seit sie wusste, dass er nicht nur ihre Mutter, sondern auch Ari verraten hatte.

»Wenn du überzeugt bist, dass er bei schlechter Gesundheit ist, dann wäre es doch umso unsinniger, Luise seiner Fürsorge anzuvertrauen«, sagte sie scharf, und in etwas gemäßigterem Tonfall fügte sie hinzu: »Besser, wir reden nicht mehr darüber, sondern überlegen uns, was es für den Hagedornverlag bedeutet, wenn es tatsächlich zur Währungsreform kommt.«

»Ist es wirklich das, was dich am heutigen Tag am meisten umtreibt?«

»Viele Menschen machen sich darüber Gedanken.«

Hildegard wiegte nachdenklich den Kopf. »Ich kann mir vorstellen, dass Ari ganz andere Sorgen hat.«

Ella konnte nicht verhindern, dass ihr Röte in die Wangen stieg, obwohl sie mit Hildegard doch darüber gesprochen hatte, wie nahe sie sich mittlerweile standen. Dass sie sich tagsüber oft trafen, war der Buchhändlerin wohl nicht verborgen geblieben, aber dass er auch regelmäßig die Nächte im Verlag verbrachte, hatte sie geschickt vor ihr geborgen. Es gab ja auch nichts, was sie verraten könnte: Obwohl sie das Bett miteinander teilten, hatte er nichts dagelassen und verhielt sich stets wie ein Gast. Manchmal tat ihr das leid, aber sie verstand, dass der Ort, wo er sich so lange versteckt und um sein Leben, seine Zukunft, seine Familie gebangt hatte, nie ein richtiges Zuhause werden konnte.

Jetzt wollte die Buchhändlerin ohnehin auf etwas anderes hinaus.

»Hast du es denn noch nicht mitbekommen?«, fragte sie.

»Ja, was denn?«

»Dass heute etwas passiert ist, was über Aris Zukunft entscheiden könnte. Vielleicht solltest du mal das Radio anmachen.«

Im Café Amcho herrschte gespannte Stille, ganz so, als stünde der Auftritt einer Theatertruppe bevor. Erst kürzlich hatte Ari einen solchen erlebte – die Gruppe Di Goldene Pawe hatte in Zeilsheim gastiert, und er hatte danach zu jenen gezählt, die stürmischen Applaus gespendet hatten.

Während die orthodoxen Juden jener Aufführung ferngeblieben waren, hatten sie sich heute zu den anderen Lagerbewohnern gesellt, wenn auch mit misstrauischen Gesichtern. Die hingegen, die sich als Zionisten bezeichneten und freimütig verkündeten, nicht mehr an Gott zu glauben, nur an den Staat Israel, waren angespannt, hoffnungsvoll, freudig erregt.

Warten sie auf den ersten Akt oder den letzten?, fragte sich Ari unwillkürlich.

Falls ein Neubeginn anstand, würde er jedenfalls inmitten fremder Kulissen stattfinden.

Erstaunlich war nur, dass Viktor nicht zu denen zählte, die angespannt und mit geballten Fäusten dastanden, als stünde eine militärische Übung an. Mit hängenden Schultern hockte er, der sonst so gern den Eroberer mimte, auf einem Stuhl, als gelte es, sich so klein wie möglich zu machen – ein Unterfangen, das ob seines athletischen Körpers scheiterte. Nun gut, Ari war das nur recht. In den letzten Monaten war er zum Meister darin geworden, dem Vetter aus dem Weg zu gehen, nur heute war das nicht möglich, heute gab es so gut wie keinen Lagerbewohner, der nicht von der Stimme aus dem Radio angezogen wurde, das in der Mitte des Cafés stand.

Erst war nur ein Rauschen zu hören gewesen und hatte den Versammelten die Gelegenheit gegeben, einmal mehr jene Diskussionen zu führen, die sich ständig wiederholten, seit im November letzten Jahres die UN-Vollversammlung eine komplizierte Teilung des britischen Mandatsgebiets in Palästina beschlossen hatte. 56 Prozent des Gebiets sollten demnach an die Juden fallen. Doch würden die Briten wirklich ihr Versprechen halten, das Land aufzugeben? Und würden auch die Araber der Teilung zustimmen – so wie es David Ben Gurion, Vorsitzender der Jewish Agency, getan hatte? Daran bestand gehöriger Zweifel. Es hieß, arabische Freischärler schmuggelten Gewehre und Sprengstoff in das Land, indes die Juden keine Waffen auf dem offiziellen Markt kaufen durften.

Die Gerüchte von Kämpfen verängstigten die Älteren, riefen bei den Jüngeren dagegen nur Entschlossenheit hervor, endlich loszuschlagen.

Die Stimme aus dem Radio, die das Rauschen ablöste, verkündete schließlich kein Gerücht, sondern Tatsachen. Ganz still wurde es, und nicht einmal Atemzüge waren zu hören, als sie erfuhren, was am gestrigen 14. Mai 1948 – nach jüdischem Kalender der fünfte Tag des Ijar im Jahr 5708 – geschehen war.

Die Mandatsmacht der Briten hätte erst um Mitternacht enden sollen, aber da dann schon der Sabbat begonnen hätte, hätten sich gläubige Juden politischer Aktionen enthalten müssen. Darum hatten sich die Männer um David Ben Gurion entschlossen, noch vor Einbruch der Dunkelheit ihren eigenen Staat zu proklamieren. In einer Wohnung am Rothschild Boulevard in Tel Aviv trat Ben Gurion vor die Weltöffentlichkeit, wie es nun in dem Radiobeitrag beschrieben wurde. Die Pergamentrolle mit kunstvollen Verzierungen in seinen Händen sollte zeigen, dass das, was hier vollzogen wurde, der Höhepunkt einer Jahrtausende währenden Geschichte war. Auf die Rolle waren zwei schlichte Schreibmaschinenseiten geheftet worden.

Das jüdische Volk, so stand dort, kehre zurück an seinen Geburtsort. Lange habe man nur davon geträumt, in den letzten Jahren aber sei man zur Tat geschritten. »Wir machten die Wüste fruchtbar, erweckten die hebräische Sprache wieder zum Leben, bauten Dörfer und Städte und schufen eine blühende Gemeinschaft, die ihre eigene Wirtschaft und Kultur kontrolliert, den Frieden liebend, aber wissend, wie man sich verteidigt. Und deshalb proklamieren wir hiermit Kraft des natürlichen und historischen Rechts des jüdischen Volkes und der Resolution der Vollversammlung der Vereinten Nationen die Gründung des jüdischen Staates in Palästina, der den Namen Israel tragen soll.«

Als das Zitat endete, waren die meisten Versammelten längst in lauten Jubel ausgebrochen, der ohrenbetäubend wurde, als es hieß, dass alle Einwanderungsbeschränkungen für Juden mit sofortiger Wirkung aufgehoben worden waren.

Nur die Mienen der Orthodoxen waren unberührt, auch dann, als nochmals im Radiobeitrag von der Drohung der Arabischen Liga die Rede war, wonach man die Juden ins Meer treiben wolle.

Ihm entging aber nicht, wie manche der Älteren tuschelten: »Und wenn uns dort Krieg erwartet?«

Die Jüngeren scherten sich nicht darum. Sie stoben nach draußen, als wäre das Café Amcho zu klein, um ihr Glück zu fassen, nur Ari blieb sitzen und zu seinem Erstaunen Viktor auch.

Neugierde überwog das übliche Unbehagen. »Darauf hast du doch all die letzten Monate gewartet«, murmelte Ari, als er sich zu seinem Vetter gesellte.

In dem kantigen Gesicht las er nicht kalten Hohn oder Kampfeswillen, sondern Sorge, fast Verzweiflung. »Wie es ausschaut, muss ich noch ein paar Monate länger warten.«

Fragend blickte Ari ihn an, doch Viktor wich seinem Blick aus. »Marta!«, stieß er schließlich aus.

Sie hatten Anfang des Jahres geheiratet. Unter dem Traubaldachin war es so leer gewesen wie bei den meisten Paaren, weil die Familien fehlten. Ari war zwar dabei gewesen, aber sein Vater hatte es nicht geschafft, das Bett zu verlassen. Trotz ihrer wenig feierlichen Kleidung waren die beiden ein schönes Paar, denn ihre Gesichter leuchteten, und man sah ihnen an, dass sie ihre Ziele teilten. Ari war überzeugt, dass sie miteinander glücklich werden würden, zumal Marta auch weiterhin die Einzige war, der es gelang, Viktor zu mäßigen, wenn er es zu weit trieb, und ihm einen zärtlichen Ausdruck ins Gesicht zu zaubern.

Von dem war jetzt nichts zu erahnen.

»Aber Marta wollte doch auch so schnell wie möglich nach Palästina.«

»Israel«, zischte Viktor, »sag jetzt Israel.«

»Sie wollte doch auch so schnell wie möglich nach Israel«, berichtigte Ari sich.

»Sie will ja auch immer noch, aber wie es aussieht, kann sie nicht. Sie ... sie erwartet ein Kind, doch es geht ihr nicht gut dabei. Nicht nur Übelkeit plagt sie, sie ist sehr schwach. Der Arzt hat gesagt, sie muss viel liegen, sonst droht sie, es zu verlieren.« Sein Körper spannte sich an, ein Zeichen, welch heftiger innerer Kampf in ihm tobte. Da war Freude über den Nachwuchs, der Stolz aller jungen Eltern im Lager, die mit der höchsten Geburtenrate weltweit bewiesen, dass Hitler sein Ziel verfehlt hatte. Da war große Angst um seine Frau und das ungeborene Kind und schließlich tiefe Enttäuschung, dass er nicht an vorderster Front ins gelobte Land aufbrechen konnte. Er stieß ein Wort aus, das nach »Verdammt!« klang, biss sich aber sofort auf die Lippen, weil er wohl ahnte, dass es unpassend war.

»Mazl tov«, sagte Ari.

Viktors Mundwinkel, gerade noch bebende Striche, zuckten spöttisch. »Na, wenigstens bewegt die Nachricht dich dazu, Jiddisch zu sprechen.« Er erhob sich.

»Es gehen ja nicht alle sofort«, versuchte Ari, ihn zu trösten. »Die Zukunft in Israel muss eben noch eine Weile auf dich warten.«

Kurz schien Viktor dankbar für den Zuspruch, dann wurde seine Miene hart. »Wann wirst du lernen, dass eine Zukunft für unsereins nichts ist, worauf man wartet, sondern was man sich erkämpft?« Er boxte gegen Aris Brust, ehe er nach draußen floh.

Nachdenklich folgte Ari dem Vetter.

Viktor würde warten müssen. Und er, der sich insgeheim vor diesem Tag gefürchtet hatte, würde warten *dürfen*.

Denn nur Viktor verlangte von ihm eine endgültige Entscheidung, was er mit dem Rest seines Lebens anstellte, ihm selbst bereitete es keinerlei Unbehagen, sie Tag für Tag aufzuschieben, solange er nur mit Ella glücklich war.

Als er allerdings das Café Amcho verließ, ihm von allen Seiten erregte Stimmen entgegenschallten, auch Lieder und Parolen, sah in er in der Menge plötzlich seinen Vater. Anders als sonst trug Naphtali Stein keinen Hut. Und anders als sonst war er nicht jene leere Hülle, zu der er nach dem Gespräch mit Ella wieder verfallen war. Erstaunlich fest setzte er einen Schritt vor den anderen. Als er sich umsah, verzog ein Lächeln seine Lippen, das auch dann nicht schwand, als sein Blick auf Ari fiel.

Ari stürzte auf ihn zu. Bei den wenigen Gelegenheiten, da der Vater das Bett verließ, war er stets darauf angewiesen, dass ihn jemand stützte, und obwohl das meist Viktor war, sprang auch Ari dann und wann ein. Als er jetzt die Hand ausstreckte, nahm Naphtali sie aber nicht. Und er spürte instinktiv, dass sich sein Vater selbst aufrecht halten konnte ... oder vielmehr von der Neuigkeit des Tages aufrecht gehalten wurde.

»Ist das nicht wunderbar?«

Ari traute seinen Ohren nicht. Der Vater hatte deutsch gesprochen – zum ersten Mal, seit er letzten Sommer Ella die Geschichte seines Lebens anvertraut hatte. Obwohl der Vater damals nicht zu ihm gesprochen hatte, er selbst keine Fragen gestellt, nur atemlos zugehört hatte, hatten jene Worte Risse in die Wand zwischen ihnen geschlagen. Und als er durch diese hindurchgespäht hatte, war er sich nicht nur vieler Erinnerungen an seine Kindheit bewusst geworden, er hatte den Vater von einst wiedererkannt, der streng sein konnte, aber immer lustig war, auch liebevoll, stolz auf ihn. Doch mit der Zeit hatten sich jene Risse wieder geschlossen, und mittlerweile war er nicht einmal mehr sicher, wo sie verlaufen waren. Wenn er die Mauer entlangstrich, suchte er vergebens danach. Nicht einmal Johannas Namen wagte er zu sagen, aus Angst, er könnte von einer nackten Wand widerhallen.

Der Vater sprach den Namen seiner toten Tochter auch jetzt nicht aus – aber einen anderen, und das mit so leuchtenden Augen, als handele es sich um den eines geliebten Menschen.

»Israel, Israel«, sagte der Vater immer wieder, »die Juden haben endlich einen eigenen Staat, ist das nicht wunderbar?«

Er wankte etwas. Vielleicht versuchte er zu tanzen.

Kurz überkam Ari heiße Freude, weil unter dem schwarzen Mantel ein Mensch wohnte, ein unerschütterlicher Kern, der in den Jahren, da sein Bett zur Gruft geworden war, nur geschlafen hatte, nicht vermodert war. Aber die Ahnung von Glückseligkeit verpuffte, als ihm aufging, dass ein fernes Land so viel mehr bewirken konnte als ein naher Sohn.

Ausgerechnet das bringt dich dazu, deutsch zu sprechen?, ging es ihm durch den Kopf. Das holt dich zurück auf die Beine? Die Proklamation des Staates Israel? Deswegen streckst du die Arme nach mir aus, um mich zu umarmen?

Er hatte das nicht getan, als sie damals nach dem Krieg zueinandergefunden hatten. Schlaff hatte er die Arme hängen lassen, als Ari sich an ihn geschmiegt hatte. Nicht einmal »mein Sohn« hatte er sagen können, erst viel später hatte er Aris Namen über die Lippen gebracht, und auch dann nicht so selbstverständlich und beglückt wie soeben den des gelobten Landes.

»Jetzt haben wir eine Zukunft«, sagte der Vater. »Jetzt wissen wir endlich, wohin wir gehören.«

Wen meinst du mit »wir«? Uns beide? Oder die Juden?

Er schaffte es nicht, die Fragen laut zu stellen. Am Ende murmelte er nur: »Du wolltest doch nur noch jiddisch sprechen. Du wolltest, dass ich nur noch jiddisch spreche.«

Die Hände, denen er bislang ausgewichen war, legten sich um seine Schultern. »Künftig werden wir hebräisch sprechen. Wenn wir es fließend beherrschen, wie jetzt schon viele Kinder hier im Lager, dann bindet uns nichts mehr an diesen verfluchten deutschen Boden.«

Wann hatte sein Vater Kinder sprechen gehört? Und warum hatte er ihnen zugehört, nicht ihm? Nun gut, er hatte seit vielen Monaten nicht mehr den Versuch gemacht, mit ihm zu reden.

»Wir können nicht nach Israel gehen«, sagte er schnell, »nicht ohne Viktor und Marta. Die Familie muss zusammenbleiben.«

Familie war kein erhabenes Wort. Ein Brocken war es, der ihm aus dem Mund plumpste und auf die eigenen Füße fiel. Kurz fühlte er sich wie ein Heuchler, wie ein Schwächling auch, dem es nicht gelang, zu seinen Wünschen und Sehnsüchten zu stehen. Aber als er sah, dass er dem Strahlen des Vaters mit seinen Worten nicht zusetzen konnte, fühlte er sich vor allem verraten.

»Ich habe so lange gewartet«, sagte Naphtali, »ein bisschen länger zu warten, macht mir nichts aus. Hauptsache, nun wird alles gut.«

Nichts war gut. Ari wandte sich ab. Einige Schritte weit wurde er von der aufgeregten Menschenmenge mitgerissen, dann tippte ihn plötzlich jemand an.

Er fuhr herum, kannte das Gesicht nicht, zu dem die Hand gehörte. »Ari? Ari Stein? Draußen vor dem Tor wartet jemand auf dich.«

Schon verschwand der Fremde wieder in der Menge. Ari ließ sich weiterhin mitreißen, und dass er sich dem Tor näherte, war zunächst eher Zufall als eigener Wille. Dann aber überwand er die letzte Distanz zum Tor energisch, und sei es nur, um der Nähe der fröhlichen Menschen zu entkommen.

Es war nicht Ella, die auf ihn wartete, wie er vermutet hatte. Auf die Erleichterung, dass er ihr in diesem Zustand nicht gegenübertreten musste, folgte Verwirrung. Er konnte kaum glauben, wer den weiten Weg aus Frankfurt auf sich genommen hatte, um mit ihm zu sprechen.

Es war später am Abend als sonst, als Ari die Buchhandlung betrat. Er hatte manchen Umweg eingelegt, weil er nicht aufgewühlt vor Ella treten, zuvor seine Gedanken klären, auch eine Entscheidung treffen wollte. Aber je länger er durch die Stadt streifte, desto deutlicher wurde: Letzteres konnte er nicht ohne sie tun.

Sie empfing ihn nicht mit der Frage, wo er so lange blieb, sondern mit aufgeregten Worten.

»Ich ... ich habe es vorhin schon im Radio gehört.«

»Dass der Staat Israel deklariert wurde?«

»Im Lager sind doch sicher alle ganz aus dem Häuschen, nicht wahr? Jetzt wird es doch viel leichter werden, dorthin auszuwandern, oder? Und darauf haben etliche gewartet.«

Ihm entging der bange Unterton nicht, doch er ging nicht auf ihre Worte ein.

»Max Guthmann hat mich besucht«, platzte es aus ihm heraus. »Du weißt schon, der Regisseur«, fügte er hinzu, als er ihren fragenden Blick bemerkte. Und als sie ihn immer noch verwundert ansah, erzählte er alles.

Max hatte zunächst nicht offen eingestanden, warum er ihn aufsuchte, hatte sich erst eine Zigarette angezündet. Wie einst war Ari nicht bereit gewesen, ihm zu helfen, obwohl der Regisseur mit nur einem Arm sichtlich Schwierigkeiten hatte. Ari hatte dem Lächeln nicht getraut, das man mit viel Wohlwollen als gewinnend hätte bezeichnen können, das er aber als schleimig empfand. Trotzdem hatte er nicht verhindern können, dass

Aufregung ihn erfasst hatte, als Max ihm schließlich doch sein Anliegen erklärt hatte.

»Für den späten Sommer ist eine neue *Don-Carlos*-Inszenierung in Frankfurt geplant«, berichtete er Ella. »Damals ist es ja nicht zur Aufführung des Stücks gekommen, doch jetzt hat er endlich genug Schauspieler. Der, den er für die Hauptrolle engagieren wollte, ist allerdings abgesprungen, und da bin ich ihm in den Sinn gekommen, zumal wir uns vor einem halben Jahr ja zufällig begegnet sind.«

»Aber das ist doch wunderbar!«

Genau das hatte Ari auch gedacht, und darum alle Willenskraft gebraucht, um nicht sofort begeistert zuzusagen. »Ist es das?«, fragte er gedehnt.

»Don Carlos ist doch eine deiner Lieblingsrollen, oder? Damals hast du von mir eine Ausgabe des Dramas bekommen…«

Dies allein wäre ein gutes Omen gewesen. Aber ebenso deutlich stand ihm ein anderer Moment vor Augen.

»Mein Vater… mein Vater hat damals diese Ausgabe einfach verbrannt.«

Vor Entsetzen weitete sich ihr Blick, doch rasch machte er eine abwiegelnde Geste. »Es geht jetzt nicht darum, was geschehen ist. Es geht darum, was geschehen wird… geschehen könnte. Max hat mit mir nicht nur über die geplante Inszenierung gesprochen. Auch über andere Pläne. In Weimar wurde recht bald nach dem Krieg eine Schauspielschule gegründet, das Deutsche Theater-Institut, das sich nichts Geringeres zum Ziel gesetzt hat, als das junge deutsche Theater wieder aufzubauen. Vor allem die Methode Stanislawskis wird dort gelehrt. Er überlegt, ob man hier in Frankfurt oder in einer anderen deutschen Stadt diesem Beispiel folgen könnte. Und dass ich dort nicht nur alles lernen kann, was mir vielleicht noch fehlt – Max behauptet, das wäre nicht mehr viel –, sondern irgendwann selber lehren kann.«

All das erzählte er so nüchtern, als ginge es nicht um die Erfüllung seines Lebenstraums, sondern um ein Geschäft, von dem er noch nicht wusste, ob genug für ihn heraussprang. Er misstraute ja nicht nur Max. Er misstraute dem Glück, das so leichtfüßig in sein Leben spaziert kam.

»Du scheinst dich ja gar nicht zu freuen«, stellte Ella leise fest, um etwas ängstlich hinzuzufügen: »Willst du doch lieber nach... Israel?«

»Nein!« So zögerlich er auf Max' Anliegen reagiert hatte – statt seine Zustimmung zu geben, hatte er sich Bedenkzeit erbeten –, diese Antwort platzte förmlich aus ihm heraus. »Ich will unbedingt bei dir bleiben.« Etwas gemäßigter fuhr er fort: »Viktor bricht ja auch nicht sofort auf. Marta erwartet ein Kind, dessen Geburt sie noch abwarten wollen. Und Vater... er ist in keinem Zustand, um allein aufzubrechen...«

Er brach ab.

»Nun«, meinte sie, »es ist vielleicht besser, wenn du dich erst einmal nur auf den nächsten Schritt konzentrierst – so wie ich mich darauf konzentriere, ob wirklich eine Währungsreform kommt und was sie für den Buchhandel bedeutet.«

»Aber was genau ist der nächste Schritt für mich?«

»Ich weiß, dass du viele Texte beherrschst, aber gewiss bist du etwas eingerostet. Ich werde versuchen, eine neue *Don-Carlos*-Ausgabe aufzutreiben, und dich dann abhören.«

Aus ihrem Mund klang das so einfach. Und als er sie an sich zog und sie küsste, dachte er, dass es vielleicht tatsächlich einfach war.

16. KAPITEL

Ella verbrachte fast den ganzen 18. Juni in der Buchhandlung, um dort ihren Kunden klarzumachen, dass es im Moment keine Bücher zu kaufen gab, so wie auch in allen anderen Geschäften selbst für gutes Geld keine Waren erhältlich waren. Denn dieses vermeintlich gute Geld könnte schon morgen altes und folglich schlechtes sein. Wem nützte die Kasse voller Scheine, wenn sie keinen Wert mehr hatten? Besser, man hatte volle Regale, deren Inhalt man später fürs neue Geld verkaufen konnte.

Wann genau es zur Währungsreform kommen würde, wusste weiterhin niemand, gemunkelt wurde, dass es wohl Mitte des Jahres so weit wäre.

»Und was machen wir bis dahin, außer zu rätseln, wann das Weltgericht über uns kommt?« Hildegard war verärgert, aber alsbald nahm ihr Gesicht einen melancholischen Ausdruck an. »Jamie hätte uns vielleicht mehr dazu sagen können«, fügte sie hinzu. »Aber inzwischen schreibt er nicht mal mehr. Wie viele Briefe er mir versprochen hat, ha! Und dann ist bloß eine Ansichtskarte aus New York gekommen, auf der nur stand, dass es ihm gut geht. Und es befanden sich vier Rechtschreibfehler in einem einzigen Satz!«

»Dass er auf Deutsch geschrieben hat, ist doch ein Zeichen, dass er sich alle Mühe gab«, hielt Ella dagegen. »Und an der Ansichtskarte lag dir so viel, dass du sie nicht in der Buchhandlung lassen wolltest, sondern nach Hause mitgenommen hast, um sie dir täglich anzuschauen.«

Hildegard rümpfte nur die Nase und sagte nichts mehr. Dafür hatte Herr Kaffenberger einiges zu sagen – nämlich wie man sich als Verleger und Buchhändler am besten auf die Währungsreform vorbereitete. Erst gestern hatte er ihr dazu geraten, sich alle bestehenden Bestellungen bestätigen zu lassen, und zwar zu den jetzigen Preisen, und sämtliche Kalkulationen zu überprüfen. Wenn die Währungsreform mitten in der Produktion der neuen Bücher stattfinden würde, wäre es gut möglich, dass man den Druck noch nach dem alten Preis, das Binden nach dem neuen berechnen müsse oder dass ein paar der Bögen vor dem Stichtag ausgedruckt würden, andere aber erst danach. »Unter diesen Bedingungen kann man eigentlich gar kein neues Programm planen«, hatte er gemeint, doch das hatte Ella schlichtweg von sich gewiesen. Schließlich hatte sie mittlerweile manchen Kontakt zu anderen Verlegern geknüpft, die eine weitaus optimistischere Haltung an den Tag legten. Als Frau hatte sie in diesen Kreisen eigentlich einen schweren Stand, doch dass sie Julius Reichenbachs Tochter war, der allseits geschätzt wurde, brachte ihr zumindest höflichen Respekt ein. Dank Dr. Georg Kurt Schauer, Schriftleiter der Frankfurter Ausgabe des Börsenblatts, war sie sogar in den hessischen Verlegerverein aufgenommen worden, der seinerzeit noch vor dem hessischen Buchhändlerverband gegründet worden war. Und auf der letzten Sitzung, wo es um die Vereinigung diverser Verbände zum Börsenverein Deutscher Verleger ging, wurde eifrig von geplanten oder soeben realisierten Neuerscheinungen berichtet. Auch sie konnte reüssieren, hatte sie doch gerade erst ein Buch herausgebracht, in dem ein Frankfurter Autor über seinen Widerstand gegen das Nazi-Regime und die darauffolgende Haft im KZ berichtete. Dass die Vorbestellungen eine akzeptable Größenordnung erreichten, hatte sie wiederum auf die Idee gebracht, demnächst auch Aris Geschichte aufzuschreiben – seine Kindheit in Frankfurt, die langen Jahre im Versteck, wie er dort die vielen Dramen und Gedichte gelernt, am Traum Schauspieler zu werden unbeirrt festgehalten hatte. Bis jetzt zögerte sie, mit ihm darüber zu sprechen, denn seit drei Wochen probte er für die *Don-Carlos*-Aufführung. Doch sie war fest entschlossen: Wenn die Währungsreform der Papierknappheit tatsächlich ein Ende setzen und auch sämtliches andere Material in Fülle garantieren würde, würde seine Geschichte nach den Broschüren das erste richtige Buch sein, das sie verlegte, vielleicht dann mit Halblederdecke und Prägestempel.

So gerne sie sich jetzt schon der Kostenberechnung gewidmet, grob Druckbögen veranschlagt und sich Gedanken zu Satz und Umbruch gemacht hätte – mit der Zeit wurde die Hitze immer drückender, das Denken immer schwerer. Und nicht nur das trieb sie am späten Nachmittag aus dem Verlag, auch die Neugierde.

Vielleicht, so sagte sie Hildegard im Hinausgehen, waren in der Innenstadt neue Gerüchte im Umlauf. Tatsächlich hatten sich fast überall Menschentrauben gebildet, um über den »Tag X« zu diskutieren.

»So eine Währungsreform kann doch nicht über Nacht geschehen«, behauptete der eine.

»Deswegen haben die Amis sie ja genauestens geplant. Schon Ende letzten Jahres haben sie neues Geld drucken lassen.«

»Dass das schnell unter die Leute gebracht wird, glaube ich nie und nimmer.«

»Doch, doch, es heißt, es wird gerade an die Banken verteilt!

Im Bankenviertel ist heute mehr los als sonst, die Geldtransporter sind schon unterwegs.«

»Pah! Könnt ihr euch erinnern, wie letzten Sommer die Glocken vom Frankfurter Dom zurückgebracht wurden, die man während des Kriegs beschlagnahmt hatte? Es hieß, sie würden bald wieder läuten, aber dann warteten wir monatelang darauf.«

»Geduld ist eine Tugend, junger Mann. Zum Jubiläum der Paulskirche im Mai war es doch immerhin so weit.«

»Eben, ein knappes Jahr hat es gedauert! Ich bin sicher, in einem knappen Jahr zahlen wir immer noch mit Reichsmark.«

»Nichts da, in ein, zwei Tagen haben wir die Deutsche Mark. Am besten, man informiert uns jetzt schon, wo sich die Umtauschstellen befinden, damit man sich dort rechtzeitig anstellen kann. Vielleicht lassen sich die Reichsmark anfangs noch zu einem guten Kurs einwechseln, aber irgendwann ist unser jetziges Geld wertlos.«

»Ach was, sieh doch nicht so schwarz. Es heißt, jeder Bürger wird einen bestimmten Betrag erhalten, um was kaufen zu können.«

»Mag sein, aber wer sich ein Vermögen angespart hat, der kann seine Geldnoten bald nur noch dazu nutzen, seine Wände zu tapezieren.«

Unter den Umstehenden befand sich wohl keiner, den diese Sorgen plagten, denn es wurde herzlich gelacht. »Nun ja, einen Menschen mit Vermögen findet man hier so selten wie einen mit einem dicken Bauch.«

Ella hatte keinen Bauch und kein Vermögen – aber genug Reichsmark in der Kasse, um sich Sorgen zu machen. Der fiebrigen Erregung, die über der Stadt lag, konnte sie sich trotzdem nicht entziehen, nicht dem Gefühl, dass eine Zäsur bevorstand, die nicht nur die jetzige Währung zu einer vergangenen machte, sondern auch der Düsternis und dem Darben der letzten Jahre ein Ende setzte. Welche Verheißung, dass bald kein Mangel mehr herrschen würde, sondern Fülle, dass auf dem steten Kampf ums Überleben ein beschaulicher Alltag ohne Mühsal folgen könnte, dass nicht mehr nur das Nützliche seinen Wert hätte, auch das Schöne! Und selbst wenn das leere Träume blieben: Es würde ihr schon genügen, endlich weiter als nur bis zum nächsten Tag planen zu können, sich Ziele für mindestens ein ganzes Jahr zu setzen. Nun gut, wenn Herr Kaffenberger nur ansatzweise recht hatte, standen dem Buchmarkt unruhige Zeiten bevor, waren die Risiken noch unwägbarer, Prognosen deutlich düsterer, aber wenn auch diese Krise überstanden war, konnte sie die einstige Größe des Verlags anstreben oder zumindest mehr Personal einstellen. Und Hildegard hatte recht, Luise, die einen immer größeren Freiheitsdrang entwickelte, nicht länger nur auf dem Baum im eigenen Garten herumkletterte, sondern auch die auf den Nachbargrundstücken im Visier hatte, konnte nicht ewig dort bleiben. Irgendwann wollte sie sie endgültig zu sich holen, und dann würde sie eine andere Unterkunft brauchen als das ehemalige Büro ihrer Mutter. Nicht, dass mit einer neuen Währung auch neue Wohnungen wie Pilze auf feuchter Erde zu sprießen begännen – und doch, die Hoffnung, die bei aller Skepsis in der Luft lag, war beflügelnd.

Die Hitze schwand gegen Abend, Wind zog auf und wirbelte Staub durch die Luft. Auch die Menschen zerstreuten sich, aber nicht, um nach Hause zu gehen, sondern um weiteren Gerüchten nachzujagen.

Ella schloss sich ihnen noch eine Weile an, war irgendwann aber überzeugt, dass sie an diesem Tag nichts Neues mehr erfahren würde. Doch als sie schon den Weg Richtung Bockenheimer Warte nahm, hörte sie in der Ferne plötzlich Rufe. »Noch heute Abend wird die Währungsreform von den drei Oberbefehlshabern der Westzone verkündet«, rief jemand laut.

»Sagt wer?«, fragte sie, kaum dass sie näher getreten war.

»Am Gebäude der *Neuen Presse* sind doch immer die Schlagzeilen angeschlagen, und dort hängt diese Nachricht seit einer Stunde aus.«

Die Redaktion der *Neuen Presse* befand sich in der Rahmhofstraße, in der Nähe der Zeil, die sie schon ein gutes Stück hinter sich gelassen hatte. Kurz zögerte sie, wieder umzudrehen, aber dann sagte sie sich, dass sie keine Ruhe finden würde, solange sie die Schlagzeile nicht mit eigenen Augen gesehen hatte. Sie war nicht die Einzige, die es in diese Richtung zog. Wieder brandete an allen Ecken und Enden Stimmengewirr auf.

»Welche Frist man uns wohl gewährt? Wie lange die Reichsmark wohl noch gültig ist?«

»Wahrscheinlich müssen wir schon in wenigen Wochen sämtliche Beträge der alten Währung abgeben.«

»Dazu kann man doch niemanden zwingen. Wer sagt denn, dass sich die Deutsche Mark hält und wir am Ende des Jahres nicht doch wieder mit Reichsmark zahlen?«

»Ach was, die Amis wollen uns nicht ewig durchfüttern, es ist doch in ihrem Interesse, dass es mit der deutschen Wirtschaft aufwärts geht.«

Aufwärts ging es auch für Ella, kletterte sie doch über einen Trümmerberg, der von Unkraut bewachsen war. Als sie auf der anderen Seite angekommen war, blieb sie kurz stehen, um sich den Staub vom Kleid zu klopfen. Sie war noch nicht fertig, als plötzlich eine Gestalt vor ihr aufragte.

»Ach, des Fräulein Reischenbach, dass isch Sie do säj! Wisse Sie's denn noch nedd?«

Ella unterdrückte ein Seufzen. Hertha Brinkmann hatte ihr gerade noch gefehlt. Dass sie seit Ewigkeiten nicht mehr um Lektüre fürs Herz gebeten hatte, weil ihr Mann ihr das verboten hatte, hatte ihr an manchen Tagen durchaus leidgetan. Andererseits vermisste sie die Geschwätzigkeit der Frau kein bisschen, und auch nicht, dass sie sie beharrlich als Fräulein Reichenbach ansprach. Am liebsten hätte sie sie mit einem knappen Gruß abgefertigt, aber dann bemerkte sie den zutiefst verstörten Gesichtsausdruck. Und wieder folgte die Frage: »Wisse Sie's denn noch nedd?«

»Dass heute Abend die Währungsreform verkündet wird? Ja, das scheint so zu sein. Aber das ist kein Grund, mutlos zu sein, besser, wir verlieren jetzt ein bisschen Geld und haben dann klare Verhältnisse.«

Obwohl ein Teil ihrer Zuversicht gespielt war, nickte sie Hertha Brinkmann energisch zu und wollte weiter hasten. Doch plötzlich schnellte die Hand der Brinkmann vor und hielt Ella fest.

»Och, Sie armesch Kind.«

Aus ihrer Stimme klang nicht nur Entsetzen, auch eine gewisse Sensationsgier. Unbehagen stieg in Ella hoch, aber noch wollte sie ihm nicht nachgeben.

»So schlimm wird es schon nicht werden«, sagte sie hastig. »Manche meinen zwar, dass nun das Ende des Buchhandels bevorsteht, aber irgendwie werden wir unsere Bestände schon los.«

Herthas Lippen zuckten. Und Ella fühlte: Das Mitleid in ihrer Miene galt nicht der jungen Verlegerin, sondern der jungen Frau, die sie seit Kindesbeinen kannte.

Ella wurde plötzlich blind für die Leute, die an ihnen vorbei Richtung Zeil stoben.

»Sie reden gar nicht von der Währungsreform, oder?«

Hertha Brinkmann ließ sie los.

»Noa«, sagte sie bedauernd, »isch babbel vunn Ihrem Babba.«

Als sie die Wohnung erreichte – Hertha Brinkmann hatte ihr erzählt, dass er auf der Straße zusammengebrochen und von Passanten heimgebracht worden war –, sah sie auf den ersten Blick, wie es um ihn stand. Gewiss, wann immer sie ihm in den letzten Monaten begegnet war – selten genug, seitdem er nicht mehr im Verlag aushalf –, hatte er nicht sonderlich gut ausgesehen: Er war viel zu dünn, zu fahl. Doch noch nie waren seine Lippen so bläulich gewesen wie jetzt, nie die Augenringe so dunkel und tief, nie sein Gesicht so verzerrt wegen der Schmerzen, die wohl in seiner Brust tobten, presste er doch die Faust darauf.

Er nahm sie erst wahr, als ihr ein erschrockener Aufschrei entfuhr.

»Ach Ella... dass du da bist... es geht schon wieder... Ein paar Stunden Schlaf, eine kräftige Brühe...« Die Worte klangen unendlich gequält, und doch fand er die Kraft hinzuzufügen: »Haben wir jetzt eine neue Währung? Du hast den Verlag durch schwierigere Zeiten gebracht als eine Währungsreform, du wirst auch diese Herausforderung meistern.«

Ella war an der Schwelle des einzigen bewohnbaren Raums der Wohnung stehen geblieben und hätte sich von da wohl auch nicht wegbewegt, wenn Hertha Brinkmann, die sie begleitet hatte, nicht geflüstert hätte: »Er sieht us wie der Doud.«

Ihre Stimme troff vor Pathos, als wäre der Tod eine besonders würdevolle, beeindruckende Gestalt, die den Menschen mit Ehrfurcht erfüllt. In Wahrheit wurde in seiner Gegenwart alles mickrig: Die Gestalt des Vaters, die eigenen Gefühle. Entsetzen und Trotz stritten miteinander, erbärmlich war beides, und die Stille hatte auch nichts Erhabenes. Der Vater schwieg, weil er sich aufs Atmen konzentrierte, Hertha Brinkmann schwieg, weil sie wohl einsah, dass sie hier fehl am Platz war, und wandte sich dann zum Gehen. Und Ella schwieg, weil sie nicht sicher war, ob sie eine Lüge oder die Wahrheit aussprechen sollte. Das wird schon wieder. Ich denke, es geht zu Ende.

Der Schmerz darüber war auch mickrig. Er presste ihr keine Tränen aus den Augen, er versetzte ihr keinen Stoß in die Magengrube, er überkam sie in Form eines Zitterns, das ihren Körper überlief. Warum ging sie nicht einfach zu ihm und breitete eine Decke über ihn?

»Einen Arzt...«, stammelte sie schließlich, »wir sollten einen Arzt holen.«

Sie sah ihm an, dass er widersprechen wollte, es aber nicht schaffte. Eine andere tat das für ihn.

»Kein Arzt kann jetzt noch helfen«, erklärte Hildegard, die – als Hertha Brinkmann diese verließ – unbemerkt die Wohnung betreten hatte. »Der Arzt hat ihm schließlich seit Langem gesagt, dass sein schwaches Herz Schonung braucht. Doch der alte Sturkopf hier hat sich trotzdem jahrelang beim Wiederaufbau abgequält.«

Ella war nicht sicher, wem der Vorwurf in ihrer Stimme galt – dem Vater, der nicht auf den Arzt gehört hatte, oder ihr, die sie für seinen Zustand blind gewesen war. Umstandslos schob Hildegard Ella jetzt ans Krankenbett und drückte sie dort nieder. Der Drang, seine Hand zu ergreifen, war kurz überwältigend. Was sie abhielt, waren nicht mehr Wut oder Unversöhnlichkeit, sondern der säuerliche Geruch, der sie an den Moment denken ließ, da ihre Mutter sterbend vor ihr gelegen hatte, nur mehr ein Schatten ihrer selbst. Alles, was Klara Reichenbach ausgemacht hatte, war aus diesem ausgemergelten, bleichen Körper geflohen, bis der kümmerliche Rest kein Mensch mehr war. Sie hatte es festhalten wollen – das Lachen, die Kraft, die Klugheit, die Güte –, aber sie hatte ins Leere gegriffen, als ihr am Ende starre Augen entgegengeblickt hatten.

Ich ertrage es nicht noch einmal, in solche Augen zu schauen, dachte sie. Ich ertrage es einfach nicht.

»Luise...«, quälte sich der Vater eben am Namen seiner anderen Tochter ab, »pass mir auf Luischen auf...«

Sie konnte nicht nicken, ihn nicht einmal anschauen. Aufstehen konnte sie allerdings auch nicht. Als sie es versuchte, zwang Hildegard sie, sitzen zu bleiben.

»Nein«, sagte sie entschieden, »du bleibst. Und du hörst dir an, was er zu sagen hat.«

Er hatte doch nichts zu sagen. Die bläulichen Lippen wurden gerade noch schmaler, sein Blick starrer.

»Doch!«, wandte sich Hildegard nun energisch an ihn. »Doch! Sie sagen es ihr jetzt! Und wenn Sie es nicht tun, dann werde ich das machen. Dieses Geheimnis nehmen Sie nicht mit ins Grab. Sie haben mir lange genug eingeredet, dass ich über die Sache zu schweigen habe. Aber über den Tod hinaus werden Sie mich nicht dazu zwingen.«

Die Augenlider des Vaters zuckten, seine Lippen öffneten sich, nicht nur, um zu sprechen, auch um nach Luft zu japsen. Es war zu wenig, um seine Lungen zu füllen, und die paar Worte, die er ausstieß – »was... ändert... es... noch...« – waren zu wenig, um Ella Klarheit zu schenken.

Als sie schon dachte, er würde für immer verstummen, ging ein Ruck durch seinen Körper, und er versuchte, sich aufzurichten. Sie nahm seine Hand.

»Vater, von welchem Geheimnis spricht Hildegard denn?«

Sie klang nicht wie die Tochter, die nicht verzeihen konnte. Sie klang wie das verstörte Mädchen von einst, das eine brüllende Luise auf ihrem Arm gehalten hatte und fassungslos auf die Bücher am Boden gestarrt hatte, die die Gestapo aus den Regalen riss.

»Vater, was hat das alles zu bedeuten?«

Damals hatte sie verrückt gemacht, dass sie die Antwort ahnte. Jetzt machte sie verrückt, dass sie nicht die geringste Idee hatte, was der Vater ihr hätte verschwiegen haben können.

Wieder rang er um Atem, wieder rang er um Worte. Dann sagte er erstaunlich klar: »Schuld an ihrem Tod bin ich ja trotzdem.«

Ella hielt seine knöcherne, kühle Hand in ihrer fest, beugte sich vor. »Trotzdem?«

Sein Kopf sank wieder zurück auf die Matratze, doch Hildegard kniete sich nun neben das Bett. Erst sah sie Ella eindringlich an, dann ihn.

»Es war Klaras Entscheidung, alle Schuld auf sich zu nehmen, nicht Ihre«, sagte Hildegard. »Sie können nichts für ihren Tod. Wofür Sie dagegen etwas können, ist, dass Ari lebt. Sie haben ihn gerettet.«

So zähflüssig bisher die Sekunden gewesen waren, nun schien Ella plötzlich einen entscheidenden Augenblick verpasst zu haben.

»*Er* hat Ari gerettet?«, rief sie. »Naphtali Stein hat doch Mutter gebeten, seinen Sohn zu verstecken.«

Sie fühlte, wie der Druck seiner Hand schwächer wurde. Nein, nein, nein, dachte sie panisch, es ist zu früh, er muss mir doch endlich alles erzählen. Doch als er es versuchte, als er, um jedes einzelne Wort ringend, schließlich genug hervorgebracht hatte, damit sich die Andeutungen zu einem Bild zusammenzufügen begannen, als schließlich Hildegard die Aufgabe übernahm, seine Erzählung auszuschmücken und zu Ende zu bringen, da wusste sie: Es war zu spät, viel zu spät.

Zu spät, um neu anzufangen. Zu spät, den Hagedornverlag wieder Reichenbach-Verlag zu nennen. Zu spät, ihm den gebührenden Platz zu gewähren – in diesem Verlag, in Luises Leben, in ihrem Herzen.

Es blieb nur mehr genug Zeit, um zu weinen, »es tut mir so leid« zu stammeln, nicht nur seine Hand zu halten, sondern seinen Körper zu umklammern. Sie fühlte, dass ihr verzweifeltes »Vater!« ins Leere ging.

Die Beerdigung fand wieder auf dem Höchster Friedhof statt, da Julius Reichenbach seine letzte Ruhestätte neben seiner Frau finden sollte, aber sonst unterschied sich vieles. Es war ein brütend heißer Tag, in der Luft lag nicht der Staubgeruch, sondern süßer Sommerduft, es waren mehr Gäste als beim letzten Mal erschienen und diese allesamt etwas festlicher gekleidet. Eine der Kundinnen der Buchhandlung, die, wie Ella Ari vorhin erklärt hatte, Hertha Brinkmann hieß, hatte sich von dem Kopfgeld, wie man es nannte – jenen vierzig Deutschen Mark, die jeder Bürger anlässlich der Währungsreform erhalten hatte –, ein schwarzes Kleid gekauft. Es schlackerte noch etwas, aber Ella gegenüber bekundete sie, dass sie es bald ausfüllen würde, jetzt, wo es bergauf ging.

Schlagartig wurde Hertha Brinkmann wieder ernst, nicht nur wegen des traurigen Anlasses, auch weil sich ihr Blick nun auf Ari richtete. Denn auch das war anders als beim letzten Mal: Er stand von Anfang an an Ellas Seite, wenngleich er keine Ahnung hatte, wie er sie trösten konnte. Dass sie ständig beteuerte, es ginge ihr gut, stimmte ihn ebenso misstrauisch wie die grimmige Entschlossenheit, mit der sie die Trauerfeier hinter sich brachte. Zwar sprach sie jedes Gebet mit, wirkte bei der Rede des Priesters ergriffen und streute entschlossen Erde auf das Grab – nur weinen konnte sie nicht, jene Trauer zeigen, die ihr damals, als er sie zum ersten Mal hier gesehen hatte, so deutlich im Gesicht gestanden hatte. Die kleine Luise schien mit ihren knapp fünf Jahren noch nicht zu begreifen, dass hier ihr Vater begraben wurde. Sie hielt sich an Ellas Hand fest und blickte immer wieder scheu zu ihr hoch, ohne einen Hinweis zu erhalten, was von ihr erwartet wurde. Zu den Großeltern zog es Luise aber auch nicht. Die beiden wirkten verlegen, sie blickten nicht aufs Grab, sondern auf ihre Füße. Als es endlich vorbei war, entfernten sie sich schnell, damit ihnen niemand versehentlich sein Beileid aussprach. Ella verharrte vor dem Grab, starrte auf die weißen Lilien, die schon zu verwelken begannen und braune Ränder hatten, und bemerkte nicht, dass Luise unsicher den Großeltern nachschaute. Ehe aus der hilflosen Miene eine restlos überforderte wurde, hockte sich Ari neben die Kleine.

»Schau, das Vögelchen dort hinten!«

Wie immer erwiderte sie sein verschwörerisches Lächeln sofort. »Es hat ja einen blauen Farbklecks auf der Brust.«

»Deswegen heißt es auch Blaukehlchen. Ein Wunder, dass man eins zu sehen bekommt, meist verstecken sie sich im Gebüsch.«

Kurz machte es den Anschein, als würde der Vogel tatsächlich gleich die Flucht ergreifen, doch stattdessen hüpfte er rund um einen Grabstein und legte den Kopf schief, als wollte er herausfordernd fragen: Na, wagt ihr euch in meine Nähe?

Schon ließ Luise Ellas Hand los und machte ein paar Schritte auf das Blaukehlchen zu, das nun doch aufflog und in den Ästen einer Ulme verschwand, aber da hatte Luise schon mit einem entzückten Aufschrei ein Eichhörnchen entdeckt.

»Im Griechischen wird das Eichhörnchen Sciurus genannt«, murmelte Ari gedankenverloren. »Das übersetzt man mit Schattenschwanz, denn Eichhörnchen können sich im Sommer mit dem eigenen Schwanz kühlenden Schatten spenden.«

Luise lachte auf.

»Woher weißt du das?«, stellte sie jene Frage, die damals Ella gestellt hatte.

»Ich habe es in einem Buch gelesen«, sagte er. Luise nickte verständig und wiederholte den Begriff Sciurus mehrmals. Obwohl sie selbst noch nicht viel mit Büchern anfangen konnte, war Ari längst davon überzeugt, dass sie einen sehr hungrigen Geist hatte. Noch mochte sie sich die Welt nicht lesend zu eigen machen, aber sie hörte stets aufmerksam zu, und ihrem wachen Blick entging so gut wie nie etwas.

Jetzt sah sie dem Eichhörnchen nach, und dieses war bereits hoch zur Krone gehuscht, als Ella sich zu ihnen gesellte. Hatte eben noch jede ihrer Gesten einstudiert gewirkt, setzte sie nun vorsichtig Schritt vor Schritt, als hätte sie sich in einem Labyrinth verirrt. Gerne hätte er ihr den Weg hinaus gewiesen. Er bot ihr den Arm, fragte sie, ob sie jetzt zum Café im Bolongaropalast, wohin sie zum Leichenschmaus geladen hatte und wo gerüchteweise saftige Tortenstücke serviert wurden, aufbrechen sollten.

Sie nahm seinen Arm nicht, sondern starrte hoch zu dem Eichhörnchen.

»Wegen dem Schwanz ist ihm nie zu heiß«, rief Luise ihr zu.

So abwesend, wie sie wirkte, dachte er schon, sie hätte die Worte nicht gehört, aber plötzlich erschien ein zaghaftes Lächeln auf ihren Lippen. Als sie sich über ihre Schwester beugte, ihr liebevoll übers Haar streichelte, wurde ihre Miene etwas weicher.

»Und es kann mit einem Sprung das Zehnfache seiner Körpergröße überwinden«, fügte er hinzu.

Nahezu sehnsuchtsvoll blickte Ella nun, als wünschte auch sie sich, diesen Ort weit hinter sich zu lassen. Aber als er noch einmal leise vorschlug, nun loszugehen, schüttelte sie den Kopf und ließ sich auf einer kleinen Bank vor einem verwitterten Grabstein nieder. Während Luise dem Eichhörnchen nachjagte, das die Ulme verlassen hatte und nun eine Eiche hochkletterte, starrte sie auf ihre Hände.

Lange schwieg sie, dann klopfte sie neben sich auf die Bank, damit er sich setzte, und sagte leise: »Es war Vater. Er hat es getan.«

Er wartete, dass sie fortfuhr, doch sie tat nichts weiter, als ihre Hände ineinander zu verknoten. »Ich weiß«, sagte er leise, »er hat deine Mutter an die Gestapo verraten.«

»Nein.«

Es war ein leises Wort, sie flüsterte es nur, und doch schien es aus den Tiefen ihrer Seele zu kommen, wo es sich in den letzten Tagen eingegraben hatte, um alle Gewissheiten, die sich dort über Jahre festgesetzt hatten, zu zerstören.

»Es ... es war Vater.« Beharrlich kämpfte sie gegen ein Schluchzen an, als wäre sie es Julius Reichenbach schuldig, diese Worte mit getragenem Ernst, nicht weinend auszusprechen. »Es war Vater. Vater gab den Ausschlag, dass Mutter dich versteckte. Naphtali Stein bat zwar sie um Hilfe, als immer häufiger von den drohenden Evakuierungen die Rede war. Doch sie zögerte. Gewiss, all die Jahre hat sie heimlich verbotene Bücher verkauft, aber einen Jugendlichen zu verstecken war etwas anderes, es machte ihr große Angst.«

Ari konnte kaum fassen, was er hörte. Angst und Klara Reichenbach waren nichts, was er zusammenbrachte. Er konnte sich doch noch so deutlich an den Tag erinnern, da sie ihn in sein Versteck gebracht hatte. Ihm war damals gewesen, als würde er lebendig begraben, doch ihre feste Stimme hatte ihm Halt gegeben. Nie hatte sie gebebt, nie hatte Zweifel daraus geklungen. Und doch, offenbar hatte er von der Wahrheit nur einen Splitter gesehen – so wie er von seinem Versteck aus nur einen schmalen Streifen der Umgebung hatte sehen können.

Ella aber kannte nun die ganze Wahrheit.

»Ehe sie eine Entscheidung traf, vertraute sie sich Vater an, wohl in der Hoffnung, dass er dagegen sein würde. Das hätte die Sache erleichtert. Aber Vater, der all die Jahre mit dem Regime paktiert hatte, sich allen Anordnungen gebeugt, mit dem sie so oft gestritten hatte deswegen, Vater sagte: ›Wir müssen es tun. Wir können nicht anders.‹ Er kannte deinen Vater nur flüchtig, aber er hat seine Bücher über das jüdische Frankfurt gelesen. ›Ja, wir müssen es tun‹, sagte er. Nun konnte Mutter unmöglich Naphtali Steins Anliegen abweisen, sie wusste ja selbst, dass es das Richtige war. Die Angst schwand dennoch nicht, sie war allgegenwärtig. Auch deshalb war sie dir gegenüber immer so kurz angebunden, wollte kaum ein Wort mit dir wechseln. Gewiss ahnte sie, wie sehr du nach ein wenig Ansprache giertest, aber in ihrer steten Panik aufzufliegen, konnte sie dir das nicht auch noch geben. Und dann... dann wurde sie unverhofft mit Luise schwanger. Zu diesem Zeitpunkt hatte sie längst nicht mehr mit einem zweiten Kind gerechnet. Es war ein Wunder, eine Freude, aber auch ein Schock. Und vor allem war es ein Grund, sich immer öfter zu fragen: Hab ich nicht die Pflicht, das Wohl meiner eigenen Kinder vor alles andere zu setzen? Sobald Luise geboren war, nahmen die Bombardierungen zu. Und immer wenn sie den hilflosen Säugling in ihren Armen hielt, malte sie sich aus, was geschehen würde, wenn du während einem der nächtlichen Angriffe nicht in deinem Versteck bliebest, wenn das Verlagsgebäude getroffen werden, du vor dem Feuer fliehen und enttarnt werden würdest. Sie würde verhaftet werden, hingerichtet. Und was würde dann aus der Kleinen werden? Ich war groß genug, aber Luise...«

Während Ella sprach, hatte sie die Hände noch fester ineinander verknotet. Jetzt riss sie sie abrupt auseinander. Auch in ihrem Innersten schien sich ein Knoten zu lösen. Die Tränen, die er bis jetzt vermisst hatte, schimmerten in ihren Augen, verrieten nicht nur Trauer, weil ihr Vater tot war, auch Erleichterung, weil sie ihre Liebe für ihn endlich wieder zulassen durfte.

»Sie wollte mich ... fortschicken?«, fragte Ari gepresst. Er konnte das einfach nicht zusammenkriegen – Ellas Worte und seine Erinnerungen an die gütige Frau, die ihm immer das Essen gebracht hatte, das sie sich vom eigenen Mund abgespart hatte. Gewiss, dass sie stets nur kurz verweilte, ihn immer zu schweigen aufforderte, war peinigend gewesen, aber immerhin hatte sie ihm stets neue Bücher gebracht, damit sein Geist beschäftigt blieb – ob Dramen von Shakespeare oder Gedichte von Novalis, ob Novellen von Zweig oder Romane von Zola.

»Ich kann das gar nicht glauben«, sagte er.

»Und doch stimmt es. Sie fragte meinen Vater wieder und wieder, ob sie das Risiko weiterhin tragen sollten. Und er bekräftigte wieder und wieder, dass sie die Verantwortung für dich übernommen hätten und nicht wieder abgeben dürften.«

»All die Jahre warst du davon überzeugt, dass er ihr die Gestapo auf den Hals gehetzt hat. War das auch ein Irrtum?«

Sie nickte zögernd. »Im Verlag gab es nicht mehr viele Mitarbeiter, die meisten waren an die Front geschickt oder für kriegswichtige Arbeit eingezogen worden. Doch da war noch ein Prokurist, und der hat sie eines Tages in der Kammer über deinem Versteck entdeckt. Gottlob hatte sie dir damals gerade neue Reserven gebracht und stand darum mit leeren Händen vor ihm. Doch als sie sich herausreden wollte, reagierte er misstrauisch, meinte gar, er hätte schon mehrmals verdächtige Geräusche gehört. ›Das sind nur Tauben, die sich Nistplätze suchen‹, hatte sie erklärt, ›aber bald werden wir sie los sein, ich habe Gift gestreut.‹ Einem anderen hätte er diese Lüge wohl abgenommen, aber Klara Reichenbach und Gift! Jeder wusste, dass sie keiner Fliege etwas zuleide tun konnte. Schon am nächsten Tag konfrontierte er meinen Vater mit dem Verdacht, dass im Verlag etwas nicht mit rechten Dingen zuginge. Er kam zwar nicht auf die Idee, dass da ein Mensch versteckt war – aber verbotene Bücher. Auch mein Vater tat alles ab, doch meine Eltern wussten: Über kurz oder lang würde er sie bei den Behörden verraten. Und so dachten sie, dass es das Beste wäre, einer Anzeige zuvorzukommen, nämlich freiwillig zu melden, dass sie mit verbotenen Büchern gehandelt hätten. Mit englischer und russischer Literatur, obwohl die nach Kriegsbeginn streng verboten war. Auch mit Werken jüdischer Schriftsteller.«

»Warum wurde dann nur sie verhaftet?«

Nun hing ihr Kopf so tief, dass das Kinn die Brust berührte. »Sie nahm alles auf ihre Kappe, wohl auch aus schlechtem Gewissen, weil sie dich insgeheim aus deinem Versteck werfen wollte. Und sie hoffte, dass ihre Tat weniger Gewicht hätte, weil sie doch eine Frau war, auch, dass Vater den Verlag behalten könnte. Sie lag damit ja auch nicht falsch. Sie wurde nicht lange festgehalten, aber die Hälfte der Faustschläge, die er abbekommen hätte, reichten, um sie zerstören. Sie reichten auch, um Vater zu zerstören. In all den Monaten war er der Mutigere und Entschlossenere gewesen. Aber als die Gestapo kam, als Mutter vortrat und gestand, da hat er ihr nicht widersprochen, und das konnte er sich nie verzeihen. Nur darum hat er die Schuld an ihrem Tod nie abgestritten, nur darum zugelassen, dass ich ihm die bittersten Vorwürfe machte. Er wollte sie nicht von jenem Sockel zerren, auf den ich sie gehoben habe. Da hat er sich lieber selbst in den Staub treten lassen. Noch mehr, als ich es tat, hat er sich selber verachtet. Noch mehr, als ich es tat, hat er sich selbst gehasst. Wenn ich nur daran denke, wie beinhart ich mit ihm umgesprungen bin! Ich habe ihm verboten, im Verlag zu arbeiten, sich mehr um Luise zu kümmern, habe nicht mit ihm unter einem Dach leben wollen... Dabei hat er all das nicht verdient, im Gegenteil.«

»Du hast dich am Ende mit ihm ausgesprochen.«

Sie schluchzte trocken auf, rang danach schwer nach Atem. »Das war kein Sprechen mehr, ein Stammeln war's, ein mühsamer Kampf um Worte. Ihm fehlte die Kraft... die Zeit fehlte uns.«

»Aber ihr habt nicht aneinander vorbeigeredet. Drei Worte, die einen im Innersten treffen, sind mehr wert als Hunderte, die ungehört verhallen.«

Verstohlen fuhr sie sich über ihre Wangen. Sie gab ihre gekrümmte Haltung auf und blickte ihn an. »Du sprichst von deinem Vater, nicht wahr?«

Nun war er es, der sich unwillkürlich kleiner machte. »Heute soll es allein um Julius Reichenbach gehen.«

»Über ihn habe ich doch alles gesagt, was es zu sagen gibt. Meine Mutter war keine ganze Heldin, nur eine halbe. Und er war kein ganzer Feigling, nur ein halber.«

»Jedenfalls wurden beide zusammen zu jenen Menschen, die mich gerettet haben. Welche Zweifel deine Mutter auch gepeinigt haben mögen und wie schlimm ihr die Nazis zugesetzt hatten – sie versorgte mich auch danach. Ich sah ihr zwar an, dass sie Schmerzen litt, aber nie gab sie zu, dass diese von der Folter herrührten, sie sprach nur von einem Treppensturz. Und nie versäumte sie es, mir Nachschub zu bringen, ob an Essen oder Büchern.«

Ella lehnte sich an Ari. Eine Weile saßen sie schweigend da und lauschten wieder dem Vogelgezwitscher. Luise hatte die Jagd nach dem Eichhörnchen aufgegeben und lief ein paar Spatzen nach.

»Wie steht es zwischen dir und deinem Vater?«, fragte Ella behutsam.

Er konnte nicht zugeben, wie schlimm auch für ihn die letzten Wochen gewesen waren. Während sie um ihren toten Vater trauerte, trauerte er um einen noch lebenden.

Seit jenem denkwürdigen Tag im Mai, da der Staat Israel proklamiert worden war und Naphtali Stein sein Bett verlassen hatte, vermeinte er, den Vater endgültig verloren zu haben.

Zwar hatte er aus seiner Lethargie herausgefunden, aber er hatte sich nicht Ari zugewandt, sondern verbrachte seine Zeit im Café Amcho, wo stets viele Männer zusammensaßen, sich über die Landkarte von Israel beugten und eifrig über die Zukunft des jungen Staats diskutierten.

Und dann war da auch noch Viktor, der vor Unrast platzte und Israel gegen die Arabische Liga verteidigen wollte, die Israel den Krieg erklärt hatte. »So schnell werden sie keinem Waffenstillstand zustimmen. Ich hoffe, die Kämpfe dauern lange genug an, damit ich dabei sein kann!«

Dass er Martas wegen warten musste, machte ihn verrückt. Dass Ari dagegen freiwillig in Deutschland blieb, nannte er verrückt. Immerhin, mit Viktor stritt er, mit seinem Vater hatte er, obwohl sie nach wie vor in einem Zimmer schliefen, lange nicht mehr gesprochen.

Vor einer Woche dann, als er von Proben für Max' *Don-Carlos*-Aufführung zurückgekehrt war, hatte Naphtali schweigend die Lagerzeitung vor ihm ausgebreitet. Er hatte sie flüchtig überflogen, aber sofort geahnt, worauf der Vater hinauswollte. In dem Artikel ging es darum, dass sich zionistische Organisationen in Montreux zu einem Kongress versammelt hatten. Dort war gefordert worden, dass kein Jude jemals wieder die deutsche Staatsbürgerschaft besitzen dürfte. Und wer erst einmal nach Israel gegangen wäre, solle nie wieder den Fuß auf deutschen Boden setzen.

Es war ein stummes Ringen, in dem sich zu behaupten für Ari gerade darum so schwierig war, weil kein offizieller Kampf ausgerufen, keine Regel benannt, keine Siegesprämie ausgeschrieben worden war.

»Wenn du nicht über ihn sprechen willst, dann erzähl mir irgendetwas anderes«, traf ihn wie von weither Ellas Stimme. Sanft strich sie ihm über die Schläfe.

Luise, die vom Laufen erschöpft war, lehnte sich an einen Baumstamm.

»Das da hinten ist ein Mauersegler«, sagte er, »vielleicht auch eine Schwalbe, die beiden Arten sind leicht zu verwechseln. Eigentlich sind sie nicht miteinander verwandt, aber sie sind beide Zugvögel.«

Er war nicht sicher, ob es das war, was Ella hören wollte, aber ihr Nicken war ihm ein Zeichen fortzufahren.

»Von allen Zugvögeln legt die Küstenseeschwalbe die weiteste Strecke pro Jahr zurück«, fuhr er fort. »Sie fliegt, selbst wenn sie schläft.«

»Hier in Frankfurt gibt es keine Küste. Also auch keine Küstenseeschwalbe.«

»Im Versteck hab ich nicht nur Dramen auswendig gelernt, sondern auch Bücher über Vögel gelesen, konnte zwar Bilder betrachten, aber nicht hören, wie ihr Zwitschern klingt. Ich musste es mir vorstellen. Stell du dir nun vor, dass das Meer ganz nahe ist und man sein Rauschen hört. Stell dir vor, über uns segelt doch eine Küstenseeschwalbe. Stell dir vor, unser Lebensraum wäre die ganze Welt, wir müssten uns nicht für ein Land entscheiden. Man lässt sich nieder, wo es gerade schön ist und man genug Nahrung und einen Nistplatz findet, und irgendwann zieht man weiter. Man breitet einfach seine Flügel aus und schwingt sich in solche Höhen, dass niemand einen einfangen kann.«

Während er sprach, hatte er ihre Hand ergriffen und blickte ihr in die Augen. Er wusste, sie konnten nicht mehr lange bleiben, Luise begann unruhig zu werden, wahrscheinlich auch durstig. Sie sollten endlich den anderen Trauergästen ins Café folgen, und auch danach gab es viel zu tun: Bei ihm stand die nächste Probe an, sie musste bald wieder in den Verlag. Aber noch wollte er den Augenblick, der ihnen allein gehörte, auskosten.

»Kannst du das Meer hören?«, fragte er.

»Ja«, sagte sie. »Ja.«
»Kannst du die Küstenseeschwalbe hören?«, fragte er.
»Ja«, sagte sie wieder.
»Es ist gut, dass du dich mit deinem Vater versöhnt hast, bevor er starb. Aber ich werde mit meinem nicht mehr zusammenfinden.«
»Du willst ihn allein nach Israel gehen lassen?«
Er zuckte mit den Schultern. »Ich dachte, alles würde anders, wenn er endlich wieder neuen Lebensmut fände. Aber diesen Lebensmut will er nicht für seine Familie nutzen, sondern für eine Sache, die nicht die meine ist. An seiner Seite bin ich nicht glücklich ... das werde ich nur an deiner Seite sein.«
Gerührt blickte sie ihn an. Tränen standen ihr in den Augen. Sie zog ihn an sich und küsste ihn, und als sie sich schließlich von ihm löste und sich erhob, um sich um die Trauergäste zu kümmern, war alle Starre von ihr abgefallen. Gleicher Friede breitete sich in ihrer Miene aus, wie er über den Grabsteinen lag, auf die durch die Blätter goldenes Sonnenlicht fiel.
»Ich habe mich Mutter gegenüber verpflichtet gefühlt, ihr Erbe am Leben zu halten«, sagte sie ebenso leise wie entschlossen. »Aber nun, da ich die Wahrheit kenne und Vater tot ist, sollen es nicht länger meine Eltern sein, die über mein Leben bestimmen. Wir können nicht fliegen wie die Küstenseeschwalbe. Aber uns stehen trotzdem viele Wege offen.«

17. KAPITEL

»Es ist eine Katastrophe«, sagte Herr Kaffenberger. »Es ist eine einzige Katastrophe.«

Trotz seiner finsteren Miene konnte Ella sich nur schwer ein Schmunzeln verkneifen. So vieles hatte sich in den letzten Wochen für immer verändert – aber zumindest fand Herr Kaffenberger wieder in seine Rolle als Unheilverkünder zurück. Sie glaubte sogar, ein wenig Befriedigung zu wittern, dass das Leben – nachdem es eine Weile eine andere Richtung genommen hatte – ihn nun wieder darin bestätigte, dass alles stetig schlimmer wurde.

»Auf dem Weg hierher habe ich so viele Waren gesehen. Unendlich vieles kann man nun kaufen. Strümpfe, Stoff und Nägel. Rasierklingen, Schuhbänder und Radioapparate. Der Preis von einem Bügeleisen betrug am Montag noch fünfundzwanzig Mark, heute am Donnerstag aber nur mehr vierzehn, weil es eine solche Schwemme gibt. Einen ganzen Sack Bohnenkaffee gibt es für 'nen Appel und ein Ei, von Handschuhen, Weckern und Damenstrümpfen ganz zu schweigen.« Sie war nicht sicher, ob sein entsetzter Ausdruck wirklich dem Übermaß an Waren und den unerhört niedrigen Preisen geschuldet war, oder der Tatsache, ihr gegenüber ein Wort wie Damenstrumpf ausgesprochen zu haben.

Hildegard sah darin jedenfalls noch keinen dauerhaften Aufschwung.

»Ein Opel Olympia kostet immer noch 5900 DM«, warf sie ein. »Das kann sich weiterhin niemand leisten.«

Herr Kaffenberger tupfte sich erst seine verschwitzte Stirn ab, ehe er sich ihr zuwandte. »Aber wissen Sie, was sich die Leute stattdessen leisten können? Füllfederhalter mit Goldfedern, Aktentaschen aus Rindsleder, Börsen aus Saffian. Und Briefpapier, jede Menge Briefpapier! Es ist so viel vorhanden, dass Kinder Papierflieger daraus falten.«

Es klang, als wäre das der größte Skandal der Nachkriegszeit, und diesmal konnte Ella nicht anders – sie prustete los.

»Jahrelang haben wir um jedes Blatt Papier gekämpft – da ist es doch schön, wenn es wieder im Überfluss vorhanden ist.«

Herr Kaffenberger wandte sich ihr zu. »Überfluss!«, rief er, und aus seinem Mund klang das genauso schlimm wie Mangel. »Überfluss macht die Preise kaputt. Der Schwarzmarkt ist völlig ruiniert.«

»Was unsere Sorge nicht sein soll«, warf Hildegard ein.

»Etwas anderes aber umso mehr. Jetzt, wo man alles, wirklich alles, kaufen kann, ist das Buch eine Ware von unendlich vielen. Bis jetzt haben die Leute Bücher nicht nur gekauft, um sie zu lesen, sondern als Wertanlage. Doch da das Geld nun locker sitzt, braucht man diese nicht mehr, und das neue Kleid, die neuen Schuhe, die neue Nähmaschine sind erstrebenswerter. Und als wäre das nicht schlimm genug, gibt es sowohl in der amerikanischen als auch in der britischen Zone keine Beschränkung der Auflagenhöhe mehr.«

»Macht das unsere Arbeit nicht leichter?«, fragte Ella.

»Vielleicht das *Verlegen* von Büchern, ganz sicher nicht das Verkaufen. Es werden so viele Bücher auf den Markt geschwemmt wie nie zuvor, und gleichzeitig gibt es so wenige potenzielle Käufer wie nie zuvor. Wenn sich überhaupt einer findet, dann will der nur neue, hochwertige Bücher auf blütenweißem Papier haben. Auf Restbeständen in sogenannter Reichsmarkausstattung, die grau sind wie Feldpostkarten, bleiben wir hocken. Am besten wir verheizen diese Bücher gleich.«

Wieder griff er zum Taschentuch und tupfte sich die Stirn ab, ein Zeichen, dass sein hellgrauer schlotternder Vorkriegsanzug, den er auch jetzt, da die Modehäuser wieder Ware anboten, nicht gegen ein besser sitzendes Model eintauschen wollte, an einem heißen Julitag genauso schweißtreibend war wie sein hitziger Vortrag. Doch er war noch nicht fertig mit seinen düsteren Prognosen: »In den letzten Jahren sind wir zumindest von einem verschont geblieben: den Remittenden, also Büchern, die die Buchhandlungen zurück an den Verlag schicken, weil sie sie nicht verkauft bekommen. Aber ich fürchte, das wird sich nun schlagartig ändern. Von hundert Büchern werden mindestens neunzig zurückkommen.«

Noch mehr Schweiß perlte von seiner Stirn, und bitter fügte er hinzu: »Es ist eine einzige Katastrophe.«

Ella wies lieber nicht darauf hin, dass auch sie dankbar für den Geldsegen gewesen war. Endlich hatte sie nicht nur Luise neue Kleider und Haarbänder kaufen können, auch sich selbst ein schwarzes Kostüm, wie sie es einer Verlegerin würdig fand, gegönnt. Und obwohl ihr Mode nie besonders wichtig gewesen war, freute sie sich schon darauf, zu Aris Premiere in einem neuen Kleid zu erscheinen. Herr Kaffenberger hatte allerdings ohnehin keinen Blick für Äußerlichkeiten. Nachdem er seine apokalyptischen Visionen verkündet hatte, war sein Pathos aufgebraucht, und er schickte sich an zu gehen.

Als Ella ihm nachblickte, kitzelte immer noch ein Lachen ihre

Kehle. Sie verkniff es sich, zumal sie seine Bedenken durchaus ernst nahm, und sagte nur: »Armer Herr Kaffenberger. Alle Welt freut sich, dass zu den Waren, die man nun kaufen kann, auch jede Menge Essen gehört, doch ihm ist die Währungsreform auf den Magen geschlagen.«

Hildegard blickte Ella scheel von der Seite an. »Und was genau ist eigentlich mit dir los?«, kam es schnippisch.

Fragend blickte Ella sie an.

»Du tust ja so, als ginge dich das alles nichts mehr an. Seit Wochen bist du mit deinen Gedanken ständig woanders. Dabei gilt es gerade jetzt, so vieles zu entscheiden. Wie wollen wir das Bestellverfahren künftig gestalten, wie ausgelieferte Bücher in Rechnung stellen – was jetzt nicht sofort in bar bezahlt wird, treibt man womöglich nie mehr ein –, werden wir einen Kredit brauchen? Kurzfristige sind ja leicht zu bekommen, aber die nützen uns nicht, da alles im Buchhandel auf langfristiger Planung beruht. Zu diesen Themen höre ich von dir allerdings ... nichts.«

Ella konnte das nicht leugnen, war zugleich erstaunt über die Standpauke. Nicht nur, dass Hildegard sie in den Wochen nach der Beerdigung des Vaters behandelt hatte wie ein rohes Ei – sie hatte selbst oft abwesend gewirkt.

»Ich verstehe ja, dass du um deinen Vater trauerst, aber ...«

Ella stieß ein Seufzen aus. Es stimmte, dass sie gerade in den Nächten viele Tränen um ihren Vater vergoss – auch dann, wenn sie eng an Ari gekuschelt dalag, nachdem sie sich lange geliebt hatten. Es stimmte, dass die Trauer sie nicht zuletzt darum quälte, weil sie nicht nur zu beklagen hatte, dass er tot war, sondern weil sie zu viel versäumt hatten. Aber dass sie Herrn Kaffenbergers düstere Prognosen so gleichgültig hinnahm, hatte einen ganz anderen Grund, und sie wusste, dass sie Hildegard eine Erklärung schuldig war.

»Es ist nicht nur der Tod meines Vaters«, sagte sie gedehnt. »Sondern ... aber ...« Ihr fielen die rechten Worte nicht ein, weswegen sie schließlich einfach nur sagte: »In vier Tagen ist Aris Premiere.«

Hildegards verdutzter Blick bewies, dass sie sich nicht erklären konnte, was das eine mit dem anderen zu tun hatte. »Er ist sehr aufgeregt, aber ich bin sicher, die Aufführung wird ein Erfolg. Nicht nur, dass das Publikum nach Kultur dürstet, er gibt einfach einen großartigen Don Carlos ab. Und das ist nicht nur meine laienhafte Meinung, auch der Regisseur prophezeit Ari eine große Zukunft auf den Bühnen Frankfurts, ja, auf den Bühnen Berlins. Er meint, dass eigentlich dort die Zukunft eines jeden Schauspielers liege, denn auch der Film böte sehr viele Chancen. Max Guthmann überlegt, selber dorthin zu gehen ...«

Aus Hildegards fragendem Blick war ein zunehmend missbilligender geworden. »Oh, es tut mir leid«, rief Ella. »Ich hätte schon längst mit dir darüber reden sollen, aber ich wollte der Entscheidung Zeit geben, um zu reifen, auch nichts andeuten, ehe es nicht endgültig entschieden ist, nur ...«

»Du willst mit Ari nach Berlin? Du willst alles aufgeben, was du dir aufgebaut hast?«

Ella senkte den Kopf, aber hob ihn gleich wieder, um mit einer weit ausholenden Handbewegung auf die Bücherregale ringsum zu deuten. »Was genau habe ich denn aufgebaut? Was genau wird denn Bestand haben? Du hast Herrn Kaffenberger doch gehört. Die Währungsreform ändert alles. In einer Zeit des Mangels haben wir überlebt. Aber in der Zeit des Überflusses gelten andere Gesetze. Es ist unumgänglich, das Verlagsprogramm neu auszurichten, man wird nicht umhinkommen, Belletristik für den Massengeschmack anzubieten. Aber ich bin nicht sicher, ob ich das will... weiter kämpfen... weiter ringen. Aufgeben will ich natürlich nicht. Aber darf ich nicht einmal an mich selber denken? Ich hatte so lange kein anderes Ziel, als das Vermächtnis meiner Mutter am Leben zu erhalten. Aber muss ich mir nicht auch überlegen, was dereinst mein Vermächtnis sein wird?«

Sie ließ die Hand sinken, suchte in Hildegards Blick wenn auch keine Zustimmung so doch Verständnis. Einmal mehr fiel ihr auf, dass die ältere Buchhändlerin müde wirkte, nahezu verdrossen. Sie öffnete den Mund nicht richtig, die genuschelten Worte, die sie ausstieß, klangen wie: »Wie kannst du mir das antun?«

»Ich will ja nicht sofort alles loswerden«, beeilte Ella sich zu sagen. »Wenn wir wirklich nach Berlin gingen, dann nicht mehr in diesem Jahr. Und ich würde nur den Verlag verkaufen, die Buchhandlung soll erhalten bleiben. Ich will das, woran dein Herz hängt...«

»Hier geht es doch nicht um mich und mein Herz! Ich bin eine alte Frau, ich habe bestimmt keine Lust, ewig zu arbeiten.«

»Worum geht es dann? Luise würde ich natürlich mitnehmen. Nächstes Jahr wird sie in die Schule kommen und spätestens dann endlich lesen lernen, da will ich sie ganz bei mir haben.«

Dass Luise sich der Fibel weiterhin nie lange widmen wollte und Buchstaben für sie nur spannend waren, wenn Ari seine Scherze trieb, blieb für Ella ein Quell der Enttäuschung, aber sie folgte Aris Urteil, wonach die Zeit schon richten würde, woran sie als Lehrerin scheiterte. Hauptsache, die Schwester und der Liebste kamen wunderbar miteinander aus.

Doch anders als sie selbst schien sich Hildegard die drei nicht als kleine, glückliche Familie vorstellen zu können.

Vehement schüttelte sie den Kopf, und diesmal nuschelte sie nicht zwischen zusammengebissenen Zähnen hervor, sondern fragte laut und deutlich: »Wie kannst du *ihm* das nur antun?«

Ella starrte sie erstaunt an. »Redest du von Vater? Vater ist tot, und ich denke, ihm bin ich in erster Linie schuldig, glücklich zu werden. Er hat hingenommen, dass ich aus dem Reichenbach-Verlag den Hagedornverlag gemacht habe, er würde es verstehen, wenn ich ...«

Hildegard wandte sich abrupt ab und trat zu einem der neuerdings schier überquellenden Bücherregale. Kurz hatte Ella den Eindruck, sie wolle das Gespräch beenden, aber dann ging ihr auf: Sie suchte nach einem Buch. Hildegard zog sie hervor – jene Broschüre, die die Lebenserinnerungen von Naphtali Stein beinhaltete –, hob sie schließlich hoch wie eine Anklageschrift.

»Ich kann mir nicht vorstellen, dass dir das da nichts mehr bedeutet.«

»Natürlich bedeutet es mir etwas! Mir war es unendlich wichtig, dieses Büchlein herauszubringen, aber ich bezweifle, dass man mit Werken wie diesen zurzeit auf dem derart umkämpften Markt bestehen kann. Du hast recht behalten, die Leute haben kein Interesse an diesen Geschichten und ...«

»Himmel, das meine ich nicht«, fiel Hildegard ihr ins Wort, und aus der erschöpften Frau wurde wieder eine drahtige, energische. »Ich ... ich kenne Naphtali Stein noch von damals, als er ein Autor deiner Mutter war, bei ihr ein und aus ging. Er war ein feiner Mann, sehr höflich, oft recht komisch. Du hast dir über seine Vergangenheit so viele Gedanken gemacht, ich verstehe nicht, dass dir seine Zukunft völlig gleichgültig zu sein scheint. Wie kannst du ihm das nur antun!«

Noch höher hielt sie das Buch, noch deutlicher sprach aus

ihrem Blick eine Anklage. Langsam ahnte Ella, worauf sie hinauswollte, aber sie verstand nicht, warum ausgerechnet Hildegard sich zu Naphtali Steins Fürsprecherin machte. Gewiss, auch für Ari war es belastend, dass der Vater keine andere Zukunft sah als die in Israel, während er selbst an Ellas Seite in Deutschland leben wollte. Eine Trennung war darum unvermeidbar. Aber dies war eine Entscheidung, die sie beide getroffen hatten. Das Einzige, was ihr zu tun blieb, war, Ari beizustehen.

»Bislang hast du nur wenige freundliche Worte für Ari übrig gehabt. Du hast ihm doch bis heute nicht verziehen, dass er angeblich für Mutters Tod mitverantwortlich ist. Und nun bewegt dich ausgerechnet Naphtali Steins Schicksal?«

Hildegard ließ das Büchlein wieder sinken, aber umklammerte es, als hinge ihr Leben davon ab. »Ich will es nicht leugnen… ich wollte nicht, dass du das Buch überhaupt druckst. Aber vor Kurzem, da ist es mir plötzlich in die Hände geraten. Ich hatte gar nicht die Absicht, es zu lesen, blieb aber dann doch bei einer Zeile hängen, konnte auch nach der nächsten nicht aufhören, las eine ganze Seite und dann noch eine. Diese Geschichte… sie hat mich auf eine Weise gepackt, wie ich es selten erlebt habe. Und als ich erfuhr, was Naphtali und seiner Familie zugestoßen ist… als mir aufging, was da wirklich im Osten passiert ist… als ich erkannte, wie viele Lügen uns aufgetischt wurden und wie faul wir waren, nach der Wahrheit zu forschen… da… da… Dieser arme Mann! Seine arme Frau! Und vor allem dieses kleine Mädchen. Dass man es…«

Ihr Mund blieb weit geöffnet, trotzdem brachte sie kein weiteres Wort mehr hervor. Aber das änderte nichts daran, dass Hildegard den Sinn dieser Worte nicht nur mit dem Kopf, auch mit dem Herzen und der Seele erfasst hatte.

Ella atmete tief durch. Genau darauf hatte sie in jenen Wochen gehofft, da sie dieses Büchlein auf Veranstaltungen präsentiert hatte: Mit dem Text zu bewegen, aufzurütteln. Sie war auf Schweigen und Vorwürfe gestoßen, auf verschlossene Mienen und leere Stuhlreihen. Und doch, bei Hildegard hatte sie erreicht, was sie sich als Verlegerin zum Ziel gesetzt hatte. Und das ging ihr just in dem Augenblick auf, da sie nicht mehr um jeden Preis Verlegerin sein wollte.

Sie trat zu der Buchhändlerin und legte ihr hilflos die Hand auf die Schultern.

»Dieser Mann hat fast seine ganze Familie verloren«, murmelte Hildegard. »Und das auf die denkbar schrecklichste Weise. Nur sein Sohn hat überlebt, was ein Wunder ist. Genauso wie es eines ist, dass er nach dem Krieg wieder mit ihm zusammengefunden hat, dass sie endlich wieder vereint sind.«

»Sie sind sich völlig fremd geworden.«

»Und das nimmst du einfach hin?«, kam es schroff.

Ella zuckte mit den Schultern. »Was soll ich denn tun?«

Energisch stampfte Hildegard auf. »Du hast Naphtali Stein dazu gebracht, seine Geschichte zu erzählen. Als Klaras Tochter hast du etwas in ihm ausgelöst, hast ihn zu rühren vermocht. Und nun willst du mir sagen, dass es dich nichts angeht, welchen Fortgang seine Geschichte nimmt?« Mit einer Hand hielt sie das Buch hoch, mit der anderen ergriff sie Ellas Hand. »Mit deinem Vater hast du dich am Ende ausgesprochen, aber für eine echte Versöhnung war es zu spät. Euch blieb keine Zeit mehr. Doch für Ari und seinen Vater bliebe Zeit.«

Abrupt ließ sie Ellas Hand los, stellte entschieden das Buch zurück ins Regal, und ehe Ella etwas sagen konnte, auch fragen, was sie Hildegards Meinung nach denn jetzt tun sollte, läutete die Ladenglocke, und Hertha Brinkmann betrat die Buchhandlung. Seit sie Ella zu ihrem sterbenden Vater gebracht hatte, war sie wieder öfter in den Laden gekommen. Hildegards aufgewühlte Miene wurde professionell. »Wenn Sie weiterhin Lektüre fürs Herz suchen, so kann ich Ihnen heute jede Menge Liebesromane präsentieren.«

»Oh, mim Läse eilt's nedd. Des Herz brauch nix Süßes, woann der Moache endlisch voll is. Groad häbb isch mer ein Schdick Zitronentorte fär e halb Mark geleistet, 's war sou köstlisch!«

Ella entging nicht, wie Hildegard kaum merklich die Augen verdrehte.

Sie selbst konnte sich des Gefühls nicht erwehren, in eine Zitrone gebissen zu haben – in eine ganze, deren Saft man noch nicht mit Zucker und Sahne zu einer schmackhaften Creme verarbeitet hatte.

Kathi schminkte sich nicht mehr mit Rübensaft, sondern mit echtem Lippenstift. Gerade wischte sie über ihre Mundwinkel, danach lächelte sie erst ihr Spiegelbild an, dann Ari.

»Magst du auch?«, fragte sie und hob ihm den Lippenstift entgegen.

Er war nicht sicher, ob ihre Frage freundlich oder provozierend gemeint war. Auch in den letzten Wochen, da sie gemeinsam geprobt hatten, hatte er ihre Stimmungslage nie recht einschätzen können. Gewiss, auf der Bühne harmonierten sie durchaus. Schon am ersten Probentag, als das restliche Ensemble den Einspringer noch misstrauisch gemustert hatte, hatte sie ihn für ihre Verhältnisse nahezu herzlich willkommen geheißen. Und als Königin Elisabeth und Don Carlos hatten sie mit einer Selbstverständlichkeit auf der Bühne gestanden, als hätten sie erst gestern und nicht vor über drei Jahren zuletzt zusammen geprobt.

Eigentlich war es keine echte Bühne, sie hatten für die Proben einen Turnsaal genutzt, wo sich ein muffiger Geruch, mit dem beißenden von abgestandenem Schweiß vermischt hatte. Der Auftritt selbst würde heute im Freien stattfinden – im Innenhof des ehemaligen Karmeliterklosters, wo seit Juli 1946 viele Theaterstücke aufgeführt wurden. »Die Akustik im Freien taugt mehr als im Börsensaal«, hatte Kathi gespottet, »allerdings muss man fürchten, dass einem eine Mücke in den Mund fliegt. Oder ein Gewitter aufzieht.«

Die Generalprobe gestern hatte bei strahlend blauem Himmel stattgefunden, und auch heute war ein warmer Tag, wenngleich in ihrer provisorischen Garderobe nichts davon zu merken war. Es war ein kleines, wackeliges Gebäude in Nachbarschaft des Karmeliterklosters, das vor dem Krieg als winziger Tante-Emma-Laden gedient hatte. Das übrige Ensemble machte sich im Verkaufsraum bereit – sie als Hauptdarsteller durften das nutzen, was einst eine Vorratskammer gewesen war. In einem der Regale, wo früher wohl Konservendosen gestanden hatten, hatte Kathi Schminke und Spiegel deponiert.

Sie schwenkte immer noch den Lippenstift vor seinem Gesicht. »Na los, ich borge ihn dir gerne aus, ich habe mehrere davon.«

»Ich weiß nicht, ob Don Carlos rote Lippen stehen.«

»Aber du könntest ein wenig auf die Wangen tupfen wie Rouge. Du bist viel zu leichenblass für einen feurigen Spanier.«

Einen verzweifelten Kronprinzen, der um die Anerkennung seines Vaters und gegen die Gefühle für seine Stiefmutter kämpfte, hätte Ari nicht gerade als feurig bezeichnet. Worin sie aber recht hatte, war, dass er sehr blass war. In der letzten Zeit hatte er sich so gut wie nie im Freien aufgehalten, denn wenn er nicht gerade geprobt hatte, war er bei Ella gewesen. Diese schien die Sonne zu meiden, weil die nicht recht zu ihrer Trauer um den Vater passte, und ihm war alles recht, konnte er nur Viktor und seinen Vater meiden.

Kathi ließ den Lippenstift endlich sinken. »Hat Max mit dir eigentlich schon über seine Pläne gesprochen?«

»Du meinst, dass er im November in der Hauptstadt eine Theaterschule gründen will?«

»Wofür es ja reichlich Bedarf gibt, seit die Max-Reinhardt-Schule für Schauspiel schließen musste. Im Moment müssen angehende Schauspieler in der Ostzone studieren, aber vielleicht kann man das einstige Zentrum der Schauspielkunst wiederbeleben. Max Reinhardt war ein großer Theatermann. Mit dem Namen auf unserer Fahne werden wir Erfolg haben.«

Die freundlichen Worte über den berühmten Theatermann erstaunten ihn fast noch mehr als jene, mit denen sie in jüngster Zeit ihn selbst bedachte. »Du weißt schon, dass Reinhardt Jude war«, rutschte es ihm heraus.

Obwohl ihre Lippen rot waren, schien sie nicht genug davon zu bekommen, sich üppig zu schminken. Mit einem Kohlestift nahm sie sich ihre Augenbrauen vor. »Du bist ja auch Jude. Wie kommst du auf die Idee, dass mich das stört?«

Der schwarze Bogen geriet zu groß, das Lachen, das sie ausstieß, zu fröhlich.

»Damals hat es dich gestört.«

Sie ließ den Kohlestift sinken. »Dass du ein Geheimnis daraus gemacht hast, das war mir zuwider. Auf der Bühne muss man einander vertrauen, und das konnte ich nicht, solange ich nicht wusste, wer du bist. Jetzt muss ich darüber nicht länger rätseln, und das ist gut so. Ich wundere mich allerdings, dass du ... Max vertraust.«

»Denkst du, er macht mir was vor, wenn er mir in Berlin eine große Zukunft prophezeit?«

Sie erhob sich langsam, nicht, um zu ihm zu treten, sondern um ihr Kleid – aus Samt, so rot wie ihren Lippen, wenngleich fadenscheinig und ausgeblichen – glatt zu streichen. Sie musterte sich in dem schmalen Spiegel, der ihre Gestalt verzerrte. Ihr Kopf war länglicher als in Wirklichkeit, auch die Mundwinkel schienen sich nach oben zu ziehen, obwohl sie nicht länger lächelte.

»Er hat dich in den letzten Wochen schon überschwänglich gelobt, wenn du nur auf die Bühne getreten bist. Und ich will nicht leugnen, dass du deine Sache gut machst und wir so schnell keinen besseren Ersatz hätten finden können. Aber glaub nicht, dass Max dich tatsächlich als das Ausnahmetalent sieht, als das er dich ständig bezeichnet. Er würde dich einen passablen Schauspieler nennen, wenn er kein Feigenblatt bräuchte.«

»Ein Feigenblatt?«, fragte er gedehnt.

Nun machte Kathi doch einen Schritt zu ihm. »Er hat dir doch erzählt, dass er sich während des Krieges nicht mit Ruhm bekleckert hat. Dass er den Nazis für jede Rolle in den Allerwertesten gekrochen ist. Wo immer sich ein Jude noch auf seiner Position hielt, weil er einen mächtigen Fürsprecher hatte, hat Max am lautesten geschrien, der muss weg. Aber jetzt sieht die Sache anders aus. Jetzt sind es die Hintern der Amerikaner, in denen man sich gemütlich einrichten muss. Jetzt zaubert plötzlich jeder, der was werden will, eine jüdische Urgroßmutter aus dem Hut oder einen jüdischen Freund, den er heimlich beschützt haben will. Das ist fast so schwer, wie ein weißes Kaninchen aus dem Hut zu zaubern, denn die Kaninchen wurden in den Hungerjahren alle geschlachtet, und die Juden wurden ermordet. Aber Max hat noch einen finden können, und mit dem geht er jetzt hausieren. Früher war es in unseren Kreisen deutlich schwerer, sich als guter Demokrat auszuweisen, da musste man irgendeinem politischen Verein beitreten oder üppig Geld für die Arbeiterwohlfahrt spenden. Heute trennt bloß die Frage ›Wie hältst du 's mit den Juden‹ bei jenen, die sich Deutschlands neue Intelligenzia zu sein einbilden, die Spreu vom Weizen.«

Sie fletschte die Zähne.

Ari versteifte sich. »Was willst du mir sagen? Dass ich die Karriere, die Max mir ermöglichen will, ausschlagen soll, weil sie auf Lüge und Heuchelei gebaut ist?«

»Ach Gott!«, stöhnte Kathi und verdrehte übertrieben die Augen. »Wenn du ihn ausnutzt, so wie er dich, dann macht ihr beide ein gutes Geschäft, und darüber werde ich nicht lästern. Aber wenn ich es recht im Kopf habe, bist du ein Stanislawski-Jünger, und bei dem kommt Schauspielkunst nicht ohne Wahrhaftigkeit aus. Da dachte ich, wenigstens ich sollte aussprechen, was Sache ist. Es ist ja auch nicht so, dass ich hierfür einen schweren mottenzerfressenen Vorhang lüften müsste. Die Wahrheit liegt nackt vor uns, nicht mal Plüschtroddeln baumeln vor unseren Augen.«

Warum sie dann trotzdem diese Rede hielt, begriff er nicht. Weil sie ihn insgeheim, egal was sie behauptete, verachtete, und ihm darum gerne zusetzte? Weil sie nicht nur schrille Schminke mochte, auch schrille Gefühle, und dazu gehörten nun mal Zorn, Neid und Ärger?

Sie erwartete keine Antwort von ihm, drehte sich wieder vor

dem Spiegel. Er wollte trotzdem etwas sagen – dass die eigene Wahrhaftigkeit nicht von fremder Heuchelei geschmälert würde und dass es keine Lüge war, dass er die Bühne liebte –, als es plötzlich klopfte.

»Ist es schon so spät?«, fragte Kathi verwundert.

Er schüttelte den Kopf. Das Schauspiel würde erst in einer halben Stunde beginnen, und als die Tür aufging, stand denn auch nicht Max auf der Schwelle, der sie auf die Bühne holen wollte, sondern Ella. Er hatte sie gestern erst getroffen, ihr beim Abschied versichert, ihr einen Platz zu reservieren, und sie hatte ihm Glück gewünscht.

Er verstand nicht, warum sie ihn noch einmal sehen wollte. Sie hatte sich für die Aufführung zurechtgemacht – das geblümte blaue Kleid war weit ausgestellt, wie es der neuen Mode entsprach, und sie trug einen schmalen goldenen Reif im dunkelblonden langen Haar –, doch das festliche Erscheinungsbild passte so gar nicht zu ihrem gehetzten Gesichtsausdruck.

»Es tut mir leid, dass ich störe«, begann sie, nachdem sie ihn hastig umarmt und sich dann wieder von ihm gelöst hatte, »aber... aber ich muss dir noch etwas sagen, ich...«

Er hatte nicht gehört, wie Kathi sich ihnen genähert hatte, doch nun schob sich die Schauspielerin rüde zwischen ihn und Ella. Kathi kannte Ella, weil die ihn manchmal nach Proben abgeholt hatte, und Kathis Blick war damals schon immer etwas abfällig gewesen.

»Jetzt noch Glück zu wünschen hat den gegenteiligen Effekt. Ari muss sich konzentrieren!«

Ella war kurz verdattert, aber sie ließ sich nicht so leicht zurückdrängen. Als Kathi sie hinausschieben wollte, wich sie nicht von der Stelle. »Aber Ari muss wissen, dass...«

Wieder fiel Kathi ihr harsch ins Wort. »Nichts kann jetzt Bedeutung haben.«

»Es geht um deinen Vater«, wandte sie sich nun an ihn. »Ich habe seit Tagen darüber nachgedacht, konnte mich lange nicht dazu durchringen, aber heute habe ich ...«

Sie klang flehentlich, Kathi dagegen unerbittlich: »Um wessen Vater geht es? Um Aris Vater oder um Don Carlos' Vater? Zweiterer ist der Einzige, auf den sich Aris Gedanken zu diesem Zeitpunkt richten sollten. Du sprichst nämlich nicht mit deinem Liebsten, sondern mit dem spanischen Infanten. Und dem erweist du am meisten Respekt, wenn du ihn jetzt in Ruhe lässt.«

Mit entschiedener Geste packte sie Ella an der Schulter und schob sie hinaus.

»Wir können doch noch später reden!«, rief Ari Ella nach. Er sah nicht mehr, ob sie noch etwas sagte, denn Kathi schloss energisch die Tür, doch dass Ella diesmal keine Gegenwehr leistete, war ihm Zeichen genug, dass ihr Anliegen tatsächlich warten konnte, erst recht, wenn es mit seinem Vater zu tun hatte. Und es mochte zwar anmaßend von Kathi gewesen sein, sich einzumischen, aber in einem hatte sie recht: Jetzt galt es, sich auf die Rolle zu konzentrieren, die Gefühle, Gedanken des Infanten zu seinen eigenen zu machen.

Sein Blick fiel auf den Spiegel, auch sein Gesicht wurde in die Länge gezerrt, wirkte noch blasser als sonst. »Vielleicht«, sagte er, »sollte ich mir wirklich deinen Lippenstift ausleihen, um ein wenig Rot auf meinen Wangen zu verteilen.«

Kurz bevor er die Bühne betrat, glich das Lampenfieber einem engen Kragen, der sich um seinen Hals legte. Unmöglich, dass er etwas anderes als piepsige, heisere Wörter hervorbringen könnte!

Doch als die Vorstellung begann, fiel der Kragen einfach von ihm ab. Nun gut, der des Kostüms engte weiterhin ein, aber das wurde bedeutungslos, auch das grelle Scheinwerferlicht, das ferne Hüsteln, Stühlerücken, die Speicheltropfen aus den Mündern seiner Kollegen. Nichts von außen drang richtig zu ihm vor, aber alles in seinem Inneren drängte nach draußen: Worte, die er so oft gesagt hatte, dass er sie für die eigenen hielt. Gefühle, die er selbst so oft durchlitten hatte, dass er sie mühelos darstellen konnte.

Gewiss, im Gespräch mit dem Marquis von Posa, dem Jugendfreund des spanischen Infanten, in dem er diesem die Liebe für seine Stiefmutter Elisabeth anvertraute, waren seine Gesten zwar formvollendet, aber noch großteils einstudiert, nicht spontan. Doch alsbald hatte er sich freigespielt. Schon in der Szene, in der er Elisabeth von Valois traf, diese die Liebe leugnete, die sie einst für ihn gehegt hatte, und ihn beschwor, sich ganz in den Dienst von Land und König zu stellen – wozu Don Carlos sich am Ende auch durchrang –, wurde sein Spiel lebhafter.

Max hatte sie beide am äußersten Ende der Bühne positioniert und vorgesehen, dass sie sich einander ganz langsam annäherten, um schließlich voreinander zurückzuweichen. Aris Schritte fielen schneller aus als geplant, doch Kathi ... Elisabeth ... passte sich seinem Rhythmus mühelos an. Als alle Hoffnung erstarb, die Gefühle des Infanten mögen von ihr erwidert werden, wandte er ihr auch nicht den Rücken zu wie geplant, sondern blickte ins Publikum. Kurz war seine Konzentration dahin. Das Bekenntnis seiner Gefühle hatte ihn an Ella denken lassen.

Erst nahm er nur Schemen wahr, dann stach eines der Gesichter hervor. Hinten rechts saß sie, ein Lächeln auf den Lippen, das ihm kurz erfreut, dann schmerzlich schien. Seine Mundwinkel zuckten, doch er wehrte sich, das Lächeln zu erwidern, verweigerte sich auch den Gedanken: Sei nicht traurig, die Liebe von Don Carlos mag unerfüllt bleiben, nicht unsere. Nein, er durfte sich nicht ablenken lassen!

Alsbald galt es, dem königlichen Vater gegenüberzutreten und entschlossen die Statthalterschaft für Flandern zu beanspruchen. Wie er die Enttäuschung nachfühlen konnte, als der König sie ihm verweigerte und dem Herzog von Alba jenes Amt überließ, das er dem Sohn nicht zutraute. Er musste nicht in den Tiefen seiner Seele wühlen, um Bitterkeit heraufzubeschwören. Wie konnte Philipp einen hitzköpfigen Herzog dem eigenen Fleisch und Blut vorziehen? Wie Naphtali Stein den Traum vom Vaterland seinem...

Seine Gedanken stockten. Nach der Szene war er von der Bühne abgetreten, wartete ein Stück abseits auf seinen nächsten Auftritt, und bei dieser Gelegenheit hatte er einmal mehr den Blick übers Publikum schweifen lassen. Wieder blieb er an einem Gesicht hängen, wieder nahm er ein Lächeln wahr, das schmerzlich schien. Doch diesmal war es nicht Ella, die er betrachtete, es war das des Mannes, der gleich neben ihr saß, grauhaarig, langbärtig, einen Hut in den Händen.

War das sein Vater? Oder bildete er sich das nur ein?

Fast verpasste er seinen Einsatz. Er wagte nicht noch einmal, seinen Blick dorthin zu lenken, widmete sich dem Stück. Ab nun spielte er nicht mehr mit ganzer Seele, spulte jene Aufeinanderfolge von unerfüllter Liebe und politischen Ränken recht leblos ab.

Vater... Vater... Vater..., echote es in ihm.

Zwei Szenen lang hielt er den Kopf gesenkt, als fürchte er das Publikum. Bei der nächsten schließlich, in der sich Don Carlos immer tiefer in einer Intrige verstrickt sah, die seine Feinde ersonnen hatten, hob er doch wieder den Blick.

Er musste sich geirrt haben, warum sollte sein Vater hierherkommen, er hatte seine Träume von der Bühne nie gutgeheißen, er hatte sich noch nicht einmal dafür interessiert. Doch während auf der Bühne der Marquis von Posa, Don Carlos' Freund, seinen Auftritt hatte, erkannte er nunmehr ohne Zweifel, dass es wirklich Naphtali Stein war, der neben Ella saß.

Das hatte sie ihm sagen wollen! Dass sie seinen Vater irgendwie dazu gebracht hatte, der Premiere beizuwohnen!

Wie hatte sie denn dieses Wunder bewirkt?

Nun, wenn es jemandem gelänge, dann ihr. Ihretwegen hatte er endlich deutsch gesprochen, ihretwegen von seiner Vergangenheit erzählt, ihretwegen ...

Kathi versetzte ihm einen schmerzhaften Stoß. »Wo bist du nur mit deinen Gedanken?«, zischte sie.

Von nun an riss Ari sich zusammen. Die Gedanken bekam er zwar nicht unter Kontrolle, sie glichen einem Mückenschwarm, der ihn umschwirrte. Aber seinen Text beherrschte er. Seinem Spiel mochten Herzblut und Leidenschaft fehlen, aber er erlaubte sich keinen Hänger, die Handlung wurde vorangetrieben, die Missgunst angeheizt, noch mehr Intrigen wurden gesponnen, grausamer Verrat begangen, sodass die Kluft zwischen dem König und seinem Sohn immer tiefer wurde. Da waren so viel Kränkung, Enttäuschung, Bitternis – nur anders als vorhin, fand er diese Gefühle nicht in sich.

In ihm wucherte nur Verwirrung, stiegen so viele Fragen hoch. War sein Vater gekommen, um Ella einen Gefallen zu tun? Oder um seinetwillen? Oder würde er wieder tun, was er an jenem Tag getan hatte, als er das Buch verbrannt hatte – nämlich zerstören, was Ari liebte? Was, wenn er nur im Publikum saß, um ihn aus Konzept zu bringen?

Wieder spähte Ari zu ihm hin. Ruhig saß er da. Nicht kauernd, sondern aufrecht. Nicht als jene leere Hülle, die sich hinter einem Mantel versteckte, sondern als der Vater, der dem Sohn vollste Aufmerksamkeit schenkte. Über die Stuhlreihen hinweg spürte er Stolz ... und der stand in deutlichem Widerspruch zu dem, was auf Bühne vor sich ging.

Dort kam es gerade zu einem heftigen Disput zwischen Vater und Sohn.

»*Steh auf*«, sagte König Philipp. »*Komm in die Arme deines Vaters.*«

Er machte als Don Carlos kurz den Anschein, als würde er die steife Umarmung über sich ergehen lassen, aber dann wich er zurück.

Diese Bewegung, die sie so oft geprobt hatten, hätte allen Widerwillen bekunden, abrupt wirken sollen, nun führte er sie so langsam aus wie ein Schlafwandler. Und er konnte auch keine Verachtung in die nächsten Worte legen: »*Dein Geruch ist Mord. Ich kann dich nicht umarmen.*«

Woher sollte er denn auch das Entsetzen nehmen, die Furcht, die Trauer?

Als er den König bezichtigte, gegen jedes Naturgesetz auf seinen Tod aus zu sein, sprach er mit einer fremden Stimme. Sie war kein brauchbares Werkzeug mehr, um einen inneren Konflikt freizulegen. Wie denn auch. Der Hass, den er so lange zurechtfeilen sollte, bis eine scharfe Waffe daraus würde, zerrann ihm unter den Händen.

Er sagte das eine – dass er keinen Vater mehr hätte –, aber er dachte etwas anderes: Mein Vater, mein Vater ist hier.

Nach der Szene trat er nicht von der Bühne ab, er floh regelrecht.

»Himmel, was ist nur los mit dir?«, blaffte Kathi ihn an. Er starrte an ihr vorbei. Wenn ich das doch nur wüsste.

Auf der Bühne hielt nun der König eine Unterredung mit dem Großinquisitor, den Willen bekundend, notfalls den eigenen Sohn zu opfern, wenngleich er ein endgültiges Urteil noch aufschob.

Verurteilte auch sein Vater insgeheim, was er tat? Aber nein, das glaubte er nicht. Auch wenn er nicht mehr in seine Richtung spähte – er fühlte seine Präsenz, fühlte auch, dass er ihn nicht verachtete.

»Reiß dich zusammen«, zischte Kathi ihm ins Ohr, »nur noch die letzte Szene.«

Sie fand mühelos in die Rolle der Elisabeth zurück. Kaum stand sie auf der Bühne, war sie die Königin. Ari folgte auf wackeligen Beinen, dem Infanten nur in einem gleichend – so wie der nicht wusste, was ihn erwartete, wenn er nicht länger als Sohn des Königs galt, wusste Ari nicht, was ihn erwartete, wenn er wieder Naphtali Steins Sohn war.

»Ich habe in einem langen, schweren Traum gelegen.
Ich liebte – Jetzt bin ich erwacht. Vergessen
Sie das Vergangne! Hier sind Ihre Briefe
Zurück. Vernichten Sie die meinen. Fürchten
Sie keine Wallung mehr von mir. Es ist
Vorbei. Ein reines Feuer hat mein Wesen
Geläutert. Meine Leidenschaft wohnt in den Gräbern
Der Toten.«

Diesmal musste er die Worte nicht mühsam suchen, sie fielen ihm zu, er konnte sie sogar zu den eigenen machen.

Viktor hatte oft gesagt, auf Friedhöfen könne man nicht spielen, und ebenso oft hatte er ihm widersprochen. Aber jetzt gab seine tote Stimme Viktor recht. Er wünsche sich nur, dass endlich alles vorbei war, dass er zu seinem Vater treten, mit ihm sprechen, herausfinden konnte, warum er gekommen war.

Aber es war noch nicht vorbei. Noch musste er als Don Carlos Elisabeth erklären, wie er zu seinem Vater stand.

»*Jetzt geh' ich*«, würde er sagen, »*Aus Spanien und sehe meinen Vater nicht wieder – nie in diesem Leben wieder. Ich schätz' ihn nicht mehr. Ausgestorben ist in meinem Busen die Natur – Sei'n Sie Ihm wieder Gattin. Er hat einen Sohn Verloren.*«

Er hatte die Verse im Kopf. Aber er brachte sie nicht über die Lippen.

Anstatt sie endlich auszusprechen, ließ er den Blick schweifen. Kannte der Vater den Text von *Don Carlos*? Wusste er, was er gleich sagen musste? Würde er davon getroffen sein?

Die Scheinwerfer spendeten nur mattes Licht, fand die Szene doch im nächtlichen Gemach statt. Es reichte nicht weit genug, als dass er in seines Vaters Miene hätte lesen können. Aber das musste er nicht, um zu wissen: Der Vater würde ertragen, die Worte zu hören. Nur er, Ari, ertrug es nicht, sie zu sagen.

Jetzt gehe ich ... und sehe meinen Vater nicht wieder, ich schätz' ihn nicht mehr. Er hat seinen Sohn verloren.

Das stimmte doch nicht! Wie sollte er etwas wahrhaftig spielen, was eine Lüge war!

Er fühlte Kathis Blick auf sich ruhen, erst indigniert, dann ungeduldig, schließlich wütend. Ihre Miene hatte sie zwar im Griff, aber mit ihrem Augenrollen bescheinigte sie ihm allzu deutlich: Nun mach schon, nur wenige Verse noch, dann ist es geschafft, dann folgt Applaus.

Er rührte sich nicht, blieb stumm. Was sollte er tun? Sich abwenden? Von der Bühne fliehen? Alles drängte ihn danach.

Doch dann bewegten sich nicht länger nur Kathis Augen, auch ihr Mund, sie begann, ihm den Text vorzusprechen. »*Jetzt geh ich aus Spanien und sehe meinen Vater nicht wieder...*«

Nein, nein, nein sie durfte das nicht sagen. Und er durfte nicht weglaufen. Er musste diesen Worten andere entgegensetzen.

Als er den Mund öffnete, nahm er kurz Erleichterung in ihrer Miene wahr. Dann achtete er nicht länger auf sie, sondern begann zu rezitieren. Er war wieder Schauspieler, der eins mit seiner Rolle wurde, nur war es nicht die Rolle von Don Carlos.

Es war die eines Sängers, der auf die Musik vertraut, ihr die Macht zuspricht, Gräben zu überwinden, Menschen zu einen und Frieden zu stiften.

Irgendwann war das jiddische Lied dieses Sängers im Lager gesungen worden. Er hatte gedacht, er hätte es vergessen, so wie er die jiddische Sprache vergessen hatte. Er hatte ja auch gedacht, sein Vater hätte vergessen, dass er ihn liebte.

Aber Naphtali war die Liebe wieder eingefallen, und ihm, Ari, die jiddische Sprache.

»*A Lidele on Sifzn un on Trern,*
Schpil asoj, as ale soln hern,
As ale soln sen, ich leb und singen ken,
Schener noch un besser wie gewen.
Schpil, schpil, Klesmerl, schpil
Schpil she mir a Lidl wegn Scholem,
Sol schojn sajn Scholem un nischt kejn Cholem,
As ale Felker grojss und klejn, soln take sich farschtejn,
on Kriegn und on Milchomess sich bagejn.«

Ein Lied ohne Seufzer und Tränen.
Spiel so, dass alle es hören können,
Dass alle sehen: Ich lebe und kann noch singen!
Schöner noch und besser als zuvor.
Spiel, spiel, Musikant,
Spiel mir das Lied vom Frieden.
Von wirklichem Frieden und nicht nur von einem Traum.
Dass alle Völker groß und klein sich verstehen sollen,
ohne Krieg und Streit miteinander umgehen.

Er war nicht sicher, wie viel Zeit von jenem Moment, als er die jiddischen Sätze sprach, bis zu dem verging, da er vor seinem Vater stand.

Kathi hatte irgendetwas gesagt, als er von der Bühne stürmte, der Kollege, der König Philipp spielte, sich ihm gar in den Weg gestellt. Doch Ari hatte nicht nur ihn zur Seite geschoben, auch Max, als der auftauchte, drohend seinen heilen Arm hob und ihn anblaffte.

Im Publikum wurden Stimmen laut, was das sollte, warum das Stück nicht zu Ende gespielt wurde. Anstatt weiterhin in seine Richtung zu schimpfen, zitierte Kathi nun entschieden den Text von Elisabeth, auch den von Don Carlos – bei ihm in veränderter Stimmlage, was lächerlich wirkte. Am Ende sprach sie auch den Text, mit dem König Philipp seinen Sohn endgültig der Inquisition auslieferte. »*Kardinal, ich habe das Meinige getan, tun Sie das Ihre.*«

Danach war es still, weder ertönten Applaus noch Buhrufe. Aber das war Ari egal, denn nun musste er das Seinige tun. Er erreichte seinen Vater, nahm seine Hände, und dann standen sie allein auf der Bühne des Lebens, und es schien keine Zuschauer mehr zu geben, die sie begafften, keinen Regisseur, der Anweisungen gab, keine Souffleuse, die ihnen den Text zuraunte.

»Du hast recht«, brach es aus ihm hervor, »Ich kann nicht einfach deutsche Dramen weiterspielen, als wäre nichts geschehen. Ich habe zu spät gemerkt, wie sehr ich dich damit kränkte.«

»Nein, Ella hat recht«, sagte sein Vater und erhob sich. »Was immer ich verloren habe – mir ist zu viel geblieben, als dass ich einfach aufgeben dürfte. Dieses Land und seine Sprache verdienen nicht nur Hass. Ich hätte nie die *Don-Carlos*-Ausgabe verbrennen, dich mit meinem Schweigen quälen dürfen. Ich habe zu spät gemerkt, wie sehr ich dich damit kränkte.«

Ari fühlte Tränen in seine Augen treten, wie sie auch in denen seines Vaters glänzten.

Nein, dachte er, es ist nicht zu spät.

Er fiel dem Vater in die Arme, und während hinter ihnen die Kakofonie der Stimmen anschwoll, klatschte Ella als Einzige.

18. KAPITEL

Ella hatte das Lager von Zeilsheim noch nie so menschenleer angetroffen – und nie so trostlos. Die ehemalige Arbeitersiedlung hatte immer ärmlich und heruntergekommen gewirkt, doch die vielen Stimmen hatten ihr Leben eingehaucht. Nun war nur das Rascheln des Laubs zu hören, das der Oktoberwind von den Bäumen riss und durch die gespenstisch leeren Straßen trieb.

Gewiss, ganz unerwartet war dieser Anblick nicht. Sie wusste von Ari, dass schon im Mai etliche Lagerbewohner aufgebrochen waren, um sich auf eigene Faust nach Israel durchzuschlagen – nach Zwischenaufenthalten in München und Straßburg meist von der französischen Mittelmeerküste aus. Andere hatten zwar noch gezögert, weil ihnen die Lage in Palästina als zu ungewiss erschien und täglich neue Berichte von dem dort tobenden Krieg eintrafen.

Doch dann hatten die USA und Kanada ihre strengen Einwanderungsgesetze gelockert, und viele hatten den Koffer gepackt, um dorthin auszureisen. Die Amerikaner wiederum hatten die Schließung des Lagers wieder und wieder aufgeschoben, nun aber verkündet, dass es bis Mitte November endgültig geräumt werden müsse.

Ella atmete tief durch, versuchte im Anblick der grauen Pfützen, die der Regen hinterlassen hatte und in denen nicht einmal ein Spiegelbild, geschweige denn die Konturen einer strahlenden Zukunft zu erkennen waren, kein schlechtes Omen zu sehen, sich vielmehr einzureden, dass sich alles in Wohlgefallen aufgelöst hatte.

Ari hatte ihr nicht viel über die Aussprache mit seinem Vater erzählt, aber das Wichtigste schon: Dass Naphtali an seiner Seite bleiben würde, ganz gleich, wo er leben wolle. Und dass ihm der Sohn Heimat genug sei. Wie groß dieses Opfer für ihn war, hatte er nicht gesagt. Auch Ari tat das Opfer ab, das er selbst erbrachte.

»Auf einen Max Guthmann habe ich mich ohnehin nie verlassen können«, fasste er mit knappen Worten den Tumult zusammen, der seinem denkwürdigen Auftritt als Don Carlos gefolgt war.

Ella selbst hatte er noch lange vor Augen gestanden. Der Regisseur hatte Ari nicht nur beschimpft, weil er ihn blamiert hätte, sondern ihm auch unterstellt, dass er es mit Absicht getan hätte. Wahrscheinlich hätte er von Anfang an im Sinn gehabt, sich zu rächen, was wäre von Juden schon anderes als Bösartigkeit zu erwarten. Aris Schauspielkollegin Kathi hatte einen regelrechten hysterischen Anfall erlitten, sobald sie die Bühne verlassen hatte. Sie hatte gelacht und gelacht, bis ihr roter Lippenstift um den ganzen Mund verschmiert war. Ella war froh gewesen, den beiden zu entkommen, Ari schienen sie egal zu sein.

Auch in den nächsten Wochen hatte er immer eine wegwerfende Bewegung gemacht, wenn sie erklärt hatte, wie leid ihr alles täte und dass sie sich schuldig fühlte, weil sich ihre Berlinpläne zerschlagen hätten. »Ich hätte darauf bestehen müssen, vor dem Stück mit dir zu sprechen und dir zu berichten, dass ich deinen Vater in Zeilsheim aufsuchte und ihm ordentlich ins Gewissen redete. Dann wärst du von seiner Anwesenheit nicht vollkommen überrumpelt worden.«

»Ach was! Es ist ja auch nicht so, dass Max Guthmann der einzige verbliebene Regisseur Frankfurts wäre.«

»Aber was geschehen ist, hat sich in der ganzen Stadt herumgesprochen. Tagelang gab es in Künstlerkreisen kaum ein anderes Thema. So schnell wirst du den Ruf nicht los, jede Aufführung zu sprengen.«

»Viktor würde jetzt spöttisch einwenden, dass man sich auf die Vergesslichkeit der Deutschen verlassen kann. Und selbst wenn nicht – dann werde ich eben wieder in deiner Buchhandlung Gedichte vortragen. Und tagsüber helfe ich dir im Geschäft aus.«

Das klang alles so leicht, und in gewisser Weise war es das auch. Sicher, die Wochen, die auf den Eklat auf der Bühne gefolgt waren, waren reich an Herausforderungen gewesen. Das Bücherverkaufen war zum Kampf geworden, weil die Konkurrenz so groß war. Aber dass die Regale in der Buchhandlung überquollen, weil mehr geliefert als an den Mann gebracht wurde, ließ Ella seltsam kalt. Sie hatte so lange gedarbt, und immer war es irgendwie weitergegangen – warum sollte ausgerechnet dieser Überfluss ein Zeichen dafür sein, dass es mit dem Buchmarkt bergab ging? Er würde sich schon beruhigen, und so lange zu wenig Kundschaft kam, würde eben sie selbst andächtig vor den Regalen stehen. Angesichts der Fülle an Neuerscheinungen, war sie oft völlig übermüdet, weil sie nächtelang las. Aber sie wollte eben nichts verpassen – weder Ilse Aichingers *Die größere Hoffnung* noch Anna Seghers *Argonautenschiff* –, um für die Kundschaft stets die passende Lektüre parat zu haben. Nicht dass sie Hildegard in der Buchhandlung oft unterstützen konnte: Trotz der Unkenrufe von Herrn Kaffenberger plante sie ungerührt das nächste Frühjahrsprogramm. Außerdem verbrachte sie viel Zeit mit Luise, hatte sie mit den Großeltern doch abgesprochen, sie demnächst endgültig zu sich holen, und sie wollte sie behutsam auf diese Veränderung vorbereiten.

Und eines Tages hatten sie schließlich gute Neuigkeiten von der Militärverwaltung erreicht. Jenen Bewohnern des in Auflösung begriffenen Lagers, die in Frankfurt bleiben wollten, wurden nun Wohnungen im Röderbergweg und in der Waldschmidtstraße in Aussicht gestellt. Eine mit ganzen vier Zimmern bot man Ari und seinem Vater an – ein unfassbarer Luxus in Nachkriegszeiten. Dass sie, wenn sie ebenfalls dort einzog, jeden Tag einen weiten Weg zur Buchhandlung zurücklegen würde müssen, erschien ihr als ein geringes Opfer. Im Hinterzimmer des Verlags, wo sie die letzten Jahre gehaust hatte, konnten sie schließlich unmöglich alle zusammenleben, und die Wohnung des Vaters mit dem einen bewohnbaren Zimmer zu beziehen, kam auch nicht infrage.

Alles wird gut, hatte sie gedacht, als sie heute Morgen nach Zeilsheim aufgebrochen war, um Ari und Naphtali abzuholen und gemeinsam mit ihnen die künftige Wohnung zu besichtigen. Alles wird gut, sagte sie auch jetzt zu den trostlosen Pfützen, dem röhrenden Wind, den Häusern, die nackt wirkten, weil sich keine Brotlaibe mehr auf den Fensterbänken stapelten.

Sie war entschlossen, diese Worte gleich zu Ari zu sagen, doch als sie auf das Haus zutrat, nahm sie aus dem Augenwinkel einen Schatten wahr. Das Lager war doch nicht so leer, wie vermutet.

»Warum hat immer unsereins den Preis zu zahlen?«, traf sie eine Stimme.

Ella verharrte. Am liebsten wäre sie einfach weitergegangen, als hätte sie ihn nicht gehört, aber sie ahnte, dass Viktor ihr dann folgen, sich ihr in den Weg stellen würde. Langsam drehte sie sich um. Die letzten Monate hatte sie ihn kaum gesehen, nur

Ari hatte berichtet, dass der Vetter immer unruhiger wurde, je mehr Lagerbewohner aufgebrochen waren. Jetzt würde das Warten bald ein Ende haben, stand die Geburt von Martas und seinem Kind doch unmittelbar bevor, doch er stierte Ella finster an, wirkte wie ein gefangenes Raubtier. Nun gut, sie war ihm oft genug begegnet, um zu wissen, dass man sich seinen Respekt nicht erwarb, indem man schüchtern den Blick senkte. Selbstbewusst straffte sie ihren Rücken.

»Naphtali hat sich aus freien Stücken entschieden, bei Ari… bei uns… zu bleiben«, sagte sie entschieden.

»Von meinem Onkel will ich gar nicht reden«, gab er zurück, »aber dass du es Ari zumutest, in diesem Land zu leben.«

»Er empfindet dieses Land als seine Heimat.«

»Weil er blind ist! Und weil er die Sache nicht zu Ende denkt!«

Er löste sich von der Mauer, machte ganz langsame, steif anmutende Schritte. Nun konnte sie doch nicht anders, als zurückzuweichen. Versehentlich stieg sie in eine Pfütze und spürte, wie die Nässe in ihre neu gekauften schwarzen Pumps kroch.

»Hast du nicht mitbekommen, wie die Frankfurter jetzt schon darüber klagen, dass zu viele Juden dablieben und diese künftig zu großen Einfluss nehmen würden? Dass man sich über ihr selbstbewusstes Auftreten beschwert und darüber, dass ihnen zu viele Wohnungen zugeteilt werden? Alsbald würde ein neues Ghetto entstehen, so warnt man, und fordert das Wohnungsamt zum Eingreifen auf. Und so einen Ort willst du Heimat nennen?«

Erleichtert nahm Ella wahr, dass er ihr nicht noch näherkam.

»Dein Onkel hat gesagt, dass er eine Heimat hat, solange er in Aris Nähe ist. Und Ari hat gesagt, dass er eine Heimat hat, solange er in meiner Nähe ist.«

Das Wort Heimat, so überzeugend sie es auch ausgesprochen

hatte, schien morastig. Und sie musste sich insgeheim eingestehen: Wenn sie sich in den letzten Wochen eine Zukunft mit Ari ausgemalt hatte, hatte sie stets deutlich vor sich gesehen, wie sie gemeinsam im Verlag und in der Buchhandlung arbeiteten. Nie aber war das Bild vor ihr erstanden, wie sie gemeinsam mit Naphtali und Luise in jener fremden Wohnung lebten.

»Du weißt schon, dass Juden, die in Mischehe leben, künftig aus der jüdischen Gemeinde ausgeschlossen werden? Du weißt schon, dass du ihn dadurch für immer zum Außenseiter machst? Du weißt schon, dass die Stadtverwaltung mit sämtlichen Tricks arbeitet, um alle Juden loszuwerden? Niemand will Ari hier haben.«

»Ich will ihn hier haben! Ich liebe ihn.«

Ganz dicht blieb er vor ihr stehen. Sein Atem wehte ihr ins Gesicht, erstaunlich, dass er so warm war, obwohl die Augen sie so kalt musterten. »Zu glauben, Liebe genügt, ist so dumm, wie zu denken, man müsse einen blutigen Stumpf bloß mit Honig beschmieren, dann wüchsen Bein oder Hand schon nach. Die Wunde bleibt, das Glied fehlt, aber die eigenen Hände kleben.«

»Viktor!«

»Zu glauben, dass die Liebe den Hass besiegt, ist auch so dumm, wie zu denken, man müsse bloß ins Gewitter spucken, damit man nicht vom Blitz getroffen wird. Dem Blitz kann man nur ausweichen, indem man flieht, den Kopf einzieht oder auf dem Boden kriecht.«

»Viktor!«

»Nur wollen wir nicht mehr kriechen. In Israel werden unsere Männer zu Helden. In Deutschland bleiben sie Ungeziefer.«

»Viktor!«

Zornig fuhr er herum zu derjenigen, die ihm aus dem Haus gefolgt war, an der Hauswand lehnte, immer wieder seinen Namen gerufen hatte, während Ella kein Wort mehr hervorgebracht hatte.

»Jetzt lass mich, Marta! Es muss doch gesagt werden, dass...« Er brach ab. Verspätet wie ihm ging auch Ella auf, dass sein Name aus Martas Mund nicht mahnend geklungen hatte, sondern gequält. Und dass sie nicht an dem Haus lehnte, weil sie Abstand halten wollte, sondern weil ihre Beine sonst nachzugeben drohten. Kein Wunder, die Beine waren dürr, gemessen am riesigen Bauch. Auch die Arme ließen an ein Skelett denken. Es schien, als habe ihr das Kind alles an Kräften geraubt, und nun, da nichts mehr bei dieser Frau zu holen war, sah es den Zeitpunkt gekommen, den ausgemergelten Körper zu verlassen.

Ella stürzte auf sie zu, doch noch bevor sie sie erreichte, gaben Martas Beine nach, und sie sank auf den Boden. Die Pfütze, in der sie saß, war keine, die der Regen hinterlassen hatte. Die Feuchtigkeit troff vielmehr von ihrem grauen Kleid. Ihr Körper verkrampfte sich, ein Schrei entfuhr ihr, wenn auch nur heiser, nicht viel lauter als das Röhren des Herbstwinds. Immerhin fand sie genug Kraft, um zu sagen: »Es... es geht los.«

»Wir müssen dich sofort ins Lagerhospital bringen.« Als hätte er nicht eben noch vor Hass geglüht, streckte Viktor beide Hände nach seiner Liebsten aus, zögerte aber beinahe ehrfürchtig, sie zu berühren. Dieser große, muskulöse Mann, dem Ella es mühelos zugetraut hätte, mit einem einzigen Schlag zwei ausgewachsene Feinde in die Knie zu zwingen, erschien ihr zart und hilflos wie noch nie. Er hatte wohl keine Ahnung, wo und wie man eine gebärende Frau angreifen konnte, ohne ihr Schmerzen zuzufügen. Schließlich packte er sie unter den Achseln und zog sie hoch, woraufhin sie prompt wieder einen heiseren Schrei ausstieß. Betroffen blickte Viktor auf sie hinab.

»Wo ist das Lagerhospital? Ich kann dort Hilfe holen«, rief Ella.

Der Schmerz zwang diesmal Martas Kinn Richtung Brust, als die Wehe vorbei war, kam der Atem nur stoßweise, die Worte auch.

»Im Lagerhospital ... ist ... doch ... niemand ... mehr.«

»Es hieß, dass es dort acht Ärzte gibt. Und genau so viele Hilfskrankenschwestern.«

»Fast alle weg ... die, die noch geblieben sind ... heute ... Transport der Tuberkuloseerkrankten ... überwachen ...«

Marta lehnte den Kopf gegen die Wand, die fast so grau war wie ihr Gesicht. Viktor zögerte nicht länger, nahm sie auf den Arm. Allerdings wusste er nicht, wohin.

»Wir können sie ja trotzdem hinbringen«, übernahm Ella das Kommando. »Im Lagerhospital ist es sauber, und alles ist da, was man für eine Geburt braucht.«

Viktors ratloser Blick bekundete, dass er keine Ahnung hatte, was das war. Immerhin kannte er den Weg, trug Marta hastig hin, während diese sich auf die Lippen biss und unterdrückt stöhnte. Ella folgte ihnen. Sie war nie bei einer Geburt dabei gewesen, hatte nur vage Erinnerungen an eines der medizinischen Bücher, die der Reichenbach-Verlag einst herausgebracht hatte. In einem mit zahlreichen Abbildungen versehenen Kapitel war es um Geburtshilfe gegangen. Sie wusste noch, dass man die Nabelschnur erst durchtrennen durfte, wenn man sie sowohl beim Neugeborenen als auch bei der Mutter mit einer Nabelklemme abgeklemmt hatte. Allerdings hatte sie keine Ahnung, was bis zu diesem Moment zu tun war.

Nun gut, Martas Körper schien es zu wissen. Bis sie das Lagerhospital betraten und Viktor sie vorsichtig auf eine Pritsche legte, wurde ihr Körper von einer neuerlichen Wehe geschüttelt. Nach jeder schien ihr Gesicht fahler zu sein, wenngleich sie immerhin ein Lächeln zustande brachte. »Ich habe das große Sterben überlebt, da bringe ich auch noch diese kleine Geburt hinter mich.«

Viktor versuchte, das Lächeln zu erwidern. Wie abfällig er sich vorhin auch über die Liebe geäußert hatte – sein Blick war zärtlich wie nie. »Etliche Menschen leben doch noch im Lager! Hol Hilfe!«, befahl sie ihm knapp. »Vielleicht findet sich unter den verbliebenen Frauen eine Hebamme. Und wenn nicht – dann frag in Zeilsheim nach einer... oder in Höchst.«

Kurz weigerte er sich, sich von der Pritsche zu lösen. Doch dass Marta nun Ellas Hand umklammerte, nicht länger seine, erschien ihm wohl als Zeichen, dass sie sich von einer Frau mehr Hilfe versprach als von ihm. »Geh schon«, presste Marta hervor.

Als er sich immer noch nicht rührte, fügte Ella hinzu. »Ich bleibe bei ihr, ich weiß, was zu tun ist... in etwa.«

War das nur eine Übertreibung oder bereits eine Lüge? Viktor vertraute ihr jedenfalls – oder hatte keine andere Wahl, als es zu tun. Er hauchte Marta einen Kuss auf die Stirn, dann hastete er davon. Martas Lächeln wirkte prompt entzweigeschnitten, als erneut der Schmerz wie ein Messer in ihren Körper fuhr.

Hinterher konnte sie nicht recht sagen, wie sie es geschafft hatte, Martas Kind heil auf die Welt holen. Sie konnte nicht einmal recht sagen, was genau sie getan hatte. Eigentlich hatte eine Geburt nicht viel mit Tun zu tun, eher mit Warten.

Erst hatte sie ungeduldig auf Viktor gewartet, dann ängstlich auf jede neue Wehe, die die junge, ausgemergelte Frau so unendlich zu quälen schienen. Sie hockte sich neben die Pritsche, hielt ihre Hand. Allerdings wurden Martas Schmerzen nicht kleiner, jede dunkle Welle dagegen immer größer. Irgendwann trat Ella hinter Martas Kopf, umfasste ihre Schultern, flüsterte ihr beruhigende Worte zu. Was genau sie sagte, vergaß sie sofort wieder – allein der Klang schien die andere zu beschwichtigen, zumindest für eine Weile. Wenn sie zwischen den Wehen zurücksank und hochblickte, kämpfte sie um ein dankbares Lächeln.

Irgendwann – trotz der Kälte in dem unbeheizten Raum standen Schweißperlen auf Martas Stirn – erwachte plötzlich Wut in der Gebärenden. »Viktor! Warum ist Viktor denn nicht hier!«

»Er ist doch gegangen, um eine Hebamme zu holen.«

Marta wirkte so verwirrt, als hätte sie das vergessen, ja, als wüsste sie nicht einmal mehr, was eine Hebamme war.

»Er... er sollte hier sein«, sagte sie, nicht länger wütend, sondern jämmerlich.

»Ich bin sicher...«

»Sie sollten hier sein.«

Nicht länger glänzte nur Schweiß in ihrem Gesicht. In ihren Augenwinkeln sammelten sich Tränen.

»Wer sind... *sie*?«

Die Antwort kam erst später, zuvor folgte eine Wehe, die anders war als alle zuvor. Sie schien keinen Anfang und kein Ende zu kennen, war Auftakt eines mächtigen Krampfes, der nicht nur den Körper schüttelte, sondern auch die Seele. Marta keuchte, stöhnte dagegen an, irgendwann schrie sie. »Meine Mutter... meine Schwester... meine Cousine...«

Sie rang um die Namen, aber es waren zu viele Namen für zu wenig Atem. Zu viele schmerzliche Erinnerungen für zu wenig Kraft. Zu viel Verlust für ein einziges Leben.

»Besser du sagst nichts«, murmelte Ella hilflos, während sich Martas Lippen bläulich färbten.

Aber sie konnte nicht aufhören, verkrampfte sich wieder, presste hervor: »Rosa... Agnes... Karolina...«

Oh, wenn die Namen der Verwandten wenigstens Gesichter heraufbeschworen hätten. Wenn Ella das Gefühl gehabt hätte, die Pritsche wäre von Gestalten umgeben, die liebevoll auf die Gebärende herabblickten und ihr Stärke verliehen. Doch die Namen waren wie ein schwarzes Loch. Je länger Marta hineinstarrte, desto tiefer versank sie darin. Ella glaubte zu spüren, wie die Kraft schwand, der Mut, auch die Hoffnung.

»Nein«, hörte sich Ella plötzlich sagen. »Nein, du gibst nicht auf.«

Sie war nicht sicher, ob diese Worte als Damm taugten, um die dunkle Flut an Namen aufzuhalten. Das Kind kannte die Namen jedenfalls nicht, das Kind wusste nichts von all den Schrecknissen, es drängte auf die Welt, und Ella beschloss, es willkommen zu heißen. Sie gab den Platz hinter Martas Schultern auf, hockte sich vor die Pritsche, erkannte irgendwann, dass die dunklen Härchen zwischen den Schenkeln kein verklebtes Schamhaar waren, sondern auf einem Köpfchen wuchsen. Es ist viel zu groß für diesen schmalen Leib, dachte sie noch. Und dann dachte sie gar nichts mehr, dann ergab sie sich den Naturgesetzen, die man nicht erlernen und begreifen muss.

»Nicht pressen!«, sagte sie in dem Moment, als sie vermeinte, der Kopf dränge zu schnell aus dem Leib.

Und »Pressen!«, verlangte sie, als nach dem Hinterkopf, die Stirn und schließlich das Gesicht des Kindes sichtbar wurden.

Beide Befehle kamen ihr so selbstverständlich über die Lippen, wie sich ein Herzschlag an den anderen fügte.

Nun gut, der eigene schien kurz auszusetzen, als sie das Kind etwas drehen musste, damit sich auch die Schultern aus dem Leib befreiten, sie es nun ganz herauszog, es danach kurz reglos zwischen Martas Beinen lag. Aber dann ertönte ein wütendes Protestgeheul, das gelbliche Köpfchen wurde rot, und auch Ella stieg etwas heiß ins Gesicht, für das Worte wie Stolz und Triumph nicht ausreichten.

Kurz trafen sich ihr und Martas Blick. Und kurz war das Band zwischen ihnen von der gleichen nährenden Notwendigkeit wie die Nabelschnur. Allerdings – das Kind brauchte diese nicht mehr, um zu leben.

Rasch band Ella diesen bläulichen Wurm mit dem Schnürsenkel, den sie aus Martas Schuh gezogen hatte, ab – einmal dicht am Leib des Kindes und einmal dicht an Martas. Sie durchschnitt ihn energisch, wusste aber, dass es noch nicht geschafft war. Kalt, es war zu kalt in dem Raum. Sie wickelte das Kind in Tücher ein, und weil das nicht zu reichen schien, es nicht mehr rötlich, eher bläulich wirkte, steckte sie es unter ihre wattierte Jacke, um es mit ihrem Körper zu wärmen.

So fand Viktor sie vor.

Er kam in den Raum gestürmt, erstarrte. Sie hörte noch, wie er murmelte, dass er keine Hebamme gefunden hätte, ehe ihm die Worte ausgingen. Es wurde trotzdem nicht still. Das Kind schrie nicht mehr empört, es stieß ein Glucksen aus, als würde es sich über diesen komischen Ort, wo man in Ehrfurcht vor ihm erstarrte, prächtig amüsieren. Ella konnte sich nicht regen, weil sie das Kind an ihren Körper hielt, Marta nicht, weil sie zu erschöpft war, Viktor nicht, weil das, was er sah, erst den Weg in seinen Kopf und sein Herz und seine Seele finden musste.

Ella wappnete sich gegen seine Wut, auch dagegen, dass er

auf sie losstürzen und ihr das Kind entreißen könnte. »Es muss es doch warm haben...«, sagte sie schnell, »es ist ein Mädchen... Es ist kräftig... Es...«

Sie stotterte. Viktors Bewegungen waren auch stotterig, als er zu ihr kam. Und als er endlich vor der Pritsche stand, konnte er sich wieder nicht rühren. Aber schauen konnte er, erst auf das Kind, dann auf Marta. An dem gestählten, zähen, kantigen Körper war nichts Starres mehr, zu zerfließen schien er.

Nun gut, das wirkte nur so, weil die Tränen in ihren Augen zum Schleier wurden, der alles Spitze, Scharfe, Eckige verdeckte. Als sie über ihre Wangen perlten, sah sie jedenfalls, dass auch er weinte. Das Kind gluckste noch mehr.

»Chaja«, sagte er zu dem Kind. »Das heißt Leben«, sagte er zu Ella.

Ein Name, der sich vor dem Leben verbeugte und seiner Macht.

»Willst du sie halten?«, fragte sie.

Ein Ruck ging durch ihn. Aber die neuen Tränen, die kamen, bewiesen, dass er noch nicht wieder Herr seiner Gefühle war. »Meine Arme sind so kalt, wärm du sie.«

Und dann fügte er ein Wort hinzu, das fast so schön und fast so machtvoll wie der Name des Kindes war. »Danke.«

Das Kind gluckste, das Leben lachte, kurz lachten auch Viktor und sie, und das Lachen hatte keine Grenzen, es verwob sich zu einem festen Tuch, ohne Risse, ohne Flicken.

Jetzt hatte er wohl keine kalten Arme mehr, doch als sie ihm das Kind endlich geben wollte, war ein Ton zu vernehmen, der ganz anders als das Lachen klang, dumpfer, tiefer, grollender.

»Gib es ihm sofort.«

Ella fuhr herum. Mühsam hatte Marta den Kopf gehoben.

Die Wangen waren bleich, die Lippen bläulich, aber der Blick war nicht erschöpft, der Blick war eine Waffe. Und die Frau, die zu ihr immer freundlich gewesen war, die mit Luise Papierflieger gefaltet hatte, die stets so viel versöhnlicher gewesen war als Viktor, sagte: »Du darfst mein Kind nicht halten.«

Der Schweiß auf ihrer Stirn war getrocknet, und sie hatte nicht geweint, zumindest nicht aus Freude über die Geburt, nur aus Trauer über die vielen Toten. »Meine Mutter sollte es halten... Meine Schwester sollte es halten... Meine Cousine sollte es halten...« Sie begann wieder, Namen aufzuzählen. Ella spürte kaum, wie Viktor ihr die Kleine abnahm. Sie hörte nur, wie er leise zu Marta sagte: »Sie hat dem Kind doch auf die Welt geholfen. Es lebt auch ihretwegen.«

Es war eine fremde Stimme, mit der er sprach, freundlich und nachsichtig.

Es war auch eine fremde Stimme, mit der Marta antwortete, erloschen und hoffnungslos.

»Ich habe in Auschwitz erlebt... wie eine Frau ein Kind geboren hat... Eine der deutschen Wärterinnen hat ihr geholfen... und hinterher hat die das Kind genommen, an seinem rechten Fuß. ›Lass es mir‹, hat die Frau gebettelt, aber die Wärterin hat nicht auf sie gehört. Hinausgegangen ist sie und wollte das Kind auf einen Berg von Leichen werfen. Im letzten Augenblick hatte sie gezögert, weil es noch wimmerte. Da hat sie es geschwungen und das Köpfchen an die Mauer geschlagen, und es ist zerborsten am grauen Stein.«

Schweigen folgte. Als Viktor vorhin kein Wort herausgebracht hatte, hatte sich von der Stille wohltönend das Glucksen des Kindes abgehoben. Doch auch das war verstummt.

Marta presste das Kind an sich, als Viktor es ihr überreichte.

Sie lächelte das Kind an, doch als ihr Blick auf Ella fiel, standen gleichermaßen Hass und Furcht darin.

»Geh! Verschwinde! Fass es nicht an, mein Kind. Wag es nicht, in seine Nähe zu kommen.«

Aus dem Augenwinkel nahm Ella wahr, wie Viktor Marta mit Gesten zu beschwichtigen versuchte. Sie selbst hatte ihr nichts entgegenzusetzen, keine Tränen, keine Worte. Sie wollte zwar gerne dasselbe sagen wie vorhin er: Ich bin die Frau, die dem Kind auf die Welt geholfen hat, es lebt auch meinetwegen. Aber sie wusste, bis diese Sätze in Martas Ohren angekommen wären, wären andere daraus geworden: Ich bin eine Deutsche, es könnte meinetwegen sterben.

Am Ende presste sie nur ein knappes »Tut mir leid« über die Lippen.

Sie wandte sich ab, hastete hinaus, blieb erst stehen, als sie Schritte hörte. Viktor folgte ihr, der Wind wehte Herbstlaub um seine Beine. Was verhieß das Rascheln? Der Winter kommt, es ist alles zu Ende oder alles nimmt seinen Lauf, und auf den Winter folgt ein Frühling?

»Ich würde eurem Kind niemals Leid zufügen«, presste sie hervor.

In seinem Blick stand nicht der altbekannte Hass, aber auch kein Dank mehr. »Das weiß Marta doch. Aber fühlen kann sie's nicht.«

»Ich will, dass Ari glücklich ist, und sein Vater auch.«

»Das weiß ich doch, aber fühlen kann ich's nicht.«

Wieder war eine Weile lang nur das Rascheln zu hören, dann kamen aus der Ferne Rufe. Es war Ari, der sich gewiss schon Sorgen machte.

Ich muss ihm erzählen, was passiert ist, dachte sie, aber sie war nicht sicher, was es da genau zu erzählen gab. Dass sie Martas Kind auf die Welt geholfen hatte, erschien nicht länger als ein Verdienst, wenn es in den Augen der Mutter doch vor allem eine Zumutung war.

Nun, zu Viktor konnte sie etwas sagen.

»Chaja ist ein schöner Name. Er hat eine so schöne Bedeutung.« Sie macht eine Pause. »Leben«, fügte sie ehrfürchtig hinzu.

Viktor wurde wieder der Alte. Seine Lippen verzogen sich zu jenem spöttischen, harten Lächeln, das sie zu fürchten gelernt hatte. Nur seine Stimme war nicht kalt, sondern fast ein wenig mitleidig.

»Es geht hier um unser Leben. Nicht um deines.«

»Es ist gar nicht mal so schlecht«, sagte der Vater, »wirklich.«

Naphtali Stein rang sich ein Lächeln ab, das Ari zu erwidern versuchte. Es gelang ihm zwar, aber er kam sich etwas schäbig vor.

Gerne hätte er offen ausgesprochen, dass sie der trostlosen Stimmung, die dieser Tage in Zeilsheim herrschte, an diesem Ort nicht wirklich entronnen waren. Aber als er das letzte Mal gefragt hatte, ob es ihn manchmal reute, in Deutschland zu bleiben, hatte Naphtali abgewunken.

»Ich habe mich entschieden. Und die übrigen Bewohner unseres Lagers müssen sich auch entscheiden.«

Ari wusste, worauf er anspielte: Einige der Lagerinsassen waren in den Hungerstreik getreten, um einen längeren Aufenthalt in Zeilsheim zu erzwingen. Ihre Bemühungen waren allerdings aussichtslos – die Militärregierung hatte deutlich gemacht, dass man die Wohnstätten bald jenen Deutschen zurückgeben würde, die sie einst hatten räumen müssen.

»Lass uns dankbar sein, dass es hier in Frankfurt andere

Wohnmöglichkeiten gibt«, hatte der Vater erklärt und ungesagt gelassen, dass der hiesige Rabbiner Wilhelm Weinberg bei der Stadtverwaltung gerade mal zweihundert dauerhafte Aufenthaltsgenehmigungen hatte herausschlagen können – und auch die nur unter der Voraussetzung, der Betreffende wäre wirtschaftlich abgesichert.

Ari erfüllte die wichtigsten Bedingungen: Er und sein Vater gehörten zu den wenigen gebürtigen Frankfurtern unter den Lagerbewohnern; außerdem würde er eine Frankfurterin heiraten und im Hagedornverlag arbeiten. Dass es den Juden so schwer gemacht wurde, fand er trotzdem ungerecht.

Naphtali musterte die Fassade jenes Hauses in der Waldschmidtstraße, in dem sie künftig leben würden. »Es ist gar nicht mal so schlecht«, sagte er wieder.

Ari unterdrückte ein Seufzen. Wenn es doch nur ein sonnigerer Tag gewesen wären. Der tief hängende Dunst ließ die Fassade noch grauer wirken, die großteils geschlossenen Fensterläden wie tote Augen, das Stück Wiese vor dem Haus wie eine Schlammwüste.

Und wenn sie wenigstens ein freundliches Willkommen erwartet hätte. Aber August Adelsberger, der für die Rückführung der Frankfurter Juden verantwortlich war und sie hierher begleitet hatte, schimpfte ununterbrochen vor sich hin. Die Frankfurter und die polnischen Juden, so wurde er nicht müde zu beklagen, hätten zwei Gemeinden gegründet, die sich nicht zusammenfügen wollten. »Ein jeder kämpft für sich allein.«

Ari konnte sich der Verdrossenheit, die Adelsbergers Miene spiegelte, nicht entziehen, und das, obwohl er nicht allein gekommen war, sondern neben seinem Vater auch Ella an seiner Seite wusste.

Warum nur zeigte sie sich nicht beglückt darüber, dass ihre gemeinsame Zukunft endlich ein Gesicht annahm? Warum wirkte sie seit gestern zutiefst verstört?

Er war sowohl erschrocken als auch beeindruckt gewesen, als er erfahren hatte, dass sie der kleinen Chaja auf die Welt geholfen hatte. Er hatte sie mit Fragen bestürmt – wie es dazu gekommen war, wie sie sich dabei gefühlt hatte. Doch sie hatte sich als wortkarg erwiesen, nur die Besichtigung der Wohnung auf heute verschoben, ansonsten aber nicht mehr erzählen wollen. Nun gut, eine Geburt war eine intime Angelegenheit, vielleicht fühlte sie sich Marta gegenüber zum Schweigen verpflichtet. Aber er wurde den Verdacht nicht los, dass sie nicht deswegen beharrlich seinem Blick ausgewichen war, als er sie nach Hause begleitet hatte. »Hat Viktor irgendetwas Böse zu dir gesagt?«

Sie hatte gezögert, dann den Kopf geschüttelt. »Im Gegenteil, er ist glücklich über die Geburt seiner Tochter.«

Sein Misstrauen war geblieben, aber als er später zurück ins Lager gekehrt war, hatte er mit eigenen Augen gesehen, wie der Vaterstolz das Gesicht des Vetters zum Leuchten brachte. Viktor hatte kein böses Wort über Ella verloren, im Gegenteil, er hatte immer wieder beteuert, dass es ohne sie nicht gut ausgegangen wäre.

Dennoch schlich Ella nun hinter ihm und seinem Vater her, als liege nicht eine Großtat hinter ihr, als würde sie vielmehr von Zaudern und Scham niedergedrückt werden. Und ihre künftige Wohnung betrachtete sie, als ginge sie das alles nichts an.

»Geht es dir gut?«, fragte er leise. »Du wirkst ... bedrückt.«

Nun, immerhin erwiderte sie jetzt endlich seinen Blick. »Lass uns in die Wohnung gehen.«

Sie gingen gerade auf die Haustür zu, als sich einer der Fensterläden über ihnen öffnete. Wer immer dort oben stand, beugte sich nicht vor, sodass kein Gesicht zu sehen war. Sie hörten jedoch deutlich eine gereizte Stimme: »Sind das noch mehr Föhrenwäldler? Die haben uns gerade noch gefehlt.«

Ari ging erst nach einer Weile auf, dass sich in Föhrenwald ein weiteres DP-Lager befand, in dem viele Überlebende Zuflucht gefunden hatten, und dass dieser Tage auch von dort etliche ein neues Leben in Frankfurt begannen.

Herr Adelsberger trat zurück, um zwar eindringlich, zugleich aber möglichst leise nach oben zu rufen: »Was habe ich gesagt? Kein Geschrei und kein Aufruhr! Wir sind von der Stadt Frankfurt doch ausdrücklich gebeten worden, dass der Zuzug der Juden unauffällig vonstattengehen soll.«

»Sind es denn Juden, die Sie uns bringen? Oder verlaustes Gesindel aus dem Osten?«

Ob Herrn Adelsbergers mahnender Geste schlossen sich die Fenster mit einem lauten Knall. Ari brauchte wieder eine Weile, um zu begreifen: Wer über ihre Ankunft erbost war, war kein Deutscher, der nicht noch mehr Juden in seinem Wohnblock haben wollte, sondern ein Frankfurter Jude, für den die Glaubensbrüder aus dem Osten eine Zumutung waren.

»Nun ja«, wandte sich Adelsberger beschwichtigend an ihn, »wenn deutlich wird, dass Sie nicht aus Polen stammen, werden Sie gewiss etwas freundlicher behandelt werden. Aber auch hier gilt: Jeder kämpft für sich allein.«

Ein Gefühl von Einsamkeit überkam ihn, und das änderte sich auch nicht, als er plötzlich Ellas Hand spürte, wie sie seine nahm, ihn erst ins Haus zog, dann die schiefe Treppe hoch. Das Gebäude mochte den Krieg heil überstanden haben, doch der modrige Geruch ließ Ari an eine Gruft denken. Er machte sich auf vieles gefasst, als sie die Wohnung im zweiten Stock erreichten – auf zerstörtes, nicht brauchbares Mobiliar, Gestank aus beschädigten Leitungen, Tapeten, die sich von verschimmelten Wänden lösten. Was ihn stattdessen empfing, war eigentlich besser – gähnende Leere –, und doch war die fast noch verstörender. Die Wände waren frisch verputzt und der Boden aus glänzendem Holz, aber es gab nichts, woran sich das Auge festhalten konnte, nichts, was bewies, dass man hier an eine lange Tradition anknüpfen konnte, dass einst von diesen Wänden Gelächter und Streit, Essgeräusche und Schritte, Kindergeschrei und getuschelte Liebesschwüre widergehallt waren.

»Wer hat vor uns hier gelebt?«, fragte er Adelsberger. Der sagte nichts, aber er konnte es sich ja selbst denken: Menschen, die entweder gestorben oder vertrieben worden waren.

Er konnte sich kaum überwinden, über die Schwelle zu treten, und auch Ella machte keine Anstalten. Sein Vater dagegen zögerte nicht. »So große Räume, das ist doch wunderbar!«

Er war nicht sicher, ob er Ellas Hand losließ oder sie seine. Jedenfalls folgte er Naphtali nun ins Innere. So begeistert der Vater klang, seine Gesten blieben vorsichtig, als besuchte er ein Museum, an dessen Exponate man nicht versehentlich stoßen durfte.

Dabei trafen sie auch weiterhin auf nichts, was von einer Vergangenheit kündete. Auch auf nichts, was eine glänzende Zukunft versprach. »Der kleinste Raum«, sagte der Vater und deutete auf eines der Zimmer, »der genügt mir.«

Die Fensterläden waren geschlossen, von der Decke baumelte eine Glühlampe. Als Adelsberger das Licht anmachte, breitete sich ein diffuser Schein aus, färbte das Gesicht des Vaters gelblich. Ari versuchte, sich seinen Vater hier vorzustellen, aber das einzige Bild, das vor ihm aufstieg, war, wie er mit Mantel und Hut auf einer Pritsche lag. Was würde ihn denn hier bewegen, Tag für Tag aufzustehen? Was würde der Vater eigentlich machen in all den Stunden, wenn er selbst sich im Verlag aufhielt?

Nun, sagte er sich, vielleicht schreiben, lesen, auch dann und wann aushelfen, es würde sich schon alles finden, er durfte sich nicht dieser Mutlosigkeit ergeben, zumal Herr Adelsberger gerade etwas von einem Herd murmelte.

Richtig, zumindest die Küche war nicht leer, neben besagtem Herd befand sich auch ein Waschbecken aus Email. Sogar fließendes Wasser gab es, wenngleich es bräunlich aus dem Hahn schoss.

»Schau doch nur!«, rief er Ella zu. Doch dann erkannte er, dass Ella ihnen nicht gefolgt war, sondern auf der Schwelle verharrte, als betrachte sie die Wohnung als Feindesland, als vermintes Gelände.

»Ella? Es ist etwas kahl, oder? Aber ein paar Möbel lassen sich bestimmt auftreiben. Was ist eigentlich aus den Barhockern geworden, die früher den Tresen in der Buchhandlung ersetzt haben? Die könnten uns nun gute Dienste erweisen.«

Sie hatte den Fuß gehoben, setzte ihn nicht auf, sie wich vielmehr zurück. Wieder begegneten sich ihre Blicke, und ihrer glich der leeren Wohnung, die nur gemütlich machen konnte, wer etwas mitzubringen hatte und nicht mit leeren Händen kam.

Sie presste ein paar Worte hervor, die so klangen wie: »Ich kann das nicht.« Dann machte sie kehrt und stürmte nach draußen. Die hastigen Schritte klapperten über die Treppe.

Er achtete weder auf seinen Vater noch auf Herrn Adelsberger und rannte hinterher. Als er die Treppe hinuntersprang, nahm er zwei Stufen auf einmal.

»Ella!«

Kurz vor dem Haus war sie stehen geblieben, aber sie hielt ihm den Rücken zugewandt. Nur an den bebenden Schultern erkannte er, dass sie hastig einatmete, als wäre dort, woher sie kam, nicht genügend Luft gewesen.

Er blieb dicht hinter ihr stehen, machte sich gefasst auf jene Worte, die er vorhin gehört zu haben glaubte. Sie sagte andere, die genauso düster klangen: »Es wird nicht funktionieren.«

»Die Sache mit den Barhockern? Hast du die etwa schon zu Brennholz gemacht? Nun, dann müssen wir eben fürs Erste auf Stühle verzichten. Wir können beim Essen auf dem Boden sitzen wie bei einem Picknick.«

Sie fuhr zu ihm herum, nahm wieder das Haus in Augenschein. Die Lippen bebten, dann begann sie langsam den Kopf zu schütteln.

»Ella!«, rief er eindringlich und nahm sie bei den Schultern. »Wir werden hier leben, wir werden uns etwas aufbauen. Wir haben es uns doch so deutlich ausgemalt – wie wir gemeinsam den Hagedornverlag führen, wieder Veranstaltungen anbieten.«

»Das ist doch kein Ersatz für die Bühne.«

»Irgendwann werde ich schon mal wieder auf einer stehen. Der Skandal wird vergessen sein und...«

»Es ist keine gute Zeit für Theater. Keine gute Zeit für Bücher. Die Währungsreform macht die Preise kaputt... Die Theater bleiben auf ihren Eintrittskarten sitzen wie die Buchhändler und Verleger auf ihren hohen Auflagen und...«

Er packte sie fest und zog sie an sich, das Zittern in ihrem Leib erstarb, aber ihre Zähne klapperten. »Warum bist du denn auf einmal so mutlos?«

Als sie endlich zu ihm aufsah, begriff er, dass alles Gerede über

Theater und Bücher nur ein mühseliges Umschiffen des eigentlichen Themas gewesen war.

»Ella...«, setzte er an. Jetzt wird sie mir erzählen, was gestern wirklich passiert ist, dachte er. Jetzt wird sie mir anvertrauen, was sie so sehr verstört hat, und ich werde sie trösten. Jetzt werde ich den bösen Worten, die Viktor zu ihr gesagt hat, meine freundlichen entgegensetzen.

Doch was zu hören war, war nicht ihre dünne Stimme, sondern wieder das Klappen von Fenstern. »Verschwindet, ihr Judenpack! Keiner will euch hier haben.«

Bis er herumgefahren war und festgestellt hatte, von welchem Stockwerk die Tirade auf sie herabging, hatten sich die Fenster schon wieder geschlossen. Es war ja auch egal, wer da auf sie herabgeschimpft hatte – fest stand, dass in diesem Haus feindselige Menschen lebten: Entweder Frankfurter Juden, die keine Glaubensbrüder aus dem Osten in ihrer Nähe wissen wollten. Oder Frankfurter Antisemiten, die von jenem Hass, jenen Vorurteilen und jener Überheblichkeit durchdrungen waren, die die Nazis ihnen über Jahre eingebläut hatten.

Gut möglich, dass auf sie, wenn sie noch länger hier standen, bald Unrat regnen würde.

»Lass uns wieder hineingehen«, sagte er leise. Er wollte sie mit sich ziehen, doch sie wehrte sich, wiederholte: »Es wird nicht funktionieren.«

Bis jetzt hatte sie verzagt und verloren gewirkt. Plötzlich wurde aus dem bebenden Geschöpf jene tatkräftige Ella, die er kannte. Eine, die sich nicht scheute, sich den Prüfungen des Lebens zu stellen, die Hindernisse überwand und Rückschlägen trotzte. Nur dass sie dies nie nur mit grimmiger Entschlossenheit, sondern immer auch mit einem gewissen Maß an Verletzlichkeit getan hatte, während ihr Gesicht jetzt hart war, ihr Blick wie versiegelt. Er war nicht länger ein Tor zu ihrer Seele, sondern eine Mauer, an der zurückprallte, wer sie verstehen wollte.

»Es wird nicht funktionieren«, kam es zum dritten Mal. »Dein Vater wird hier niemals glücklich werden.«

»Vater ist bereit, jedes Opfer zu bringen – Hauptsache er ist mit mir zusammen ... mit uns.«

»Aber ich weiß nicht, ob *ich* bereit bin, jedes Opfer zu bringen.«

Es war nicht so, dass er diese Stimme nicht kannte. So hatte sie ihm Bilanzen vorgelesen. Und auch jetzt schien sie von einem Geschäft zu sprechen, aus dem kein Profit zu schlagen war.

»Dein Vater und du – ihr werdet Ausgestoßene bleiben. Und andere Überlebende werden vielleicht Leidensgenossen sein, aber keine Freunde.«

»Du hast dir doch nie viele Gedanken darüber gemacht, was es bedeutet, dass ich Jude bin.«

Sie sah ihn mit müder Nachsichtigkeit an, aber auch Strenge, als wäre er ein Kind, das das unerbittliche Ergebnis des Rechenschiebers leugnet. Wieder nahm sie diesen Buchhaltertonfall an, als gelte es, nur das Ergebnis zu benennen, nicht aber zu erklären, wie die einzelnen Positionen zustande gekommen waren.

»Ich hätte es tun sollen. Mehr darüber nachdenken ... mir mehr der Konsequenzen bewusst sein, nicht nur um meiner selbst willen, sondern wegen Luise. Sie soll ja auch hier leben.«

Das Wörtchen *leben* klang so, als wäre es irrtümlich in den Satz geraten.

»Du machst dir ja gar keine Sorgen um mich und Vater«, sagte Ari, und plötzlich klang auch seine Stimme hart. »Du machst dir Sorgen um sie ... um dich.«

»Wie könnte ich denn nicht? Wir haben die Wohnung erst einmal betreten und sind schon zwei Mal beschimpft worden. Meine Großeltern haben mich auch davor gewarnt, als ich ihnen jüngst von dir erzählte und dass wir ein gemeinsames Leben planten. Sie wissen, sie können mir nichts verbieten, aber weißt du, was mich meine Großmutter gefragt hat? Ob ich wolle, dass Luise als Judenbankert beschimpft wird! Ich habe ihre Bedenken in den Wind geschlagen, aber ... aber ...«

Schimmerte hinter vermeintlicher Nüchternheit nun doch Verzweiflung durch?

»Dass du plötzlich an allem zweifelst, hat doch nichts mit deinen Großeltern zu tun. Es hat mit Viktor zu tun. Irgendetwas muss er nach Chajas Geburt gestern zu dir gesagt haben. Was war es?«

Ihr Blick wurde nahezu ausdruckslos, sodass er schon dachte, sie würde wieder leugnen, dass ihr Verhalten mit Chajas Geburt zu tun hatte. Doch ihr Gesicht bebte und zuckte, und er konnte sehen, dass ihr die nächsten Worte unendlich wehtaten.

»Es spielt doch keine Rolle, was er sagte. Was zählt, ist, dass er recht hatte, die ganze Zeit über. Wir haben uns etwas vorgemacht, als wir dachten, wir können gemeinsam leben, gemeinsam glücklich werden. Dein Vater mag ja bereit sein, all seinen Wünschen abzuschwören, doch du würdest es dir nicht verzeihen, müsstest du zusehen, wie er hier langsam verfällt. Und ich könnte schlucken, dass man mich manches Mal beschimpft und wir nirgendwohin richtig gehören. Aber ich kann nicht ertragen, dass Luise damit leben müsste ... unsere künftigen Kinder. Ich ... ich habe mir in den letzten Monaten oft gewünscht, schwanger zu werden, war immer ein wenig traurig, dass es nicht geschah. Doch jetzt bin ich regelrecht froh darüber.«

Die Worte ließen ihn zurückweichen – aber hinter ihm war ja nur dieses tote Haus. »Es kann doch nicht sein, dass du von heute auf morgen alle unsere Pläne verwirfst.«

»Sind es denn Pläne? Nicht vielmehr Luftschlösser?«

»Egal, was sie sind. Sie sind auf unserer Liebe gebaut.«

»Und wenn die Liebe nicht reicht?«

»Sie hat doch so vielem standgehalten. Als du erfuhrst, wer ich bin ... dass ich mit dem Tod deiner Mutter zu tun habe ... da war die Liebe doch immer größer als alles Entsetzen. Auch um dieser Liebe willen hast du deinem Wirken als Verlegerin eine neue Richtung gegeben, hast die Geschichte meines Vaters veröffentlicht, so viele andere wichtige Bücher. Damit wolltest du doch zeigen, dass Menschen wie du und ich miteinander leben können, nicht nur nebeneinander her. Wenn du nicht daran geglaubt hättest, dass die Wunden irgendwann heilen können, hättest du es nicht getan.«

Ihr gerade noch erloschener Blick war nun schmerzlich.

»Diesen Werken war kein Erfolg beschieden. Sie wurden gekauft, weil Mangel an Büchern und Papier herrschte. Jetzt, wo es beides wieder gibt, würde ich den Verlag ruinieren, wenn ich weiterhin auf solche Themen setzte. Ich muss dafür sorgen, dass Luise und ich eine gesicherte Zukunft haben – mit allen Mitteln, aller Kraft ... Ich denke nicht, dass dann genug bleibt für ... für ... für ...«

Das Wort *uns* schwebte in der feuchten Luft.

»Für euch«, sagte sie schließlich.

»Was willst du mir mit alldem sagen?«, fragte gepresst. »Dass es besser wäre, wenn ich mit meinem Vater nach Israel ginge?«

»Das ist eure Entscheidung. Ich wollte nur sagen, dass ich nicht zurück in dieses Haus gehen werde.«

Kurz war er nicht sicher, welche Richtung sie stattdessen wählen würde, denn sie wankte. Doch ehe er auch nur daran denken konnte, dass das Urteil, das sie ihm vor die Füße geworfen hatte, auf ähnlich wackeligen Beinen stand, ehe er hoffen konnte, dass sie es gleich zurücknehmen würde, tränenreich um Verzeihung bitten und ihre Liebe bekräftigen – da wandte sie sich ab und ging hastig davon.

Sein Vater trat ins Freie, das Gesicht war immer noch etwas gelblich wie im diffusen Licht der Glühbirne. Er lächelte, nur sein Blick flackerte, als ihm aufging, dass Ella fort war. Ari stand ganz steif, als genügte eine unbedachte Bemerkung, und der Schmerz würde ihn anfallen. Er wusste nicht, wie er gegen ihn kämpfen sollte, die einzige Strategie, die er je gelernt hatte, war, sich zu ducken, sich zu verkriechen.

»Ari?«

»Wir bleiben nicht hier«, flüsterte er. »Wir können nicht hierbleiben.«

»Nicht hier in der Waldschmidtstraße?«, fragte der Vater erstaunt.

»Nicht hier bei Ella.« Er atmete tief ein. »Nicht hier in Deutschland«, fügte er hinzu. »Wir müssen nach Israel.«

Den ganzen Heimweg über sagte sie sich, dass es richtig gewesen war – nicht nur, was sie getan hatte, sondern wie. Immer schneller ging sie, um ihren Zweifeln zu entfliehen, und als sie die Buchhandlung erreichte, war sie erschöpft. Sie blieb stehen, scheute den letzten Schritt ins Warme, Heimelige.

Doch wie sie noch zitternd von einem auf den anderen Fuß trat, kam auch Hildegard zur Buchhandlung gehastet. Ihr Haar war völlig zerzaust, das Gesicht gerötet. Rasch senkte Ella den Blick, damit die andere nicht in ihren Zügen las. Noch könnte sie die Frage, was passiert war, nicht beantworten.

Ich habe das Richtige getan, ich habe das Schlimmste getan, ich habe das Grausamste getan. Ich habe ihm vorgemacht, dass meine Ängste und Zweifel größer sind als meine Liebe. Das stimmt zwar nicht, doch nur auf diese Weise konnte ich erreichen, dass er mit seinem Vater anderswo eine bessere Zukunft hat.

So kalt und starr alles in ihr war, plötzlich sammelten sich heiße Tränen in ihren Augen. Hildegard bemerkte sie nicht. Auch sie weinte, der ganze Körper wurde von Schluchzen geschüttelt.

Als Ella das wahrnahm, wurde das eigene Leid bedeutungslos. »Um Himmels willen, was ...«

Hildegard zog sie in die Buchhandlung. Die Tränen strömten weiter, doch ihr Mund verzog sich zu einem Lächeln.

»Er ist zurück! Oh, er ist endlich zurück!«

Kurz dachte Ella, sie meinte Ari.

Natürlich! Er hatte nicht geglaubt, dass das Leben mit ihm für sie eine Last, gar eine Zumutung sein könnte!

Aber Hildegard würde um Aris willen keine Tränen vergießen ... keine Tränen der Verzweiflung, keine Tränen der Freude. Ihr Lächeln wurde breiter. »Er ist zurück!«, rief sie wieder.

Verstohlen wischte sich Ella übers Gesicht. »Reinhold?«

Hildegard nickte heftig. »Ich habe es nicht mehr für möglich gehalten, habe nach all den Jahren die Hoffnung begraben. Und plötzlich steht er vor mir und sagt: ›Guten Tag, Mutter!‹ Sehr mager ist er, aber es ist alles noch dran, was für ein Wunder, oh ...«

Erst schlug sie die Hände übereinander, dann riss sie Ella an sich. Kurz zehrte Ella von der Glückseligkeit der anderen, ehe ihr Kummer wieder übermächtig wurde.

»Das ist wirklich großartig.«

Als Hildegard sich von ihr löste, perlten keine neuen Tränen mehr über ihre Wange, und doch war ihr Blick verschleiert. Obwohl er sich auf Ella richtete, schien sie sie gar nicht mehr richtig wahrzunehmen. »Ich muss jetzt gehen. Ich wollte dir die gute Nachricht persönlich überbringen, aber jetzt muss ich mich um Reinhold kümmern. Ich muss ihn wieder aufpäppeln, all die verlorenen Jahre nachholen ... du verstehst das doch ... dass ich nicht mehr hier arbeiten kann?«

In den nächsten Tagen?, ging es Ella durch Kopf. In den nächsten Wochen? Oder meinte sie für immer?

Sie wagte nicht zu fragen, auch nicht zu zeigen, wie sehr die Worte sie erschütterten. Nichts sollte Hildegards Freude trüben. Wenn es ihr gelungen war, Ari zu belügen und ihre Liebe kleinzureden, dann schaffte sie es auch, Hildegard etwas vorzumachen.

»Aber natürlich! Mach dir überhaupt keine Gedanken meinetwegen. Dein Sohn ist alles, was jetzt zählt. Du hast mir genug geholfen, genug Opfer gebracht... Hier stehen einige Änderungen an, aber das soll allein meine Sorge sein.«

Hildegard sah ihr forschend ins Gesicht. »Bist du sicher, dass...«

Ella lächelte breit. »Geh jetzt, wirklich! Ich weiß nicht, wie ich in den letzten Jahren alles ohne dich geschafft hätte. Gewiss, die Herausforderungen sind nicht sämtlich gemeistert, aber eine neue Zeit beginnt, und in die werde ich den Verlag und die Buchhandlung alleine führen. Du wirst anderswo gebraucht, und das ist gut so.«

Ihr Lächeln blieb standhaft. Sie konnte es nicht nur bewahren, solange Hildegard sie anschaute, auch dann noch, als sie sich abwandte und zur Türe ging. Erst als die Türe hinter ihr zufiel und sie sich von der Buchhandlung entfernte, wurde es zu anstrengend, die Mundwinkel nach oben zu ziehen. Weinen konnte Ella allerdings auch nicht, ebenso wenig schreien. Sie biss sich nur auf die Lippe, bis es wehtat. Dies war ein Schmerz, den sie ertragen konnte, und den anderen ... nun ja, den anderen musste sie ignorieren. Es gab so vieles zu tun, so vieles zu entscheiden.

Sie wollte hinter ins Verlagsgebäude gehen, doch ihre Beine gehorchten nur drei Schritte lang. Im letzten Moment streckte sie die Hände aus und hielt sich an einem Bücherregal fest, damit sie nicht auf den Boden sackte. Bald fand sie ihre Balance wieder, doch eines der Bücher geriet in eine gefährliche Schieflage, fiel prompt aus dem Regal, blieb aufgeschlagen liegen.

Der Anblick ließ sie erschaudern. Ihr war, als könnte man das Buch nicht einfach wieder hochheben und zurück ins Regal stellen. Als wäre es ein Krug Milch, der zerborsten war und dessen Inhalt nun langsam versickerte.

Unsinn, sagte sie sich. Ein Buch kann nicht brechen, so leicht kann man ihm nicht die Geschichte rauben, die es erzählt.

Als sie sich bückte und das Buch aufhob, verschwammen die Buchstaben, aber sie wusste: Wenn sie sich wieder beruhigt hatte, könnte sie sie zu Wörtern verbinden.

Lesen ... das hatte sie immer geliebt. Geschichten lauschen ... das hatte sie immer geliebt. Bücher drucken, Bücher verkaufen ... das hatte sie immer geliebt.

Diese Liebe musste sie nicht verleugnen und nicht kleinreden, sie würde nicht an ihr verzweifeln, sondern konnte sie auskosten, ausleben.

Sie stellte das Buch ins Regal.

Sie hatte Ari verloren, sie war Viktors Urteil gefolgt, dem sie gerade darum nichts hatte entgegensetzen können, weil er es nicht hasserfüllt, nur mit tiefer Gewissheit verkündet hatte. Aber sie war nicht allein.

Sie hatte Luise, die sie ganz zu sich holen würde. Und sie hatte ihre Bücher.

1949

19. KAPITEL

»*Achalti melafefon etmol*«, brachte Ari mühsam hervor, was hieß: Ich habe gestern Gurke gegessen. Zumindest hoffte er, dass er das gesagt hatte. Einmal hatte er bei diesem Satz irrtümlich eine falsche Vokabel gebraucht – *mechonit* statt *melafefon* –, und Viktor hatte sich kaputtgelacht, weil das hieß: Ich habe gestern ein Auto gegessen.

Heute war Viktor auf dem Feld, aber die kleine Chaja, die vor Ari auf dem Boden krabbelte, gluckste. Die Grimassen, die er schnitt, weil er sich so konzentrieren musste, waren für sie wohl ein Zeichen, dass er ein besonders lustiges Spiel spielte.

»Du wirst Hebräisch schneller lernen als ich, und das ist gut so«, meinte Ari.

Chaja gluckste wieder.

Sie war ein fröhliches Kind, das mit großen Augen die Welt bestaunte, fast nie weinte und mit den anderen Kindern im Kibbuz nur wenig gemein hatte. Die machten grimmige Gesichter wie Soldaten, als hätten sie mit der Muttermilch aufgesogen, dass das Leben ein Kampf ist. Wobei sie nicht viel Muttermilch zu trinken bekamen – sie wurden in den Kinderhäusern aufgezogen und verbrachten nur die Wochenenden bei ihren Eltern. Jedenfalls wurden alle in Israel geborenen Kinder *sabras* genannt, nach einem einheimischen Kaktus, der zwar sehr süßes Fruchtfleisch hatte, dies allerdings unter einer dicken Haut und Stacheln verbarg.

An Chaja war so gar nichts stachelig. Man sah ihr auch nicht die Monate der Entbehrungen an, die vielen Gefahren und die Strapazen der langen Reise. Kurz nach ihrer Geburt war es erst mit dem Sonderzug von der Jewish Agency nach Marseille gegangen und von dort ins Übergangslager von Saint-Chamas. Dort hatten sie einige Wochen zugebracht, bevor sie das Schiff nach Haifa besteigen konnten. Mit dem Schiff wurden nicht nur Juden aus Europa ins gelobte Land gebracht, auch Kohlen, weswegen alles von einem schwarzen Staub bedeckt war, alsbald auch ihre Hände und Gesichter. Gelegenheit, sich mit anderem als Meerwasser zu waschen, gab es keine. Immerhin hatten sie Pritschen, auf denen sie abwechselnd schlafen konnten – sein Vater, Viktor und er teilten sich eine –, während Marta mit Chaja wie alle Frauen und Kinder auf der anderen Seite des Schiffs untergebracht war. Sie sahen sich nur an Deck, sangen dort oft Lieder, die schief und krächzend klangen, aber von Vorfreude und Triumph kündeten. Wenn sich die Musik mit dem Klatschen der Wellen am Schiffsrumpf vermischte, dachte Ari manchmal, dass das schön klang.

Bei der Ankunft hatte er die Wellen verflucht. Sie mussten ein Fallreep hinunterklettern und von dessen Ende in die wartenden Boote springen. Wegen des starken Wellengangs war der Abstand riesig. Schon er konnte sich kaum dazu überwinden loszulassen, wie schwer musste es erst für Marta sein, ihr Kind loszulassen und zu hoffen, dass die Männer in den Booten es schon auffingen! Aber sie tat es, ohne zu zögern, sie vertraute den Männern, sie vertraute der Zukunft, sie vertraute dem Land, obwohl sie von dem zunächst kaum mehr sahen als riesige Zelte, deren Boden voller Sand war.

»Jetzt laufen wir nicht mehr schwarz herum, sondern golden«, spöttelte Viktor.

Genau genommen, sagte er nicht schwarz und golden, sondern *shachor* und *zahav*, Ari brachte die Worte durcheinander, und er verwechselte den Sand auch nicht mit Gold, sondern mit Staub. Die nächste Station war das Gästehaus im Kibbuz Dalia in den Bergen Ephraim, ein Siedlerkollektiv, das im Jahr 1937 von deutschen und rumänischen Juden gegründet worden war und wo Apfelbäume und Getreide gepflanzt, Schafe gezüchtet und präzise Wasseruhren hergestellt wurden. Hier bedeckte etwas weniger Sand den Boden, aber im riesigen Speisesaal, in dem alle Kibbuzniks gemeinsam aßen, trat man ständig auf Abfall – Schalen und Gräten, Knochen und Kerne.

»Sauber wollen es nur die Deutschen haben, die Jekkes.«

Viktor war immer so dreckig wie möglich – wohl nicht nur, um die deutsche Herkunft zu verleugnen, auch um wettzumachen, dass er zu spät zum Kämpfen gekommen war. Im Juli hatte der Unabhängigkeitskrieg geendet, und er war zuvor nicht mehr einberufen worden, weswegen er sich nun die karge Erde zum Gegner auserkoren hatte. Sie galt es zu bezwingen, ihr möglichst viel Beute abzuringen. Marta arbeitete nicht weniger entschlossen in der Landwirtschaft, aber anders als er wusch sie sich immer die Hände, kratzte die Erde unter den Nägeln hervor und sorgte dafür, dass Chaja frische Windeln trug.

Ari arbeitete nicht auf dem Feld, sondern in der Küche. Er schälte, schnitt, sott, briet, rührte, knetete. Die Arbeit schenkte ihm keine Befriedigung, war aber in ihrer Gleichmäßigkeit beruhigend. Die Küche besaß nur drei Wände, und er genoss die Aussicht in die Umgebung, die sich bot, vor allem im Frühjahr. Kurz nach der Ankunft war über Nacht die Natur regelrecht explodiert, aus einem grau-braunen Einerlei erstand plötzlich ein farbenprächtiges Reich, Vögel zwitscherten, als wären sie meschugge geworden, Schmetterlinge entpuppten sich und flatterten nicht über Wüstensand, sondern über Wiesen. *Flaterl*, sagte der Vater auf Jiddisch und lächelte. *Parpar*, sagte Ari auf Hebräisch und lächelte erstmals auch.

Die Farbenpracht der Natur war nicht von langer Dauer, der heiße Sommer machte die Welt wieder zum Spiegel eines Himmels, der selten strahlend blau war. Die gleißende Sonne nahm einen milchigen Ton an, und die Luft flimmerte, sodass alle festen Formen zu zerlaufen schienen, wie die Menschen in ihrem Schweiß.

Aber Farben gab es immer noch, die Häuser wurden bunt angemalt, und er selbst half manchmal nach dem Kochen dabei mit. Auch das Gemüse und Obst, das er schnitt, war rot und blau, orange und gelb.

Mittlerweile wusste er nicht nur, was Gold und Schwarz auf Hebräisch hieß, sondern konnte auch andere Farben benennen, und das war gut so. Die deutschen Einwanderer wurden nicht nur wegen ihres Hangs zur Sauberkeit verspottet, man beschimpfte sie, wenn sie zu zögerlich die Landessprache sprachen. Wer sie nicht beherrschte, hielt besser den Mund. Als einmal ein Ehepaar stritt und dabei in die Muttersprache verfiel, plärrte prompt ein halbes Dutzend der Nachbarn: »Ivrit!«

Und eine Frau, die den Ehemann liebevoll Fritz nannte, weil das einst sein Name gewesen war, wurde prompt ermahnt, er hieße doch nun Ephraim.

Ari blickte in sein Buch. Mit den fremden Buchstaben kam er mittlerweile zwar gut zurecht, aber das Lesen ging immer noch langsam.

»*Erez sawat chalaw u dewasch*«, las er – das Land, in dem Milch und Honig fließen.

Chaja gluckste. Sie fand nicht verwunderlich, dass Israel von allen hier so genannt wurde. Er schon, denn es gab zwar Milch, es gab Honig, aber hier floss nichts, hier tröpfelte alles nur, und hier fiel einem nichts in den Schoß, man musste daran zerren. Selbst reife Früchte schienen am Baum festzukleben.

Viktor hatte einmal trotzig erklärt, was brauche er Milch und Honig in Fülle. »Wir haben eine Zitronenplantage, eine Hühnerfarm und Rinderherden. Wir bauen Baumwolle und Bananen an, wir haben eine Regierung, ein Parlament, eine Armee, sogar eigene Briefmarken.«

Ari hatte es unterlassen, darauf hinzuweisen, dass auf diesen noch nicht Israel stand, sondern »hebräische Post« wie einst in der britischen Mandatszeit.

Post hieß *snif doar*. Briefmarke *bul*.

Die Vokabeln klangen fremd, aber die Geräusche der Umgebung waren ihm mittlerweile vertraut. Von Grillen und Grashüpfern, Mücken und Vögeln. Da war ein fernes Bellen von Hunden, ein Rascheln im Gras von Schlangen.

Oder nein, es war Chaja, die sich im Gras bewegte. So lustig sie es fand, ihn bei seinen Lektionen zu beobachten – noch größer war der Drang, dem Beispiel ihres Vaters zu folgen und möglichst schnell möglichst viel Land zu erobern. Mit ihren elf Monaten konnte sie noch nicht laufen, aber sehr schnell krabbeln. Eben bewegte sie sich auf ein junges Mädchen zu, das Aufsicht über eine Schar Kinder hatte. Sie überließ die Kleinen weitgehend sich selbst, weil sie beschäftigt war, mit einem Holzstück und einem Nagel Löcher in eine Sardinenbüchse zu schlagen, um daraus eine Reibe zu machen, sowie vorhin mithilfe von Draht einen Schneebesen.

Es gab hierzulande nicht viel, was als Werkzeug oder als

Mobiliar taugte, darum hatten die Menschen gelernt, wirklich alles, was ihnen in die Hände fiel, egal ob aus Metall, Holz oder Stein, in mannigfacher Weise zu nutzen. Nichts galt als unbrauchbar oder gar als Müll, alles ließ sich verwerten – aus Apfelsinenkisten wurden Schränke, eine Tonscherbe konnte, mit Petroleum befüllt, unters Tischbein gelegt werden, um Ameisen fernzuhalten.

Manchmal ging es Ari durch den Kopf, wie arm dieses Land war. Dann dachte er wieder, dass kein Mensch reicher war als einer, der über Erfindungsgeist verfügte und aus dem Nichts eine Welt erschaffen konnte. Wenn sich mit den einfachsten Mitteln komplizierte Geräte herstellen ließen, ließ sich aus den vielen krummen Wörtern, die er lernte, irgendwann eine brauchbare Sprache zimmern.

Dem Mädchen entging nicht, dass er ihr zusah, und sie starrte ihn an. Er las Misstrauen in ihrem Blick wie bei so vielen hier. Hinter jedem Felsvorsprung wähnten sie einen Hinterhalt, und jedes Buch galt als Zeichen von Schwäche. Man arbeitete im Kibbuz, man rackerte sich ab, man säte und erntete, man teilte sein Leben, manchmal sang man auch, hin und wieder stieß man ein Lachen aus, das immer ein wenig hohl klang, als bestünde die Kehle aus Metall. Aber man las hier nicht, man dichtete nicht, man malte nicht.

»Hier gibt es keine Künstler und Schriftsteller und Schauspieler, hier gibt es nur Israelis«, wurde Viktor nicht müde, ihm zu erklären.

Bis jetzt wollte Ari nicht verstehen, warum das eine das andere ausschloss. Bis jetzt bezweifelte er, dass man seine Vergangenheit ablegen konnte, wie eine Schlange ihre Haut. Er wusste von einigen, die heimlich Notizbücher füllten, ob mit Worten oder

Skizzen, was schwer genug war, weil der einzige Ort, wo man in einem Kibbuz allein sein konnte, die Toilette war.

»*Ani lomäd ivrit*«, rief er dem Mädchen zu. Ich lerne Hebräisch. Sie tat so, als hätte sie ihn nicht gehört, schlug weiter Löcher in die Dose, ein unangenehmer Laut, der Chaja, die vor ihr hocken geblieben war, aber nicht abschreckte.

Auf Ari fiel ein Schatten, als sich sein Vater zu ihm gesellte. In der Mittagszeit mied er die brennende Sonne, aber jetzt am späten Nachmittag hatte der laue Wind ihn ins Freie gelockt. Wie im Lager von Zeilsheim trug er ständig seinen schwarzen Mantel, weswegen man ihn wahlweise als Jekkes oder als Orthodoxen verspottete – beide im Kibbuz wenig geachtet. Doch Naphtali tat immer so, als würde er es nicht bemerken.

»*Ani lomäd ivrit*«, sagte Ari auch zu ihm.

Zumindest von ihm war Lob zu erwarten, denn für gewöhnlich lächelte Naphtali wohlwollend, wenn er ihn lernen sah. Doch heute wirkte er vor allem verloren. Nachdem er sich auf die leere Obstkiste neben Ari hatte sinken lassen, musterte er seltsam verwirrt die Umgebung, wie ein Schauspieler, der zum falschen Zeitpunkt die Bühne betritt und sich weder in der Kulisse orientieren kann, noch den passenden Text parat hat.

»Ich glaube, ich werde nie hebräisch sprechen.«

Da waren zwei Dinge, die Ari erstaunten. Dass die Stimme so trostlos klang. Und dass er deutsch sprach. Meist verfiel er ins Jiddische, wenngleich auch das hier nicht gerne gehört wurde.

»Natürlich wirst du es lernen!«

»Gewiss kann man auch einen rostigen Nagel ins morsche Holz hämmern, aber er hält dann nicht mehr so lange.«

»Irgendwann wirst du es schaffen ... wir werden es beide schaffen.«

Der Blick des Vaters richtete sich auf den schwarzen Mantel, war ihm der Anblick des fleckigen Stoffs doch vertrauter als die Umgebung. Dass er inzwischen viel weniger im Bett lag, hatte Ari bislang als Zeichen gewertet, dass er sich hier wohlfühlte, aber als er ihn von der Seite betrachtete, wie er da in sich versunken saß, ging ihm auf, dass es wohl auf der Welt keinen Ort gab, wo das der Fall wäre. Und schon sagte Naphtali denn auch leise: »Das hier ist ein Land, wo man als Jude leben kann. Was nicht unbedingt bedeutet, dass es ein Land ist, wo man leben *will*.«

Ari schlug sein Buch zu. Zu deutlich spiegelten diese Worte seine eigenen Gefühle.

»Es gibt keinen Weg zurück«, sagte er eindringlich. »Du weißt doch, Israel betont, dass es keine diplomatischen Beziehungen zum deutschen Staat aufnehmen will. Israelische Diplomaten dürften mit ihren deutschen Kollegen noch nicht einmal reden. Wir würden keine Einreisegenehmigung nach Deutschland erhalten, da unsere Pässe nun den Stempel ›Nicht in Deutschland gültig‹ tragen.«

»Gewiss«, sagte sein Vater, »und deswegen ist dies auch das Land, wo wir leben müssen.«

Ari sprang auf. »Ich bin doch nur deinetwegen hierher aufgebrochen!«, wollte er am liebsten brüllen. Aber er tat es nicht. Das Mädchen warf ihm einen misstrauischen Blick zu, auch Chaja wirkte nervös. Also beherrschte er sich.

Nicht *deinetwegen*, berichtete er sich in Gedanken. *Unseretwegen*. Dass wir als Vater und Sohn wieder vereint sind, ist etwas, was wir nicht nur können und müssen, sondern wollen und dürfen.

Er ging vor ihm auf die Knie, und jetzt blickte der Vater ihm ins Gesicht und nicht länger auf den schwarzen Mantel. Er lächelte sogar.

»Wir werden nicht ewig im Kibbuz bleiben«, sagte Ari eindringlich, »irgendwann gehen wir nach Tel Aviv. Dort ist es anders als hier. Dort gibt es Theater und Konzertsäle, Tanzgruppen treten auf und Filme werden gezeigt. Dort sind Kunst und Kultur nicht verpönt wie hier. Ich lerne diese Sprache nicht, um hier daheim zu sein. Ich lerne sie, um irgendwann wieder auf der Bühne zu stehen. Wir müssen uns nur Zeit geben.«

Sein Vater ergriff seine Hände, drückte sie. »Wenn du von Zeit sprichst, dann meinst du die, die vor dir liegt. Wenn ich von Zeit spreche, dann meine ich die, die hinter mir liegt. Du hast die Kraft, dir eine Zukunft aufzubauen, und auch die Kraft, die Vergangenheit zu vergessen, ich nicht. Aber das ist in Ordnung so, das ist der Lauf der Welt.«

Wieder lagen Ari eindringliche Worte auf den Lippen. Dass er niemals vergessen würde, was er verloren hatte. Seine Familie, Ella, dass er einmal davon geträumt hatte, mit ihr gemeinsam glücklich zu sein und auf Berlins Bühnen zu stehen. Die Erinnerungen waren wie der Sand, mal knirschte er unter den Füßen, mal wurde er ihm hart ins Gesicht geweht, mal schimmerte er golden in der Sonne. Man wurde ihn nie ganz los, man lernte nur, mit ihm zu leben, und irgendwann störte er kaum noch.

Aber das sagte er nicht laut, denn wieder nahm er den Blick des Mädchens wahr, die nicht länger nur misstrauisch wirkte, sondern ungehalten. »Ivrit!«, rief sie ihnen zu. »Ivrit.«

Er ging zu ihr und hob Chaja hoch, die noch keine Sprache kannte. Als er zurück zu seinem Vater ging und ihm die Großnichte auf den Schoß setzte, sagte er: »*Ani lo tishkach germanit.*«

Der Blick des blieb Vaters rätselhaft. Ob er verstanden hatte, was er gesagt hatte? Ich werde Deutsch nie vergessen.

Ari kitzelte Chaja unter dem Kinn, aus des Vaters schmerzhaftem Lächeln wurde ein belustigtes, er schaukelte das Mädchen auf seinen Knien und summte ihr ein Liedchen vor, doch bald kletterte sie von seinem Schoß, um die Welt zu erforschen, und Ari vertiefte sich wieder in sein Hebräischbuch.

»Wo genau sind wir hier?«, fragte Luise.

Zunächst hatte sie sich an Ellas Arm geklammert, mittlerweile sprang sie aufgeregt herum. So war es oft, wenn etwas Ungewohntes auf sie einprasselte. Auch als Ella sie endgültig zu sich nach Frankfurt geholt hatte, war sie die ersten Tage in sich gekehrt gewesen. Doch rasch plapperte sie wieder ununterbrochen und stellte pausenlos Fragen. Heute in der Früh hatte sie wissen wollen, wie die Apfelkerne in den Apfel kamen und ob der Apfel spürte, wenn man hineinbiss.

In einer Umgebung wie dieser war ein Apfel natürlich schnell vergessen.

»Wo sind wir?«, wollte sie wieder wissen.

Ella lächelte. »Im Schlaraffenland.«

»Aber es gibt hier doch gar keine Bäume, an denen Würstchen und Kirschkuchen baumeln?« Beides aß Luise für ihr Leben gern.

»Aber Bücher... schau nur mal! So viele Bücher.«

Luise zog die Stirn kraus. »Die machen nicht satt.«

Doch, dachte Ella, doch, du weißt es nur noch nicht.

Seit wenigen Wochen ging die nunmehr sechsjährige Luise in die Schule, und trotz allem, was Ella ihr bereits beigebracht hatte – richtig lesen konnte sie immer noch nicht. Dennoch hatte Ella nicht verzichten wollen, sie hierher mitzunehmen.

»Jetzt sag schon, wo wir sind!«, drängte die kleine Schwester.

»In der Paulskirche.«

»Hier schaut es aber nicht wie in einer Kirche aus.«

»Nun, mittlerweile ist sie auch kein Gotteshaus mehr. Während des Kriegs wurde sie sogar vollends zerstört. Aber dann haben die Menschen ganz viel Geld gesammelt, damit sie wieder aufgebaut werden konnte. Wer kein Geld geben konnte, hat Baumaterial gestiftet, es heißt, dass sogar Moselwein und Zigaretten gerne genommen worden sind, damit…«

Luise hatte nur wenige Erinnerungen an das fast vollends zerstörte Frankfurt. »Warum gibt es hier so viele Bücher?«, fiel Luise ihr ins Wort.

»Weil in diesen Tagen die erste Frankfurter Buchmesse nach dem Krieg stattfindet.«

Luise betrachtete die Büchertische, an denen sie vorbeikamen, so, als gelte es herauszufinden, ob man darauf klettern könnte.

»Kannst du dich erinnern, was ich dir über die Buchmesse erzählt habe, warum sie so wichtig ist?«, fragte Ella.

Luise zuckte mit den Schultern.

»Vor dem Krieg galt Leipzig als die deutsche Buchstadt schlechthin. Regelmäßig hat dort die deutsche Buchmesse stattgefunden. Aber Leipzig liegt in der sowjetischen Zone, und deswegen soll hier im Westen eine neue Buchstadt entstehen.«

Luise verlor endgültig die Geduld, sie riss sich los und stürmte zu einem Büchertisch, immerhin nicht, um draufzusteigen, sondern um die Werke zu betrachten. Als Ella ihr folgte, sah sie, dass es Kinderbücher waren, etliche mit schönen Illustrationen ausgestattet. Bevor sie allerdings einzelne Titel lesen konnte, rief jemand ihren Namen.

Ella fuhr herum. »Herr Kaffenberger, wie schön, Sie hier zu sehen.«

»Na, ich hätte mir um nichts auf der Welt diese Buchmesse entgehen lassen.«

Er machte eine weit ausholende Geste, und kurz war auch seine Miene so beglückt, als wäre er in ein Schlaraffenland geraten. Nun gut, im Zweifel hätte er vielleicht Kirschkuchen und Würstchen den Vorzug gegeben. In den Nachkriegsjahren war er immer mehr abgemagert, nun hatte er beinahe wieder die rundliche Statur von einst, und diese nahm manch düsteren Prophezeiungen den Biss. Selbst er ging nicht mehr davon aus, dass der Buchmarkt die Währungsreform nicht überleben würde, war vielmehr dankbar, dass seit diesem Jahr keine Lizenzierung mehr durch die Militärregierungen notwendig war. Nicht, dass er nicht trotzdem das berüchtigte Haar in der Suppe fand.

Als Ella sagte, wie schön es wäre, so viele Bücher an einem Ort zu sehen, wiegte er nachdenklich den Kopf. »Sind es denn echte Bücher? Die Menschen haben sich an billige Broschüren gewöhnt, an Bücher aus Pappe und Halbleinen, die nach zweimaliger Lektüre auseinanderfallen.«

»Sie haben mir doch immer gesagt, dass Bücher mit schlichterer Ausstattung nach der Währungsreform nicht länger verkäuflich sein werden.«

»Und doch fürchte ich, dass die Buchhändler verlernt haben, auf Qualität zu achten, dass die Unsitte aus Frankreich, wo oft nur mehr broschierte Bücher veröffentlicht werden, demnächst zu uns schwappen wird.«

»Angesichts dessen, dass die Produktionskosten immer teurer und der Durchschnittsladenpreis für Beamte und Lehrer kaum erschwinglich ist, halte ich das nicht für das Schlechteste.«

»Wenn man denn das Buch vor allem als Ware betrachtet, vielleicht«, wandte Herr Kaffenberger missmutig ein.

Ella musste lächeln, wollte sich danach eigentlich zu Luise gesellen, die eines der Bücher hochgenommen hatte und neugierig darin blätterte, ein Anblick, bei dem Ella das Herz aufging. Doch Herr Kaffenberger stellte sich ihr in den Weg. »Was ich noch erwähnen wollte: Vorhin habe ich mit ein paar Vertretern ausländischer Verlage gesprochen, auch aus Holland. Sie sind gerade auf der Suche nach einem deutschen Verlag, der die Lizenz eines Buches kauft, das vor zwei Jahren in den Niederlanden publiziert wurde. Es ist ein recht heißes Eisen, an das sich niemand heranwagen will, ich denke allerdings, es wäre durchaus passend, wenn sich ein Frankfurter Verlag darum bemühen würde, schließlich ist die Autorin des Buchs eine Frankfurterin.«

»Ist es eine bekannte Autorin?«

»Ganz und gar nicht, es ist ein junges Mädel, das das Werk im Backfischalter verfasst hat.«

»In diesem Alter schreibt doch niemand einen Roman.«

»Genau genommen, ist es kein Roman, sondern ein Tagebuch. Die Familie des Mädchens hat sich jahrelang in Holland versteckt.« Er senkte unwillkürlich die Stimme. »Sie waren Juden, am Ende sind sie aufgeflogen und in ein Lager gekommen, der Vater hat als Einziger überlebt.«

»Das Mädchen, das dieses Tagebuch geschrieben hat, ist also ermordet worden?«, fragte sie betroffen.

Herr Kaffenberger nickte. »In den Niederlanden war dieses Buch ein großer Erfolg, ich kann mir aber nicht vorstellen, dass es in Deutschland auch jemand lesen will … oder gar verlegen. Auf der anderen Seite weiß ich doch, dass du ein gewisses Interesse an diesen Themen hast, ich dachte, das Tagebuch dieser Anne Frank könnte dich vielleicht interessieren.«

Unwillkürlich war sie näher herangetreten. Doch nun machte sie einen Schritt zurück.

»Sie wissen doch, ich bin keine Verlegerin mehr. Ich habe den Hagedornverlag geschlossen und konzentriere mich künftig ausschließlich auf unsere Buchhandlung.« Sie war ein wenig verwundert, dass ihre Stimme so gepresst klang, als sie es sagte. Eigentlich hatte sie mit dieser Entscheidung ihren Frieden gemacht, warum tat es immer noch weh, sie auszusprechen? Umso energischer fügte hinzu. »Und auch das Programm der Buchhandlung habe ich neu ausgerichtet. Ich will vor allem ein weibliches Publikum ansprechen, mit Liebesromanen, Frauenratgebern, natürlich auch dem einen oder anderen Sachbuch. Haben Sie schon *Götter, Gräber und Gelehrte* gelesen, das kürzlich erschienen ist? Es ist das erste populäre Sachbuch zu Thema Archäologie, ich fand es höchst interessant.«

Sogar Hertha Brinkmann hatte dieses Buch zugesagt. Sie hatte es zwar nicht selbst gelesen, zumal man in der Buchhandlung Hagedorn, die nun wieder *Bücherreich* hieß, ja genügend Stoff fürs Herz bekam. Aber ihre Tochter Lilo hatte es begeistert verschlungen. Bis dahin hatte Ella nicht einmal gewusst, dass Hertha Brinkmann eine Tochter hatte, geschweige denn, dass die gerne las. Sie hatte Frau Brinkmann jedenfalls eingeladen, das Mädchen beizeiten mitzubringen, damit sie sich selbst weitere Bücher aussuchen konnte.

»Archäologie... hm, ja«, sagte Herr Kaffenberger, »nicht jedermanns Thema. Es muss einem liegen, in der Vergangenheit zu graben. Wobei es wahrscheinlich besser ist, sich mit jener zu beschäftigen, die so lange zurückliegt.«

Nicht besser, ging es Ella durch den Kopf, leichter.

Sie hatte sich gefragt, warum ausgerechnet ein Buch erfolgreich wurde, das sich mit viertausend Jahre alten Zeugnissen auseinandersetzte. Vielleicht lag es daran, dass die Geschichten, die diese erzählen, niemandem wehtaten, es keine von Narben gezeichneten Zeitzeugen gab.

Über den eigenen, viel frischeren Wunden lag das letzte Jahr mit all den Herausforderungen und der vielen Arbeit, die die Umstrukturierung ihres Familienerbes mit sich gebracht hatte, wie ein dünner Gazeverband. Sie hatte gelernt, sich damit zu bewegen, ohne dass er verrutschte, aber sie war nicht vor Schmerz gefeit.

Über Monate hatte sie nicht nur gelitten, weil sie sich von Ari losgesagt hatte, sondern auch, weil sie sich nie ordentlich voneinander verabschiedet, einander ein letztes Mal umarmt und alles Gute gewünscht hatten. Doch als einmal die Sehnsucht übermächtig geworden war, hatte sie sein einstiges Versteck aufgesucht. Und an diesem Ort, wo sie so viele vertraute Stunden verbracht hatten, hatte sie jene *Don-Carlos*-Ausgabe gefunden, die sie ihm für die Proben von Max Guthmanns Inszenierung beschafft hatte. Erst hatte sie aufgeschluchzt, doch als sie sie aufhob und an sich presste, hatte sie gefühlt, dass dies ein letzter Gruß von Ari war. Er musste sie heimlich hier deponiert haben, ehe er nach Israel aufgebrochen war – ein Zeichen, dass sie, trotz allem, was am Ende zwischen ihnen gestanden hatte, die Liebe zur Literatur immer verbinden würde.

Manchmal quälte es sie, nicht zu wissen, wie es ihm ging, ob er eine Heimat gefunden hatte, ob sie ihn jemals wiedersehen würde – aber irgendeine Ablenkung fand sie immer. Und sie sagte sich beharrlich, dass sich zwar nicht all ihre Träume erfüllt hatten, aber sie die Buchhandlung und Luise hatte, folglich ein erfülltes Leben vor ihr lag.

»Kann sie denn etwa schon lesen?«, fragte Herr Kaffenberger und deutete mit dem Kinn Richtung Luise, die tatsächlich immer noch in ein und dasselbe Buch vertieft war. »Das muss ja eine faszinierende Lektüre sein.«

Als sie zu Luise trat, folgte Herr Kaffenberger ihr, und er erfasste schneller als sie, um welches Buch es sich handelte.

»Oh, das ist das Buch einer schwedischen Autorin. Der Verlag Friedrich Oetinger hat die Lizenz ergattert, was ungewöhnlich genug ist, da sie eigentlich auf Wirtschaftswissenschaften und Sozialpädagogik spezialisiert sind. Ich frage mich auch, warum sie ausgerechnet dieses Buch verlegen wollten. Fünf Verlage haben die Lizenz abgelehnt, weil man meinte, kein deutsches Kind könne etwas mit der unangepassten Hauptfigur anfangen. Aber wie es ausschaut, haben sie sich geirrt, Oetinger hat einen großen Erfolg gelandet und ...«

Was er sonst noch sagte, erreichte Ella nicht mehr. Denn eben hatte sie erkannt, dass sich Luises Lippen bewegten, als würde sie Wörter formen.

»Ist es endlich so weit?«, fragte sie aufgeregt und deutete auf die erste Seite. »Kannst du etwa lesen?«

Luise hob den Kopf und strahlte sie an. »Irgendwie ist es plötzlich ganz leicht.«

»Du meine Güte«, Ella kniete sich vor ihr hin, und alles war vergessen, was ihr gerade durch den Kopf gegangen war. »Dann lies es mir doch laut vor.«

Luise schob ihre Zunge zwischen die Lippen, weil sie sich so konzentrierte. Aber dann brachte sie die Zeilen doch recht flüssig hervor.

»Außerhalb der kleinen, kleinen Stadt lag ein alter verwahrloster Garten. In dem Garten stand ein altes Haus, und in dem Haus wohnte Pippi Langstrumpf. Sie war neun Jahre alt, und sie wohnte ganz allein da. Sie hatte keine Mutter und keinen Vater, und eigent-

lich war das sehr schön, denn so war niemand da, der ihr sagen konnte, dass sie zu Bett gehen sollte, gerade wenn sie mitten im schönsten Spiel war, und niemand, der sie zwingen konnte, Lebertran zu nehmen, wenn sie lieber Bonbons essen wollte.«

Luise hob den Blick und lachte. »Ich glaube, ich will auch lieber Bonbons statt Lebertran.«

»Das wäre aber nicht sehr gesund«, warf Ella amüsiert ein.

»Aber ganz allein in einem Haus wohnen will ich nicht. Da bin ich viel lieber bei dir.«

Irgendwann wird sich das ändern, dachte Ella, aber bis dahin wird viel Zeit vergehen.

»Wollen wir gemeinsam die Geschichte von Pippi Langstrumpf lesen?«, fragte sie.

»Oh ja!«, rief Luise begeistert

HISTORISCHE ANMERKUNG

Die Idee für diesen Roman kam mir während des ersten Corona-Lockdowns im März 2020. Dass der Einzelhandel und somit auch alle Buchhandlungen abrupt schließen mussten, war vor allem für jene AutorInnen, die gerade ein Buch veröffentlicht hatten, ein schwerer Schlag. Denn es gibt keine bessere Werbung als große Bücherstapel, wo sich interessierte LeserInnen durchs aktuelle Angebot schmökern können. Ohne diese Voraussetzung waren die Neuerscheinungen quasi unsichtbar.

Doch damals zeigte sich, dass sich die Buchbranche nicht so schnell unterkriegen ließ. Die Verlage und Buchhändler entwickelten viele unkonventionelle Ideen, wie sich die Bücher doch an den Mann und die Frau bringen ließen. Dieser Erfindungsreichtum hat mich begeistert – und mich als Historikerin zugleich zu der Frage geführt, wie denn der Buchmarkt früher auf Krisen reagierte.

Die größte war zweifelsohne der Zweite Weltkrieg und seine Folgen. In der Nachkriegszeit herrschte im zerbombten Deutschland an so gut wie allem Mangel – und somit auch an Büchern und Papier. Die Verlage konnten kaum Nachschub liefern, war doch aufgrund zerstörter Maschinen an die Buchproduktion nicht zu denken. Viele Verlage und Sortimentsbuchhandlungen wurden ausgebombt, verloren ihre Lager und ihre Geschäftsunterlagen, oft auch Manuskripte und halb fertige Produkte. Es fehlten Treibstoff, um Bücher auszuliefern, Adresslisten, um Interessenten anzuschreiben, ja sogar Bücherregale, um Bücher in den Geschäften entsprechend zu präsentieren. Und doch: Selbst in dieser – natürlich viel größeren – Notlage hat sich gezeigt, dass sich mit Originalität, Entschlossenheit und Mut das Produkt Buch auch durch schwierige Zeiten bringen lässt. Die Verleger und Buchhändler haben nicht resigniert, sondern wie die Besatzungsmächte erkannt, dass dem Buch eine unverzichtbare Rolle bei der politischen Bewusstseinsbildung und der Wiederbelebung der deutschen Kultur zukam. Und so wurden viele Ideen, die Buchbranche wiederzubeleben, ausgeheckt: Anfangs erschienen oft nur Broschüren oder die leicht zu produzierenden Rotationsromane; deutsche Schulen im Ausland wurden um Bücher- und Papierspenden gebeten. Für Übersetzungen amerikanischer Bücher teilte die Besatzungsmacht oft ein zusätzliches Papierkontingent zu. Und in einer Zeit, da noch viele Theaterbühnen, Kinos und Konzertsäle geschlossen waren, wurden Buchhandlungen zum wichtigen Veranstaltungsort – wenn auch nur in Vollmondnächten, weil der Besuch wegen mangelnder Straßenbeleuchtung sonst zu gefährlich gewesen wäre.

Auch auf das zweite Thema meines Romans stieß ich eher zufällig. Ich besuchte vor einigen Jahren eine Ausstellung im Historischen Museum, und im kleinen Museumsladen stieß ich auf ein Buch mit dem Titel *Eine jüdische Stadt in Frankfurt*. Meine Neugierde war sofort geweckt. Ich habe mich fast mein ganzes Leben lang intensiv mit der Shoah beschäftigt und wusste auch um die Not der Shoah-Überlebenden nach 1945, da während meines Volontariats am Holocaust Memorial Museum gerade eine Ausstellung zu diesem Thema in Planung war. Doch dass sich eins der größten jüdischen Displaced Persons Camps – eine selbstverwaltete, demokratisch verfasste Enklave mit eigenen Schulen, Ausbildungsstätten und Kultureinrichtungen – direkt vor den Toren meiner Wahlheimat Frankfurt befunden hatte, war mir bis dahin komplett entgangen.

Generell ging mir auf, dass sich bei der Beschäftigung mit der Shoah der Fokus meist auf die Jahre vor 1945 richtet. Wie es danach mit den jüdischen Überlebenden weitergegangen ist und dass mit Kriegsende nicht einfach alles gut war, bleibt ein ziemlich vernachlässigtes Thema.

Jedenfalls begann ich mich sofort gründlich in das Thema einzulesen. Im Laufe meiner Recherchen war ich entsetzt, wie stark der Antisemitismus im Deutschland der Nachkriegszeit war und wie wenig Verständnis es für die jüdischen Opfer gab, auch verblüfft, dass auf deutschem Boden teilweise die militärische Ausbildung israelischer Elite-Einheiten stattfand, und vor allem bewegt, als ich erfuhr, wie begierig die Kinder auf Bildung waren und wie reich sich alsbald das kulturelle Leben in den DP-Lagern entwickelte. Groß war auch der Bücherhunger – die Bibliothek war eine wichtige Anlaufstelle im DP-Lager Zeilsheim.

Nicht zuletzt darum gehörten für mich diese beiden Themen – der Buchhandel und das jüdische Leben in Deutschland nach 1945 – bald untrennbar zusammen. Denn beides zeugt davon, dass auch ein unfassbarer Zivilisationsbruch wie dieser den Geist nicht töten kann – und Bücher dessen wichtigste Nahrung sind.

Dass es kein Happy End für Ella und Ari gibt und er nach Israel auswandert, war für mich nach der intensiven Auseinandersetzung mit den späten Vierzigerjahren eine logische Konsequenz.

So wohltuend es war, dass Frankfurts Bürgermeister Kolb für die Rückkehr von jüdischen Mitbürgern warb, so begrüßenswert die Tatsache, dass sich schon kurz nach dem Krieg Intellektuelle zum Thema Vergangenheitsbewältigung meldeten – insgesamt blieb die Stimmung von Vorurteilen und Feindseligkeit gegenüber Juden, der Verweigerung eines Schuldeingeständnisses und dem Totschweigen der Nazizeit geprägt. Antisemitismus war in der Mitte der Gesellschaft weit verbreitet – Beleidigungen und Ressentiments sowie die Schändung von Synagogen und Friedhöfen gehörten zum Alltag.

Das änderte sich erst langsam, vor allem im Laufe der Sechzigerjahre, und das ist die Geschichte, die ich im zweiten Band meiner *Buchhändlerinnen von Frankfurt* erzählen werde...

Leseprobe

aus

DIE WELT GEHÖRT UNS

Eine unmögliche Freiheit

von Julia Kröhn

Erscheinungstermin: Dezember 2022

1. KAPITEL

»Nein«, sagte Lilo Brinkmann bedauernd, »heute werde ich kein Buch kaufen.«

Ella blickte sie verwundert an. Lilo war nicht nur ihre beste Freundin, sondern ihre treueste Kundin. Sie hatten an der großen Theke des *Bücherreichs* geplaudert, und eben hatte Ella sich abwenden, aus den Regalen einige Bücher ziehen und deren Lektüre empfehlen wollen. Sie wusste genau, was Lilo gefiel. Als vor zwei Jahren *Angélique, die Rebellin* erschienen war, hatte Lilo den Roman ebenso begeistert verschlungen wie die kürzlich erschienene Fortsetzung *Angélique und ihre Liebe*. Der neue Band der Reihe würde auf sich warten lassen, aber Ella hatte schon eine Idee, was sie ihr stattdessen schmackhaft machen konnte: Mit *Cathérine* von Julietta Benzoni würde sie nichts verkehrt machen und ebenso wenig mit den Verkaufsschlagern von Konsalik und Simmel.

Doch Lilo schüttelte energisch den Kopf. »Du weißt doch, Ella: Mit dem Lesen ist es so ähnlich wie mit meinen geliebten Marzipanpralinen. Am Abend sagt man: Ich lese nur noch eine Seite. Dabei weißt du genau, wie es endet: Bald ist Mitternacht vorbei, man kann immer noch nicht aufhören, und am nächsten Tag wird man nicht mal unter der eiskalten Dusche wach.«

Ella musste unwillkürlich an ihre Mutter denken, die das Lesen mit dem Genuss von heißer Schokolade verglichen hatte, aber sie vermied, sie zu erwähnen. Lilos Mutter Hertha, mit der die unverheiratete Tochter bis zuletzt zusammengelebt hatte, war erst vor wenigen Monaten verstorben, und Ella wollte nicht an der Trauer ihrer Freundin rühren. »Pralinen kann ich dir nicht anbieten, die bekommst du im Feinkostladen nebenan.«

»Aber ich darf doch nichts Süßes essen! Erinnerst du dich nicht an das Buch, das ich vor kurzem bei dir gekauft habe?«

Ella musste kurz nachdenken, ehe ihr einfiel, dass nicht nur Liebesromane zu Lilos bevorzugter Lektüre gehörten, sondern auch Ratgeber wie *Dr. Donald G. Cooleys Wunderkur*.

Schon begann Lilo den täglichen Speiseplan aufzuzählen, den sie dem Buch entnommen hatte und an den sie sich nun sklavisch hielt: Ihr Tag begann mit einem pochierten Ei und einer Scheibe Knäckebrot. Zum Mittagessen wurde frischer Spinat, Orange und Magermilch aufgetischt. Das Abendessen bestand aus Gemüsebrühe oder gegrilltem Fisch.

Als Lilo die Kalorientabelle, die am Ende des Buchs angehängt war, gerade herunterrattern wollte, hob Ella abwehrend die Hand. Sie selbst ließ sich in einem kleinem Stehcafé in der Schillerstraße oft eine Mohnschnecke oder ein Stück Streuselkuchen schmecken – da wollte sie gar nicht wissen, wie ihre kleinen Sünden zu Buche schlugen.

»Außerdem habe ich mir die von der Wunderkur empfohlenen zwei Körperbürsten gekauft«, sagte Lilo. »Mit der einen reibt man sich unter heißem Wasser ab, mit der anderen unter kaltem.«

Ella verstand nicht recht, warum man hierfür nicht ein und dieselbe Bürste verwenden konnte. Aber viel wichtiger war die Frage: Wie konnte man freiwillig auf ein neues Buch verzichten?

»Dann und wann wird eine Praline doch gestattet sein,« versuchte Ella das Thema umzulenken.

»Nein, nein, ich verzichte auf ein neues Buch.«

Lilo verabschiedete sich seufzend von Ella. Als sie einen letzten Blick auf die übervollen Regale warf, schien es, als würde sie im letzten Moment noch schwach werden. Doch dann spiegelte ihre Miene die Entschlossenheit eines Priesters wider, der ein für allemal der Versuchung abschwört.

Sobald ihre Freundin den Laden verlassen hatte, sah Ella sich wohlwollend in ihrem *Bücherreich* um. Manchmal dachte sie, sie müsse die Buchhandlung etwas übersichtlicher gestalten, aber insgeheim mochte sie es, dass man kaum tief einatmen konnte, ohne ein Buch zu berühren.

An beiden Seiten des schmalen Verkaufsraums reichten die Regale bis zur Decke. Nicht nur diese waren randvoll, auch die kleinen Tischchen davor. Und ganz hinten bedeckten mehrere Stapel, die sie noch nicht einsortiert hatte, den Boden. Obwohl das Angebot der Buchhandlulng eine gewisse Bandbreite erkennen ließ – Biografien und Reiseliteratur waren ebenso erhältlich wie einzelne wissenschaftliche Werke und Lyriker –, fand Ella sich doch in jenen programmatischen Worten wieder, die Lothar Blanvalet, dem Verleger der *Angélique*-Reihe, zugeschrieben wurden. Seine Bücher, so hatte er einmal erklärt, würden dem Entspannungsbedürfnis eines breiten Publikums auch in Deutschland entsprechen, ohne dass dabei das notwendige Niveau außer Acht gelassen werde.

In der kleinen Schmökerecke konnte man seit kurzem in solche Bücher hineinlesen. Ella hatte einen Winkel der Buchhandlung leergeräumt und vor einer Wand mit Schmucktapete einen Schaukelstuhl gestellt. Der Platz fehlte natürlich anderswo, und oft überlegte sie, ob sie ihr *Bücherreich* nicht doch vergrößern sollte. Sie könnte das Stockwerk darüber mieten oder jene Räumlichkeiten einbinden, die man über Hinterhof erreichte, in denen sich einst der zur Buchhandlung gehörige Verlag ihrer Eltern befunden hatte und die sie nach dessen Auflösung verpachtet hatte. Aber dann sagte sie sich, dass gerade die heimelige Enge ihren Reiz hatte.

Dann ließ sie ihren Blick nicht mehr über die Regale schweifen, sondern Richtung Uhr.

Luise hatten eigentlich um 17 Uhr hier sein wollen, um Ella in der Buchhandlung abzulösen, schließlich galt es, im kleinen Büro dahinter diverse Dinge zu erledigen. Die Remittenden – jene unverkäuflichen Exemplare, die man zurück an den Verlag schickte – warteten darauf, verpackt zu werden. Außerdem galt es, ein paar Abrechnungen zu erledigen, um dem Papierwust auf dem Schreibtisch Herr zu werden.

Endlich ertönten Schritte.

»Wo bleibst du denn...«

Als Ella ihre Schwester – die sie insgeheim immer noch als kleine Schwester bezeichnete, obwohl Luise sie um einen halben Kopf überragte, – genauer musterte, blieb ihr das »so lange« in der Kehle stecken. Stattdessen platzte aus ihr heraus: »Wie siehst du denn aus?«

Sie verstand, dass Luises mit ihrem Kleidungsstil beweisen wollte, ganze achtzehn Jahre jünger als Ella zu sein. Nie hatte sie sie getadelt, weil ihre Faltenröcke etwas kürzer, die Pfennigabsätze etwas höher waren und dass sie, wenn sie zum Tanzen ging, ein Rüschenwunder namens Petticoat trug. Im Gegenteil: Ella war immer die erste, die die schmale Taille, die sie selbst den geliebten Mohnschnecken geopfert hatte, bewunderte. Doch ein Petticoat bedeckte wenigstens die Knie, dieses formloses Hängerchen aber, das man unmöglich als ordentliches Kleid bezeichnen konnte, reichte gerade mal über die Hälfte der Oberschenkel. Das Blumenmuster erinnerte an die Tapete in der Schmökerecke, allerdings waren die Farben so grell, dass es in den Augen weh tat. Die Töne von Luises Lidschatten standen der Farbpracht um nichts nach. Noch nie hatte Ella ihre Schwester so stark geschminkt gesehen, noch nie mit derart hochtoupierten Haaren. Am Hinterkopf hatte sie sich einen lockeren Pferdeschwanz gebunden, doch etliche Strähnen fielen ihr ums Gesicht

»Ist das eine Buchhandlung oder ein Bestattungsunternehmen?«, gab Luise trotzig zurück.

Ella war nicht sicher, wann genau die Schwester diesen Tonfall angenommen hatte.

»Ich meine ja nur ... ob dein Auftritt hierzu passt?« Sie deutete auf das graue Kleid samt weißer Schürze, das Ella wie fast alle Buchhändlerinnen bei ihrer Arbeit trug und das sie selbst als ihre Uniform bezeichnete.

Kurz wurde Luises Miene noch verdrossener. Dann nahm sie die eigene Schürze vom Haken und band sie sich missmutig um, aber sie erklärte umso entschiedener: »Ich gehe nicht mehr dorthin.«

»Dorthin?«, fragte Ella, obwohl sie wusste, was gemeint war.

Für insgesamt acht Wochen sollte Luise ergänzend zur Buchhändlerlehre die sogenannte »Schule der Frauen« besuchen, wo jungen Damen nicht nur Einblick in Warenkunde und Verkaufstechnik gegeben wurde, sondern auch diverse Benimmregeln gelehrt wurden. Ella wusste, dass neben angehenden Spezialverkäuferinnen auch Mannequins diese Kurse besuchten. Doch sie konnte sich beim besten Willen nicht vorstellen, dass man dort lernte, sich derart auffällig zu schminken. Sie verkniff sich eine harsche Entgegnung und fragte vermeintlich amüsiert: »Warum denn nicht? War heute wieder mal ein Beamter der Frankfurter Kriminalpolizei eingeladen, der über Heiratsschwindel referierte?«

Sie hatten letztens gemeinsam darüber gelacht, aber heute war Luise nicht zum Lachen zumute.

»Eine Hauswirtschaftslehrerin hat über Gefriertruhen, die sie auch liebevoll *Spartruhen* bezeichnet hat, gesprochen. Und besonders begeistert hat sie geschildert, wie man Schweinehälften zerlegt.«

Ella konnte nicht anders als loszuprusten, aber aus Luises schmalen Augen blitzte Verärgerung.

»Du bist die letzte, die sich darüber lustig machen darf«, zischte sie. »Schließlich entspricht dieser Unsinn doch dem Frauenbild, das du hier propagierst.«

»*Propagierst?*« Ella konnte sich nicht erinnern, einen Begriff wie diesen jemals aus Luises Mund vernommen zu haben.

Luise trat prompt zu jenem Bücherregal, aus dem Lilo vor kurzem ihren Diätratgeber gezogen hatte. Sie ergriff ein Buch und hielt es hoch wie eine Anklageschrift. »Du verkaufst ja auch so etwas!« Schon begann sie mit künstlicher Stimme aus dem *Praktischen Haushaltsbuch* von Gertrude Oheim vorzulesen. »Das Frühstücksgeschirr gilt es schon am Abend zurechtzustellen, desgleichen wie Kleider und Schuhe für den nächsten Tag auszuwählen. Und vor dem Schlafengehen möge ein kurzer Inspektionsgang durch die Wohnung erfolgen. Dann entdeckt man zum Beispiel, dass die Erbsen für das Mittagessen noch nicht eingeweicht sind.«

Ella zuckte die Schultern. »Ich weiß, das klingt etwas ... antiquiert, aber es verkauft sich nunmal gut.«

»Und deine Seele verkaufst du gleich dazu!«

»Warum bist du bloß so melodramatisch?«

Luise nahm das nächste Buch. »Weißt du, dass hier drinnen steht, dass man täglich laut einen Zeitungsartikel mit einem Flaschenkorken zwischen den Zähnen vorlesen soll? So lernt man zu reden ohne zu lispeln. Ich frage mich allerdings, warum man überhaupt reden üben soll, für junge Frauen ist schließlich nicht vorgesehen, sich an Gesprächen zu beteiligen. Hier siehst du: ‚Wenn Sie Gäste haben, zeigen Sie ihr Wissen nur, wenn Sie direkt gefragt werden.'« Luises Stimme nahm einen Klang an, als hätte sie keinen Korken zwischen Zähnen, sondern etwas Metallisches, Hartes. »Und ein weiteres Kapitel widmet sich dem Thema, wie man seine eigene Bestattung gestaltet.«

Ella konnte sich vage erinnern, dass der wichtigste Ratschlag lautete, Bescheidenheit über den Tod hinaus zu demonstrieren und auf einen einfachen Sarg zu bestehen. Und der beste Ruheort war natürlich das Elterngrab. Sie hatte es ein wenig kurios gefunden, dass gleich nach diesem morbiden Kapitel eines über das richtige Auftragen von Faltencreme folgte, aber sie konnte trotzdem nicht verstehen, warum Luise derart erzürnt war.

Sie trat auf sie zu, nahm ihr das Buch aus den Händen. »Wie gesagt, es gibt Kundinnen, die solche Bücher verlangen und …«

»Bücher!«, stieß Luise aus. »So etwas kann man doch nicht Bücher nennen. Frauen-Verblödungs-Machwerke sind das bestenfalls. Und deine ganzen Schmonzetten …«

»Luise!« Aus Ellas Stimme klang nun eine gewisse Schärfe, auch Ungeduld, weil sie ihrer jüngeren Schwester ihre Sichtweise schon so oft erklärt hatte. »Es ist schön und wichtig, dass Menschen überhaupt noch lesen. Solange sie nicht vor dem Fernseher sitzen, ist mir jede Form recht. Es ist elitär und ignorant, über die Bedürfnisse der Menschen hinwegzusehen und an einem Bildungskanon festhalten, der nicht mit der Zeit geht, und etwas als kitschig und anrüchig zu bezeichnen, was eine wichtige seelische Funktion hat. Nach all den langen Jahren, in denen es mit dem Umsatz bei uns stetig bergauf ging, ist gerade jetzt ein Einbruch zu befürchten – weil die Menschen sich lieber anderen Medien widmen. Da kann ich nicht von meinem Programm abrücken, das mir verlässlich Kundschaft bringt. Es ist auch nicht so, dass ich hier keine moderne Literatur biete. Natürlich gibt es hier auch Heinrich Böll, Ingeborg Bachmann oder Siegfried Lenz.«

Luise hatte den Mund geöffnet, doch Ella würgte die Debatte ab. »Lass uns später weiterreden. Wolltest du nicht heute das Schaufenster dekorieren?«

Luise verzog ihr Gesicht, als wäre ihr auch das zu dumm. Dabei war in der Berufsschule vorgesehen, dass sie jeden Monat mindestens einen Plan für eine Schaufenstergestaltung anfertigte und umsetzte.

Dann fügte Ella versöhnlich hinzu: »Wenn dir so viel am Niveau unserer Buchhandlung liegt, kannst du dich gerne auf unsere Sachbücher konzentrieren. *Mit dem Fahrstuhl in die Römerzeit* ist ebenso ein Verkaufsschlager wie *Der blaue Planet*. Für dieses Buch haben wir übrigens vom Verlag auch Dekorationsmaterial erhalten.«

Nun zupfte ein flüchtiges Lächeln an Luises Lippen. »Ich hoffe, das ist langlebiger als der Nazipanzer.«

Selbigen hatten sie gemeinsam mit einem Buch über den Zweiten Weltkrieg bekommen. Er bestand aus drei Teilen, die man an gestrichelten Linien mit etwas Klebstoff zusammenfügen sollte, doch was am Ende dabei herausgekommen war, war ein grässliches schiefes Monstrum. Als noch instabiler hatten sich die zwei Pappfiguren in Lebensgröße erwiesen, die Stalin und

Roosevelt darstellen sollten und die ein kleines Mädchen, das mit seiner Mutter das *Bücherreich* besuchte, zum Weinen gebracht hatte. Immerhin war der Anblick der beiden Staatsmänner nicht so erschreckend gewesen wie das Pferd mit den beweglichen Augäpfeln – das Dekorationsmaterial für ein naturkundliches Buch.

Ella musste schmunzeln, aber Luise war längst wieder ernst. »Warum verkaufst du nicht endlich mal Bücher von Rowohlt, Suhrkamp und der Europäischen Verlagsanstalt?«

»Weil die nicht ins *Bücherreich* passen.«

»Sind dir die Verlage etwas zu links?«

»Wir haben nun mal keine bestimmte politische Ausrichtung.«

Luise stampfte. »Alles ist politisch.«

»Wo hast du denn den Spruch denn her?«

»Muss mir das jemand vorgebetet haben? Kann ich nicht selbst als frei denkender Mensch darauf gekommen sein?«

Ella hob beschwichtigend die Hände, doch jetzt hatte sich Luise in Fahrt geredet. »Karl Marx anzubieten, das wäre doch mal was. Oder die Mao-Bibel, gerade weil man sie fast nirgends bekommt. Damit würdest du auch Kundschaft anlocken… junge, frische, unverbrauchte Kundschaft. Stattdessen setzt du nur auf Plüschsesselliteratur, die ausschließlich deiner Generation gefällt.«

»Jetzt ist aber mal gut. Du tust ja so, als stünde ich mit einem Fuß in der Gruft, dabei bin ich gerade erst vierzig.«

»Egal, wie alt du bist – du verhältst dich wie eine von diesen betulich-beratenden Buchhändlerinnen, die ihre Käufer bevormunden wollen.«

»Und wenn ich einer Lilo Brinkmann eine Mao-Bibel unterjubeln würde, würde ich sie nicht bevormunden?«

Luise trat an ihr vorbei und klopfte auf den Tresen. »Es fängt schon mit diesem Ungetüm an, das klar eine Grenze zwischen Leser und Buchhändler zieht. Warum sieht unsere Buchhandlung nicht wie ein Kaufhaus aus, in dem jedes Eckchen frei zugänglich ist? Warum lockst du keine jungen Leute an? In Italien steht in fast jeder Buchhandlung ein Flipper und ein Cola-Automat.«

»Cola!«, Ella krächzte fast. »Trinkt man das etwa zur Karl-Marx-Lektüre?«

»Dann lass es Wein oder Kaffee sein. Eigentlich geht es nicht ums Trinken, sondern um freies Denken, und das kann man inmitten von Büchern, auf deren Einband adrett frisierte Frauen dargestellt sind, kaum.«

Ihre eigene Frisur hatte sich noch weiter aufgelöst, der Lidstrich war leicht verwischt. Luise kam Ella fremd wie nie vor, und relativ scharf entfuhr es ihr: »Es reicht jetzt. Du kümmerst dich ums Schaufenster. Und du übernimmst die Kundenbetreuung, während ich...«

Luise schüttelte rüde den Kopf, ehe sie sich abwandte, um die Buchhandlung zu verlassen. »Tut mir leid, aber ich muss mich von den Schweinehälften erholen.«

»Luise, du kannst nicht kommen und gehen, wann du willst. Du machst hier offiziell eine Lehre, für die du bezahlt wirst und...«

Ella konnte kaum fassen, dass sie anstelle einer Entschuldigung oder Rechtfertigung nur die Ladenglocke hörte – und danach klappernde Schritte. Ihr war völlig entgangen, dass Luise zu dem Hängerechen auch noch hochhackige Stiefel anhatte. Seit wann trug man die mitten im Sommer? Seit wann wurde im *Bücherreich* gestritten? Und das obwohl ihre Schwester für sie wie eine Tochter war?

Als sich Ella auf den Verkaufstresen stützte, merkte sie, dass ihre Hände zitterten. Sie ließ ihren Blick kreisen, doch die vollen Bücherregale wirkten nicht wohltuend wie sonst. Plötzlich überkam sie eine unbändige Sehnsucht nach Marzipanpralinen – Bücher allein waren nunmal nicht immer ein Trost.

*Wenn Sie wissen möchten,
wie es weitergeht, lesen Sie*
Julia Kröhn

**Die Welt gehört uns
Eine unmögliche Freiheit**

ISBN 978-3-7341-1099-3
ISBN 978-3-641-28129-8 (E-Book)
Blanvalet Verlag

Hundert Jahre, drei Generationen, ein Traum – die große Familiensaga vor der dramatischen Kulisse des 20. Jahrhunderts.

528 Seiten. ISBN 978-3-7341-0571-5

Die Goldenen Zwanziger, spektakuläre Modekollektionen und ... Coco Chanel. Fanny hat genug von der altbackenen Mode im familieneigenen Imperium und will in Paris als Modeschöpferin durchstarten. Am Ende hat sie nur als Mannequin Erfolg, und auch dieser glitzernde Traum zerplatzt. 1946 kämpft Tochter Lisbeth im zerbombten Frankfurt ums nackte Überleben – und um das Modehaus ihrer Vorfahren. Erfindungsreich führt sie es in eine neue Zeit, zahlt dafür jedoch einen hohen Preis. 1971 ist Rieke die Liebe wichtiger als das Geschäft. Doch dann steht das Familienunternehmen vor dem Bankrott – und sie vor einer folgenschweren Entscheidung ...

Lesen Sie mehr unter: **www.blanvalet.de**

Eine junge Lehrerin, die im Spannungsfeld zwischen Reformpädagogik und erstarkendem Nationalsozialismus entscheiden muss, wofür sie wirklich steht ...

416 Seiten. ISBN 978-3-7341-0965-2

Hamburg im Zweiten Weltkrieg: Das Heulen der Sirenen liegt über der Stadt, Hamburger Juden werden scharenweise deportiert und Abiturienten möglichst schnell an die Front geschickt. Wo gerade noch anschaulicher, lebendiger Unterricht gehalten wurde, ist wieder Zucht und Ordnung eingekehrt. Die einstigen Bildungsideale scheinen verloren. Doch während sich Emil und Anneliese dem NS-Regime andienen, bleibt Felicitas ihren Werten unverrückbar verbunden. Als sie ehemaligen Schülern wiederbegegnet, aus denen mittlerweile Studenten geworden sind, kommt ihr ein Flugblatt aus München in die Hände, das neue Hoffnung macht. Und eine radikale Entscheidung verlangt ...

Lesen Sie mehr unter: **www.blanvalet.de**

Eine angehende Lehrerin im Spannungsfeld zwischen Reformpädagogik und erstarkendem Nationalsozialismus …

432 Seiten. ISBN 978-3-7341-0964-5

Hamburg 1931: Ein neuer Geist weht durch die Schulen der Weimarer Republik. Felicitas, die gerade eine neue Stelle als Lehrerin angetreten hat, ist beseelt von den Idealen der Reformpädagogik. Auch Sportlehrer Emil scheint ein Verbündeter zu sein, ist er doch heimlich in sie verliebt. Ganz anders sieht es bei ihrer Freundin Anneliese aus, die alles daransetzt, Emil für sich zu gewinnen. Während Annelieses und Emils aufkeimende Zuneigung einen Keil zwischen die Freundinnen treibt, ziehen auch am Horizont der Geschichte dunkle Wolken auf: Die Nazis ergreifen die Macht, und Felicitas und ihre Kollegen müssen eine Entscheidung treffen: Wollen sie zum Dienst am Führer erziehen? Oder ihren Idealen treu bleiben?

Lesen Sie mehr unter: **www.blanvalet.de**

Die farbenprächtige Geschichte eines deutschen Reiseunternehmens und ein Roman um zwei junge Frauen, im Ringen um Freundschaft, Liebe und Freiheit.

432 Seiten. ISBN 978-3-7341-0809-9

Frankfurt, 1938: Für die Nazis gilt die Sehnsucht nach Italien als »urdeutscher Trieb«, und Reisen dorthin erfreuen sich weiter großer Beliebtheit. Salome nutzt die Trips nach Rom, die das Reisebüro ihres Vaters organisiert, um jüdischen Familien zur Ausreise aus Deutschland zu verhelfen. Als Mussolini diese nicht länger in seinem Land duldet, flieht sie mit ihnen über das Mittelmeer nach Frankreich. Auf einem ihrer waghalsigen Unternehmen begegnet sie Félix, und die Gefühle von einst sind wieder da. Als der Krieg aufflammt und die deutsche Wehrmacht Frankreich überrennt, wird die Lage für die jüdischen Emigranten immer prekärer – und Salome und Félix müssen sich zwischen Liebe und Widerstand entscheiden …

Lesen Sie mehr unter: **www.blanvalet.de**

Deutschland, Italien, Frankreich – drei Länder, drei Familien, ein Traum. Vom Reisen, vom Meer und von der Liebe.

464 Seiten. ISBN 978-3-7341-0808-2

Frankfurt 1922: Als Salome zum ersten Mal vom Meer hört, hat sie sofort wunderschöne Bilder von funkelnden Weiten vor Augen. Ihr Traum, einmal selbst im Meer zu schwimmen, wird wahr, als ihr Vater, der Besitzer eines Reisebureaus, den Tourismus im sonnigen Italien ausbauen will – und zwar nirgendwo sonst als in San Remo an der malerischen Riviera. Um dort Fuß zu fassen, kooperiert er mit dem Hotelier Renzo Barbera. Und nicht nur beruflich sind die Familien bald eng verbunden, denn Salome schließt Freundschaft mit Renzos Tochter Ornella. Doch dann wirft der erstarkende Faschismus erste Schatten auf das Paradies und erschwert weitere Reisen. Die Ereignisse überschlagen sich, als sich Ornella in den Sohn eines französischen Unternehmers verliebt, dem auch Salome näher kommt ...

Lesen Sie mehr unter: **www.blanvalet.de**